回家

白云 著

内蒙古文化出版社

图书在版编目（CIP）数据

回家 / 白云著. — 呼伦贝尔：内蒙古文化出版社，
2015.2
ISBN 978-7-5521-0993-1

Ⅰ.①回… Ⅱ.①白… Ⅲ.①长篇小说—中国—当代
Ⅳ.① I247.5

中国版本图书馆 CIP 数据核字（2015）第 314479 号

回家
HUI JIA

白 云 著

责任编辑　丁永才　姜继飞
封面设计　鸿儒文轩

出版发行　内蒙古文化出版社
地　　址　呼伦贝尔市海拉尔区河东新春街4－3号
直销热线　0470－8241422　　邮编　021008

排版制作　鸿儒文轩
印刷装订　三河市华东印刷有限公司
开　　本　710×1000毫米　1/16
字　　数　326千
印　　张　21.75
版　　次　2016年4月第1版
印　　次　2024年1月第3次印刷
书　　号　ISBN 978-7-5521-0993-1
定　　价　65.00元

引 子

　　春节不回家过年，乌云已经习以为常。看着一个个同事在兴高采烈地做着回家的各种准备工作，戏称回家是参加"全民春节运动会"，乌云只能有意识地回避。说心里话，乌云也想着每年回老家过年，而且是归心似箭，但另一个更大的理由却像一堵厚厚的围墙，立即挡住了乌云回家的路，车票不好买是一个原因，更重要的原因是她现在必须节约每一分钱。

　　从老家的内蒙古大草原来到江城打工已经三年了，乌云从来没有回过老家，值得她欣喜的是，这三年中，她没有去参加"春节运动会"，省下了路费不说还少受了一些苦，留在公司值班，享受着每天三倍的加班工资，几年下来，节约下来的近万块钱寄给贫困的家里，给家里增添了很多实惠的东西。

　　这个春节乌云本来没有打算回老家过春节，没想到就在公司放假的前几天，哥哥乌日力格的一个电话，把外表坚强的乌云心底防线突然击溃。放下哥哥的电话时，乌云突然在车间里放声痛哭，随后从心底里撕心裂肺地喊了起来："我要回家！我要回家！"

　　既然要回家过春节，最首要的问题肯定就是买火车票。乌云立即拿起手机打电话订票，电话总是占线打不进去，偶尔打通一次去却被告知没有

车票。公司有几个买不到火车票的男同事决定骑摩托车，跨越几个省回家过年。得知乌云的实际情况以后，纷纷邀请她搭乘自己的摩托车回家。虽然有些人都不是内蒙古的，但他们都是和内蒙古相邻省市的人，回家也是走同一条路线，搭上他们的车就会到达离家越来越近的地方，那样转车就方便得多了。感动不已的乌云立即把好消息告诉了母亲，没想到母亲不但坚决反对她搭乘摩托车，还以死相逼。

乌云欲哭无泪，已经买到一张站票的好朋友张红，立即帮助乌云到火车站去排队，按照张红的说法，两个人排队成功率大一倍。乌云和张红在火车站排了两天两夜的队，一听着排在前面的人打听和自己同一趟的火车票，被售票员无情地告知没票时，乌云的心立即掉进了冰窟窿，她正准备离开时，站在另一排的张红突然大声地吼了起来："乌云，快把身份证拿来！有一张回家的火车票。"

乌云以为自己是在做梦，但她却真的得到了一张还有座位的火车票，等到乌云醒悟过来时，售票窗口已经乱成一团，几个刚才没有买到火车票的人不停地敲打着售票窗口。原因很简单，前面的人没有买到火车票，而后来的人却买到了火车票，大家认为售票员在作弊。当时，乌云也没有明白过来是怎么一回事，后来通过上网才知道了原委。自从火车票实行电话订票和网上订票以后，每天订票的人就像是在进行百米赛跑，有条件的早就坐在办公室把票抢到手，像乌云这种成天待在车间上班，上一次网都只能去网吧；还有那些不会上网的农民工，就根本抢不着火车票，他们只能用最原始的办法到火车站排队买票。也许是上天对乌云发了善心，张红帮她排到售票窗口时，正好有人在网上退票。按照张红的说法，乌云是参加"春节运动会"的冠军，奖品是一张有座位的火车票。能得到冠军是最高兴和最幸运的事情，可没想到一件意外事情的发生，却让乌云手里的冠军奖品立即成了一张废纸。

乌云和张红提着行李，经过了几道关口，终于冲进了站台，排着队等着列车员一个个核对了火车票准确无误，才可以一个个放。参加"春节运动会的运动员"上火车时，站在乌云前面等着排队上车的一个戴眼镜的小伙子"疯了"，他大喊了一声："学生队胜利啦！"然后身体摇晃了几下倒在了后面乌云的怀里。乌云和"疯了"的小伙子立即被后面等着参赛的"运动员"挤下了场。曾经在电视上学过做人工呼吸的乌云，迅速对晕倒的小伙子做了人工呼吸，小伙子终于慢慢苏醒过来，乌云决定马上去当替补队员时，火车启动的汽笛声早已经响起。已经上了火车的张红从车窗里一边敲打着玻璃窗，一边焦急地哭喊："乌云……"

　　看到火车慢慢离开了站台，乌云才发现自己再也不能回家了，脑子里一片空白的她迅速跟着火车奔跑，火车的身影突然消失，乌云立即昏倒在地上，旁边一只有力的大手马上抱住了她。

一 目 录 一

—第 1 章—
春节悲喜事

自从得知妹妹买到了火车票，再过两天两夜就能回到家的消息之后，乌日力格就一直没有合过眼，他每天就把轮椅推到家门口望着对面的乡村机耕道发呆，无数次地拿出了手机想给妹妹打电话，但他都放弃了，不是他不想妹妹，也不是因为怕花电话费，而是他想妹妹想得太狠，他时时刻刻都想听到妹妹的声音，可他就是不愿意打电话，春节的电话对于他来说是又喜又忧，他只希望妹妹能平安出现在他的面前，他的心里才踏实，他怕打一个电话就会出现不好的消息，那样他无法接受。其实为乌云担心的不只是乌日力格，还有她的妈妈也同样如此。春节，对于天下所有的中国人来说，都是一个最美好、最让人向往、最隆重的亲人节日、家庭节日。一年忙到头的人们、四处漂流的人们，过春节时都要想方设法回家。中国的春节，是对世界文明的一种贡献，是送给全人类的一份厚礼。

春节对乌家也同样如此，但他们却并没有得到他们所期盼的那一切，一切对于他们来说是一个噩梦。那一年，刚上高中和初中的乌日力格及乌云，因为考试都考得了班上的第一名，一直盼望儿女将来能够成龙成凤的父母，决定好好奖励两个孩子，每人发给他们 300 块钱，让他们去买自己喜欢的东西。那个时候，乌日力格和乌云上学，每年的学杂费和生活费让本来就不富裕的家庭不堪重负。乌日力格和乌云每人在过年时，意外地得到 300 块钱是又惊又喜，他们决定一起去城里选购自己想要的东西。对于从未出过远门的乌日力格和乌云，并不算繁华的小城就是一个人间天堂，那里有五彩缤纷的美丽世界。虽然出生在穷困家庭，但他们

也有很多的奢望，有好多自己想要却不敢要的东西。意外得到父亲奖励的300块钱，兄妹俩决定马上实现一下自己的梦想。可兄妹俩并不知道，他们每人得到的300块钱的奖励，却是父亲挣的死人的钱。镇上有一个以前和乌家父亲认识的可怜老人在寒冷的冬天去世，老人生前住在镇上一处简陋的房子里，他的旁边开了小商店，有一次，乌家父亲到镇上去买生活用品，老板因有事商店没有营业，乌家父亲走到商店时天上突然下起了大暴雨，正在乌家父亲无处躲雨时，可怜老人让乌家父亲去他家躲雨，还留乌家父亲吃了中午饭。乌家父亲非常感动，一来二去，可怜老人就和乌家父亲成了知己，每次乌家父亲上镇上都给可怜老人送些自己种的蔬菜去，但好景不长，可怜老人因为年老体弱，又是一个人生活，不小心摔了一跤，乌家父亲上街去看望他时，他的生命已经快走到终点了，他拿出了一个电话让乌家父亲帮他打一下，不打不知道，一打却吓了乌家父亲一大跳。可怜老人其实是个千万富翁的父亲，儿子夏楠曾经把他接到了身边生活，但儿媳嫌弃老人不爱干净，天天指桑骂槐。左右为难的夏楠只得给父亲另外租了一个房子住，在陌生环境中生活的老人无法忍受孤独和寂寞，于是独自回到了老家，不管怎么说老家有他认识的人和朋友，老人觉得生活习惯和自由。应该说夏楠对父亲还是不错的，每个月按时给父亲寄来生活费，但因工作忙一直没有回来看望过父亲。

得知父亲意外去世，夏楠立即回到了老家，为父亲披麻戴孝办丧事，请来阴阳先生查看父亲下葬的日子，查到要停一个星期。按照农村的风俗，独生子是要为父亲守灵一个星期的，夏楠哪经得住那个折磨？他便花高薪请人为父亲守灵。乌家父亲当时是没有想到去挣钱的，他只是舍不得可怜老人，一直蹲在可怜老人的棺材前哭泣。夏楠很快找上了乌家父亲，乌家父亲一直守在可怜老人的棺材前七天七夜，等把可怜老人送走时，乌家父亲却累得晕倒在地上。

夏楠是个很讲信用的人，他立即给了乌家父亲5000块钱的酬劳。意外地收入一大笔钱，又一直觉得亏欠一双儿女的乌家父亲，马上奖励了在班上考了第一名的一双儿女每人300块钱，可他做梦也没有想到，就是他的奖励，给平静温馨的家庭带来了一个毁灭性的打击。

乌日力格和乌云是天还没有亮，就打着手电筒走了十里山路去镇上赶车去县城的。两兄妹在县城玩得很开心，父亲给他们的钱除了留下 10 块钱的车费已经全部花完。他们走了很多地方，给父母和自己都买了新衣服还有一些小礼物，虽然是父亲给他们的奖金，但从小懂事的兄妹知道家庭的困境，为了供自己上学，父母好多年都没有买过一件新衣服，兄妹俩先是给父母各自选了一套衣服之后，然后才想到自己。新年新气象，他们决定送给父母一份心意。

办完了所有的事情，乌日力格和乌云准备去车站搭车回家时，车站里已经是人山人海，好不容易排到了售票窗口，却告知当天县城到乡上的汽车票已经卖完。乌日力格兄妹俩正不知如何是好时，有个中年妇女就找上了门，说还有到乡上的班车，只是没有座位了，问乌日力格兄妹俩走不走。已经无路可走的乌日力格兄妹俩哪里还有选择的余地，他们当时的心情别说是站着，就是跪着只要能回家也会愿意的。

中年妇女立即带着乌日力格兄妹俩和另外二十几个背包的男男女女，到了离车站不远处的一个岔路口，很快就有一辆公共汽车开了过来，其实那辆公共汽车就是早晨从镇上坐过来的那辆，司机和售票员都没有变。因为在县城汽车站只卖坐票不卖站票。为了春运安全，各地交通部门都在严查客车超载。为了躲避检查，也为了多挣钱，很多客车就让人拉客人到外面上车。公共汽车刚停稳，大家就不要命地往上挤，提着两个大包的乌日力格兄妹根本不是那些人的对手，他们也努力地向前挤了几次，但都被挤了下来。两人决定站在一边歇着，等大家都上完再上，可就在乌日力格兄妹俩准备上车时，站在公共汽车旁边放风的中年妇女立即大喊起来："赶快走，交警来了。"惊慌失措的司机根本来不及关车门，他迅速把车开走了。

乌日力格兄妹俩拼命地跟着公共汽车追，但两条腿无论如何也赶不上四个轮子。直到公共汽车完全在他们的视线中消失，乌日力格兄妹俩才停下了脚，当时的乌日力格还能沉得住气，乌云却放声痛哭了。对于出租车，乌日力格兄妹俩根本都不敢上前去询问，只有找到一些摩的司机。人家开口就要 80 块钱，对于乌日力格兄妹俩身上只有 10 块钱却想坐摩的，

人家只觉得是在开国际玩笑。春节，对于那些靠运输挣钱的人来说，只要你不怕苦、不怕累、不怕交警查，那等于是在街上、路上随便捡钱，谁还跟你讨价还价啊？乌日力格乌云兄妹俩就因为身上没有 80 块钱，只得从县城走路回家，因为走路回家悲剧就在一瞬间发生了。

等到悲剧发生以后，乌家父母悲痛欲绝，他们觉得儿女身上没有 80 块钱不要紧，他们可以直接坐摩的回家。别说是 80 块，就是 800 块他们也愿意给，只要儿女平安回来。但这一切都是后话，正像事故发生以后，乌日力格对父亲说的一样，在那种情况下，你也舍不得多花 70 块钱回家的。贫困家庭出身的孩子懂得节约，节约是美德，浪费可耻。可有时事实却不是这样的。那次，乌日力格兄妹俩的节约却酿成了灾难。

乌日力格兄妹俩从县城走到镇上时，天色已经全黑了下来，好在他们带有手电筒。从来没有走过那么远路的乌云已经累得不能再走，她的脚上到处都磨起了血泡，痛得她直哭。虽然乌日力格也走得很累，但他的脚上没有起血泡，看着痛苦不堪的妹妹，乌日力格决定背着她走，半小时以后，乌日力格已经从帮助妹妹的人变成了需要妹妹帮助的人。

—第 2 章—
美少女火车站激情戏

夏楠本来是不会到火车站去的，自从在南方发达以后的，他去什么地方都是坐飞机，太近的地方他就自己开车去。坐火车，对于他来说是一次次痛苦的回忆。当年，他从大草原来到江城打工，每次都是在火车上站几十个小时，那时的火车基本上是绿皮，夏天闷热得要死，冬天冻得要命。夏楠记得最惨的一次，也是春节回家过年，火车上是人山人海，夏楠刚上火车就想方便，但因过道上、厕所边都挤满了人，夏楠把尿撒在了裤子里。从那个时候起，夏楠就发誓，自己以后一定要当富人，有豪车、别墅，去哪里都坐飞机，再也不去坐那倒霉的火车了。至于自己的富人梦什么时间能实现，夏楠没有想过，但没想到仅仅过了半年，夏楠的富人梦就实现了，原因是他认识了当地一个局长的千金金菲菲。照理说像夏楠这种农村出来的打工仔，又没有多少文化，是和局长的千金挂不上钩的，但那天晚上夏楠却真的和局长的千金挂上了钩，局长的千金还倒在了夏楠的怀里。

夏楠因为被老板克扣了工资，心里很不舒服，下班以后就和几个同事一起跑去喝酒，具体喝了多少酒他不知道，只知道找不到回工地的路了，他和几个同事便在街上乱窜，走到了什么地方他们也不知道。就在这时，不远处传来了女人喊"抓流氓"的声音，还没有等几个同事回过来神，夏楠借着酒性壮胆，他直接往声音传过来的地方冲了过去。歹徒立即落荒而逃，被救的女子立即倒在了夏楠怀里放声痛哭。20多岁还从来没有接触过女人的夏楠全身就像通了电，他不停地安慰着哭泣中的女子，最后又像

一位勇敢的将军一样把女子送到了家，女子的家出乎夏楠的意料，女子本人更是出乎夏楠的意料。因为女子的家是一栋漂亮的别墅，在明亮的灯光照耀下，夏楠也终于看清楚了，被自己紧紧拥抱过，心里把她想象成仙女一样，还能让歹徒冒着犯罪危险去耍流氓的女子，却是一个又矮又胖，满脸雀斑的中年妇女，这个中年妇女就是金菲菲。夏楠的心里突然像吞下了一只死苍蝇那样恶心，他当时就在心里替歹徒感到委屈，其实夏楠的这种想法非常幼稚。歹徒早就看清楚了金菲菲的尊容，他是在商场无意间遇到的金菲菲，看她买东西从来不还价，而且专买贵的，歹徒就觉得金菲菲是个有钱的主，他跟踪了金菲菲是想抢劫，并不想耍流氓。金菲菲喊"抓流氓"，实在是侮辱了歹徒。后来夏楠才知道叫金菲菲的中年妇女实际年龄比他还小几岁，以前相貌还不至于那么影响市容，就因为金菲菲想改变自己的尊容，三天两头地往美容院跑，可能是老天爷要故意惩罚金菲菲，她在花去了大把的钞票以后，换来的却是那样的结果，当然婚姻的事也就只有一拖再拖了。不是金菲菲不想嫁人，而是找不到男朋友，因为金菲菲的要求太高，没有谁敢接招。

尽管长得一表人才的夏楠做梦也没有想到自己会娶一个有点影响市容的女人为妻，但金菲菲还是成为了夏太太，当然从那一天起，夏楠的一切也就发生了翻天覆地的变化，按照他自己的说法是等价交换，老岳父并没有亏待夏楠，从夏楠认识金菲菲结婚不到半年时间里，他已经成了成功人士，出门有自己的轿车，出差坐飞机，一晃就二十年了，夏楠从来就没有再坐过火车。

夏楠娶丑妻的事情在朋友同事中是众所周知的，每次社交场所他都阻止金菲菲去，无奈金菲菲是公司董事长，夏楠还得处处听他的。夏楠唯一感到安慰的是，金菲菲虽然人丑，但心眼不算坏，虽然从各方面把他管得很紧，但在花钱方面对他放得很松。夏楠并没有想到要孩子，因为他怕以后生下的孩子跟金菲菲一样丑，所以每次和金菲菲做房事时，他都做好了安全措施。金菲菲却告诉夏楠自己早已经做了安全措施，用不着夏楠再那样小心翼翼。因为她也愿意做丁克夫妇，尽情享受二人世界，夏楠所有的顾虑都被金菲菲一句话给消除了。

春节前几天，公司突然又接了一笔业务，那时夏楠已经给工人宣布了放假时间，一个个盼望着回老家和亲人团聚的工人，都开始在做着各种回家的准备工作。在公司里，虽然金菲菲是董事长，夏楠只是总经理，但业务上的事基本上都是夏楠主持。从农家走出来的孩子，他知道自己走到这一步不容易，所以得珍惜，对工作更是兢兢业业。金菲菲每天跟着夏楠一起到公司，她只是到处看看，然后就坐在董事长办公室上网打游戏，虽然夏楠开支每一笔钱都要经过金菲菲签字，但她从来没有找夏楠的麻烦，只要是夏楠拿去的报账单她看看就签，其实她根本就没有仔细看过每一笔钱的用途，这一点让夏楠非常感动，他是一个知恩图报的人，知道没有金菲菲就没有他现在的一切，是金菲菲让他实现了自己的梦想，过上了人上人的生活，他唯一能做的就是尽自己的能力把公司搞好。

对于春节前接的那笔业务，按金菲菲的意思是不愿意做的，因为已经给工人宣布了放假，大家的心早都飞了，谁还愿意加班加点干活呢？再说了，做那批业务也根本赚不了多少钱。钱是一个无底洞，没有谁能挣得完。而春节回家享受快乐和幸福每年只有一次。但那一次夏楠却违背了金菲菲的意愿，他还是坚决地接受了那批业务，因为那是一个老顾客等着要的急件，老顾客和夏楠他们合作了十几年，一直信誉都比较好，夏楠讲的是一个情。为了让员工留下来加班，夏楠给了员工三倍的加班工资。最后一个员工完成所有的工序之后，离自己上火车的时间只有两个小时了，夏楠亲自开车把员工送到了火车站，因为员工带回家的礼物太多，夏楠又买了一张站台票送员工上了火车，看到员工乘坐的火车缓缓开动时，夏楠才长长地松了一口气。就在他满心欢喜地准备出站时，一个美丽少女站在夏楠不远处，身体不停地摇晃，夏楠眼疾手快，他立即冲过去扶住了她，这个少女不是别人，她就是因为别人要晕倒而去帮助别人，自己错过坐火车回家的乌云。

徐浩做出过急行为是因为看到乌云晕倒以后。本来徐浩寒假也没有打算回老家过春节，别说春节来去的火车票不好买，就是火车票钱徐浩也舍不得。为了供他上大学，并不富裕的家庭已经债台高筑，上了快四年大学的徐浩从离开家，中间只有一个暑假回去过。穷人的孩子早当家，徐浩懂得父亲的艰辛，知道节约每一分钱。他一边上大学一边利用业余时间去做家教，每年春节，他就去一些餐馆打工挣钱，尽量给家里减轻负担，很

多同学都觉得徐浩太冷酷，万家团圆的时候却为了钱放弃亲情，其实徐浩背地里不知流过多少泪，他想家，想年迈的奶奶，想慈祥的父亲。在徐浩的记忆里从来就没有妈妈这个词语，生活中出现的只有奶奶和爸爸。小时候，他以为奶奶和妈妈就是一回事，后来人家才告诉他，根本不是一回事。也知道了一个不争的事实，在自己1岁多时，妈妈就嫌弃爸爸穷跟人跑了，徐浩一直是奶奶带大的。

学校考完试，徐浩就赶紧去找工作做，没想到上班的第五天，徐浩捡到了一个钱包，里面有厚厚一沓的人民币，还有银行卡、身份证之类的东西，他立即想办法找到了失主，失主感激万分，立即拿出了1000块钱酬谢徐浩。开始的时候徐浩还不敢要，但失主说得很诚恳，徐浩便接受了，得知徐浩是一个在校大学生时，失主还送了很多好吃的东西。徐浩非常感动，他决定把这些东西给年迈的奶奶寄回去的时候，却接到了爸爸的电话，说奶奶生病，嘴里一直念着他。徐浩立即决定回家去看奶奶，在火车站一眼不眨地排了一天一夜的队之后，徐浩终于抢到了一张回老家的站票。眼看着就要登上火车胜利在望时，由于太兴奋太激动，身体已经严重虚脱的徐浩晕倒了。站在后面的乌云立即去帮助徐浩，徐浩终于脱离了危险，但他也清楚地看到了火车上的张红对着乌云撕心裂肺的哭喊，乌云跟着启动的火车奔跑，然后晕倒的场面。徐浩这才意识到不但自己回不了家，还害了别人，他无法面对那一切。

—第 3 章—
魂断迁徙路

乌日力格和母亲在家望眼欲穿地等待乌云归来时，却接到了乌云没有赶上火车的消息，乌日力格虽然心里很难受，但他还能控制自己的情绪，不管怎么说他还是一个男人，只是暗暗地躲在一边抹眼泪。而母亲却立即放声痛哭起来。女儿离家已经三年了，那时的乌云刚满 16 岁，很快就要中学毕业考高中了，但她却在春节以后即放弃了上学，而是跟着老家大批的打工者一起去了江城打工。乌云离开家时已经哭成泪人，当母亲的哭当哥哥的也哭，只有当父亲的没有哭，因为那时他还躺在医院里是一个植物人，乌云不得不狠心地离开了家。

父亲出事是外出打工为了多挣钱，供乌云好好上学，然后想再存钱给哥哥安上假肢，而哥哥失去了双腿却是为了乌云。几年前的晚上，乌日力格背着乌云往家里赶，体力已经差不多耗尽的他突然踩滑了一块石头，身体控制不住摔下了山坡。乌云运气好一点，她被一棵大树阻挡着，身体只受了一点皮外伤。父母找到他们兄妹俩的时候，已经是第二天早晨了。乌云从父母的口中得知一个噩耗，哥哥摔断了双腿。120 救护车立即把他们送到了医院抢救，乌云得知一个更可怕的消息，哥哥的双腿因为错过了最佳治疗时间，要保住哥哥的生命，只有截肢，乌云当场吓得晕死过去。灾难的突然降临，让本来就贫穷的家庭更是雪上加霜。乌家父亲外出打工是当时唯一的出路，父亲出去打工，全家都不放心，因为父亲从来没有出过远门，又没有什么技术，还大字不识。乌云希望父亲留在家里，自己出去打工挣钱。没想到这事却遭到了哥哥的强烈反对，首先乌云刚满 13 岁，

国家禁止任何单位和企业招收童工，乌云的想法根本行不通；还有就是乌云的成绩非常优异，乌日力格希望妹妹继续求学，争取以后考上好的大学。自己已经失去了双腿，上学对于他来说是痛苦的折磨，他得处处需要人照顾，像他们这样的家庭，自己去上学还要得把家里的另外一个人耗进去，乌日力格觉得简直就是在浪费资源。况且他现在的身体根本还没有恢复，还得不断地花钱治疗，让妹妹去完成学业，应该是最明智的选择。妹妹能考上大学，走出山里去大城市找一个体面的工作，对于乌日力格来说也是一种安慰。

乌日力格终于在痛苦的煎熬中，身体慢慢开始恢复。有个在城里开家电维修铺的远房亲戚知道了情况，立即向乌日力格伸出了温暖之手，希望乌日力格以后去他那里学习修理技术，将来至少可以自食其力。乌日力格满心欢喜，全家也支持他，这毕竟是一个两全其美的好主意，可没有想到，就在胜利在望的时候，乌日力格又放弃了。

乌家父亲出去打工也得到了乡亲们的帮助，他们把乌家父亲带到了自己打工的公司当搬运工，那是个只要体力不要文化的活，有什么事情有乡亲帮助，这倒让家里放心不少。乌家父亲到了江城以后，应该说各方面都还算不错，国家为了保护农民工的合法利益，随时随地都在严查故意拖欠农民工工资的不法行为，尽管乌家父亲一字不识，也不懂法，但在外打工几年，从来没有遭遇到拖欠工资的事情，每个月他都是按时把工资找人帮自己寄回了家。当地政府了解到了乌家的实际情况以后，立即把乌家纳入了低保对象，每个月给乌家发放低保金，解决了乌家最基本的生活。

乌日力格去了县城远房亲戚家当了一年的学徒，本来乌日力格再学半年就可以出师了，远房亲戚也承诺了，只要乌日力格愿意留在他的修理店工作，他就会每个月给他开工资，等条件成熟以后，远房亲戚还可以帮助他自己创业。这样一个优惠的条件不要说是对一个失去双腿的残疾人有诱惑力，就是对一个想创业的健康人来说也是一个巨大的诱惑。现在就业难，要创业更是难上加难，有人主动找上门来帮助自己，那等于是天上掉馅饼，谁看到馅饼会不要呢？乌日力格高兴得不得了，他立即打电话告诉了远在江城的父亲。乌家父亲当场就兴奋得放声痛哭，他一直不敢相信这一切是真的。

在乌日力格没有受伤之前，乌家父亲已经为儿子和女儿设计好了锦绣前程，虽然他没有文化也没有见过世面，但他还是希望自己的儿女能考上大学，然后在城里找一个体面的工作。没想到一场灾难击碎了他所有的梦想，儿子已经不可能按自己为他设计的道路去走了，他唯一的希望只好寄托在女儿身上。不是他对儿子不抱希望，而是现实让他只能那样做，其实他的心里在流血，他还曾经做这样的设想，如果上天给他一次机会，他唯一的希望就是能和儿子做一个交换，哪怕用自己的生命来换取儿子的健康他也愿意。可他心里乞求了无数次，但上天始终没有给他一次机会。自己一天天地会老下去，只要女儿以后有本事了，她才有能力更好地照顾儿子。现在乌家父亲要紧的就是拼命地挣钱，女儿上学要钱，家里还债要钱。他甚至还想过在我们看来是最愚蠢，但在他看来却是最实际的最爱儿子的办法，那就是一直打工到生命的最后，那样可以多挣点钱，儿子这样的残疾人要娶一个健康的媳妇那是不可能了，他决定等时机成熟，花钱给儿子找一个傻女人成个家，以后能生个一男半女也算了却了自己的心愿。对于儿子现在的情况，他不敢有别的奢望，因为他知道那一切都是不可能实现的事情。但他却没有想到儿子给了他一个惊喜，喜得他忘记了一切。出门打工一晃就是几年，乌家父亲从来没有回过老家，春节大家放假，乌家父亲就主动留下来守仓库，这样不但节省了回家的路费，还能挣一些加班费。不是他不想回家，其实他想回家想得要命，但一想到面对的种种困难，乌家父亲还是忍住了。

春节前，儿子突然的一个电话，就像给乌家父亲打了一针强心剂。当老板还是按惯例安排乌家父亲留下来守仓库时，乌家父亲却突然说出了自己要回家的想法，顿时就惊得老板半天没有回过来神儿。那个时候，早有准备的民工已经买好了火车票，只有少部分还在犹豫不决的民工没有买到车票。很多人都不是从车站买到的车票，火车票早已经被票贩子抢光，民工都是从票贩子手里买的高价车票。乌家父亲虽然平时一分钱都舍不得花，但家的诱惑、儿子的巨大变化让他忘记了一切，他毫不犹豫地从票贩子手中买上了一张回家的无座火车票。当然了，这样花冤枉钱的不只是乌家父亲一个人，还有一个当时带着乌家父亲一起来打工的老乡，他也和乌家父亲一样，家中孩子不停地打电话哭着叫爸爸，老母声音嘶哑地喊儿子，

老乡本来决定不回家的心立即崩溃，他也是临时决定回家的。哪知道这样的决定，却让老乡客死在回家的路上，乌家父亲也成了活死人。

本来乌家父亲和老乡高高兴兴地给家人买好了礼物，拿着火车票准备进候车室等着上车，验票员的一句话当场就让乌家父亲和老乡立即瘫软在地上，因为他们手中所持的火车票是假的，悲剧也就从这里拉开了序幕。归心似箭的两个大男人立即在火车站抱头痛哭，但哭归哭，围观的人除了痛骂丧尽天良的黑心票贩子之外，也没有什么办法能帮得到他们。老乡最后做出了一个大胆的决定，会骑摩托车的他，突然想起了朋友有一辆摩托车在工地上，朋友已经买到了火车票回家了，摩托车就一直放在那里。他立即给朋友打了电话，得知了他的实际情况以后，朋友爽快地同意把摩托车借给他骑回家过年。老乡是一个心地善良，处处为他人着想的大好人，他找到了回家的工具，同时也没有忘记归心似箭的乌家父亲，决定搭上他跨越几个省一同回家和亲人团聚。然而，老天爷却和这对老实巴交的民工开了一个残酷的玩笑，热带雨林江城，以前从来没有下过雪，却在那一年的春节前夕意外地下起了百年罕见的大雪。

交通处于瘫痪状态，火车晚点，航班停飞，高速公路强行关闭，各种车祸不断发生，数百万迁徙大军被围困在路上等待救援。乌家父亲和老乡只得推着摩托车走，走到好路段时再骑上车往家赶。离开江城的第二天傍晚，天空又突然下起了大雪，两人终于费力从一路拥挤的公路上走过，准备抄小路去找一户农家住下，等次日再想办法赶路时，悲剧就在那一刻发生了——两人刚骑上摩托车走了不到五里路，正在边走边看旁边有没有人家时，突然从后面冲上来一辆摩托车立即把两人撞飞了……

乌日力格兄妹俩几年不见父亲，再见到父亲时已经无法认出他来，因为他已经变得面目全非了。那个骑摩托车搭乌家父亲的好心老乡却成了一具血肉模糊的尸体，新年的钟声还没有敲响，哀乐声却先奏了起来。那一年的春节，再一次成了两个家庭的悲痛时刻。面对如此遭遇，首先给父亲打电话的乌日力格无法原谅自己，他觉得是自己害死了父亲，忧郁成疾的他，伤情突然恶化，父亲还没有出院，乌日力格又被母亲和妹妹强行送进了医院，就在乌日力格准备往天堂的路上赶时，一个小男孩的出现让他改变了一切。

—第 4 章—
午夜惊魂

　　周静最怕的是过春节，以前从老家出来打工时，她最喜欢的是过春节，那样可以不在公司一天到晚地做流水线上的工作，而是高高兴兴地带着一年打工的工资回家，给父母买好吃的东西，给上学的弟弟买好看的衣服，一家人团团圆圆地开心过年。也只有在那个时候，周静才觉得自己可以尽情地睡懒觉，不用担心上班迟到被老板训斥。在家里，妈妈还可以把自己平时最爱吃的东西煮好，端到床边，然后一遍又一遍地耐心催她起来吃东西。那个时候，周静高兴起来就起来，不高兴起来就可以赖在床上躺一天；妈妈从来不会对她发火，弟弟还会坐在她的床边乖巧地听她讲江城打工的新鲜事。所以，每年的春节成了周静的希望，家中有亲人，家中有温暖，家中有她的期盼，她期盼上学的弟弟能好好读书，争取以后考上名牌大学，找一份好的工作，不要像自己一样，文化少了只能在车间做流水线工作，累死了还挣不了大钱。弟弟立即满口向她承诺，将来有出头之日，不会忘记姐姐为自己付出的一切。那个时候，周静虽然工资挣得不多，但她却过得快乐、充实，她觉得如果自己再有钱的话，应该就是这个世界上最幸福最快乐的人了。因为她有惹人嫉妒的容貌，长得非常像电影明星徐静蕾。有人说过，女人什么都可以没有，但有一样东西那是必须拥有的：漂亮的容貌。有了漂亮的容貌就等于从出生那天起，父母就给自己投资一笔很大的不动产。周静很快就成了有钱人，她自己都以为自己是在做梦，可她就糊里糊涂地成了有钱人。原因很简单，因为周静长得漂亮。但虽然成了有钱人，周静却过得并不幸福和快乐，相反却失去了更多的

东西。很多年过去了，她才发现自己是一个真正的穷人，穷得身上只剩下钱了。

周静打工的公司是一家外资企业，一直听人说董事长是个日本人，但周静从来没有见过那个日本人。员工私下都叫董事长是日本鬼子。中国人喜欢把外国人称"老外"，这并没有贬低的意思。但对日本人却不一样，解放前日本侵略中国，烧杀、抢砸、奸淫，无恶不作，现在又时不时地在海岸线上惹是生非，所以中国人对日本人一直就没有好感，对他们从来不称"老外"，而是统统叫作日本鬼子，以此来发泄对日本人的痛恨。其实周静打工的那家外企公司董事长李致是个地地道道的中国人，当年因为年轻气盛和别人打架惹出了大事，怕吃官司所以偷渡到了日本，吃尽了人间苦头，一次意外让他遇到了一个日本女人，后来才知道那个日本女人是大富商的女儿，他也很快成了大富商的女婿，加入日本国籍也是理所当然的事情。

日本鬼子很少来中国，像周静这样的一线工人没有见过外资企业的董事长也是很正常的，因为董事长来了也都是召集高层管理人员开会，清查一下账目然后拍屁股走人，周静还没有资格见董事长。在公司主持工作的都是总经理，他是一个地地道道的中国人。但事情就有那么凑巧，那一天周静鬼使神差地就见到了那个日本鬼子，日本鬼子突然来到了中国的公司，还要亲自下车间去视察。本来那天是不该周静上白班的，有个好姐妹白天因为有事不能上班，所以就和周静换了班。日本鬼子到了车间第一眼就像发现新大陆一样注意上了周静，当时周静并不知道他就是董事长，因为他说一口很流利的中文，还是总经理介绍周静才知道了他就是董事长李致。后来，周静莫名其妙地从车间调到了办公室，再后来又当了董事长秘书，再后来周静就和这个可以当自己父亲的日本鬼子上了床，一切都是周静自愿的。日本鬼子给了周静梦寐以求的东西，周静的家人也从此过上了富人的生活，周静的弟弟周涛在学校里谈恋爱影响了学习，高考失利以后立即带着女朋友向芳到了江城投奔周静。日本鬼子二话没说，立即安排周涛在公司当了一名管理人员，向芳在公司干了半年文员，因怀上了身孕在家保胎，老家的父母立即来到了江城伺候向芳。日本鬼子不但给周静的父母买了房子，每个月还承担起了抚养他们的义务。日本鬼子把生意做到了中国，好色的本性也暴露出来了，但在日本他不敢，虽然妻子又老又丑，但她的家人都对他有恩，再说了妻子的厉害日本鬼子也是领教过的，所以他不敢乱来。到了中国就完全不一样了，他找过几个女人，但都不太理想，一看到周静，日本鬼子就觉得这个女人命中注定就是他的，因为周静太漂亮了，漂亮得让情场老手的日本鬼子完全动了心。

日本鬼子时常要返回日本，偌大的别墅里就只留下周静和保姆，还有一只哈巴狗度日。日本鬼子并没有亏待过周静，每个月按时给她2万块钱的生活费，平日只要周静说没钱花了，日本鬼子马上就给。

就在向芳生下一个男孩子不久，周静也怀孕了，妊娠反应把周静折磨得死去活来，孤独无助、毫无经验的周静打了无数次电话向母亲求助，母亲正为着刚出生的宝宝忙得不可开交，还要时时照顾功臣向芳，她根本顾不上周静。平时在家待着没事，天天养着哈巴狗玩的周静，尽管妊娠反应把她折磨得死活来，但想着做母亲的快乐，周静还是咬着牙坚持了下来。那时，日本鬼子并没有在中国，周静也没有打电话告诉他，只想他回来以后给他一个惊喜，他爱自己也爱自己的家人，自己怀上了他的骨肉，周静觉得日本鬼子一定会高兴坏的。可让周静万万没有想到的是，日本鬼子回来得知了实情，并没有表现出半点喜悦，而是一改往日对周静的关心呵护，立即要求周静去打掉孩子。周静又哭又闹，以为那样就会吓着日本鬼子，没想到日本鬼子一个电话就把周静的娘家人找来了，所有的一切都没有商量的余地，放在周静和家人面前的有两条路：一条路是周静立即打掉孩子，周静和家人继续享受一切荣华富贵；另一条路是如果周静执意要生下孩子，周静和家人现在享受的一切荣华富贵立即消失。

看着日本鬼子突然不近人情的蛮横态度，已经快30岁的周静决心把孩子生下来，然后再找日本鬼子算账，没想到全家人立即向周静发起了进攻，目的只有一个，那就是要周静把肚子里的孩子打掉。因为周静生孩子是丢人现眼，她和日本鬼子虽然住在了一起，但没有领结婚证。周静其实也无数次地求过日本鬼子，希望和他结婚，但日本鬼子始终没有答应。因为他虽然在日本生活了几十年，现在也算是成功人士，但这一切都是靠了老婆的关系，来中国之前，老婆就再三给他敲警钟，不能有别的女人。现在周静怀了孩子，他哪敢让她生下来啊？自己的儿子都比周静大几岁了，

如果让家人知道了，他的一切都完了。他不是傻瓜，那种捡芝麻丢西瓜的愚蠢事他是绝对不会去干的。但周静并不理解日本鬼子的一切，只觉得他太心狠，她心里非常生气，决定跟日本鬼子抗争下去。没想到父母却来了最绝的一招：突然在周静的面前长跪不起。周静的心立即崩溃了，亲情已经把她逼上了绝路，她不得不狠心打掉了自己的亲骨肉。然后，周静做梦也没有想到，打掉了亲骨却没有换回亲情，换回来的却是一种羞辱。

周静终于同意去医院打掉孩子，日本鬼子立即大喜过望，他拿出了很多钱奖励周静的家人，然后亲自和周静的母亲一起把周静送上了手术台。周静在手术台上痛得不停地哭泣时，在外面守着的母亲却接了一个电话之后就匆匆离开了医院。电话是周涛打来的，妻子和父亲在家照顾不了孩子，让母亲马上回去照顾孩子。

周静打掉了孩子，日本鬼子总算松了一口大气，他留在屋子静静地陪着周静，对周静像哄小孩子一样关心呵护，这让周静渐渐忘记了伤痛，但这样的日子也只是可遇而不可求的。离春节还有半个月，也就是周静做完手术刚十天，日本子鬼子接了一个越洋电话，然后就给周静留下一笔钱离开了。越洋电话是日本鬼子的老婆打来的，让他马上回去，日本鬼子没有不回去的道理。

空旷的屋子就剩下周静和保姆，保姆也是成天心不在焉，城里打工的男朋友一天要给她打几次电话，约她一起回老家过春节，最重要的是两个年轻人想利用春节的机会亲热。周静触景生情，她立即给保姆发了过节费，然后让她回老家过年。家里就剩下了周静孤零零的一个人，她想和以前一样回老家过年，但现在老家已经没有亲人，父母、弟弟和自己就住在同一个城市里，怕孤独寂寞的周静，决定还是和以前一样去陪着父母过春节，那里是她的依靠，是她疗伤的温室。

然后等待她的再也是不亲情和牵挂，而是让周静一生也不能忘记的难堪。当周静提着大包小包的礼物出现在父母门口时，等待她的不是笑脸，而是大家满脸惊讶和惶恐。周静后来才明白，在老家有一个说法，嫁出去的女儿坐了月子没有满月，不能再踏进娘家的门，那样会把晦气带给家人。周静虽然做的是人流手术，但还是算坐了月子。虽然家人都搬进了城里，但也把老家的封建思想带到了城里。那一天，娘家人没有让周静进屋，而是直接把她带到了饭馆要了一桌丰盛的饭菜招待她，但周静根本没什么心思吃，在娘家人吃得开心快乐时，周静突然捂住脸哭着离开了饭桌。

　　周静当天晚上就去了酒吧。以前，周静从来不去酒吧那样的地方，第一次去酒吧，周静才觉得那里是最让人开心的地方，因为她已经醉了。新年的钟声快敲响时，酒吧老板忙着回家团聚，酒醉的周静却一直不愿意离开，老板只得软硬兼施地把周静轰出了酒吧。周静身体摇晃着在街上乱窜，一辆飞奔的轿车冲了过来，眼看着惨案就要发生时，一个男人从旁边冲出来推开了周静。

—第5章—
亲人捉奸

夏楠突然想要一个孩子的念头，是在他救起了准备卧轨的徐浩。徐浩虽然没有受伤，但情绪接近崩溃，他不停地大喊大叫："我要回家，我想奶奶，我想爸爸，你们别挡着我回家的路。"乌云虽然也和徐浩的情况差不多，但她毕竟是女孩子，所以没有像徐浩那样大喊大叫，可她却一个劲地抹眼泪。夏楠也看出来了，其实乌云想家的念头并不比徐浩差。

夏楠和乌云一起把徐浩送到了医院，医生给徐浩打了一针以后，徐浩的情绪才慢慢平静下来。夏楠紧绷着的心才刚刚松弛了一下，乌云却告诉他一个非常愚蠢的决定：马上赶短途汽车，然后不停地换汽车，不管跨越几个省，只要是往老家的方向走就行。

"现在别说买不到票，就算是有票，等你赶回去春节已经过了，还有什么意思？想回家什么时间都可以的，何必要在春节凑这个热闹呢？"夏楠觉得乌云的想法非常幼稚可笑。

乌云立即大哭起来，她边哭边说："叔叔，如果你的孩子在异地他乡几年不回家，而你又重病在身，现在的病情刚刚有了好转，孩子答应了回来看你，现在又突然失约，你会怎么想？况且我爸爸出了那样的事一切都是为了我啊，我答应了爸爸的事情就一定要做到。爸爸给予了我生命，没有他就没有我的一切，这是做儿女应尽的责任和义务，我连这点都做不到还算人吗？"就是乌云这几句发泄话让夏楠突然清醒，活了几十年，他真的还没有弄懂人活着的意义是什么，只知道拼命地赚钱，赚了钱的目的是什么？如果一个人连起码的责任和义务都不懂得去履行，还算什么人？他想起了自己的父亲，自己除了给他一点金钱之外什么也没有给予，自己一生难道就抱着一大堆钱过日子吗？自己没有孩子，有谁会来替自己尽责任和义务？有谁来牵挂自己？而一个穷困家庭的病重老人，却有如此美丽可爱的女儿为他付出，这一切就是人生的无价之宝，是任何金钱都买不到的。夏楠的心被深深地刺痛，他突然发现自己现在缺少了生活中最重要的东西，那就是天伦之乐。和妻子感情是没有的，只有婚姻的一种交易，再没有一个孩子，自己这一生就是世界上最贫穷的富人了。

以前担心妻子生下的孩子丑，让人笑话的夏楠就在那个时候做出了大胆决定，让妻子不要再做丁克，赶紧生下一个自己的血脉，再丑再怪他也不会嫌弃，自己要享受天伦之乐，不喜欢苦中求乐。有了这样的打算之后，夏楠的心情立即明朗起来，他派了公司的车和司机，把乌云和徐浩分别送回家；不为别的，夏楠觉得是乌云和徐浩让他受到了启发，他感谢他们，成全他们，也希望自己以后生下的孩子能像他们一样牵挂自己。

对于夏楠提出的生孩子一事，金菲菲立即就拒绝了。因为这事来得太突然，突然得让金菲菲没有任何思想准备。任凭夏楠怎么苦口婆心地劝说，金菲菲就是一点不动心，最后还拿出了结婚时，夏楠采取避孕措施的事当说辞。尽管夏楠已经无数次承认了错误，可金菲菲还是不同意生孩子，就是愿意做丁克夫妻。夏楠是又气又恨但没有办法，南方人过年喜欢吃团团饭，一般是从腊月二十左右就开始了，今天你请明天我请，显得热闹而又喜庆。金菲菲逼着夏楠和自己一起去朋友家过年，看着别人家的孩子在父母面前活泼可爱地跳来跳去，夏楠突然心生悲凉，他趁着大家在嬉闹中独自离开，没想到却救下了一个美丽软弱，后来还和他家有扯不断关系的失意女人，这个女人就是酒醉后的周静。

那天晚上，夏楠推开了周静，自己却被车撞倒了。周静看着倒在血泊中的夏楠，她才恍然大悟，知道自己闯下了大祸，手忙脚乱地把夏楠送到了医院，知道夏楠只受了一点皮外伤，当时也是吓晕了过去。夏楠醒来的第一件事，是发现了乌云站在自己的面前，他又急又气地责问乌云为什么不回家时，却把周静弄得一头雾水。后来夏楠才发现自己真的是认错了人，虽然周静和乌云都是两个美得让人无可挑剔的女子，但乌云是个满脸幼稚，爱把所有情绪都表现在脸上的小姑娘；而周静却是一个饱经风霜、

说话做事像祥林嫂一样的成熟女人。乌云口中念念不忘的是：我想爸爸妈妈，想哥哥，我要回家，我要回家；而周静念念不忘的是：我已经没有家了，我想我的孩子，我想我的孩子。

周家父母发现女儿家住上了陌生男人那是两天以后的事情了，新年的钟声敲响以后，儿子和媳妇带着孙子去了娘家。自从自己家发达以后，儿子又遵照媳妇的命令，把她的娘家人带到了江城安家，乡下人都有正月初二回娘家的风俗，儿子媳妇带着孙子回娘家是情理之中的事情。家里一下子走了三个人，偌大的房子就只剩下周家父母，他们这个时候才想起了自己的女儿，女儿上次的失态他们并不是没有看出来，但他们没有办法，老家就是那个说法，嫁出去的女等于是泼出水的水，他们的一切重心只能放在儿子媳妇孙子身上。他们也清楚其实这个家庭最大的功臣应该是女儿，如果没有女儿就没有他们现在的一切。但女儿现在和日本鬼子不伦不类的关系又让他们有点抬不起头，当初和日本鬼子一起逼着女儿去打掉肚子里的胎儿，他们心里也非常难受。可为了整个周家人的利益他们只能那样做，他们穷怕了，想要保住现在的荣华富贵，必须有人做出牺牲。儿子媳妇走的时候，再三告诫他们，女儿打掉孩子没有满月时不能让她上家里来，他们要是想女儿了可以去她的家里看她。

等着儿子媳妇一走，周家父母就迫不及待地给女儿打电话，可女儿的手机一直关机。可怜天下父母心，谁家的父母都心疼自己的儿女，只是说有时候在金钱、利益和儿女之间，父母会偏离重心，这都是在所难免，毕竟大家都是俗人不是神仙，得想到一些很现实的社会问题。打不通女儿的电话，周家父母买了一只女儿平时最爱吃的鸽子，加了一些补品炖上带去给女儿补身体，没想到打开女儿家的门，却发现了客厅里坐着一个男人，他紧紧地抱着自己的女儿。周家父母发现这个抱着女儿的男人不是日本鬼子时，立即吓得脸色大变，手中提着的保温桶也立即掉在了地上。这个抱着周静的男人就是夏楠。

夏楠在医院住了一天就出院了，因为他受的只是一点皮外伤。没有受伤的周静却在夏楠身边一直哭泣，口中念叨的就是"还我孩子，还我孩子"。看着周静想孩子想得失去理智的神态，夏楠的心针扎似的难受，周静的话深深刺痛了夏楠那根脆弱的神经，他也想孩子，他想做爸爸，在这

举国上下都在欢庆新春、万家团聚、人人都在享受天伦之乐时，他却什么
也没有。他想起了父亲，正如乌云提醒他的那样，是父母给予了自己生
命，没有父母就没有自己现在的一切，母亲在夏楠很小的时候就生病离开
了人世，父亲怕他受苦，一直没有再娶，自己又当爹又当妈地把他抚养成
人。父亲去世以后，夏楠才觉得自己亏欠父亲的太多，现在想弥补已经没
有机会了。他现在最想要的就是一个孩子，然后好好地爱他、教育他，但
妻子却无情地剥夺了他做父亲的权利。

　　周静是想做母亲没有做成，夏楠是想做父亲没有做成，两个有着同
样愿望的人的话题很快就谈到了一起。当周家父母发现时，夏楠已经在周
静家里住了两天，说得准确一点是夏楠陪了周静两天，两人之间什么事也
没有，就是在谈论孩子的事情。开始是夏楠不放心神情恍惚的周静，怕她
再出什么事所以决定把她送回家，到了周静家以后，看到周静家里到处都
摆放着一些憨态可爱的布娃娃，夏楠的心再一次被震动。生孩子是女人最
光荣也是别人无可代替的事情，更是自己应尽的职责和义务，一个国家一
个民族如果没有女人的无私付出，整个人类就会灭亡。女人们为了一个小
生命的出生会把个人的生死置之度外。生孩子也让女人自身变得完整、完
美。她们是人类的功臣，社会给予了她们最高的荣誉，把她们跟国家的荣
誉排在了一起。祖国是母亲，生了孩子的女人也叫母亲。一个不想生孩子
的女人让男人无法理解，尤其是像夏楠这样的男人。一个想做母亲的女人
却让夏楠觉得越发可爱和亲近，两人在一起没有男女之间的事，却安然无
恙待在一起，也是很正常的事情。因为他们有着共同的目标，周静把夏楠
当成了自己的倾诉对象，夏楠把周静当成了自己治愈伤口的良药。

　　周家父母苦口婆心地劝女儿，没想到一向在父母面前温顺的周静突然
发了火：“我恨你们！是你们让我打掉了孩子，现在我不想见你们，你们
快走啊！”一看到父母，周静就想到了自己失去的孩子。然而，周静却没
有想到，她的愤怒不但没有赶走父母，却让父母把所有的气都发在了夏楠
身上。夏楠羞愧离开。心生愧疚的周静立即去追夏楠，却没想到遇上一个
又胖又丑的凶恶女人，这个女人的出现把本来简单的关系变得更加复杂，
她不是别人，就是夏楠的妻子金菲菲。但她不是来找夏楠的，也不是来找
周静的，她找的是日本鬼子。

—第6章—

痛苦的决策

把乌日力格从天堂路上拉回来的人叫欢欢。他是一个留守儿童，准确地说他现在已经是一个孤儿了，他和乌日力格是一个村子的人，但不是一个组的，每天他上学都要从乌日力格的家门口路过。以前乌日力格在家养伤的时候，坐在轮椅上总是闲不住，妈妈出去干活儿，乌日力格总是在家想做些力所能及的活儿，有时难免摔倒；欢欢路过时看见便立即过来帮助乌日力格，一来二去两人便熟了起来。欢欢的家里并不富裕，爸爸妈妈为了改变家庭的困境，双双去了外地打工，留下小小的欢欢跟着爷爷在家生活。开始两年，欢欢还有所盼头，因为春节爸爸妈妈都给欢欢带了好东西回来，一家人高高兴兴在一起过年。那时候，欢欢就发誓，自己一定要好好地上学，长大了挣好多好多的钱，让爸爸妈妈不再那样辛苦地去外面打工。每年的春节，是欢欢最高兴也最盼望的日子，他不但可以得到爸爸妈妈给他带回来的好多礼物，最重要的是能和爸爸妈妈在一起，一年团聚这一次，这对于像欢欢这样的留守儿童是很正常的事情。然而，欢欢没有想到的是他的期盼很快就成了泡影。因为欢欢的父母分别在南方不同的工厂打工，也认识了不同的男女，到了最后两人都觉得以前糊里糊涂的结婚是一个错误，现在才找到了自己的真爱，他们想改正错误的唯一办法那就是离婚。因为双方认识的都是未婚男女，都想结婚之后再生一个自己的爱情结晶，欢欢既然是父母错误的结果，那么谁都不想要他。父母在争吵了半年之后终于离婚，欢欢被判给了父亲，母亲每个月付300块钱的生活费。

父亲没有办法带着欢欢生活，欢欢只能跟着爷爷，从此以后父母春节再也没有回过家，因为他们各自的爱都在身边，家里没有什么东西让他们可以牵挂，唯一能让他们想到的就是按时寄一点生活费回家。父母离婚的事，欢欢是从爷爷口中知道的，爷爷身体不好，有一只眼睛因为得了白内障没有及时治疗已经瞎了，但他仍然天天在地里劳动，唯一的希望就是欢欢快点长大，他怕自己哪天突然离开了人世，欢欢跟着谁都会受气。儿子儿媳妇离婚，他气得大病了一场。可他没有办法，儿大不由娘，他管不了儿子。爷爷现在不爱儿子，他最爱的就是欢欢，本来他是不想把那个残酷的事实告诉天真无邪的欢欢，可到了春节，看到别人在外打工的父母都回到了家，而自己的父母不但没有回家，连电话也不打一个，欢欢就天天坐在大门口抹眼泪，甚至晚上也不进屋睡觉，就一直坐在大门口等候。爷爷怕冻坏了小孙子，他只得把真相告诉了他，希望他进屋睡觉，不要再等待不会出现的奇迹。在他看来这事孩子早晚会知道的，长痛不如短痛。

爷爷本来以为欢欢知道了真相，会不依不饶地号啕大哭，甚至逼着自己带他去找爸爸妈妈，可没想到欢欢听了以后变得出其地冷静，冷静得让爷爷都有些害怕，后来欢欢才告诉爷爷，其实他早就知道爸爸妈妈离婚的事，因为班上有些同学的爸爸妈妈和欢欢的爸爸妈妈一起打工，他们都知道了欢欢的爸爸妈妈在外面重新找了相好的，欢欢一直没有告诉爷爷，他是希望别人说的话都是假的，爸爸妈妈一直爱他、不会丢下他不管的，他希望奇迹出现，但没有想到爸爸妈妈真的抛弃了他。

从此以后，本来学习成绩还算得中上等的欢欢，成绩立即降到了最后一名。老师三番五次地找到欢欢的家里，大字不识一个的爷爷也爱莫能助，欢欢的性格变得更加古怪，在学校里没有同学愿意和他玩，都认为是他成绩差拖了全班的后腿。乌日力格和欢欢成了好朋友之后，他便无意中问起了欢欢的学习情况，没想到欢欢突然失声痛哭，在乌日力格的一再追问下，欢欢便把心里的委屈全部倾诉了出来。乌日力格的心突然被震动了，他立即决定帮助欢欢。每天欢欢放学以后，都在乌日力格家做作业，星期天，乌日力格开始给他补功课，就这样，乌日力格在家养了一年的伤，欢欢的成绩也由班上的最后一名，上升到了班上的前三名，欢欢曾经对乌日力格发过誓，他一定要好好学习，以后考上了大学要当科学家，发明一种假腿，安在残疾人的身上跟真腿一样，让乌日力格真正地站起来。乌日力格当时就抱住欢欢泪流

满面，后来，乌日力格去了县城亲戚家学技术，他就把欢欢托付给了妹妹。每到星期天，只要乌云回到家里，欢欢就早早地来到乌云他们家，先是帮助乌云做事，等忙完了事情就让乌云帮助他讲作业。

欢欢知道乌日力格要从县城回来过春节是乌云告诉他的，学校放了假他就天天去乌日力格家里守着。因为他要告诉乌日力格一个好消息，这学期他考了班上的第一名，老师给他戴了大红花，一个以前成绩和欢欢差不多的同学天天，非常羡慕欢欢的成绩突飞猛进，他给了欢欢很多好吃的东西之后，欢欢终于告诉了天天自己成绩突飞猛进的秘密，那就是有乌日力格哥哥和乌云姐姐的帮助。天天就求着让欢欢带他来见乌日力格，欢欢立即答应了。知道了乌日力格要回家的确切日子，欢欢便兴高采烈地去找天天，天天的奶奶便告诉欢欢，天天一直在家等着欢欢，见欢欢一直没有来找他，他便和村里几个小孩子一起去树林里捉野兔野鸡。北方冬天经常下雪，那些野兔野鸡找不到食吃，就会在雪地上乱跑，小孩子在雪地里追赶小动物觉得是件非常刺激好玩的事情。欢欢决定第二天再去找天天，没想到却看到了欢欢和另外一个同学冰冷的尸体。原来，几个小孩在树林越玩越起劲，突然遇上了暴风雪，天天和另外一个同学滑下了山坡再也没有起来，厚厚的白雪盖得他们只露出了一个头。等大人找到他们时，他们已经被冻死。刚刚从外地打工回来过春节的父母，没有见到可爱的孩子，却见到了冰冷的尸体，哭得当场昏死过去。欢欢更是后悔第一天自己为什么没有早去，如果自己早去了就会把天天带走，天天走了悲剧也就不会发生了。欢欢还哭着求乌日力格不能想着走绝路，如果他走了自己也不想活了，爸爸妈妈已经不要他了，爷爷又年纪大了，现在最关心自己的就乌日力格和乌云。

听完了欢欢讲的故事，乌日力格完全沉浸在失去天天的痛苦之中，虽然他还不认识天天，但他通过欢欢的交谈已经了解了天天——一个爱学习的好孩子，他希望认识自己，让自己给他补课，他也希望和欢欢一样成为一个好学生，但这一切愿望还没有实现他就去了天国。

乌日力格早已经注意到了，在农村，像天天和欢欢这样的留守儿童要占百分之六十以上，父母长年在外地打工，这些留守儿童一般都跟着年迈的爷爷奶奶生活，爷爷奶奶都没有文化，对孩子的学习帮不上半点忙，跟孩子的沟通更是困难，他们唯一能做的就是让孩子不冷着饿着，对于孩子的管教他们是一点办法都没有。如果成天在学校里，老人们基本上还能对孩子的安全放心。每当放学以后，尤其是放假在家里，这些留守儿童就像一匹脱缰的野马到处乱跑，安全是最让人们担心的。爷爷奶奶成天忙了地里的活儿又忙家里的活儿，他们没有时间成天跟在孩子们的屁股后面转，就算是爷爷奶奶有时间，他们也跑不过那些孩子。

天天的死在村里引起了非常大的震动，就连几年没有回过家的欢欢父母，也不知道从什么地方知道了此事，两人急匆匆地赶回了家，他们的良心受到了巨大的震动，对于久别的儿子两人都抱头痛哭，更是想着这些年来有乌日力格兄妹俩的帮助，才让儿子成绩直线上升，最重要的是健康平安。欢欢父母的话说得一点不假，两人离婚时欢欢受了巨大的打击，如果欢欢当时没有和乌日力格兄妹俩结成好朋友，乌日力格兄妹俩不无私地去帮助他，欢欢无法从绝望中走出来，就算他不去和同伴们到处乱跑发生意外，也不可能有现在健康的身心，并且时时想着关心别人。欢欢的父母痛定思痛，两人决定让欢欢重新获得失去的父爱和母爱，每年春节都回来一起看望欢欢，陪着他度过最快乐的日子。两人还同时做出了一个惊人的举动，各自出一半的钱交给乌日力格，让乌日力格帮助欢欢做家教；学校放假以后，就让欢欢在乌日力格家里学习、玩耍，只有跟乌日力格在一起，他们才放心。

乌日力格还没有回过神来，村里又有几名在外打工的父母，也做出了和欢欢父母同样的决定。天天的死给长年在外打工的父母们敲响了警钟，留守儿童的学习、管教、生命安全比什么都重要。乌日力格是留在村里的知识分子，把孩子托付给他，在外打工的父母们才安心放心。

面对一个个家长诚恳的目光，乌日力格突然泪流满面，他没有不答应的理由，生活带给他很多的不幸，但他得到的是大家的信任和重托，孩子们需要他，社会需要他，自己的身体虽然残疾了，但心不能残。

哥哥能从绝望中走出来那是乌云最幸福的事情，父亲虽然经过医生抢救保住了一条性命，但他已经完全成了"傻子"，不会说话，记不起以前所有的事情。家庭的再次变故，也让乌云做出了重大选择，其实她是没有选择的余地，退学去打工养家是一条必经之路。在离开家时，乌云发过誓，到了南方要一边打工一边寻找肇事者，为父亲和死去的邻居讨回公道。

—第7章—
半路重生

徐家父亲自从知道儿子买上了火车票，要回家过春节后他就一直没有合过眼。因为身体一直还很健康的母亲突然在春节前得了一场病，口中一直念着孙子的名字，徐家父亲不得不打电话让儿子回来。儿子到江城上大学已经三年多，中间只回来过一次，当奶奶的想孙子是很正常的，因为孙子从小就是奶奶带大的。但徐家父亲却不愿意儿子在春节回家，不是他不想儿子回家团聚，而是春节人太多，赶车简直就是一种折磨，各种意外事故都有可能发生；他爱儿子，儿子是他的生命，他不愿意儿子在春节去凑热闹赶车，因为危险太大。春节，在他的记忆里就是一场噩梦，他时常在睡梦中被吓醒。家庭贫困，儿子懂事听话，去上大学的第一年就打电话告诉了他，说是要在学校搞勤工俭学，春节也不回家，让他在家好好地照顾奶奶就行，徐家父亲马上就同意了。儿子不在春节回家，消除了他的后顾之忧。就在徐家父亲想着再过半年，儿子就大学毕业了，那时正是暑假，儿子回家不再去拥挤，可以让自己放心大胆地等待儿子归来时，没想到母亲却在春节前生病了。孙子是老人的命根子，几年不见了，她想见孙子没有错，再说她已经风烛残年。徐家父亲担心的是万一母亲有个什么意外，孙子没有见到奶奶一眼会怨恨他一辈子。母亲没有见到孙子带着遗憾离开，自己就成了一个不孝子。徐家父亲是怀着复杂的心情给儿子打电话的，没想到儿子就要不顾一切地往家赶。然而正在徐家父亲在家翘首以盼地等待着儿子归来时，却接到了陌生人的电话，说是儿子没赶上火车，因为出了一点意外住在医院里。再后来徐家父亲就不停地给儿子打电话，终于证实陌生人说的话都是真的，不过儿子也告诉了父亲，自己现在已经病好了，正和一个打工的姑娘乘坐专车回家。徐家父亲的心马上就紧张了起来，他还想打电话询问儿子一些别的情况时，电话却突然中断，徐家父亲后来就再也没有打通过电话。一种不祥的预感立即涌上了徐家父亲的心，他担心儿子出事了。徐家父亲担心得没有错，他的儿子真的是出了一点小事。

乌云和徐浩乘坐夏楠给他们派的一辆轿车回家，轿车已经跨越了几个省，就在跨上本省的地界时，天上突然下起了小雨。傍晚，司机开着车从高速公路收费站走了出来，准备在附近找一个地方住下。他们离开江城的时候，夏楠就再三嘱咐，晚上不能开车，安全为重。轿车开到了离开高速公路几公里外的乡村公路上，上面立着一个指路牌，前面十里远有一个小镇。司机决定开车去小镇上找住的地方，准备第二天一早继续赶路。乡村公路由于年久失修，到处是坑坑洼洼的烂路，司机只能小心翼翼地开车。就在这时，前面的公路上倒着一辆摩托车，旁边一个穿着雨衣的年轻孕妇倒在地上痛苦地呻吟；年轻孕妇旁边一个满身衣服都湿透了的年轻男人，抱住孕妇不停地哭喊，见到轿车开过去，年轻男人立即跪地乞求帮助。

乌云、徐浩和司机一起下车去询问才知道了原委，原来，这是一对在南方打工的年轻夫妇，因为买不到火车票，两人急着回家过年，所以只能选择骑摩托车走，更重要的是年轻男人要把妻子送回老家生孩子，有家里人照顾他才放心。本来孕妇的预产期还有一个月，夫妻俩也算好了在路上没事，可没想到摩托车在高低不平的公路上折腾，又遇上下雨天路滑，摩托车摔在了地上，夫妻俩都从摩托车上摔了下来，情况就突然发生了变化，孕妇出现早产的征兆。在人生地不熟的异地他乡遭遇这样的紧急情况，年轻男人突然没有了主意，这时公路上突然开来了一辆轿车，他立即就像抓到了一根救命草。

司机立即把孕妇送到了几里之外的镇上，由于镇卫生院条件简陋不敢给孕妇做手术，司机只得立即开车把孕妇送到了几十里之外的县医院。此时孕妇已经接近休克，值班医生决定马上对孕妇进行抢救，因为孕妇失血过多需要及时输血，偏偏小县城医院又没有符合孕妇的那种血型，就在紧急关头，司机、乌云和徐浩都立即请求医生抽自己的血挽救孕妇的生命。

经过化验，乌云、徐浩的血型和孕妇的血型相同，医生很快抽出了两人的血输给了孕妇。孕妇的生命保住了，医生立即为孕妇做了剖腹手术，一个代表着众人爱心的瘦小男婴平安地来到了这个世界。就在大家为新生命的出生高兴时，徐浩却晕倒了，因为他从来没有输过血，心里极度恐慌，再加上近日来一直忙着回家，身体过度劳累，他再也支持不住了。

老母的病情加重，儿子没有任何消息，立即让徐家父亲陷入了极度悲痛之中。他把母亲托付给邻居照看，自己便去县城找儿子的同学打听情况。儿子和一个姓乔的同学最要好，徐家父亲认为他应该知道自己儿子更多的情况。那个小乔同学曾经来过徐家，现在他在什么地方上大学徐家父亲不知道，但他知道那个小乔同学在县城的家。小乔同学家里很有钱，他的父母曾经资助过徐浩上学，出于感激，在征得儿子的同意下，徐家父亲给他们家送过一些土特产，但每次去人家都会给徐家父亲很多钱，弄得徐家父亲后来再也不好意思去了。因为人家给的钱，在市场上能买到徐家父亲送的十倍的土特产。徐家父亲不是一个贪婪的人，他觉得老是占人家的便宜心里过意不去。现在为了儿子他不得不去小乔同学的家。大过年的，空手去别人家肯定是不好的，想来想去，徐家父亲把家里喂的两只大公鸡提了一只去。城里人啥也不稀罕，就稀罕农家喂的土鸡。另一只他决定留着儿子回来吃，但他却没有想到，一个人的出现立即把他给吓瘫倒在地上。

左等右等还不见女儿回来，乌家妈妈是又气又恨。乌日力格更是气得两顿都没有吃东西了，虽然他什么话也没有说，但当母亲的心里什么都明白。好在有几个学生天天来陪着儿子，尤其是欢欢，简直是寸步不离地守在儿子的面前，时不时还拿出作业来要他讲，这样才把儿子的注意力分散了。看到儿子认认真真地辅导几个孩子的功课，乌家妈妈总算长长地松了一口气，这个家已经承受了太多的灾难，再也经不起一点风吹草动了。儿子虽然不是乌家妈妈亲生的，但从小是乌家妈妈把他养大的，儿子也一直把乌家妈妈视为自己的亲生母亲，乌家妈妈也把儿子当成了自己亲生的。手心手背都是肉，女儿没有一点消息，仍然让乌家妈妈牵肠挂肚。这边老公又有事了。老公虽然不能说话，反应迟钝，但平时一直是好好的，能吃能喝。乌家妈妈走到哪里就把他带到哪里，在地里干活儿时，老公还时不时地忙着干。老公出院时，连走路都困难，现在病情能恢复到这个地步，乌家妈妈已经觉得是老天对他们家的恩赐了。可最近这两天，老公是饭也不吃，觉也不睡，在家里情绪烦躁，动不动就大吼大叫，一种不祥的预感立即笼罩乌家妈妈的心，她决定带着老公去县城里看一看医生。

好在过年时，大多是从外地打工回乡来团聚的民工，从县城回来的班车是挤爆了天，而从乡镇上开往县城的班车却连座位都没有坐满，所以乌家妈妈带着老公很轻松就到了县城。可没有想到，班车刚在县城的汽车站停下，等着上车的乘客就把班车围个水泄不通，车门刚刚打开，大家就拼命地往班车上挤，弄得车上的人无法下车。

乌家妈妈没有办法，她只得先把老公拼命地往车下推。乌家父亲终于挤下了车，而乌家妈妈却再也下不了车，她一次次地往下挤，却又一次次地被那些力大无比争着上车的人推了上去。就在乌家妈妈焦急万分时，意外发生了。乌家父亲突然朝着车站内一个提着大公鸡的男人冲了过去，男人回过头一看是乌家父亲，立即瘫软在地上。乌家父亲立即冲上去骑在男人身上不停地抓打，旁边立即有人喊了起来："疯子打人啦！"

这一喊不要紧，旁边立即冲过去好多热心的人，他们立即拉开了乌家父亲，有人还对乌家父亲动手，地上躺着的男人立即爬了起来，然后丢下大公鸡迅速跑掉了。这个男人不是别人，他就是徐浩的爸爸，一个本来成天就神情有些恍惚，怕受刺激的老实男人。

乌家妈妈立即在车上边哭边喊："你们不要打我家男人，他有病，他有病！"听到这一喊，众人才纷纷放开了乌家父亲。等到乌家妈妈好不容易挤下了车，乌家父亲却拉着她的手情绪激动地边吼边比画。乌家妈妈终于弄清楚了老公的意思，她刚要去追徐家父亲时，却发现徐家父亲的身影早已经消失。

经过两天的调养，徐浩的身体终于恢复了健康。乌云这才想起打电话给家人报平安，但却意外地发现自己的手机不见了，同时丢手机的还有徐浩。两人终于想起来，肯定是当时在路上帮助抢救年轻孕妇时遗失了。两人根本没有想到，就是这个小小的遗憾，才让两家父母同时去县城，去了县城又在同一个地方意外相遇，意外发生冲突，还牵出了一个个隐藏多年鲜为人知的秘密。

—第8章—

断情难断恨

夏楠以为一贯爱吃醋的金菲菲见他两天没有回家，而又突然和一个漂亮女人从小区走出来，会对他不依不饶。可没想到金菲菲却一改往日的醋意，从来不在他面前提那事，这让夏楠心里非常内疚。金菲菲除了不答应给他生孩子以外，别的地方对她还是不错的。他决定好好地对待金菲菲，争取从各方面感化他，让她改变想法，早日生出一个孩子来，这些事情都需要时间和耐心，急是急不来的。

其实夏楠完全想错了，金菲菲根本不是来找他和周静的，她是来找另一个男人，这个男人就是周静的男人，在中国投资的日本鬼子。日本鬼子害了她一生，自从和夏楠结婚以后，金菲菲就知道自己被日本鬼子害了，她曾经去日本找过他。但没有找到，后来听人说，日本鬼子在中国投资办企业。金菲菲虽然找到了日本鬼子的公司，可人家却说日本鬼子根本不在中国，她是私下花了好多钱才买通公司的一个内部人员，知道日本鬼子在中国有别墅。于是，她就趁着丈夫没有在家，以为春节日本鬼子一定在家团聚，所以就找来了，没想到日本鬼子没找到，却发现丈夫从日本鬼子住的小区走了出来。至于周静，金菲菲根本没有往别的地方想，她一直以为周静是小区的住户，只是和丈夫一同从小区出来，根本不会想到她和日本鬼子还有自己的丈夫都有关系。金菲菲那时已经气昏了头，她的矛头对准的也是日本鬼子，对于别的事情她都没有在意。

自从和夏楠结婚以后，金菲菲就全身心地爱上了夏楠，她也知道自己的缺陷，除了父母留给她的雄厚家产之外，她自己没有什么资本可以炫耀的。两人之间没有孩子做感情的纽带，她无法挽留住夏楠，自己那么大的家业也需要有后人来继承，可就是那个日本鬼子把她给害了，害得她有苦说不出来，金菲菲不知背地里哭了多少次，那是再多的金钱也买不回来的损失。本来金菲菲还有一个弟弟，当年就是因为父母太溺爱弟弟，从小就要强的金菲菲受不了那个刺激，她自己花钱找中介公司跑到了日本留学，去了之后才知道是一个野鸡大学，心灰意冷的金菲菲成天泡酒吧、歌厅消磨时光。就在那时，金菲菲认识了风度翩翩、会说一口流利中文的中年企业家李致，异国他乡的金菲菲听到乡音感到非常的亲切和温馨，很快她就和李致好上了，上床也是理所当然的事情。金菲菲不久便怀上了孩子，那时的金菲菲很单纯，她以为找到了自己心中的白马王子，所以决定把孩子生下来。没想到李致知道金菲菲怀孕以后，立即脸色大变，马上要金菲菲打掉孩子。金菲菲坚决不同意。李致终于答应金菲菲先把孩子生下来，并选择合适的时间和金菲菲举行婚礼。金菲菲满心欢喜，李致立即带着金菲菲去医院检查胎儿是否正常，检查结束以后，那个满脸慈祥的医生告诉金菲菲说，胎儿营养不良，需要加强营养，要不然以后生下来的孩子会是残疾。金菲菲十分感动，立即把医院给她开的保胎药拿回家服用，没想到第二天，她的肚子痛得受不了，很快排出了一块块血肉模糊的异物。而李致却没有了踪影，直到那时，金菲菲才知道自己上了当。医生给她开的并不是保胎药，而是打胎药。又气又恨的金菲菲决定找李致报仇，没想到李致从此人间蒸发了。金菲菲伤心欲绝，她决定在日本结束自己的生命。

就在这时，金菲菲接到了父母的电话，父母在电话里的哀求声让金菲菲的心软了。因为长期吸毒的弟弟，突然吸毒过量抢救无效离开了人世。白发人送黑发人的痛苦让父母一夜之间头发全白，金菲菲的心被深深地刺痛，她立即从心底里消除了对父母的怨恨，迅速从日本回到了中国。遇到了夏楠，她决定忘记过去的痛苦，好好地和夏楠过日子，父母也希望早日抱孙子，命运却跟她开了一个残酷的玩笑——她再也不能做母亲了。

大年三十，夏楠一直没有接到乌云和徐浩的电话，他有些慌了神，打俩人的手机又是关机。夏楠又赶紧打司机的手机，传来的却是机主不在服务区的信息。夏楠的心里立即有了一种不祥的预感，乌云和徐浩在离开的时候，他就算好了时间什么时候可以到家。司机在公司干了近十年，驾驶

技术是一流的，也从来没有出过安全事故，按照正常的速度，乌云最晚也该在腊月二十九就到家了，可都等到年三十晚上了还联系不上他们，夏楠决定向沿途的110报警，看有没有他公司车牌号的车子出事故的记录。

其实夏楠也知道大年三十打报警电话是很不吉利的，但他现在没有办法，找不到几个人的下落，他只能采取这样的方法来扩大寻找范围。然而，就在他没有想到先从哪个地方先报警时，手机上却突然收到了一条求救短信，短信是周静发过来的，说她在酒吧外面遭到了别人威胁，希望夏楠去救她。

夏楠想也没有多想，他立即对金菲菲撒了一个谎，然后开车去了周静所说的酒吧，没想到却遭人算计。周静没有出现，几个蒙面人冲上前抓住夏楠就打。

自从夏楠匆忙离家，小心眼的金菲菲一直觉得丈夫心里有鬼，等着丈夫前脚走，她就悄悄跟踪而去，没想到看到了她根本没有想到的结果，她立即打了报警电话才吓跑了歹徒。正想着暗中去调查事情真相时，一个她苦苦寻找的男人却突然出现在了她的面前，这个人就是李致，金菲菲立即在心里大骂起来："日本鬼子，我饶不了你！"

日本鬼子本来是准备在日本过完春节才回中国来的，没想到突然接到了周家父母的电话，说是周静在家很孤独，身体也差，希望他早点回来陪陪周静。尽管老人说得很含蓄，但精明的日本鬼子还是预感到了有问题。于是，他立即坐飞机赶了回来，回来的第一件事情不是关心周静的身体，而是立即取下了他悄悄安放在隐蔽处的摄像头，夏楠便出现在他的镜头里。日本鬼子并没有跟周静对质，现在这个时候，他觉得对质都没有必要了，镜头的一切都把事情解释得清清楚楚，再去对质周静肯定不承认。如果拿出证据，周静肯定认为他做事卑鄙，影响两人的关系不说，甚至会把周静教聪明，以后她会处处防着自己，自己以后还想再监控她那就很难了。说心里话，和周静相处几年，要说没有感情那是假的，他爱周静年轻漂亮，爱周静的单纯，更贪恋周静的肉体。世上到处都是美女，按理说他有钱是可以随便找的，可他就喜欢周静这种类型的，要不然他不会在周静的身上花那么大的本钱。但这样的女人也只能在外面玩玩而已，根本不可能当妻子娶回家的。

　　日本鬼子有钱，所以没有什么办不到的事情，当摄像头里发现了夏楠以后，他立即就找了家侦探公司的人去调查，夏楠所有的情况很快就一清二楚了。侦探公司很快给日本鬼子打来了电话，希望他去公司有好消息要告诉他，日本鬼子高高兴兴地去侦探公司等待好消息时，却发现了在他生命中已经快忘记的女人——金菲菲。对于以前生活中的这个小插曲，日本鬼子是不愿意回忆的，因为他当时和金菲菲的事情不是被人当作桃花运来羡慕，而是被人耻笑的。原因很简单，金菲菲太丑了，知道此事的人都说他的品位低，真的是饥不择食。

　　其实日本鬼子遇上金菲菲也是很巧的事情，因为日本鬼子在家里和太太闹了矛盾，他一气之下就跑去酒吧发泄。当时在酒吧朦胧的灯光下，有些酒醉的日本鬼子真的没有看清楚金菲菲的尊容，只知道她是一个女的，两人糊里糊涂就混到了一起。等清醒过来时，他才看清楚了金菲菲的尊容，立即吓出了一身冷汗，后来金菲菲又说怀上了他的孩子，日本鬼子才知道自己玩出了火。金菲菲不停地纠缠把他弄得苦不堪言，他只得玩了一个计谋摆脱了金菲菲。快二十年了，他一直在努力忘记这段让他感到耻辱的事情，没想到却遇上了，但他更没有想到自己要找的人就是金菲菲的老公。

　　自从夏楠遭遇袭击之后，金菲菲一直在暗中委托侦探公司寻找背后的真凶，但一直没有结果。性急的金菲菲再也沉不住气了，她马上又到侦探公司打听事情的进展情况，没想到却找到了毁坏自己终身幸福的人。这个时候，金菲菲才突然明白，袭击老公的不是别人，应该就是日本鬼子找的人，从日本鬼子见到自己马上就慌张逃离的表情来看，金菲菲更是相信自己的判断没有错，日本鬼子是做贼心虚。既然日本鬼子在中国露了面，金菲菲就觉得他要逃跑也是多余的，跑了和尚跑不了庙，自己已经知道了他的家在什么地方，还怕什么？有仇不报不是金菲菲的性格。

　　周家父母本来以为打电话把日本女婿叫回来，以为一切可以平安，自己现在享受的一切也有了保障，可他们却没有想到灾难已经潜伏在了他们的身边，更不会想到这些灾难都是他们亲手造成的，当他们知道了事情的真相，再后悔已经来不及了。

—第 9 章—
意外惊喜意外忧

　　徐浩回到家里已经是第二年了。他是在正月初一中午到的家，乌云回家也应该是第二年了，徐浩算好了时间，乌云到家应该是正月初一的下午。两人在车上才知道彼此的家离得不过几十里路远，但到了老家就是一些乡村公路，因为年久失修，路况很不好，天上一直在下雨，司机把车开得很慢。徐浩的家相对而言要近一些，所以司机就先送他回去。本来徐浩是真诚邀请乌云和司机到他家里吃了饭再走的，可司机坚决不同意，他想尽快把乌云送到家，然后顺便开车回自己的老家去看看。他的老家就在邻省，当年去江城打工时，他还每年春节都回家看望父母，可后来在江城安了家，他就从来没有回过家。中国有句老话：有了媳妇忘了娘。其实司机并没有忘记父母，时不时也给父母寄一些钱，打个电话问问。对于春节回家他觉得带着一家大小不方便，以前他一个人时，买不到坐票他就买站票回家，随便怎么折腾他都不怕，反正是一个人。可现在不同了，孩子还小，他经不起折腾。司机也经常在心里提醒自己，什么时间有空了，带着一家人回去看看父母。可真正有了时间，又被狐朋狗友拉去吃喝玩乐，他一直没有践行自己的承诺。父母从来没有怪罪过他，还经常托老乡给他带去一些家乡的土特产，每当吃着那些土特产，司机心里都很难受，白发苍苍的父母的影子总是在他的眼前晃动。

　　司机突然产生回家去看望父母的念头，是在开着轿车上路之后，乌云和徐浩的故事，老板夏楠先前就给他讲过了，所以他对乌云和徐浩并不陌生，一路上为了消除寂寞，他不停地和乌云徐浩闲聊。每当谈到自己的父母和亲人，乌云和徐浩都会泪流满面。后来又在路上遇到了一对打工夫妇骑摩托车回家，一个孕妇为了和亲人团聚，买不到火车票竟然冒着生命危险回家看望父母，这让司机的心灵受到强力地震动，与那对骑摩托车的夫妇和乌云、徐浩相比，他觉得自己就是一个不孝子。也就是在那个时候，一个想法突然在他的脑子里萌发，那就是尽快把乌云、徐浩送回家，然后回家看望一下父母。

乌云突然出现在家门口，这让哥哥乌日力格又喜又惊，因为他已经不抱希望妹妹会回来，妹妹没有坐上火车，现在已经没有什么交通工具可以把妹妹载回家。可没有想到妹妹却突然出现在了他的面前，这是一个真实的事情，真实得让乌日力格都不敢相信这是真的，以为是在做梦。但几个孩子的嬉闹声响起，乌日力格才知道自己不是在做梦，妹妹真的回到了家。

乌云回家的第一件事就是找爸爸，因为哥哥先在电话里就告诉她，爸爸近来的病情大有好转，虽然还是不能开口说话，可他已经能慢慢记起一些以前的事情。上一次，他和妈妈有意把爸爸带到村上的小商店，然后悄悄躲在一边观察，爸爸竟找到了回家的路。爸爸有时还在家里悄悄拿出她的照片来，一边看一边抹眼泪。妹妹打工已经三年没有回家了，爸爸一定是记起了她，所以乌日力格希望妹妹回来看一看爸爸，也许对他的病情恢复会有好处。乌日力格还想告诉妹妹一个更大的好消息，现在找他做辅导的学生已经有二十个。村里还建立起了由民政部、中央文明办、文化部、新闻出版总署、国家广电总局和中国作家协会组织的全国"万家社区图书室援建和万家社区读书活动室"，他被招聘为图书管理员。为了更好地服务群众，节假日他从不休息，学校里的学生放了假都往图书室跑，他是一边指导他们做作业一边让他们看书。这些高兴的事情，乌日力格在电话里事先并没有告诉妹妹，他只想着等妹妹回来了给她一个惊喜。但妹妹真的回来了，乌日力格却一点也高兴不起来，有些事情他无法对妹妹说。因为就在昨天晚上，爸爸的病再次发作，他拼命要往外跑，妈妈不得不一早又带着他去县城看病。对于爸爸前几天在县城汽车站突然发病的事情，妈妈一说起就哭，因为她还在汽车上，根本没有看清楚让自己家男人发病的那个中年人，她只看到了自家男人被别人当成疯子殴打。那个匆忙溜走的中年男人是谁？乌家母亲无法弄明白，她的心里也就更加担忧，家里会不会

又有什么大的灾难要降临？

　　乌云一直没有见到爸爸和妈妈，她便拼命地追问哥哥。乌日力格见再也无法隐瞒下去，只得痛苦地告诉了妹妹爸爸最近遭遇到的事情。痛心疾首的乌云不敢在已经多灾多难的哥哥面前表露自己悲伤的心情，她立即跑出了家门放声痛哭，没想到几个孩子却悄悄把哥哥的轮椅推到了她的面前，乌云立即擦干了眼泪，然后拿过了哥哥的手机给徐浩打电话，决定请教一下他，现在家里遇到的这些情况该怎么办，毕竟徐浩是大学生，懂得的东西比自己多。通过几天的了解接触，乌云已经把徐浩当成了自己可以信赖的大哥哥，她觉得徐浩完全可以帮自己的忙。但乌云做梦也没有想到，自己刚把徐浩的电话打通，徐浩却忧伤地告诉了她一个更为奇怪的事情：病重的奶奶在自己回来以后，病情马上就好了；而本来健康的父亲却在去县城找他的高中同学回来以后，精神有些失常了。

　　听到徐浩父亲的蹊跷事，乌云突然忘记了自己家里的事，她在不断安慰徐浩的同时，也告诉了他再过几天，等自己家里的事情忙完了以后，决定去徐浩家里看看他的父亲。因为在车上，乌云就听徐浩讲过家里的事情，他在1岁多时，母亲出去打工就一直没有回来，是奶奶和爸爸把他带大的。爸爸怕他受苦一直没有再娶，为了供他上学爸爸吃尽了苦，奶奶和爸爸就是他生命的全部。乌云觉得自己家里现在虽然发生了很多意外，但从小生活在有父有母的家庭，和徐浩相比，乌云觉得自己要幸福十倍。现在徐浩家遭遇了不幸，自己有责任和义务去帮助他。

　　张红春节前就回到了家，本来父母是让她回来相亲的，因为她已经到了该结婚的年龄，她不急，父母却急。但一想到爱多事、自己却错过火车的乌云，张红的心里就不是滋味。她对乌云是又气又恨，且不说自己陪着她去站了两个通宵才抢到一张火车票有多辛苦，就是为了家里的病父和残疾哥哥，乌云也不应该去多管闲事害了自己。

　　在火车上，张红就拼命地给乌云打电话。因为乌云跟着火车奔跑的绝望情景，让她痛不欲生，她担心乌云会出事。可火车上信号不好，她一直没有打通乌云的电话，等到回家再打乌云的电话时，却传来机主关机的信息。张红虽然平安回到了家里，但她的心却没有平静下来，天天晚上一睡下就做噩梦。有一天晚上，她梦见了乌云的身体卷入火车轨道上，立即变成了一堆血肉模糊的尸体，张红差点被吓死。本来在回来的火车上，张红就想好了，乌云没坐上火车无法回来，自己回来的第一件事就是先去乌云家里看看。在公司里乌云没有少帮过她的忙，虽然她比乌云大几岁，在公司里比乌云多干了几年，但她还是个一线工人，工资一般是中等偏下，因为她怕吃苦，好玩又不想学，现在的公司实行的都是计件工资，多劳多得，张红的工资少也是理所当然的事情。可乌云来了以后却给了她很大的震动，开始她并没有把乌云这个瘦弱的小姑娘放在眼里，以为都是和自己一样，在学校里不好好上学，在家又不想帮父母干活儿，于是就跑到江城的顽皮姑娘。没想到默默无闻的乌云，很快就成了熟练工人。别人都下班了她还在车间里捡那些别人都不愿意干、价钱少、工艺又烦琐的杂件儿活儿。一年以后，乌云成了技术最好的工人，她被评为了公司的先进个人，戴了大红花发了大红包，最让张红羡慕的是，乌云还被提升为车间质量检验员。

张红和乌云真正相处也就是从这个时候开始的。本着对产品质量负责的态度，所以乌云做任何一件事都认真仔细，张红和乌云发生矛盾也是理所当然的事情。张红贪玩，车间主任下达的任务她都不能按时交货，就是催着赶了出来，经过乌云这一关时又被打了回来。因为不符合要求，乌云要张红重做，本来就对乌云羡慕得有些嫉妒的张红根本无法忍受乌云对自己的挑剔，她不但不返工，还和乌云大吵大闹，到处散布谣言，说乌云当上质量检验员是拿了肉体做交易。一些不明真相的人都信以为真，大家相互传递着让人最感兴趣的小道消息，有人还在公司里指桑骂槐，看着乌云那伤心绝望的样子，张红感到从来没有过的开心和得意。从此以后，张红交上去的产品，乌云从来不找她的麻烦，全都是合格产品。张红这才觉得乌云说的以质量为重，那都是骗人的鬼话，以前她找自己的麻烦，根本就是小人得志，为的是在自己面前显示出她质量检验员的威风，自己杀杀她的威风是替大家行公道。就在张红为自己的所作所为得意忘形时，一件意想不到的事情发生了。

—第 10 章—
情深深　意茫茫

　　张红下了班回到集体宿舍吃了饭洗了澡，又准备去街上的网吧打游戏。因为第二天是星期天，张红一般都会去玩个通宵，然后白天回来睡觉。就在这个时候，她突然发现自己项链不见了。女人爱美是天性，张红也不例外，那条项链是她存了三个月的工资才买下来的。尽管在车间上班都穿着又肥又大的工作服，张红还是把项链戴在了脖子上。因为她非常喜欢那条项链，放在哪里她都怕丢了，只有戴在身上最保险。可她没有想到最保险的地方也不保险了，项链不见了，在什么地方丢的，什么时间丢的，张红不知道，但她记得最清楚的是，早晨从宿舍走的时候，项链还是在的。因为每天早晨去上班之前，她都要对着镜子打扮一下，脖子上的项链还在。一天时间里，她就去过一次厕所和食堂，然后就是待在车间里。张红先去了厕所和食堂找项链，可都成了英雄白跑路。其实她已经对找到项链不抱任何希望了，一条金项链谁捡到了会还给她呢？但她还是不甘心，怀着最后一线希望去了车间，没想到看到了她从来没有想到过的一幕：偌大的车间里只有她的那台机床还亮着灯，一个穿着工作服、戴着安全帽的工人正在她的那台机床上忙碌。张红轻手轻脚地走了过去，竟然发现自己的项链放在旁边的工作台上，而那个穿着工作服、戴着安全帽的工人不是别人，正是乌云。机床旁边堆着几个铸铁杂件，乌云一个个地拿起铸铁杂件在机床上返工，那些铸铁杂件对于张红来说是再熟悉不过了，因为都是她交的产品。

　　张红说不清楚当时是什么心情，她立即大喊了一声"乌云"。乌云回过头一见是张红，立即吓得脸色煞白，手中拿着的铸铁杂件立即掉了下去；乌云立即发出了一声惨叫，因为铸铁杂件砸在了她脚上。

虽然乌云被送进医院没有什么大碍，过了几天也就出院了，并且也没有怪罪张红半句，张红却觉得脸上被人狠狠地捆了几耳光一样疼痛，再一次面对乌云那双真诚的眼睛，张红立即感到无地自容。回想起以往的点点滴滴，张红才觉得自己的所作所为非常无耻。也就是在这个时候她才真正明白了，乌云并不是怕她，也没有向她妥协。她仍然是对产品质量严格要求，自己的产品不合格。作为质量检验员的她，并没有冤冤相报，更没有到老板那里去告自己的状，而是在加班加点帮她返工，为的是质量达到要求，更多的是在用自己行动来感染他人。心里非常内疚和羞愧的张红，从此以后完全变了，她再也不像过去那样贪玩、对工作是做一天和尚撞一天钟的态度，而是暗中向乌云学习，在完成本职工作的前提下，还在公司争取多加班，对产品质量更是严格要求。几个月下来，张红的工资拿到公司员工工资的前十名，报废率也接近于零。更让张红没有想到的是，车间要重新选组长，大家都在争着竞选，但乌云以张红进步快，工作认真负责为理由，向主管生产的副经理提出了自己的建议。张红便以绝对的优势竞选成功，再后来，张红把乌云当成自己最好的朋友也是理所当然的事情了。

乌云的老家和张红的老家相隔不到百公里，坐车也不过几个小时。但张红想了很久可还是不敢去乌云家，乌云家的情况张红已经一清二楚，乌云没坐上火车现在又没有消息，她不知道该怎么去向乌云的家人交代。乌云家中除了老母就只有乌云是个健康人，家里所有的希望都寄托在她的身上。乌云过年回不了家，无论什么原因都是对家人的一种伤害。张红现在就是希望能马上得到乌云的好消息，然后才好去向她的家人解释，可她左等右等还是失望了。

父母并不管张红的心情好不好受，他们的任务就是让张红赶紧去县城郊区一个男人家里相亲，日子是在张红还没有回来之前就订好的，那就是正月初二上男方家看人。张红父母一听媒人说男方家在城郊，而且家里很有钱，老头子好像还有一官半职，乐不可支。媒人已经挑明，只要张红同意的话，男方的家人可以想办法马上把张红弄到县城一个事业单位工作。一个农村姑娘遇上这样的好事，那真的是掉进了福窝里，跟这样的家庭攀

上亲家也是一种自豪。父母生怕错过了这个好姻缘，迫不及待地逼着张红去相亲。说心里话，张红现在并不想嫁人，她觉得自由自在的生活很好。但母亲马上就开始边哭边数罗起张红来："你小时候得了一场大病，我们到处借了很多钱都没有治好，周围邻居都说没救了，让我们把你扔了再生一个。但我们没有那样做，为了治好你的病，我们都弄得倾家荡产了。现在你长大了，我们也老了，你却什么话也不听我们的，我们活着还有什么意思，还不如死了痛快！"

这就是母亲的杀手锏，每当张红不听她的话，她就用这样的方式来对付，弄得周围的邻居都以为张红是个忤逆不孝的女儿。大过年的，张红实在不愿意母亲再这样折腾下去，所以她只得硬着头皮答应跟父母一起去相亲。不去不知道，去了吓一跳。张红一走进男方的家里，一个一身名牌衣服，走路像鸭子，嘴里不停地流着口水的中年男人立即迎了上来。开始的时候，张红还以为中年男人是男方家的什么亲戚，没想到媒人一介绍，张红就气得差点晕过去，因为那个流口水、见人就不停傻笑的中年男人就是张红的相亲对象。男方家人的态度很明确，张红进了家以后可以什么也不做，他们给张红买车子、房子，唯一的条件就是要张红和那个傻子结婚，生一个孩子。一看到那个傻子张红都想呕吐，现在却还要她和那个傻子同床共枕，然后生孩子，张红气得大骂了一句脏话之后便冲出了男方的家。

张红在这个时候认识了一个叫"温柔王子"的网友。冲出了男方的家，张红就直接去了汽车站，她是准备直接赶车回家的。可由于县城回老家的班车中午已经开走，下午的还没有到，天上又开始下起了毛毛细雨，为了漂亮穿得很少的张红，身体已经抵御不了寒冷。这个时候，张红突然看到汽车站对面有一个网吧，便直接去了网吧，网吧里有空调，张红的身体慢慢就变得暖和起来。平时，张红上网主要是打游戏，可那天由于相亲受践踏影响了情绪，她根本没心情玩游戏，只想找一个人倾诉内心的苦闷。刚登录上QQ就有一个叫"温柔王子"的网友要求加入。张红仔细查看了他的资料，显示的是江城，在企业做高管，空间的照片是一个阳光帅气的男孩。张红突然有一种触电的感觉，她毫不迟疑地接受了对方。两人一见如故，从来不相信爱情的张红却不可救药地喜欢上了对方。如果不是"温柔王子"有事要下线，张红可能会在网吧不吃不喝地陪他聊上几天几夜。

　　张红走出网吧，才发现天色已经快黑了，她立即跑到了汽车站，可到老家的最后一班车已经开走。张红立即傻了眼，还不知道下一步怎么办时，一个满脸忧伤的中年妇女拉着一个面目表情有些痴呆的中年男人，一边打电话一边往车站走了过来。张红一眼就看出两个人也是没赶上班车的人，她立即冲了上去打听，如果是和自己去同一个方向的人，她就准备和他们一起打车回老家。虽然老家离县城也不远，但出租车司机都不愿意去乡下，因为没有回头客，如果要去他们也是收双倍费用，所以没人愿意坐。尤其是春节，城里的生意都很好，出租车更是不愿意去乡下，但车费给得高的话也有人愿意去，谁都不愿意跟钱过不去。

　　精明的张红不是没有算过这些，辛苦打工赚来的钱，她不愿意让人坑了，确切地说是一个人坐出租车回家有点浪费，这个时候能找到两个同路的，她觉得划算。但张红还没有来得及向中年妇女开口，中年妇女突然喊了一声"乌云"，立即就把张红给镇住了，她条件反射地紧紧地抓住了中年妇女的手，声音颤抖地问："阿姨，乌云在哪里？乌云在哪里？你快告诉我，我要见她！"中年女人立即被张红的举动吓住了，她还没有反应过来是怎么一回事，张红立即抢过了她手中的电话，然后又大喊了起来："乌云，我是张红，你在哪里啊？快告诉我，我都快疯了！"

　　电话那头立即传来了让张红熟悉的声音："张红，我已经平安到家了，你怎么和我爸爸、妈妈在一起啊？赶快陪我爸爸、妈妈一起打出租回来吧，我在家等你们！"一听到乌云的声音，张红突然失声痛哭起来。

　　原来这对中年男女就是乌云的父母，乌家妈妈带着丈夫去县城医院看了病，却错过了回家的班车。已经回家的乌云立即打电话给母亲，让她赶快找一辆出租车回家，到时她付钱，千万不要舍不得。从来没有这样奢华过的乌家妈妈坚决不同意，乌云便在电话里对母亲发了火，可正好被张红听见。

　　乌云意外平安归来，张红还没有来得及分享她在旅途中的喜怒哀乐时，却意外接到了"温柔王子"的电话，说他十分想张红，希望张红马上回江城去。张红立即做出了一个大胆的决定：买火车卧铺票都嫌贵的她，迅速买了一张飞机票回江城见"温柔王子"。乌云这个时候才知道张红突然恋爱了，她想阻拦张红的贸然行动已经晚了。

—第 11 章—
深山夺命

　　一直精神不好的乌家父亲在见到女儿以后，病情顿时好了许多，这让乌日力格、乌云、乌家母亲感动不已。既然父亲的病有所好转，乌家兄妹俩就没有把父亲的病与别的什么特殊事件联系起来。特别是乌云，这个时候最简单的想法就是好好工作，多挣钱寄给家里，尽量让母亲不要太操劳，多陪着父亲，好好地改善一下家庭生活。她也相信父亲一定会恢复健康，什么事情都有一个过程。原来还一直为哥哥担心的乌云，现在看到了哥哥的变化，她已经觉得没有必要再过多地为哥哥担心了。哥哥当了图书管理员，每月有 1000 块钱的工资，他和父亲都有低保，帮助管理村里的学生也有一笔收入。尽管乌日力格一直坚持不收学生的钱，但学生的家长都争着要给，他也无法推辞了。人家说得很在理，有了乌日力格帮助管理孩子，还给孩子做家教，他们在外打工也安心。给一些报酬是理所当然的事，自己在外面打工都挣了钱，人家给孩子做家教是脑力劳动，更应该付报酬。就算是雷锋也要穿衣吃饭，何况乌日力格还是一个残疾人，他们不能昧着良心做事。

　　等把家里的一切安顿下来，乌云才突然想起徐浩家里的事情，她决定去徐浩家里看一看。乌家妈妈见几年不回家的女儿刚到家两天又要离开，心里非常难过；乌家父亲更是紧紧拉住乌云的手不放，他们恨不得分分秒秒都陪着乌云。可一听说了徐浩家的事情以后，乌家妈妈终于同意了，但却提出了一个想法：那就是陪着女儿一起去徐浩家。这一想法立即得到了乌日力格的赞同，手足情深，他也愿意和父母一起陪着妹妹去徐浩家，这样既可陪着妹妹，也完成了妹妹的心愿。乌云开始也觉得哥哥这个想法很实际，没想到在决定走的时候，天空中又开始下了雨夹雪，哥哥的完美想法不得不改变。父亲有病经不起折腾，哥哥身体残疾下雪天出门更是不方便，乌云只得让母亲在家里陪着父亲。说好了自己尽快去徐浩家看一看，然后迅速回家，然而，谁也没想到，一件意外的事情突然打破了乌云的所有计划。

徐浩的家离镇上有十几里路，就像所有的乡村一样，县城的班车都只能开到镇上。乌云坐班车到了镇上，要去徐浩的家就只有步行。这一点，在乌云动身之前，徐浩就告诉了她。步行十几里路，对于像乌云这样的农村姑娘来说不是难事，因为上中学时，她就经常走路到学校，学校离家也有十几里路。北方的冬天天气短，又加上是下雪天，乡村就黑得更早。徐浩是个非常心细的男孩子，她一直担心乌云一个人走那么远的路怕有什么危险，所以先就告诉了乌云，到了镇上马上给他打电话，他去镇上接她。乌云很快答应了，但她却并没有按徐浩所说的去做。因为她不想麻烦徐浩，徐浩也是几年才回一次家，父亲突然得病，奶奶年事已高，徐浩和自己一样都是家里的顶梁柱，什么事情都离不开他。再说了，过不了多少日子徐浩又得返回学校读书，在家和亲人相聚的时间是越来越少，也变得异常珍贵。乌云觉得如果这个时间让徐浩放弃和亲人相聚而亲自来镇上接自己，是一件很不道德的事情。

因为下雪天路滑，班车到了镇上已经晚点了近一个小时，乌云下车时，天色已经渐渐暗了下来，她迅速往徐浩家的方向走去。离开镇上几里路之后，便进入了一处树林，乌云看了看机耕道上的路标指示，便往一条小路上小跑起来。因为路标上所标示的就是徐浩家那个组的地方，看着越来越暗的天色，乌云的心里开始有些胆怯起来，她想尽快到达徐浩的家里才安全。可偏偏就在这个时候，乌云突然感到下腹部剧烈地疼痛起来，她很快意识到可能是自己中午在县城的小饭馆吃了一些不太卫生的东西。乌云立即把给徐浩家买的礼物放在了路边，然后迅速往树林里跑，刚找到一个对她来说是比较隐蔽的地方蹲下来方便，却无意中听到有人轻轻的挣扎声。乌云吓得立即站了起来，然后不停地张望，不远处的一个小坑里，突然发现了一个被捆着的麻布口袋，麻布口袋不停地滚动。乌云还没有明白

过来是怎么一回事，麻布口袋里又传出了一个男人吃力的挣扎声。乌云胆战心惊地走到了麻布口袋面前，用力解开了麻布口袋的绳子，里面出现了一个嘴上塞着毛巾、满脸是血、手脚都被捆绑着的男人。乌云立即发出了一声惊叫，面对眼前突然出现的情况，乌云迅速拿出手机打120急救电话，对于去徐浩家的事她已经忘得一干二净了。

苏一铭自从在乡间小路上被人突然袭击的那一刻，他就没有想到自己会活下来。作为经常与犯人打交道的警察，生命随时会失去这是很正常的事情，因为警察的工作就是充满了挑战性和危险性，从上警察学校的那一天起，苏一铭就做好了充分准备，但他却没有想到自己会在回老家的路上遇害，这让他根本没有一点防备。

参加工作八年以后，苏一铭成了江城一个辖区派出所的大名人，下至小偷，上至黑社会头目，只要有一点线索被苏一铭掌握，那犯罪分子的末日就到了。是苏一铭有一套高明的化妆技术，他会通过技术化妆迅速打进犯罪分子内部，把犯罪分子连根拔除，让那些正在做着违法乱纪活动的人闻风丧胆。犯罪分子送他一个外号"铁面虎"，曾经有人放出风来，愿意悬赏百万要苏一铭的双腿，但却找不到机会下手。可以说在江城，苏一铭成天除了工作还是工作，精神高度集中，时时刻刻充满了警惕性。因为他知道自己的职业影响了别人的"发财路"，还断送了别人的"前程"，所以自己也成了别人主攻的对象。

从学校毕业到被分配到江城工作，苏一铭中间只回过一次家。做别的工作的人都有节假日，而犯罪分子却很敬业，他们不愿意休息，而是加班加点地"劳动"，这就导致了另一个行业的工作量大增。苏一铭和同事们不能像别人那样正常休假也是理所当然的事情。本来春节苏一铭也是没有打算回老家去的，必定相隔几千里，回一次家要跨越大半个中国。派出所的人手又少，有家庭的同事都想着回去和家人团聚，苏一铭便把这个机会留给了别人。父母每年春节都打电话让苏一铭回家，苏一铭总习惯往后推时间，不是他不想家，而是他实在脱不开身。可偏偏在大年三十晚上，母亲给苏一铭打来了电话，说是邻居给他介绍了一个女朋友，人家是公务员，人也长得漂亮，老家也是本地的，趁着春节都在家，一定让苏一铭回去见见。

对于苏一铭的个人问题，父母是操碎了心。也难怪，苏一铭已经 30 岁了，当父母的希望儿子娶媳妇，自己抱孙子也是很正常的事情。父母经常给苏一铭打电话谈的就是个人问题，每年也要给他介绍很多女朋友。但苏一铭都没有当回事，他现在没有想谈女朋友，成天脑子里想的就是怎样破案。以前他每次回绝父母，父母也没有怎么生气，没想到这一次苏一铭又像往常一样回绝父母，父母却在电话那一头伤心地哭了起来，最后还给他下了死命令：如果他再不回去，他们就去单位找他，派出所不是和尚庙，儿子不谈对象是心病，父母要亲自去给儿子治病。

苏一铭立即被父母的威胁吓坏了，父母已经年老体弱，怎么可能经得起折腾？于是，他决定回家。在家休假的同事知道了苏一铭的情况以后，立即赶回了单位值班。也许是天公作美，苏一铭本来也没有抱希望能在网上买到火车票，没想到无意中打开了铁路部门的官方网站，却意外地发现还有一张硬卧火车票。后来苏一铭才发现，大年三十晚上，该回家的已经回家了，回去不了的只得放弃，网上能出现一张临时退票也是很正常的。然而，苏一铭做梦也没有想到，以为离开江城回家就可以放松自己，然后好好回家休息休息，却没有想到从他坐上火车的那一刻起，两双罪恶的眼睛已经盯上了他。从市里下了火车再坐汽车到县城，然后又从县城坐了上午的班车回到镇上，回老家的路没有车就只有步行。一路上父母都不停地打电话，苏一铭时时应付着他们，却在山间小路上突然被后面跟着的两个"农夫"用铁锤狠狠地砸在了头上，苏一铭想挣扎已经不起任何作用了，在寒冷的树林里待了多少时间，苏一铭自己也不知道。

乌云在焦急万分中等待了一天一夜，做完手术的苏一铭才慢慢地清醒过来。得知苏一铭已经没有任何危险了，乌云才想起自己要去徐浩家的事情，她急忙给徐浩打电话，没想到徐浩的电话没打通，却接到了张红的电话，说她被别人毁容了。

—第 12 章—

桃花劫

　　一听日本鬼子回来了，周涛立即就去向他表功。最重要的也是想从旁边提醒一下日本鬼子，让他不要总是离开，尽量在家陪着姐姐，害怕再有什么事情，因为自己不可能随时随地监控着姐姐。但周涛却没有想到在日本鬼子所住的小区意外遇到了金菲菲，他立即吓得拔腿就跑。在此之前，周涛已经找人调查过了，金菲菲就是夏楠的老婆。其实周涛的胆子很小，在家连只鸡也不敢杀，让他带着人去找夏楠算账，开始的时候他是不敢去的，可父母不停地怂恿他，妻子向芳又对他冷嘲热讽，周涛的脸上再也挂不住了，毕竟他还是一个男人，最重要的是想到整个家庭的命运和自己的前途。他不是没有考虑过，姐姐如果跟了夏楠，自己和家里现在拥有的一切都会化为零，所以他得让夏楠立即离开姐姐。但他也知道姐姐的脾气有时很固执，劝说她肯定是不会听的，因为她漂亮，跟谁都不会吃苦的。但要真正找一个像日本鬼子这样，能为他们这个家庭付出的人，那是很难的。所以他们必须让姐姐一直跟着日本鬼子，绝不会让别的男人走进姐姐的生活。

　　周涛以为是金菲菲发现了他，所以来姐姐住的小区找，他立即回到家里，准备找妻子商量下一步怎么办。可妻子却没有在家，孩子在家里哭得死去活来，父母急得没有了主意，他立即打妻子的电话，希望她马上回家。没想到妻子却告诉他，现在没空，她在美容院做美容，要到晚上才回家。周涛气得咬牙切齿，但他想到孩子也不敢发火，还是耐住性子再给妻子打电话，希望她马上回家带孩子，可没有想到妻子的手机却突然关机了。孩子越哭越厉害，周涛的心被刺得阵阵发痛，他立即抱起孩子和父母一起打车去了医院。医生给孩子打了针，吃了药以后，孩子便慢慢睡着了。周涛和父母抱着孩子回家已经多时，妻子才提着包回家。妻子回家并没有关心孩子的病情，而是又对着镜子不停地化妆，又气又恨的周涛立即冲上去打了妻子一巴掌，然后狠狠地大骂："你他妈的打扮得像妓女一样，想去卖就马上滚出这个家，别过上了几天好日子就不知道自己姓什么了！"对于妻子的现在，周涛是越来越看不惯，他不止一次地在心里发过誓，如果世上有后悔药的话，他第一件事就是把妻子休了。只恨自己当时在学校太单纯太幼稚，交上了这样的女人，后来又糊里糊涂地做了不应该做的事情。再后来就是奉子成婚生下了儿子，妻子就觉得自己是家里的功臣，变得越加蛮横不讲理。周涛早就想对她发火，可一直找不到机会，本来骂完了那句恶毒的语言，周涛以为妻子会怕他，也会对自己的行为有所收敛，但没有想到妻子的一句话，却把周涛的肺都要气炸了。"我最多也只能是打扮得像妓女，但我实际就是良家妇女；而你们家却出产妓女，一家人还全靠妓女养活着呢。如果没有妓女，你们一家人能过上现在的好生活吗？"妻子一边冷笑一边骂。

周涛立即从厨房里拿来了菜刀，他冲上去就要对妻子下手，父亲立即上前抱住了他，母亲立即跪倒在周涛面前哭泣，周涛的心迅速崩溃，他立即扔下菜刀跑出了屋子。一直在单位就爱上网的他，第一个想到的就是去网吧上网，结果认识了一个网名叫"超女"的女孩。其实在加"超女"之前，周涛已经在网上找了很久，他就是想找一个女孩倾诉内心的感情。但就是没有找到一个合适的女孩，有的刚加上聊了几句，很快话不投机，周涛就立即把对方删掉。无意中查看了"超女"的资料，周涛就觉得她很有个性，便立即加上了她，没想到一拍即合，双方都有一种相见恨晚的感觉，确切地说是相识恨晚的感觉。周涛把自己的照片发给了"超女"看，"超女"却以种种借口没有让周涛见到她的真面目。周涛非常想见"超女"的真面目，因为他怕"超女"是见光死那种女人，他已经想好了：如果"超女"是个丑女，他就立即把她拉入黑名单；如果"超女"是个美女，他决定和她玩下去，至于是一种什么关系他自己现在也说不清楚，反正他觉得现在心里很苦闷，需要身边有个美女陪着。公司倒是有几个长相还说

得过去的女孩，也经常和他开一起亲昵的玩笑。周涛也明白，只要自己暗示，那些女孩随时都可以和他上床的，现在的女孩很多比男孩还要开放、大胆。但周涛是有贼心没贼胆，更重要的是怕玩出火来，兔子不吃窝边草这个道理他还是懂的。

周涛真正爱上"超女"是在见到她的一瞬间。"超女"不但长得很美，而且还是周涛很喜欢的那种女孩，他忘记了一切，当天就陪着"超女"去宾馆开了房间，以后的事也就自然而然地发生了。其实对于像"超女"这样漂亮又在江城打工多年的女孩，对她是不是处女，周涛早已经在心里做了否定。如果是的话，周涛都觉得她应该是个丑八怪。然而，当周涛亲眼看到了宾馆床上鲜红的液体，周涛才惊呆了，他激动万分地想再次和"超女"亲热时，却接到了姐姐发来的一个短信，这个短信立即让周涛的心掉进了冰窟窿：妻子找不到他，就在家里抱着孩子往地下摔。周涛什么也顾不得了，他立即丢下了"超女"就往家里跑。

男朋友"温柔王子"不辞而别，让张红备感失落，他不停地打"温柔王子"的电话。开始的时候，"温柔王子"还耐心地给她解释说有重要事情要处理，等处理完了就去找她，心急的张红立即问"温柔王子"住在什么地方，自己马上就去找他。可没想到一听说自己要去找他，"温柔王子"的手机立即就关机了。张红立即去"温柔王子"所说的公司寻找，人家却告诉说没有那个人，张红这才发现自己遇上了爱情骗子。想到自己春节都舍不得在老家陪家人、朋友，而是坐飞机来江城和男朋友约会，现在自己不但失去了女人最宝贵的东西，而"温柔王子"也人间消失了，张红的精神崩溃了。但张红就是张红，她绝不愿意就此罢休，一个狠毒的主意立即在她的脑子里冒了出来。可她却没有想到，就是她的这种冲动行为又给自己埋下了祸根。

平心而论，"温柔王子"周涛真的没有想骗"超女"张红，之所以不告诉她地址让她去找，是怕她受到伤害，因为周涛现在都不知道该如何面对这一切。见到张红之后，周涛已经下了决心要和妻子离婚，然后和张红结婚。因为他是真心地爱张红，张红又为他付出了女人最宝贵的东西。初恋时不懂爱情，现在已婚时才懂爱情，周涛决定牢牢抓住突然降临的爱情。开始没有遇见张红时，周涛还觉得妻子没有那么丑、那么遭人恨；现在她又突然对着几个月大的儿子下毒手，周涛就再也不能忍受了，他当即就和妻子提出了离婚的要求，唯一的希望就是要儿子的抚养权。大人再有错，孩子是无辜的。周涛实在担心哪一天稍不注意，儿子就会毁在妻子的手里。尽管周涛已经做出了很大的让步，但妻子就是不同意离婚，还提出了一个让周涛无法达到的要求：要离婚可以，拿 500 万来，否则离婚的事免谈。

对于妻子提出的苛刻条件，周涛恨不得立即杀了她。在这个节骨眼儿上，周涛怎么可能让张红出现呢？他只想尽快把家里的事情解决好了再去找张红，可他没有想到张红已经等不及了，她不但出现在周涛的生活中，还把所有的事情都曝了光。只是周涛还不知道而已，等他知道时一切都晚了。

张红在电视上刊登寻人启事的事，是公司几个员工先后打电话告诉周涛的。开始的时候，周涛还以为员工们在和他开玩笑，他便按员工告诉他的电话号码，打到电视台询问才知道一切都是真的，而且他的大照片也上了电视。张红是以未婚妻的身份在电视台刊登的寻人启事。得知这一消息以后，周涛立即吓破了胆，他赶紧打电话约张红见面，在这个时候，他只是希望张红不要张扬，等自己把事情解决了以后，一定向她兑现承诺。张红开始还是以为周涛在欺骗她，她不愿意让周涛找自己，只希望周涛提供家庭地址，自己好去找他，吃过一次亏的张红不愿意再上当。没想到周涛竟在电话里哭了起来，说自己现在真的是不方便，找个地方见面以后，自己会把所有的情况告诉她。刀子嘴、豆腐心的张红还是勉强同意了。为了隐蔽起见，两人选择在一个宾馆房间见面，可刚见面还没有说到几句话，周涛就收到了妻子发来的威胁短信：如果周涛再不回家她就杀了他的父母。

周涛不得不又一次丢下张红慌忙往家跑。

对于男朋友的再一次失约，张红彻底绝望，她一边大骂周涛一边抓起宾馆房间的东西乱砸，以此来发泄内心的愤怒。没想到突然有人敲门，张红以为是周涛回来向她认错了，她立即打开了门，两个戴大墨镜的男人冲进了房间，惨案立即发生……

夏楠正在为一夜未归的妻子担心时，却意外地接到了乌云的求救电话，希望他去帮助一下绝望中的张红。夏楠立即跑去找张红，却发现妻子就在张红病房里摔东西。

—第 13 章—
跟踪追击

　　乌云给夏楠打完了电话以后，就一直等着夏楠给她回话，因为她不知道张红究竟被毁容到了什么程度。虽然知道张红已经被送进了医院抢救，但她不好再直接打电话给张红，怕再触及张红的伤心之处。张红是个爱打扮的漂亮姑娘，出现了这样的事情她心里的难受程度乌云可以想象得到，更重要的是乌云希望夏楠帮助张红报警，不管怎么说，夏楠在江城生活那么多年，还算是一个成功人士，社会关系和处理事情的经验也多，他多多少少能帮到张红一些忙，乌云希望警方能及时捉拿到凶手。就乌云本人而言，她是想立即飞到张红身边的，可她没有办法，过完春节又到了民工返城高峰，火车票买不到，飞机票也已经预订完，她就是插上翅膀也难飞。这个时候，乌云突然想到了夏楠，她立即打电话给夏楠，求他去帮助惨遭不幸的张红，乌云觉得是最合适不过了，她想尽快知道张红的最近情况。然而，开始还答应立即去医院看望张红的夏楠，不到半小时却马上反悔了，他打电话告诉乌云，自己有事不能去医院，已经让自己最好的朋友去医院帮助张红了，至于说报警一事，他已经做了。一听到这个消息，乌云就在电话里哭了起来，她边哭边不停地乞求夏楠："叔叔，你开始不是答应了我吗？怎么又突然反悔啊？当时我遇到了困难你都无私地帮助我，可现在我的朋友遇到了致命的伤害，你帮我去看一看啊，算我求了你，你再不答应我就给你跪下！"面对乌云的一声声恳求，夏楠的心都要碎了。但他却无法答应乌云的要求，不是他心狠不想去医院，其实在乌云打过电话之后，他就立即开车赶到了医院。好不容易打听到了张红住的病房，急急忙忙地推开了病房门，却见妻子坐在病床边打电话。夏楠立即吓得转身离开。

妻子怎么会坐在张红的病床边打电话，对于夏楠来说是一个谜。但他可以肯定的是，自己如果进去了，受到伤害的应该是张红。张红是个美女，自己虽然和张红之间什么也没有，但只要这个时候去看张红，在妻子眼里就有说不清道不明的关系。张红已经被人伤成那样了，夏楠不想让她再受到伤害，唯一能做的又不让张红再次受到伤害的事就是自己离开。夏楠虽然离开了病房，但他一直没有离开医院，他在时时等候着，如果妻子离开，他就马上会跑去看张红，但没有想到妻子一直没有走。夏楠着急了，他只能躲进医院的卫生间里给乌云打电话。

乌云在电话里越哭越伤心，但夏楠还是找不到不去看张红的理由来回答乌云，他一直在电话的一边保持着沉默，因为他觉得在这个时候自己保持沉默才是唯一的办法。可就在这时，夏楠突然从电话里听到扑腾一声响，他立即对着电话大喊起来："乌云，你在干什么啊？"

"夏叔叔，我求你去看看张红吧，我已经给你下跪了，你有什么事都先放一放吧，算我求你了。"乌云又在电话里喊了起来。

"乌云，你马上起来，我这就去，这就去！"听到电话那边乌云的哭声，夏楠的心在流血，他立即挂断了电话，然后跑出了卫生间。

金菲菲其实并不认识张红，她突然出现在张红的病房里也是一种巧合。上次他去了周静他们住的小区找日本鬼子，虽然找到了家，但却没有找到人。基实在金菲菲来之前，日本鬼子就已经决定搬家了，至于为什么要搬家他并没有告诉周静，只是希望她准备一下。那天早晨，日本鬼子刚接了一个电话走出屋子不久，金菲菲就气势汹汹地找上了门。对于周静，金菲菲并不陌生了，上次两人就相见过，只是没有打招呼而已。金菲菲的目标是找日本鬼子算账，别的人金菲菲不想去管。

对于金菲菲的到来，周静突然感到了一种不祥的预兆。因为金菲菲一进门就打听日本鬼子去了什么地方，凭着女人的直觉，周静觉得金菲菲一定和日本鬼子有着不一般的关系。金菲菲是谁周静并不知道，自己和日本鬼子不伦不类的关系使得她内心十分胆怯，一见到别的女人找日本鬼子，她便不敢理直气壮地去询问。周静已经从金菲菲的年龄、长相、穿着看出了一些端倪，金菲菲和日本鬼子的关系应该在自己之前。周静想得最多的

就是金菲菲可能是日本鬼子的原配，现在亲自上门来捉奸了。原配再老再丑她有资本，是个光明正大的角色；自己再年轻漂亮也是一个不能见天的角色，说白了就是低人一等。好汉不吃眼前亏，周静从小就明白这个道理，她立即在金菲菲面前装出一副可怜相，说自己是日本鬼子家的保姆，主人去了什么地方她也不知道。也许是周静的表演很入戏，金菲菲竟然相信了她的话，当然也不排除另一种可能，金菲菲的全部心思就是想找到日本鬼子，她根本就没有去注意周静。但金菲菲也不是省油的灯，她觉得既然日本鬼子的家在这里，日本鬼子出去也只是暂时的，晚上他应该是要回家的。于是她就决定坐在日本鬼子家里等待，并时时监视周静的言行。果然不出所料，日本鬼子晚上就给周静打来了电话，金菲菲立即冲过去抢下了周静手中的电话挂断，然后用周静的手机给日本鬼子发短信，问他在什么地方，现在家里有个女人在等着，说话不方便，自己想马上出去找他。

老奸巨猾的日本鬼子没有识破阴谋，他一看到是周静手机发来的短信，就立即回短信告诉自己在什么地方，希望周静马上打车过去。

金菲菲要上门找自己，这是日本鬼子早已经预料到的，但他没想到会来得这么快。把周静一个人留在家里，日本鬼子也实在不放心。花了大本钱养着一个尤物，现在却不能陪着自己，日本鬼子觉得是一笔大损失，他要把损失挽救回来。

知道了日本鬼子住的地方，金菲菲立即出门去找日本鬼子。至于找到了日本鬼子会怎么样，金菲菲没有想过。钱她不缺，她现在缺的就是一个自己的孩子，她想当母亲，想生孩子。可这一切都已经不可能了，是日本鬼子毁了她，这样的损失是再多的钱也弥补不了的。上次丈夫突然被人袭击，金菲菲觉得就是日本鬼子在暗中报复，她不知道日本鬼子在背地里究竟和自己的丈夫是怎么搅在了一起，自己过去的一切，丈夫并不知道，自己正在想办法如何面对一切时，可日本鬼子却和自己的丈夫有了瓜葛，这让金菲菲更是火上浇油。她想发泄，她想报复，如果不做这一切，她觉得自己会被逼疯的。

日本鬼子给周静发完了短信，但一直没有收到回信。对于金菲菲的火暴脾气，日本鬼子非常清楚。他不知道单纯、没有多少社会经验的周静能不能从家中逃出来，金菲菲会不会把周静作为人质扣押，这是日本鬼子非常害怕的事情。其实他也想过很多种办法，那就是直接报警，但警察一去，自己所有的一切都会曝光。日本鬼子早就听人说过，金菲菲的父亲是一个官员，而且还是有实力的那种，事情闹出去不但会影响到自己在大陆的生意不说，很可能一些媒体还会把此事作为新闻报道出来，现在信息相当发达，这一切让日本的家人知道了，自己所有的一切都将完蛋。所以，日本鬼子尽管心里非常担心周静，但他也不敢回家，更不敢报警。谁轻谁重，他很明白，自己不能因小失大。

就在日本鬼子焦急万分地替周静担心时，却意外接到了周静发给他的短信，说自己已经从家里逃了出来，马上就到宾馆了。日本鬼子又惊又喜，他立即脱掉了全身衣服开始洗澡，准备等着周静过来时好好和她温存，周静的身体让他着迷，然而他没有想到的是，等来的不是让他时时想起来就心花怒放的周静，而是让他看了就想呕吐的金菲菲。

日本鬼子还没有洗完澡，外面就响起了敲门声，日本鬼子立即拿过一条浴巾裹住了自己的下半部，然后满心欢喜地走过去打开了门。满脸怒气的金菲菲立即冲进了房间，立即抓住日本鬼子就是一顿暴打，日本鬼子这才知道自己上当了，他拿出了全身的力气把金菲菲按倒在地上，不停地对她拳打脚踢。金菲菲根本不是日本鬼子的对手，她立即被日本鬼子打倒在地上。日本鬼子迅速穿好了衣服转身离开了酒店。金菲菲立即挣扎着站起来，然后在酒店里大喊大叫"抓流氓"。

日本鬼子受伤很意外，他刚刚下楼就听到了金菲菲的喊叫声，宾馆里的员工立即骚动起来，又惊又怕的日本鬼子为了尽快逃出宾馆，没注意就从宾馆的楼梯上摔了下去，以后的事情他就什么也不知道了。

金菲菲知道日本鬼子受伤是无意中从宾馆员工口中得知的，但无论她怎么问人家，人家都不愿意告诉她日本鬼子住在什么医院。后来，金菲菲才知道，那个宾馆是日本鬼子公司接待客户的定点宾馆，每次日本鬼子公司的客户来了都是住宾馆里最豪华的房间，所有员工都把日本鬼子当成了上帝，别人要打听日本鬼子的情况，没有老板的允许，谁也不敢向外透露。不服气的金菲菲对宾馆的员工大骂了一通之后，便开始在城里的各个大医院拉网似的搜索，终于发现了日本鬼子所住的房间，她立即又跑去找日本鬼子算账，却发现病房里只躺着一个美女，而日本鬼子的病床却是空着的。

—第 14 章—

节外生枝

　　乌云在焦急的等待中，终于等到了夏楠的电话，说是张红根本没有什么问题。由于当时在遭人袭击的时候，她躲得快，歹徒拿着的水果刀只在张红的耳朵后面刮了一下。但张红确实是被吓晕了，当她用手摸了一下发痛的地方，手上沾了很多的鲜血，张红就以为自己的脸也被毁了，所以她就给乌云打了电话，说自己被毁容了。现在张红的伤已经没有什么大的问题了，医生已经给她做了处理，再过两天就可以出院了。乌云并不相信这一切是真的，他觉得是夏楠在找借口安慰自己，也许他根本就没有去医院看望张红。歹徒有意要伤害张红，怎么可能那样放手啊？所以她很不客气地马上把电话挂了。其实，乌云这一次是真的冤枉了夏楠，因为夏楠对她说的都是事实，现在夏楠就在张红的病床边。

　　为了把金菲菲引走，夏楠没少费工夫，他先是雇了人去病房找金菲菲，说外面有人找她。可在气头上的金菲菲却说现在就是亲爹亲妈找自己也不会走。夏楠没有了办法，最后他终于想出了一个狠毒的方法，用别人的手机给金菲菲发了一条短信，说自己遭遇了车祸。这一招果然很灵，金菲菲立即转身边打电话边往病房外面跑，夏楠这才有机会进到了病房去看望张红。

　　夏楠走进病房的时候，张红正拿着手机坐在病床上打电话。夏楠走进去的时候，张红立即像抓住了一棵救命草，拼命让夏楠帮助自己找男朋友。夏楠从张红的哭诉中知道了她受伤的全部过程。也就在这个时候，夏楠才知道金菲菲并不认识张红，金菲菲来病房是找另外一个病人的。至于那个病人姓什么，张红说她不知道，反正是一个上了年纪有些派头的男人，还会说外语，估计是个老外。听张红这么一说，夏楠的心里终于长长地松了一口大气，一切都是虚惊。无论如何他决定尽快帮助张红找到男朋友，至于伤害张红的人跟他有没有关系，现在无法说清楚，虽然张红没有受到多大的伤害，谁敢保证以后会不会有麻烦？保护一个弱女子，夏楠觉得是一种自豪。

其实周涛并不知道张红受了伤，回家以后，他没有见到妻子和儿子，便立即打母亲的电话，才知道父母带着儿子去逛公园了。周涛立即觉得上了妻子的当，想到张红还在宾馆里等自己，他立即转身又往宾馆跑，没想到张红住的那个房间有两个警察站在那里。几个服务员滔滔不绝地向警察介绍事情的经过，周涛一露面，警察就叫住了他问情况，这个时候周涛才知道张红出事了。为了怕惹麻烦，周涛便谎称是张红的老乡，也是听说她出事了才过来看看的。警察没有过多地为难周涛，做完记录留下了他的电话号码以后就把他放走了。走出宾馆，周涛才发现自己吓得把尿都撒在了裤子里，他不敢再打电话给张红，认为警察为了抓凶手，一定会监控张红的电话。为了弄清楚事情的真相，周涛悄悄化了妆去病房找张红，却意外地发现夏楠坐在张红的病床边，周涛立即吓得魂飞魄散，他不顾一切地跑出了医院。

乌云本来是不忍心打电话向张红本人了解情况的，但她又一直放心不下她，为了证实夏楠没有对自己说谎，乌云还是给张红打了电话。这个时候乌云才知道张红真的没有什么大事，夏楠说的一切都是真实的，乌云的心里十分不安和内疚。本来想打电话向夏楠赔礼道歉，可她又放不下面子，于是又打电话给张红，让她代表自己向夏楠表示一下歉意，可没想到电话里却传来了对方的辱骂声："你这个破鞋，到底要勾引多少男人啊？"

"你在骂谁？我是乌云啊。"听到对方辱骂自己，乌云立即亮明了自己的身份。

"我骂的就是你，你最好马上给我离开这个城市，要是再让我发现了你，我要让你活得生不如死！"对方越骂越起劲儿。

一听到这样的威胁话，乌云一下子就傻眼了，她顾不得别的事情，马

上就给夏楠打了电话，请他去了解一下张红到底出了什么事，怎么会突然这样对待自己。夏楠立即就给乌云反馈了信息：张红什么也不知道。乌云坚决不相信，她仔细地搜寻拨打过的电话，才发现自己拨错了电话。

本来在放春节假，周涛是不应该提前上班的，但日本鬼子还是打电话让他立即去公司，这对于周涛来说无疑是一种解脱，和妻子的关系已经闹到了水火不相容的地步，待在家里无疑是一种痛苦的折磨。相反在公司里他可以自由自在地上网，时不时地找些年轻姑娘谈情说爱，而在家里他的一切都在妻子的监视之中。现在周涛最后悔的就是生了儿子，开始有了儿子的时候他还觉得是一种自豪，因为那个时候，他对妻子还说不上讨厌。现在他才觉得生了儿子是一种累赘，没有儿子的话，他可以轻松和妻子离婚。现在就不一样了，自己要离婚，妻子就拿儿子当摇钱树，并且狮子大开口。别说自己没有钱，就是有钱了他也不放心拿很多的钱让妻子养儿子，因为妻子在发火时，他亲眼看见过她拿儿子当出气筒的场面，儿子撕心裂肺的哭叫声像刀子一样割着他的心。自己要儿子妻子又不愿意，本来想过就那样和妻子过下去，但他又觉得对自己太残酷了。现在自己已经找到了一片绿洲，谁还愿意回到荒漠中去啊？一接到日本鬼子的电话，周涛便决定立即去公司，没想到妻子却跟踪了他。周涛刚在日本鬼子的办公室坐下，等待日本鬼子给他安排事情时，妻子就在外面不停地敲门。开始的时候，周涛还不知道是谁，在日本鬼子的办公室，没有经过日本鬼子的同意，他不敢擅自去开门。就在这时，外面的敲门声却越来越响，日本鬼子生气地走过去打开了门，满脸怒气的向芳出现在门口。周涛正不知如何面对时，日本鬼子立即对着向芳大骂起来："你要不懂规矩，我马上让你吃不完兜着走！这是什么地方你知不知道？别吃了几天饱饭就把自己当人看了，你再胡闹，我让你从哪里来就滚回哪里去。"周涛本来以为日本鬼子那样骂了妻子，妻子会暴跳如雷。因为在背里，妻子一直看不起日本鬼子，还经常说他的坏话。可没有想到的是，日本鬼子那样训斥了向芳，向芳却二话也不敢说，只得灰溜溜地离开。周涛心里突然涌出了一种从未有过的快感，自己对妻子的不满一直不敢发泄，而现在却有人替自己报了仇，这实在是一件大快人心的事。开始的时候，周涛还有些胆战心惊地怕妻子和日本鬼子吵，现在他却希望妻子和日本鬼子吵，那样的话日本鬼子就会越加厌恶妻子，还会把她骂得狗血淋头，甚至打她一顿，那样自己也好尽早地摆脱妻子。

然而，就在周涛的高兴劲儿还没有过时，日本鬼子却提出了一件让周涛更为难的事情：那就是让周涛去家里找周静。因为日本鬼子已经和周静失去了联系，他担心周静又不敢回家去找她。自从被金菲菲追赶以后，日本鬼子的魂都吓掉了一半。金菲菲那样的女人，日本鬼子是亲自领教过她的厉害的，属于天不怕，地不怕，老虎的屁股都要摸一下的角色，何况自己还不是老虎。精明过头的日本鬼子也知道好汉不吃眼前亏的道理，惹不起金菲菲他躲得起，既然金菲菲已经发现了自己的家，他觉得搬家是最重要的。别的人日本鬼子已经不太敢相信了，他只相信周涛。对于周涛他一直就比较喜欢，也许是应了中国那老话"爱屋及乌"的道理吧！他爱周静当然也爱周静唯一的弟弟，周涛不但人长得帅，也和周静很相像，最重要的还是他很听日本鬼子的话，日本鬼子没有不爱他的道理。

日本鬼子突然提出了一个简单的要求，本来以为周涛会爽快地答应，可没有想到周涛立即就拒绝了。开始，日本鬼子还以为是周涛没听懂自己的话，他又把意思重复了一遍，周涛还是拒绝："姐夫，你可以直接给我姐打电话啊，为什么要我亲自去找？"现在信息这么发达，周涛真的不明白日本鬼子为什么要那样做。

日本鬼子是又气又恨，周涛问的话他无法做出解释，这也让他非常尴尬，他立即就对周涛大发雷霆。一看到日本鬼子发了火，周涛立即害怕起来，他只得答应了日本鬼子的要求。走出日本鬼子的办公室，周涛就迫不及待地拿出手机给姐姐打电话，没想到却被一个女人把他当成日本鬼子怒骂。周涛这才觉得事情非常的复杂，也更担心姐姐的一切。但想起上次去姐姐家，在小区意外地遇到那个可怕的女人，周涛还是不敢再去冒险，他立即决定回家向母亲求助。

周家母亲一听说是"女婿"让自己去找女儿，她顾不得吃饭就往女儿家跑。对于她来说，"女婿"能让自己为他跑腿是一种自豪，自己能给日本老板当岳母是一种荣幸，可她没有想到的是这种荣幸马上就变成了不幸。

—第 15 章—

步步惊心

　　春节之后，返回单位上班又成了乌云最头痛的事情。回江城的火车票早已经被抢完，时不时地会有一张退票，但已经被那些成天守候在电脑前的网友立即抢走。乌云的家在乡下农村，手机都有时打不通，对于网上抢票乌云根本不具备条件，单位已经打了几次电话，说是开年以后活路很多，希望她尽快回去上班。母亲和哥哥得知乌云无法返回江城上班，都劝她放弃去江城，就在本地区找一个工作，太远了家里人实在不放心，回去一次也把人折腾得半死不活的，现在家庭生活也基本上过得去，不用再去江城拼命了。其实乌云也有这样的想法，但她已经仔细了解过了，本地区根本没有什么企业。如果打工的话就只能去饭馆之类的地方，在那里学不到什么技术，而且工资要比自己在江城少三分之二。最主要的是乌云现在已经喜欢上了自己的那份工作，家里生活虽然勉强过得去了，但房子很破旧，冬天非常不保暖，哥哥身体残疾，父亲又有病，乌云就想多挣些钱回来，把家里的房子重新翻修，让家人有一个比较好的居住环境，那样心里才踏实，所以她还是决定去江城。

　　上次去徐浩家，乌云无意中听他说过，如果春节后赶不上火车回去上学，他就决定赶汽车，然后不停地中转去江城。现在买不上火车票，乌云也决定按这个办法走，可因为她平时从来不上网，也不知道路线，所以她决定邀约徐浩跟自己一路同行，但徐浩的电话却一直打不通，这让乌云突然失去了主意。

　　如果没有发生那件事情之前，乌云会立即再次赶车去徐浩家找徐浩。

但乌云现在却不敢再去，一想起那一幕她就吓得全身发抖。回家以后，乌云立即把一切告诉了母亲，母亲更是坚决反对她再去徐浩家，谁家的孩子谁家都心疼，母亲怕女儿再次受到伤害。那一次，乌云把树林中的受伤者护送到医院就报了警，通过警察的了解才知道了自己救助的人原来是个警察，叫苏一铭。苏一铭脱离危险之后，乌云是准备马上去徐浩家的，却又被张红毁容的事情所耽误，所以乌云便又过了一天才想起去徐浩家。到了徐浩家，徐浩却不在家，后来才知道他和奶奶一起去地里摘菜了。乌云刚走进徐浩家的院子，突然从屋里冲出来一个中年男人，他不由分说地抱住了乌云，然后大喊："珍子，我想你，这些年你去了哪里？我找你找得好苦你知道吗？以前你嫌床旧，现在我已经买了一张大床，赶快进去看看，我一定要让你睡得舒舒服服的。"中年男人边说边把乌云往房间里拉。

对于中年男人的突然举动，乌云立即吓得魂飞魄散，她边哭边喊："叔叔，我不明白你在说什么？珍子是谁？我是乌云，是来找徐浩哥的。"

中年男人的情绪更加激动，他立即抱住乌云亲吻，然后又大声地喊了起来："你不是乌云，你就是珍子，浩浩是我们的儿子，他现在已经上大学了，以后我再也不让你离开这家了，我会让你过上幸福生活的。"

乌云又羞又气，她不停地挣扎，力大无比的中年男人却把她越抱越紧。就在这时，乌云突然抓住中年男人的手狠狠地咬了一口，中年男人痛得嗷嗷直叫，他立即放开了乌云，乌云立即转身就往院子外面跑，一个年轻男人立即抓住了边哭边跑的乌云，这个男人不是别人，他就是一直等着乌云的徐浩。半个小时之前，徐浩接到了乌云的电话，说是快到他家了，他就和奶奶一起去菜地里摘菜，准备好好做一顿饭招待乌云。乌云也在那个时候知道了，对自己耍流氓的中年男人，竟是徐浩突然生病的父亲。尽管徐浩和奶奶说了很多的好话，还保证以后没有人再伤害自己了，但乌云还是不敢再待在徐浩家里，她决定立即离开。徐浩的奶奶见挽留不住乌云，便伤心地痛哭起来，从奶奶的哭泣中，乌云才知道了徐浩家里的故事。徐浩父亲嘴里的"珍子"就是徐浩的母亲，当年徐浩1岁多时，因为家里太穷，珍子本来是想让丈夫出去打工挣钱的，可徐浩的爸爸舍不得离开妻子和幼小的儿子，他一直不愿意出去打工。珍子一气之下就跟着村里人外出打工，没过多久，就听村里人说珍子下了班打扮得很漂亮地出去

逛街，后来就再也没有回来过。几年以后，村里有人还在别的地方看到了珍子，可她却说人家认错了人。徐家父亲开始还到处找珍子，后来就渐渐放弃了，他独自一个人赡养老人抚养儿子。因为乌云长得确实有些像当年的珍子，一直压抑了二十多年感情的徐家父亲，就把乌云当成了当年的珍子，所以才会做出那样的不文明的举动。

得知了这样一个凄惨的故事，乌云就觉得自己不留在徐浩家吃一顿饭，那就是真的伤了别人的心。换位思考一下，乌云觉得徐家父亲的过分行为也可以原谅，何况他还是一个病人，自己再跟他计较那就是太小气了。

乌云再次走进徐浩家，可没想到的是徐家父亲完全和刚才判若两人，他又是忙着倒茶又是忙着把家里的好东西拿出来给乌云吃，这让乌云感到非常的意外和惊讶，后来乌云才从徐浩的口中知道了原因。春节回家时，父亲神情恍惚，说话胡言乱语，徐浩就一直陪在父亲身边开导他，还说出了自己赶火车时遭遇到的事情，当然也谈到了夏楠和乌云帮助他，才让他有机会平安回家。父亲突然泪流满面，精神也慢慢好了起来。他就一直劝儿子，要把自己的恩人请到家里来好好谢谢人家。刚才徐浩一进家门，就立即告诉父亲自己把恩人乌云带来了，所以父亲立即忘记了先前自己的所作所为，他只想对儿子的恩人好。看到徐家父亲讨好的微笑，乌云突然感到一阵心酸，先前对徐家父亲的厌恶已经荡然无存，心里不由得可怜起徐家父亲来。

从徐浩家回去以后，乌云也曾经问过母亲，谁是珍子？为什么徐家父亲把自己当成了珍子？徐浩的奶奶也说自己长得跟当年的珍子有些相像，本来乌云问这些话是想从母亲的口中得到一些关于珍子的线索，可没有想到母亲却告诉乌云，以后千万不要去徐浩家，他们说的珍子可能根本就没有这个人，那是徐浩的奶奶为自己儿子找的借口。说白了，徐家父亲就是一个花疯病人，老人怕难堪，所以就编了一个谎言。从来没有经历过这种事情的乌云马上就傻眼了，她不知道谁说的是对的，徐家奶奶说的有道理，可母亲说的也有道理。如果自己再去徐浩家，万一遇上徐家父亲又发病了怎么办？打不通徐浩的电话，乌云便在手机上给徐浩发了一条短信，如果徐浩今天还没有回信的话，她还是决定悄悄去徐浩家看一看，只是不进他的家，想办法找人去把徐浩叫出来在外面谈谈。可乌云没想到的是，在给徐浩发了短信不到五分钟，徐浩就突然回复了一条短信，说自己这一学期基本上都是实习了，所以想晚一些去学校，现在父亲的病在渐渐地好转，自己想在家多陪陪他。

徐浩突然做出这样的决定，立即让乌云完全没有了主意。单位又不停地打电话让她立即赶回去上班。走投无路的情况下，乌云决定还是冒险背着母亲和哥哥悄悄搭乘别人的摩托车走。可没有想到，一条意外的短信立即让乌云高兴得哭了起来，因为 12306 给她发来一条短信，说她成功订购了一张第二天晚上去江城的硬卧火车票，希望她拿着身份证到当地火车站换取纸质火车票上车。对于 12306 这个电话乌云非常熟悉，曾经为了一张回老家的火车票她把这个电话已经打烂了，但还是没有购到一张火车票，现在却喜从天降。乌云第一个想到的就是张红帮助了自己，因为订火车票要报身份证号码，她的身份证号只有张红知道，可她还没有来得及打电话感谢张红时，几个警察却找上了门。

警察带走乌云也是为了执行公务，但却让乌云的家里再一次陷入了绝望之中。乌家父亲看着警察带走女儿当场病情发作，母亲气晕了，行动不方便的哥哥只得四处打电话求救。

—第16章—

层层迷雾

其实，警察带走乌云也是为了保护她。苏一铭虽然经过医生抢救保住了性命，但他却完全失去了记忆。情绪激动的苏家人无法接受现实，过度的悲伤已经让他们失去了理智，失去理智的人没有什么事情做不出来的。歹徒一直没有抓住，对于儿子在回家路上被害，苏家父母感到有很多的蹊跷事情，所以便把矛头都对准了知情者乌云，虽然他们不认识乌云，但儿子的手术单上有乌云的签字和身份证号。对于在警察那里看到的乌云口述，苏家父母认为是天方夜谭的事情，目的就是想掩盖一切真相，儿子的遇害乌云是内线。于是，苏家父母天天待在公安局吵，要求把当事人绳之以法。如果警察不抓乌云，他们就会自己动手，所以，警察只得提前带走乌云。

乌云被带去公安局不久，乌日力格打电话求助的救援队也赶到了公安局。苏一铭的亲人一见到乌云就要动手，好在有警察护着乌云，才让她没有受到伤害。面对愤怒的苏一铭家人，孤独无助的乌云立即打电话给夏楠，希望他能站出来为自己作证。当初错过了坐火车，就是他找了公司的轿车送自己和徐浩回家，自己要是不回老家过春节，也没有后来发生的一切故事。自己是冤枉的，从来没有伤害过苏一铭，从前也不认识他，可现在自己就是有十张嘴也说不清楚。然而，乌云给夏楠打电话，却突然传来了机主关机的信息，这让乌云再一次陷入了深深的绝望之中。她的心里立即产生了一个可怕的念头，自己当时和夏楠非亲非故，他却突然对自己那么好，这中间是不是藏着一个巨大的阴谋？有句话说得好：天上掉馅饼，地上有陷阱！苏一铭的被害应该和夏楠有关系，而自己却不知不觉中当了替罪羊。

乌云猜得没有错，苏一铭的被害的确与夏楠有关系，还和她自己也有关系，而且关系还很大，只是几个人之间都还不知道罢了。夏楠不会在网上抢购火车票，所以他只得打电话让朋友帮他抢。朋友是玩电脑的高手，更是一个热心肠的人。有什么事情，夏楠都喜欢请他帮忙，当时就说好了的，给他一晚上的时间，无论抢票是否成功，都给自己回一个电话。但到了约定时间，夏楠不但没有接到朋友的电话，自己给他打电话也是关机，这让夏楠焦急万分，他便立即开车去朋友的公司找他。夏楠刚把轿车开出自己居住的小区不远，他突然感到内急，便立即把车停靠在街边，轿车也没有来得及锁上就往旁边的一个公共厕所冲。很快解决了内急问题，夏楠觉得浑身特别舒服，他一边打电话一边往自己的轿车走去，然后拉开车门进了驾驶室，还来不及发动轿车，突然从座位背后甩过来一根大麻绳套在了他的脖子上。夏楠不停地挣扎，脖子上的绳子却越拉越紧，夏楠便慢慢失去了挣扎的能力。其实在那种情况下，夏楠就是挣扎也起不到任何作用。

金菲菲自从上次在日本鬼子的住处，殴打了那个自称是日本鬼子的"妈"以后，她心里突然感到一种从未有过的快感。说心里话，当时金菲菲也不想动手打那个老女人的，自己和日本鬼子的事不应该牵连他人。金菲菲去日本鬼子的家敲门，开门的就是那个老女人，那个老女人不是别人，她就是周静的母亲。金菲菲进到屋并没有发现日本鬼子，她只得耐着性子向那个老女人打听日本鬼子的下落，说是自己有事要和他谈一谈。没想到那个老女人不但不告诉金菲菲日本鬼子的下落，还像审问犯人一样地审问金菲菲："你和他是什么关系？"

一听到老女人这样问自己，金菲菲一下子就发火了："我和他是什么关系，用得着告诉你吗？你只告诉我，你家主人去了哪里就行？至于我和你家主人的事，现在没有必要和你这个保姆说，你懂不懂？"

老女人立即冷笑起来，然后挖苦金菲菲，说："保姆？谁是保姆？只有你这样的丑八怪才像保姆。不过好一点的人家都没人要你当保姆的，告诉你，我是李致的妈，有屁你就放！"

　　听到一个看起来就像保姆的老女人这样侮辱自己，本来心里就对日本鬼子恨之入骨的金菲菲，立即冲上前就把老女人推倒在地上，然后对她拳打脚踢。直打得老女人跪地求饶以后，金菲菲才扬长而去。金菲菲在离开日本鬼子的家之前，还给老女人留下一句话："等你那个混账儿子回来以后，让他马上来找我。告诉你，我叫金菲菲，如果你儿子再不来找我，以后的事情他自己应该想得到。"

　　本来周家母亲就是帮助日本鬼子去找女儿的，在家她就打过女儿的电话，可一直是关机，她心里立即有了一种不祥的预感，马上打车来到了日本鬼子的家，却不见了女儿的身影。周家母亲立即打了日本鬼子的电话，没想到有人敲门，她本来以为是女儿回来了，却没有想到进来了一只母老虎。

　　周家母亲找不到女儿非常担心，她本来是希望日本鬼子马上回家来商量事情，却没想到遭了日本鬼子的臭骂。周家母亲心里窝着一肚子火正无处发泄，看到金菲菲找上了门，她便以为找到了发泄对象，却没有想到自己竟成了金菲菲的出气筒。

　　金菲菲离开以后，周家母亲还是忍气吞声地给日本鬼子打了一个电话，告诉他有一个叫金菲菲的丑女人来家里找他，日本鬼子一听此事立即就挂断了电话。周家母亲只得打电话给儿子，儿子一听此事让她赶快离开，要不然就要大祸临头了，周家母亲被吓得魂飞魄散地逃出了日本鬼子的家。然而，周家母亲逃出了屋子，却没有逃出小区又遇上了冤家对头，那就是又从外面倒回来的金菲菲。金菲菲离开日本鬼子的家不久就开始后悔了，因为她的目的是找到日本鬼子，虽然对那个自称是日本鬼子的妈发泄了自己的私愤，但还是没有解决了根本的问题，自己让那个老女人给他的儿子带信，现在想起来是一种很愚蠢的做法。日本鬼子成心要躲着自己，他怎么可能自投罗网呢？再说了，那个老女人也肯定不会给她的儿子带信，因为自己已经把她打成那样，她很有可能和她的儿子一样从此消失，现在自己已经打草惊蛇了，以后要找日本鬼子那就更难了。经过短暂的思考之后，金菲菲决定再次返回去，用日本鬼子的妈做人质，然后引日本鬼子出洞。这样的事情金菲菲觉得日本鬼子不敢报警，所以她便又开着车去了日本鬼子居住的小区，先把小车停在小区门外，然后直接往小区里冲，可没想到在小区就碰上了日本鬼子的妈。

周家母亲发现了金菲菲，她立即准备绕道从一边走过，却没有想到金菲菲眼疾手快，立即上前抓住了她，然后逼着她给日本鬼子打电话。可就在这个紧急关头，金菲菲身上的电话突然响个不停。金菲菲顾不得接电话，仍然逼着周家母亲给日本鬼子打电话。周家母亲一边挣扎一边大喊大叫，金菲菲立即和她扭打在了一起，身上的手机突然传来一个可怕的声音："金菲菲，你的老公现在就在我们手中，要想赎你老公的命，马上打300万到指定的账号上来，一会儿我把账号发到你的手机上。记住，不准报警，你的一切行动都在我们的监控之中，你要敢报警我们让你老公马上去西天！"一听到老公被绑架，金菲菲立即吓得瘫软在地上。周家母亲迅速逃跑，等金菲菲醒悟过来是怎么一回事，已经没有了周家母亲的身影。

金菲菲拿出手机仔细看了看，才发现自己刚才在和周家母亲扭打时，无意中碰着了手机的免提键。又惊又怕的金菲菲立即把电话打了过去，那边的电话却已经关机，手机里只有一条刚发的短信，上面有几个不同名字的银行卡号。开始金菲菲还不敢确定丈夫真的被绑架了，她又立即拨打丈夫的电话，可丈夫的电话也是关机，金菲菲这才相信丈夫真的遭遇到了不幸。

按照金菲菲的性格，她应该是不会向绑匪屈服的。弟弟死了以后，父母就把她当成了家里的宝，很多人要来找父亲办事，父亲只要一开口，自己想要做什么事，别人都会马上给她办到。几个小绑匪金菲菲根本不怕，只要自己一报警绑匪很快就会被查出来。但现在她却不敢报警，丈夫被绑架，她第一个反应就是日本鬼子干的事。日本鬼子有钱，没有什么干不出来的，警察就算查到了也没有什么办法，他是日本人，说不定已经回到了日本，一切都是他在遥控别人。也许像绑匪说的那样，自己的一切都在他们的监控之中，要不然自己刚去了日本鬼子家打了他的母亲，为啥丈夫就遭绑架？绑匪都是一些亡命徒，他们为了钱没有什么事做不出来。如果丈夫真的被绑匪杀了，金菲菲觉得自己会马上疯掉，对于她来说，再多的钱已经没有任何作用了，是自己连累了丈夫，现在最要紧的就是不惜一代价赎出丈夫。然而，就在金菲菲刚把钱打到绑匪指定的账号不久，却意外地接到了母亲的电话，说是看到丈夫和一个美女在街上拥抱在了一起。

—第 17 章—
案中案，情中情

打不通夏楠的电话，对于洗清自己的清白乌云已经不抱任何希望了。但警察却意外地把她给放了，因为乌日力格打电话求助的救援队已经到了县公安局，大家把县公安局围个水泄不通。所有人都以人格为乌云担保，乌云会牵扯到一桩命案，没有一个人相信。尤其是乌日力格兄妹俩曾经辅导过的学生，他们也跟着家人来到了县公安局，然后在公安局外面大哭大闹。警察本来也没对乌云有多大的怀疑，当时也是真的被苏一铭的家人纠缠得没办法，他们带乌云到公安局只是想再多了解一些情况，一方面也是为了平息苏一铭家人的愤怒，更多的是怕他们擅自去找乌云，让乌云受到伤害。办案多年，凭经验他们也知道，乌云对他们所说的一切都是真的，她和苏一铭的被害根本没有关系。

苏一铭的家人一见乌云被带到了公安局，情绪十分激动，纷纷要上前动手打乌云。警察只得以妨碍公务为理由，然后把他们劝了回去，让他们在家里等待消息。苏一铭的家人本来还是想待在公安局不走的，就在这时，一个警察突然接到了医生打来的电话，说是苏一铭回忆起以前的事情了。苏一铭的家人听到这个消息，马上就冲出了公安局纷纷往医院跑。乌云突然放声痛哭，她不顾警察的阻拦也要亲自去医院，既然苏一铭清醒了，乌云决定当着他的面问清楚，到底是谁害了他，自己没有做任何亏心事，所以也不愿意背黑锅。自己现在是家里的顶梁柱，如果自己被冤枉去坐牢，整个家庭就垮了。乌云只希望苏一铭能凭着良心说话，还自己的清白。可警察却拦住了乌云，还告诉了她一个不争的事实：苏一铭根本没有回忆起过去的事情。"没有回忆起过去的事情？你们在骗人，我亲耳听到了你们说的苏警官回忆起了以前的事情，现在他的亲人都去了医院，你们为什么不让我去找他对质？"一听到苏一铭恢复记忆是假的，乌云立即对警察发了火。

"苏警官真的没有回忆起以前的事情，是我们悄悄给苏警官的主治医生打了电话，让他在这个时候打了一个说谎的电话。"面对情绪失控的乌云，警察只好对她说出了实情。

"你们为什么这样做？警察就可以徇私舞弊吗？"

"那是为了保护你，现在你可以离开这里了，你懂吗？"虽然警察已经说了乌云可以马上离开，但乌云还是不明白警察为什么要那样做，在她的一直追问下，警察终于向她道出了实情：因为苏一铭的家人一直不放过乌云，而乌日力格求救的救援队也赶到了公安局，两方肯定会就此事纠缠不休，只有先把苏一铭的家人引走矛盾才会避免。

知道真相的乌云来不及感激警察，便立即想起张红为自己订的火车票，还有几个小时就要开车了，眼看着又一张火车票即将作废，乌云突然对着警察大喊大叫起来："你们还我的火车票，还我的火车票！"

得知了乌云的实际情况，心里十分内疚的警察立即开着警车把乌云送到市里的火车站，迅速帮助她在自动取票机上取到了火车票，然后亲自把她送上火车。就在这时，警察却接到了苏一铭主治医生的电话，说苏一铭真的记起了当时被害的一些情况。警察准备去招呼乌云下火车时，火车已经驶出了站台。

火车离开站台不远，乌云突然接到了警察的电话，她决定在下一个车站下车，然后去医院看望苏一铭，确切地说应该是去找他对质。虽然警察已经把她放了，但她的心里还是有些不踏实。只要苏一铭一天不恢复记忆，自己身边就随时都埋着一颗定时炸弹；自己离开了家，苏一铭的家人有可能随时到自己的家里去找事。家里人是残的残，病的病，老的老，他们已经没有任何还击能力，别人只要对他们有一点点侵袭，都会捣毁整个家庭。现在既然苏一铭能回忆起当时自己被害的情况，乌云觉得自己一定要当着他家人的面把事情真相搞清楚。虽然回单位上班也重要，张红能帮助自己抢到一张火车票更为珍贵，但比起家里人的安危来，乌云觉得这一

切都是次要的。然而，火车到下一站停车还有三个多小时，乌云再急也没有办法，她只能在火车上不停地给警察打电话，话题就是苏一铭的病情。警察每次的电话也都是说在往回走，到了医院再给她联系。以前迫切希望坐上火车回单位的乌云，这个时候却非常后悔坐上了火车。如果坐的是长途汽车的话，她可以随时让司机停一下车，自己马上就可以往回赶了。而火车司机一切是听从调度的，她就是喊破了嗓子人家也不会理她的。

就在列车员在广播里提醒旅客下一站即将到站的时候，乌云却接到了警察的电话，那个电话犹如当头给了她一棒：苏一铭只说了一句，自己是在树林里被人袭击的，后来的什么事情他都不知道了。警察还一直叮嘱乌云千万不要来医院，因为苏一铭的家人现在情绪很激动，还是认为乌云是同案犯。苏一铭只记得自己是在树林里被人袭击的，别的什么也记不起；而乌云又是在树林里发现的他，说来说去这件事的知情者就是乌云和苏一铭，所以乌云的嫌疑就变得更大了。

得知了这样的消息，乌云只得放弃了回去找苏一铭的计划，先前她是希望苏一铭能恢复记忆，能洗刷自己的清白，现在她才发现苏一铭的那句话，却把自己越抹越黑。对于能靠苏一铭完全醒来，给自己洗刷清白，乌云现在已经不抱任何希望了，她在报纸上已经看过这样的事例，有些失忆的人要几年才能完全恢复记忆，有些就一辈子也不会恢复记忆。乌云现在最迫切的就是想回到单位，一边上班一边调查夏楠的事情，只有找出了真凶，才会让事情大白于天下，回想起这个春节经历的太多蹊跷事情，乌云觉得夏楠的嫌疑最大。都怪自己太单纯，当时被一些表面印象迷住了眼睛，至于夏楠为什么要害苏一铭，她不愿意去多想，只要认为他可疑就够了。

对于乌云的突然到来，张红是又惊又喜。伤好出院以后，张红一直把心思忙在找男朋友身上，对于远在老家，能不能买着火车票回来上班的乌云，张红早忘得一干二净。乌云是怎么买着火车票回来的？张红还没有来得及询问细节时，乌云却拿出了几百块钱递给张红，说是还她帮自己买火车票的钱，张红顿时被弄得一头雾水。开始的时候，乌云还以为张红是在客气，不想收自己的钱。但听了张红的解释以后，乌云才知道在网上帮助自己买火车票的人真的不是张红。张红也知道了乌云在家里的一切遭遇，她更是后悔莫及，想着如果自己在老家的话，这一切事情都应该不会发生了，在单位两人好得形影不离。在老家，乌云如果要去什么地方，她一定会叫上张红的，有了两个人一路，苏一铭被害的事情就能说清楚。而自己擅自提前离开了老家，来到江城寻找爱情，得来的却是一个又一个的伤害。

张红的忏悔，乌云已经没有多大兴趣听下去，她现在想的是怎么样找到那个为自己订火车票的人，这个人是谁？他为什么要这样做？又是从什么地方知道了乌云的身份证号码？这个人是不是一直在跟踪自己？他和夏楠又有什么关系？

一听到乌云越分析越复杂，张红被吓住了。在她住院时，夏楠来看她就说了一定要帮助她找到真正的凶手。可现在自己也联系不到他，那个曾经被夏楠打听过的丑女人，在夏楠走后又来过病房胡闹。虽然丑女人不是来找张红的，但她骂起别人来却让张红心惊胆战。前思后想，张红越来越觉得自己被人伤害，应该和夏楠有着说不清道不明的关系。

乌云和张红正在不知如何面对以后的事情时，一个要挟电话打到了乌云的手机上，对方希望乌云马上去一个咖啡厅面谈，不能带别人去。"我凭什么来？你是什么人？到底找我有什么事？"一听到别人要挟自己，乌云立即火了。

"我是谁并不重要，重要的是我知道你叫乌云，你所有的情况都在我的掌握之中，我告诉你，让你来咖啡厅面谈你就得来。如果你不来的话，后果自负。"对方的口气越来越强硬。

在去还是不去的问题上，乌云和张红发生了分歧。本着为乌云的生命安全考虑，张红坚决反对乌云去。乌云却认为越是这样，自己越应该去弄清楚事情的真相，回避终究不是解决问题的办法，自己没有做任何亏心事，所以什么也不怕。但乌云却没有想到自己已经被人当成了替死鬼。

—第18章—

暗　算

　　自从和夏楠单独相处了之后，周静就不顾一切地爱上了夏楠。夏楠一表人才，跟自己在一起相处了两天一夜，从来没有对自己有过非分之举。而是一直在照顾自己，安慰自己，等自己睡着了以后才在客厅的沙发上休息一会儿，这让周静十分感动。自己长得漂亮，出去的回头率也高，以前还在公司打工的时候，很多男人就喜欢有事没事向自己靠近，只要一有机会就想在自己的身上搞点小动作。后来跟了日本鬼子，虽然日本鬼子已经60多岁了，但只要在家里，他就从来没有放过周静。可没想到风华正茂的夏楠却能做到坐怀不乱，这让周静不得不对夏楠另眼相看。其实在夏楠送周静回家的时候，周静已经想过很多次了，那时她虽然酒醉，但心里还是很清醒。如果夏楠要向她提出男女之间的事，她绝不会拒绝他。因为从见到夏楠的第一眼，周静就觉得有感觉了。说来周静也觉得自己非常可怜，从头到尾她就没有真正谈过恋爱。当时日本鬼子看上了她，没有男女恋人之间的感情沟通和交流，就像是在做一桩交易，实际也是真正的交易。日本鬼子图周静年轻漂亮，周静图日本鬼子能改变她和家庭的命运。和一个比自己父亲年龄都还要大，生活方式和文化背景都不一样的老男人在一起，有什么感情可谈？在周静的脑子里，对于爱情这个浪漫的词还是一个空白。虽然陪伴日本鬼子十年了，自己也为他怀过孩子，但却没有爱情，有的只是性，周静从来没有真正爱过日本鬼子。每逢佳节倍思亲，在热闹的除夕夜，两个陌生的男女却意外地相聚在了一起，多多少少就增加了一些浪漫、神秘的色彩。当和夏楠的目光碰在了一起，周静突然觉得自己触电了，她想好好地爱一回，至于后果会怎么样，她不愿意去想。没想到自己渴望的一切却没有得到，得到的却是一个让周静不能忘怀的男人，这个男人折腾得她夜不能寐。

上次，金菲菲一到家，周静就感觉到了她和日本鬼子有着不同寻常的关系。此时的她并不嫉恨金菲菲，相反她还很感激金菲菲，最希望的是金菲菲能把日本鬼子纠缠得不放手，那样自己才有一个空间，想想自己的爱情。周静非常想有个男人轰轰烈烈地爱她一回，可这个出现的男人并没有轰轰烈烈地爱自己，而自己却死心塌地地爱上了他。

金菲菲在日本鬼子家里抢走了周静的电话，周静并没有急着去打电话找日本鬼子，而是立即离开了家，重新买了一个手机给夏楠打电话，告诉他自己换了手机。可没有想到刚打通夏楠的手机就挂了，后来再打就一直是关机，这让周静有了一种不祥的预感。凭着和夏楠的接触，周静觉得夏楠不是那种没有礼貌的人。当时夏楠离开的时候也说好了，以后随时联系，他现在不可能不接自己的电话，一定是有事情了，这让周静非常的担忧和害怕。以前夏楠曾经告诉过周静自己的公司，周静便立即去了公司找夏楠，公司的人却告诉周静，夏楠一直没有来公司。周静非常失望地走出了夏楠的公司，此时的她却不知道下一步该去干什么。家，已经不能再回去了，她怕金菲菲再回来找她的事，本来想去母亲家看看，但一想到春节前在那里受到的羞辱，周静心里就十分难受，所以不想再去。就在周静站在街上徘徊的时候，却意外地发现向芳和一个戴大墨镜的男人，举止亲昵地从对面一家咖啡厅走了出来。两人出来以后，又把头靠在一起私语。看着向芳和别的男人如此亲昵，周静立即想起了前两天的事情，父母带着小侄儿来到她家，说起了弟弟和向芳正闹离婚的事情。而向芳就在家里对着孩子发泄，为了怕伤着孩子，父母便带着孩子来周静家里住。

一想到这些事情，周静立即拿出了手机给弟弟打电话，想问问他现在和向芳的事情到底怎么样了，也顺便告诉一下他自己已经换了新号码，现在已经不在家里住，而是临时住在了宾馆里，希望他暂时不要去家里找自己，至于家里发生的事情，她觉得在电话里不好解释，只有等以后见了面再好好地解释。可没有想到，弟弟的一句话立即把周静给镇住了："你现

在这样有说什么用啊？妈妈就是来找你已经被别人打伤住进了医院。"周涛在电话里立即对着周静发了火。

"打伤了？谁打的妈妈啊？伤得重不重？你快告诉我。"一听说母亲被人打伤，周静立即急得哭了起来。

"还有谁啊？就是那个夏楠的丑老婆。姐，姐夫对你那么好，你为啥要背叛他啊？现在好了，人家找不到你就拿妈妈出气！"周涛在电话里毫不客气地指责起周静来，可他根本没有想过自己说出这样的话，已经暴露了他曾经做过的一些不光彩的事情，更是没有想到自己对婚姻不负责的态度殃及了更多无辜的人。

一听弟弟这样骂自己，周静才知道是自己和夏楠的事惹下了麻烦。但她至今也不知道夏楠的妻子究竟是谁，所以她顾不得和弟弟再争论，立即挂断了电话就往医院跑。

张红阻拦不住乌云，也就只好让她一个人去指定的咖啡厅里，和那个在电话里找她的女人谈判。本来张红也是要跟着一起去的，但电话里的女人只让乌云一个人去，所以乌云也就婉言拒绝了张红。乌云认为，诚信最可靠，既然答应了对方就要守信用。张红想想也是，最重要的是她现在还在想着找自己的男朋友。对于男朋友，张红对他是又爱又恨，无论如何，张红就是想找到他，分手也好，和好也罢，她都想和男朋友做个了断。不能就这样莫名其妙地消失，这毕竟是张红的初恋，成功和失败都会影响张红的一生。本来张红又准备去媒体上刊登寻人启事的，可男朋友却突然给她发来了一条短信，说是母亲突然生病住院，自己要在医院里照顾母亲，现在没时间来找他，等母亲的病情好转了以后，自己会马上去找她。张红立即拨通了男朋友的电话，然后大声地喊了起来："你不是说真心爱我吗？这事一定要让你的家人知道，现在你妈妈病了，我可以来照顾她啊，到时再跟她谈我俩的事情。再说了你妈妈也是我未来的婆婆，我来看她也是应该的啊。快告诉我，你妈妈在哪家医院？我马上过来找你们。"张红迫不及待地想见到男朋友的家人。

"这事我还没跟家里人说呢，现在我妈妈正在生病，你别来添乱了好不好？我说过了会来找你就会来的。"男朋友立即在电话里对着张红发了火。张红本来还想跟男朋友解释什么，可对方的电话又突然关机了。又气又恨的张红决定不放过任何一个机会，她开始在江城的每一个医院寻找男朋友和他生病的母亲。在去之前张红就想好了，一定要把男朋友的一切情况了解清楚。从认识到现在，张红一直不知道男朋友住什么地方，先前对自己说的工作单位都是假的，至于名字会不会是假的，她还没有考证过，确切地说她也无法考证。既然他的母亲在医院里住院，一切就好办了，自己可以从他们那里了解一切。张红喜欢男朋友，也为他付出了一切，她只想和男朋友早日走进婚姻的殿堂，可她做梦也没有想到，因为她的事，另一个人正在代她受过。

乌云按约定的地点提前十分钟来到了指定的咖啡厅包间，但一直不见打电话找她谈判的女人来。乌云正想着再给她打电话时，一个戴着大墨镜的男人立即推开了包间门。乌云以为戴墨镜的男人走错了门，立即提醒戴墨镜的男人："先生，这里是我们先订了的包间，你去另外的包间吧！"戴墨镜的男人立即上前抓住了乌云的手，说："你是不是叫乌云？"

乌云不停地点头，然后有些诧异地问："是的。你是谁？怎么知道我的名字啊？"

戴墨镜的男人立即取下了脸上的墨镜，露出了一张凶恶的脸，说："我告诉你，你如果再去勾引周涛的话，我马上废了你，他已经有老婆和孩子，你知不知道？"

乌云立即大吼起来："你是不是吃错药了啊？我什么时候勾引了周涛？他是谁我都不知道？"

戴墨镜的男人立即发出了一声冷笑，说："周涛你不认识，那夏楠你总该认识吧？"

"是的。我认识夏楠，这又怎么样？"乌云又气又恨，她立即把戴大墨镜的男人往门外推。

戴大墨镜的男人立即对着乌云拳打脚踢，然后又不停地大骂："你这个婊子，都和人家睡到一起了还说不认识，你把周涛藏到哪里去了？马上把他给我交出来！"

又气又恨的乌云，立即抓住戴墨镜男人的手狠狠地咬了一口，随后大喊起来："抓流氓，快来抓流氓！"

气急败坏的戴墨镜男人，立即把乌云推倒在地上暴打。就在这时，包

间房门突然被推开,一个中年女人冲进了包间,她立即抓起茶几上的玻璃杯子狠狠向戴墨镜的男人砸去。戴墨镜的男人立即仓皇逃跑,中年女人立即扶起了地上的乌云。后来乌云才知道这个救她的女人叫金菲菲,但却不知道她就是夏楠的妻子,更不知道一个罪恶的计划就在这个时候已经诞生了。

—第 19 章—

怒颜相对

金菲菲冲进包间救乌云纯粹是意外。听到母亲说丈夫在这儿附近出现过，还和一个美女亲热地抱在一起，金菲菲就有一种上当受骗的感觉。自己刚把 300 万打到绑匪提供的账号上，而丈夫就和别的漂亮女人在一起鬼混。开始的时候，金菲菲还觉得丈夫遭绑架是日本鬼子找人干的事，因为他要报复自己。现在仔细想起来，金菲菲才觉得这个理由不成立。日本鬼子在中国有那么大的企业，他不缺钱，也应该懂法，怎么可能去做那些很愚蠢的事情呢？现在还一直打不通丈夫的电话，金菲菲才觉得自己真的是小看了丈夫，也许他早就知道自己不能生育，所以在外面养了女人，现在的绑架戏就是他自编自导的，为的就是从自己手里拿到钱，然后提出和自己离婚再和别的女人结婚。因为自己以前曾经和他开玩笑说过，如果他提出离婚，家里所有的财产他是一分钱都得不到的。不管怎么说，公司的法人代表是自己，公司也是全靠父亲的帮助才办起来的，丈夫只是公司的员工，员工只能上班领工资，他没有资格分老板的财产。

金菲菲在乌云被袭击的咖啡厅附近已经找了一天一夜了，但却没有一点线索。可她并不灰心，仍然坚持在那里守候。丈夫平时就爱喝咖啡，这一点金菲菲非常清楚。既然丈夫在外面有女人了，金菲菲觉得他一定会带到这里来浪漫的，捉贼捉赃，捉奸捉双，金菲菲早就明白这个道理。可金菲菲却没有想到，在咖啡厅没有等到丈夫出现，却突然听到了一个很熟悉的名字"夏楠"。当时正一边喝咖啡一边打电话的金菲菲就以为丈夫在包间，她迅速冲进了包间捉奸，却看到的是一个虎背熊腰的男人，对一个手

无寸铁的姑娘大打出手。虽然金菲菲一直嫉妒长得漂亮的姑娘，但此时看到漂亮姑娘成了弱者，金菲菲立即决定为弱者打抱不平，完全忘记了自己进包间的任务。可金菲菲做梦也不会想到，眼前的这个漂亮姑娘会与自己的丈夫有关系。

打跑了虎背熊腰的男人，金菲菲本来是想把受惊吓的乌云带到外面去，好好请她吃一顿饭，然后听她讲事情的来龙去脉，这时却突然接到了一个好朋友的电话，说在医院看到了夏楠。金菲菲什么也顾不得了，她立即扔下乌云就跑出了咖啡厅。

周静是在医院认识张红的，一见面周静就对张红产生了好感。那时，周静和弟弟刚刚吵过架，因为弟弟一直把母亲受伤的事情都怪罪到了她的头上，伤情已经恢复得差不多的母亲也在指责她。虽然母亲的态度不像弟弟那样强硬，但周静感觉得出，母亲是非常生气。想想这么多来，自己为了整个家庭的利益，委曲求全地跟了一个日本老头，没有爱情、没有自己的孩子、没有幸福，现在已经变成了残花败柳，还遭亲人的这样对待，周静心里非常难过。在和弟弟吵了一架之后，弟弟就离开了医院，照顾母亲、为母亲买单的人还是只有周静。

张红是在江城找了第二十家医院时，才找到了周静母亲治伤的这家医院。在来之前，张红已经不抱什么希望了，因为她觉得男朋友可能又对自己撒了谎，家里根本没有什么人住院，那是他为了躲避自己找的一个借口。张红已经想好了，只找最后这一家医院，如果再找不到的话，她还是按以前的老办法，那就是在媒体上刊登寻人启事，她就不相信男朋友会不露面。没想到奇迹就在这家医院出现了，张红去医院的时候，并没有发现男朋友的身影，只是看到走廊椅子上有一个漂亮女人坐在那里抹眼泪。后来才知道是周静被母亲指责了之后，心里觉得很委屈，所以离开了病房独自坐在外面抹眼泪。当时也不知道是出于什么心理，张红就直接拿着手机里男朋友的照片，上前去向周静打听在医院里看到过这个男人没有。周静立即说认识，而且还是自己的弟弟周涛。张红没有表明自己的真实身份，只是说是周涛的朋友，听说他的母亲病了，就是过来看看。正在无处诉说内心苦闷的周静，迅速找到了倾诉的对象，她对张红没有丝毫的防备，立即把自己家里的情况统统说了出来。弟弟当然也被她"出卖"了，至于自己不光彩的身份，周静始终没有暴露。

听了周静的话，张红才觉得自己真的是被周涛骗了。周涛既然已经有了老婆和孩子，却还来欺骗自己，这样龌龊的男人让张红恨之入骨，不报复他，张红觉得自己会后悔一辈子。可张红没有想到的是，自己还没有报复到周涛，另一个人又打上她的主意。

日本鬼子从周涛那里知道周静一切安全之后，他终于长长地松了一口气。但他还是不敢轻易去医院看望周静的母亲，只是不停地打电话，希望周静去指定的地方找他。

周涛和周静闹得不欢而散便独自离开了医院，周静守在母亲身边无法脱身。日本鬼子给周静打了几次电话，周静都因为没人照看母亲不敢离开。生气的日本鬼子立即在电话里给周静下了最后的通牒，如果再不去指定的宾馆找他，后果就自负。虽然是简单的一句话，却把周静给吓坏了。和日本鬼子生活了那么多年，他的脾气周静非常了解，好起来的时候，他可以把你捧上天，如果违背他的意愿，他可以把你打入地狱。自己和整个家庭的命运都牢牢地掌握在日本鬼子的手里，如果不听他的话，所有的一切又会回到从前。父母年老体弱，这些年已经在城里习惯了过富裕的生活，要让他们回到贫穷的农村去，那是一件非常残忍的事情。想当初自己和日本鬼子一起回老家接父母的时候，那风光的场面惊动了全村。父母脸上的自豪感比选上了省长还要得意，人人都把周静当成了有本事的孝顺女儿，她也成了村里人教育孩子的榜样。如果现在自己不讨日本鬼子欢心，这一切荣华富贵就会立即消失。自己过不好，家里人也过不好，还会遭到大家的谴责，自己在公众面前的好榜样形象也会立即毁灭。周静无法接受那个残酷的现实，不管是为了家庭还是自己，周静还是决定宁愿在宝马车里哭，不愿意在自行车上笑。

张红就是在这个时候接受周静交给她的临时任务：帮助她临时照顾母亲。开始的时候，周静还以为张红不答应，她主动提出了给张红高额的报酬，没想到张红很爽快地答应了，并且不要一分钱的报酬。这让周静非常感动，她立即拿出了日本鬼子给她买的一条还没有来得及戴的项链送给了张红，算是对她无私帮助的一种报答。可她根本没有想到，眼前这个看起来重情重义的姑娘，已经亵渎了她的真诚和直率。因为张红接受照顾周

家母亲的临时任务，并不是真心要帮助周静。当然了，如果周静不是周涛的姐姐，周家母亲不是周涛的母亲，张红会认真地去照顾周家母亲的。帮助别人快乐自己，这点道理张红还是懂的。但现在的情况就不同了，张红帮助了周家母亲不但快乐不起来，而且一看到周家的人，她的心里就有一种深深的刺痛。虽然张红平时也爱说爱笑，性格属于那种外向型，但她却不是那种性开放的姑娘，当她把一个女人最宝贵的东西献给了周涛，她就认定了周涛会是她的第一个男人，也是最后一个男人。现在这个男人却是一个骗子，张红无法想象自己今后的人生之路。她恨周家母亲没有教育好自己的儿子，所以她要报复。她现在守在周家母亲身边并不是真心要照顾她，而是在等待周涛的出现。可张红做梦也没有想到，周涛一直没有出现，但失踪多日的夏楠却意外在医院出现了。

张红在医院照顾周家母亲本来就有些心不在焉，也不知道周家母亲是真的吃饭没有胃口，还是故意炫耀自己现在是城里人，对生活很讲究，说好了要吃的东西才叫张红去街上给她买，可买回来以后她总是说这也不行，那也不行，偶尔还说出了一些日本菜的名字，想让张红去给她弄。这让张红非常生气，因为周家母亲说的那些菜张红不但没有吃过，平时也从来没有听谁说过，她去哪里给她弄啊？周家母亲并没有注意到张红脸上的变化，她还在喋喋不休地唠叨。张红实在无法忍受周家母亲的挑剔，她立即站起身冲出了病房，没想到就撞着了一个她和乌云都想找的人——夏楠。

张红还没有把夏楠认出来，夏楠却先把张红认了出来，他立即热情地向张红打招呼。张红由于情绪激动，她立即抓住夏楠就往医院走廊的外面走，没想到脸上却狠狠地挨了两巴掌。张红立即抬起了头，才发现一个怒气冲天的丑女人站在了自己的面前。这个丑女人不是别人，她就是一直寻找丈夫的金菲菲。

—第 20 章—

爱上妹，心就碎

乌云被公安局带走的事，徐浩是过了半个月以后才知道的。那个时候，父亲的病基本上恢复了，徐浩也接到了学校的通知，让他迅速回学校到他们联系的单位实习。徐浩便又开始为火车票发愁了，春节前回家的火车票不好买，春节后，返城的火车票不好买，这已经成了一个规律性的问题。很多在外打工的人，都是春节提前一个月就回到了老家，而刚刚过了春节，有些人甚至在开年的第一天，也就是正月初一就匆匆告别家中的老小，然后返回打工的地方去。多年的漂泊，已经让这些在外打工的人总结出了一套实用的经验，尽管春运火车票紧张，但到了正月初一和初二这两天，火车票比较好买，就算当天去买不到一张座位票，但站票还是能买到的。长年漂泊在外的人不怕站，只要能让他们坐上火车就是最大的福气。他们会想办法，随便带两张报纸，在火车上找个地方就坐下，有些人比较讲究，那就花上 10 块钱，买上一张能折叠的小凳子，一切问题都解决了。当然了，有时运气好，还能买到座位票，毕竟那两天出门的人不是很多。所以明智的人就打了这个时间差，每年春节回家，也不是太辛苦，只是心里有些失落。大过年的，别人家都是团团圆圆、热热闹闹的，而自己却和亲人分离然后去给铁道部捐款，铁道部奖励的就是一张能和亲人团聚又能和亲人分离的通行证。铁道部不缺钱，也没有说过要这些漂泊的人捐款。但这些长年漂泊在外的人都是争着给铁道部捐款的，很多时候，想捐还捐不上呢。捐上的人一点都不觉得亏，相反还很自豪，没有捐上的人才觉得自己是亏死了。

　　徐浩从来没有想过用这样的方法回家。因为在此之前，他就根本没有想过回家，只想利用放假的时间去打工挣钱，尽量不给家里增加负担，争取早日学成之后找到一个好工作，把爸爸和奶奶接到身边生活。春节前回家是临时决定的，他哪里会想到大过年的就离开家啊？再说了，他本来回家时，已经从去年走到今年的正月才回到家，所以就是有那个打算也不可能实现的。以前徐浩还想着坐长途公共汽车，然后转几个省到学校，现在他仔细向别人打听过才知道，不但汽车票比火车票贵了一倍多，但同样没有票。这让徐浩非常着急，他打了无数次 12306 电话订票，要么是占线，要么就是告知近一个星期内都没有火车票了。这个时候，徐浩突然想起了网上订票，虽然这很简单也很方便，但对于一直在乡下的徐浩来说却是一点都不方便。整个村子就没有一户人家安装宽带，要上网只有走十几里路去镇上的一个黑网吧里上网。说是网吧，其实就是一户人家自己买了十几台电脑，利用自己修的住房开了一个供人可以上网的地方。因为没有办证，也没有交别的费用，只是一般家庭申请的一个宽带，然后用了路由器连接了所有的电脑。有两三台电脑同时上网的话，网速还基本上过得去。如果十几台电脑同时上网的话，那简直慢得要命，而且经常断线。要是在那上面抢购火车票，恐怕是今年订到明年的火车票还差不多。平时黑网吧基本上没有什么生意，但一到了春节，在外打工的人都回到了老家来过年，尤其是一些在外面玩惯了电脑的年轻人，根本在家里耐不住寂寞，所以没事就往街上那家网吧跑，可以说网吧里是天天爆满。

　　在镇上的黑网吧上网抢火车票肯定是行不通的，徐浩就只得想别的办法。以前在学校里，徐浩经常听同学们说在电脑下载 360 浏览器，可以在抢购火车票时挤掉很多人，然后很轻松地抢到火车票。当时徐浩并没有怎么在意，因为他本来就没有想过在春节会回家，再说了，同宿舍的同学除了他之外，别人都有自己的手提电脑，他们没事就在宿舍里玩电脑，一个个都成了电脑高手。徐浩想的却是怎么样利用业余时间多打些工，让自己早日完成学业，尽快找到工作才是自己的头等大事。虽然徐浩家庭条件比较差，但他在学校里从来不愿意求人，他的自尊心很强，更不愿意别人小看自己。可现在面对一个很棘手的事情，徐浩彻底没有了主意，最后他不得不怀着试一试的心情，打了电话给一个同宿舍的、以前也自称是抢票高手的男生，让他帮助自己抢一张火车票。至于他愿不愿意帮助自己，徐浩心里没有一点底。可没想到的是，同学马上就答应了，并向徐浩承诺，他保证在二十四个小时之内帮助徐浩抢到一张火车票。开始的时候，徐浩还以为同学是在信口开河，他也没有当回事。可当还差两个小时就到24小时，徐浩的手机上就收到一条订票成功的信息，他才知道梦想变成了现实。后来徐浩才知道，这个家庭条件不错的同学，自从接受了徐浩的"光荣任务"之后，就在房间里准备好了几瓶矿泉水、面包、方便面、一壶开水，一直守在电脑旁边，每隔三十秒就查询一下12306铁道部官网上的余票信息，只要谁一退票，就被同学马上抢到了手。

虽然同学帮助徐浩抢购到的是一张两天以后的火车票，但徐浩心里却非常感激同学，平时和同学的关系也仅仅是一般，没想到在关键时刻同学却能为自己倾心相助，开始请同学为自己抢火车票的时候，徐浩就告诉了同学要从银行给他把火车票钱打过去，同学马上就拒绝了，说只要抢票成功，自己就送徐浩一张火车票，同学之间相互帮点小忙也是应该的，无论如何自己的家庭条件也要比徐浩家好一些。徐浩这才知道自己的家庭情况其实别的同学早已经知道，平时没有说出来，是怕伤他的自尊心，想帮助他又怕他拒绝，现在终于找到了一个帮助他的理由了，真的是应了那句老话：日久见人心。既然同学这样无私地帮助自己，徐浩已经想好了，回学校时就带一些老家的土特产，让同宿舍的同学们都一起品尝品尝，算是对一直默默关心、帮助他的同学们的一点谢意。以后更好地和大家多沟通，再不能像以前那样，总是把自己一个人封闭起来。因为生活在这个世界的人都不是孤立的，都需要大家的帮助，那样才能成就很多事业。在家靠父母，在外就得靠同学、朋友。虽然还有两天时间才能去坐火车回学校，但徐浩的心早已经飞到了学校，他想尽快去实习，然后拿到毕业证之后找工作。徐浩待在家里心不在焉的时候，却突然收到了乌云发来的短信。乌云在短信中一直很关心徐浩父亲的病情，还问他什么时候返回学校去。

看完乌云发来的短信，徐浩心里立即涌出了一丝愧疚感，乌云美丽清纯的样子又浮现在他的眼前。当初他与这个女孩子素不相识，可这个女孩子却为了帮助他放弃了坐火车。回到老家以后，又不辞辛苦地来家里看望生病的父亲。而自己却从来没有去过她的家里看看，她家里到底是怎么

样的，徐浩不知道。一想到这些，徐浩决定利用这两天的空闲时间，带上一点礼物去乌云家里看看。去了乌云家，徐浩立即被乌云家的现状给镇住了。当时，乌家母亲不在家，她上集镇买东西去了。乌云家里只有残疾的哥哥和表情痴呆的父亲，徐浩原来以为自己的家庭是最不幸的，看了乌云的家庭情况之后，徐浩才知道最不幸的人应该是乌云。乌云身上的担子有多重，徐浩心里完全明白了。乌日力格还告诉了徐浩一个像天方夜谭的故事：乌云去他家看望他父亲，在半路上遇到一个生命垂危的受伤者，出于人性本能，乌云挽救了那个受伤者的生命，没想到没得到受伤者家人的感谢，却让乌云受到了很大的屈辱，公安局还曾经把乌云抓走过。

乌云帮助受伤者这件事，徐浩当时是知道的，因为乌云告诉过他。当时，乌云晚了两天才去徐浩家，徐浩就无意问起乌云是不是家里很忙，乌云便轻描淡写地说了在路上遇到的事情，徐浩也没有在意，他觉得像乌云这样善良的女孩子在那种情况下，去帮助别人是再正常不过的事情。当初乌云不就是放弃了自己的一切帮助他的吗？如果没有乌云的帮助，自己现在会怎么样，徐浩自己都无法预料。

虽然乌日力格后来也给徐浩解释了，乌云已经被公安局释放，现在已经平安返回到了江城打工，让徐浩不要为乌云担忧。可徐浩却觉得自己不为乌云担忧已经做不到了，也就是从这个时候起，他决定要走进乌云的生活，走进乌云的家庭，来和她共同承担一切。是爱，是责任，是同情，是敬佩乌云，徐浩说不清楚，反正他已经做好了一切准备，可没有想到这只是他的一厢情愿。

—第 21 章—
空穴来风

金菲菲离开咖啡厅以后很久乌云才回过来神儿。开始的时候，乌云一直以为自己在做噩梦，当她无意中看到自己手上的两处伤痕，脸上又火辣辣地疼痛时，她才意识到刚才发生的一切都是真实的。自己莫名其妙地被一个男人打了，又莫名其妙地被一个女人救了。现在这个女人又莫名其妙地离开，这两者之间到底有什么联系？她不知道，更不会想到这一切都是她曾经拨错的一个电话惹的祸，更不会知道就是这个拨错的电话，还会牵扯出更多的麻烦事。正在乌云为刚才突然发生的一切费解时，张红却突然给她打来了电话："乌云，我在医院看到夏楠夏叔叔了。"张红的情绪非常激动，至于被金菲菲殴打一事，张红并没有说。因为当时的张红以为是金菲菲误打了自己，他的注意力在夏楠的身上，根本没有去计较金菲菲。

金菲菲其实是不愿意当着夏楠的面打张红的，她只是来医院捉奸的，本来是想发现情况以后，然后私下找那个纠缠丈夫的女人算账，让她自动离开自己的丈夫。在丈夫的面前，金菲菲不愿意让人把自己当泼妇，好歹自己也是东渡过日本的人，按现在流行的说法，她算是海归了，海归和泼妇根本就不是一个层次的人。丈夫有了外遇，金菲菲觉得只有冷静地处理，找丈夫吵闹只会把他赶得更远，自己唯一的办法就是更加对丈夫好，然后想办法把他身边的女人赶走，这才是一个最聪明女人的做法。因为她爱丈夫，不愿意丈夫离开自己。在来的路上，金菲菲已经告诫了自己很多次，遇到什么事情一定要冷静，千万不能冲动。可没有想到，一看到美女紧紧拉住丈夫的手边走边说话，金菲菲就什么也忘记了。在她看来，美女

就是一个白骨精，马上就要吃掉丈夫。所以她立即冲上前就对美女大打出手，然后拉着丈夫迅速离开了医院。

　　夏楠是在半路上趁上厕所的机会逃走的，做出这样的事情也是出于无奈。今天在医院的事情对于夏楠来说，真的像是一场噩梦，他到现在都还没有回过来神儿。可他知道现在最要紧的事情就是马上返回医院去。张红怎么会出在医院里他不知道，妻子又怎么会来医院他也不知道。张红跟妻子有什么过节儿？妻子为什么抓住她就打？这一切对于夏楠来说都是一个谜，但他也知道妻子的脾气，她现在正在气头，问她啥，她也不会说的，自己要给她解释什么也是等于零。他觉得妻子突然殴打张红很无理，要不是当时自己挡着的话，张红还要被妻子殴打。可他却不怎么为张红担心，毕竟张红是一个正常人，他担心的是另一个姑娘。这个姑娘姓什么他不知道，家住哪里他也不知道，虽然这个姑娘现在已经没有生命危险了，但她的体质非常虚弱，问她什么话她也说不出来，医生初步判断她应该是一个聋哑人，送来医院时是在抽羊角风。但夏楠根本没想到，张红被妻子殴打还是因为他，确切地说是那个抽羊角风的姑娘，是张红帮助她躲了一劫。

　　夏楠遇上抽羊角风的姑娘很偶然。自从被绑架以后，绑匪就搜走了他身上的现金、手机、银行卡，还逼着他说出了银行卡的密码。夏楠不是守财奴，他知道在那个时候保命是最重要的。其实他的银行卡上也没有多少的钱，大不了就是几千块钱，都是留在身上零用的。妻子在经济方面并没有过多地限制他，他也不是在外面乱花钱的人，用钱的时候只要跟妻子说一声，妻子马上就会同意。所以他在卡上用不着存过多的钱，一般都是花得差不多了再往上面存一部分钱。

　　绑匪拿走了夏楠的银行卡去取钱，然后就把夏楠扣押在一间屋子里让人看着，那个时候，夏楠还没有意识到自己有多危险，因为绑匪并没有问他的情况，也没要向他要家里人的电话号码，他以为那些绑匪都是一些小打小闹，他们取走了自己卡上的钱就会放自己。这样的事情夏楠以前也遇到过，都是一些社会上的人来公司要求收保护费，他根本就不吃那一套，立即就打电话报了警，以后就再也没人敢到公司来闹事了。其实不是夏楠舍不得钱，如果是让他捐助之类的活动，他是绝不会推托的。他恨的是那些成天好逸恶劳，时常去威胁、敲诈他人的社会垃圾。

没想到一天一夜过去了，绑匪还没有放自己的意思，夏楠这才觉得麻烦事大了，而且是越想越害怕，他甚至都想到了自己没有活着出去的可能性了。可没有想到，这个时候奇迹却出现了。两个绑匪把他的眼睛蒙着，然后把他拉上了一辆汽车，开了半个小时候以后，就把他推下了车。夏楠立即摘掉了蒙住眼睛的黑布，才发现自己在城乡接合处，身上没有一分钱又没有手机的夏楠又渴又饿，但他却抹不开面子去向别人讨饭吃。凭着脑子里稀疏的记忆，夏楠便沿着公路往城里走。走了多少时间，夏楠不知道，因为他身上的手表也被绑匪抢走了。

夏楠刚走到一个岔路口，突然从旁边的一条小路上跑过来一个年轻姑娘，她一直低着头往前窜。眼看着姑娘离自己越来越近，夏楠迅速闪开，姑娘却倒在了地上，然后口吐白沫，全身不停地抽搐。夏楠立即被眼前的情景吓住了，他立即蹲下身子，然后拉住姑娘的手大声地喊了起来："小姐，你怎么啦？"倒在地上的姑娘没有答应夏楠，她脸上出现了痛苦的表情。夏楠立即抱起了姑娘，然后不停地在身上掏手机，掏了很久什么也没有掏出来，这个时候他才突然想起一件事：自己身上现在是一无所有了。犹豫了片刻，夏楠立即抱住姑娘站在大路上举手拦车，很快一辆出租车开了过来，夏楠想也没有想就说了一句："去三医院！"

夏楠之所以说要去三医院，那是因为有个同乡在那里当医生，他和夏楠的关系非常好，所以在那个时候，夏楠立即想起了同乡。后来的事实也证实了夏楠那天的选择是正确的，因为身上没有钱，到了医院夏楠只得向出租司机撒谎："实在对不起师傅，出门走得急钱包丢家里了，准备回去拿钱包却遇到了这个生病的姑娘，把你的电话号码留给我，到时我拿到钱马上给你送来。"夏楠脸上的冷汗直冒，他真的怕出租司机当场揭穿他的谎言。

"不用了，好事大家都做一点吧。"司机一听夏楠说是帮助陌生人，对他非常敬佩，立即免去了他的出租车费。

夏楠立即把姑娘抱进医生办公室抢救，身无分文的他马上又向同乡求救，同乡迅速拿出钱帮助姑娘垫付了一切费用，才让姑娘立即得到了治疗。如果是去了别的医院，情况会怎么样，夏楠不敢预料。

一个抽羊角风的聋哑姑娘独自在外行走，夏楠想起来就觉得可怕。虽

然自己帮助聋哑姑娘脱离了生命危险，但那只是第一步。最重要的是要找到聋哑姑娘的家人，把她交到家人手里夏楠才觉得心里踏实。

然而，就在夏楠不顾一切地从妻子的眼下逃脱，再次来到医院找聋哑姑娘时，病床上却空无一人。夏楠立即傻了眼，他迅速跑出了医院，然后沿着大街拼命寻找，却没想到在一个小饭馆旁边遇上了乌云，乌云的旁边坐着的就是那个聋哑姑娘。

乌云本来是急着去医院找夏楠的，因为有太多的秘密她都解不开。说心里话，以前被苏一铭的家人误会时，乌云心里真的恨透了他们，觉得他们是狗咬吕洞宾——不识好人心。现在仔细想起来，她却并不恨苏一铭的家人，觉得他们的心情可以理解。儿女都是父母的心头肉，一个年轻英俊的警察突然被人害成那样，谁都接受不了那个现实。最可怜的还是苏一铭，春节是万家团聚的时候，他却遭此厄运。乌云心里恨的是那个伤害苏一铭的真凶，一天没有找到真凶，乌云的心里一天也不会安宁。虽然苏一铭与她非亲非故，但她却亲眼目睹了苏一铭的惨状，更何况他还是一名为民除害的人民警察，警察都被歹徒伤害成那样，以后还有谁来保护老百姓的平安呢？社会需要安定团结，那就离不开人民警察的付出。乌云在来的路上已经想好了，找到夏楠她也不会打草惊蛇的，只是想从他的身上找到一些蛛丝马迹，必要的时候她会马上报警，虽然夏楠曾经是她的恩人。但如果他真的参与了苏一铭的被害案，乌云觉得自己绝不会心软。不管是为了正义，还是为了帮助苏一铭讨回公道，说得更自私一点，那就是为自己洗刷清白，她也必须那样做。

乌云还没有到医院，却又突然接到了张红的电话，说是夏楠已经离开了医院，让她该忙什么就忙什么，先不要急着来医院，自己在忙一件别的事情，有什么情况会尽快通知她。乌云一下子就泄了气，本来莫名其妙地被人打了一顿，心里就觉得十分委屈，想找张红好好聊聊，可现在张红也在忙碌，乌云突然不知道自己下一步该怎么办了。就在这时，对面小饭馆的老板娘，招呼客人的吆喝声传入了乌云的耳朵，乌云这才想起自己折腾了大半天，竟连早饭和中午饭都没有吃，肚子早已经向她提意见了。乌云立即往对面的小饭馆走了过去，她要了一碗稀饭两个包子开始吃了起来，这时一个姑娘突然走到了她的面前，然后对着她不停地比画。乌云思考了很久，才明白姑娘是饿了，想让乌云帮助她一下。

乌云立即帮助姑娘买了一份吃的，两人坐在一起认真地吃了起来。夏楠走过来的时候，乌云还没有发现，是姑娘先发现了夏楠，她突然起身拉住夏楠伤心痛哭，乌云立即傻了眼。

—第22章—
天方夜谭

乌云还没有明白过来是怎么一回事，夏楠却立即抓住了她的手，有些着急地问："你的火车票收到了吗？路上没什么事吧？"

乌云立即吼了起来："什么？是你给我在网上订的火车票？"

夏楠苦笑着摇了摇头，然后叹了一口气说："我要是会在网上给你订火车票，那以后的事情就不会发生了，现在想起来就像做了一场噩梦，不过看到你安全回到了江城，我也就放心了。"

乌云本来就有很多疑问想向夏楠证实，没想到却突然被夏楠的话弄得摸不着头脑，她又着急地问："夏叔叔，我不明白你在说什么，你能把事情说得更明白一些吗？我也有好多事情要找你了解。"

夏楠立即点了点头，然后说："春节前我给你和徐浩登记宾馆的时候，就看了你们的身份证，当时我就记了下来。春节以后你打电话让我去看张红，无意中从她嘴里知道了你们回来的火车票很难买，单位又要马上开工了，我朋友对电脑玩得很熟练，所以我就把你的身份证号和名字告诉了他，希望他在网上帮你抢到一张火车票。一天过去了，他一直没有给我打电话，我打他的电话又是关机，于是我就开车去他家找他。刚把车开出我家小区不远便停下来去方便，结果却被人绑架了，身上的手机、现金、银行卡全被人抢走了，过了两天绑匪才把我放出来。"

乌云立即睁大了眼睛："什么？你被人绑架了？"

"是的，我到现在都还没有回家，身上真的是一无所有了，你身上方便的话先拿100块钱给我用。"

"你被绑架了怎么会在医院里啊？"

"你怎么知道我在医院里啊？是不是张红告诉你的？"

"是的。夏叔叔，你告诉我，为什么会在医院里？"

夏楠立即拍了拍聋哑姑娘的肩膀，说："一切都是因为她。我被绑匪放出来时，身上已经一无所有了，又放不下面求人帮忙，所以就步行往家走，没想到撞上她。她倒在地上口吐白沫，全身不停地抽搐，我立即打车把她往医院送，好在我有个老乡在那里当医生，是他帮我解了围。后来才知道她是个聋哑人，当时是羊角风发作了。正想着等她恢复了健康帮助她找到家人时，我却无意中在医院看到了张红。而我妻子也在这个时候跑来了医院，然后对着张红大打出手，我都搞不清楚是怎么一回事。对了，张红怎么会在医院里啊？"

面对夏楠提出的问题，其实乌云也觉得有些莫名其妙。张红什么时候去的医院，她不知道。而刚才夏楠讲的故事，乌云觉得好像是天方夜谭。如果说他是在编故事，可乌云又分明感到了很多真实的成分；如果不是编故事，但事情又觉得太离奇、太巧合了。夏楠见乌云一直不说话，他又继续说道："你现在要是有时间的话，先和这个聋哑姑娘一起到处玩玩，我打车回去拿了钱，然后再带着她去电视台刊登一个寻人启事，尽快让她找到亲人，她这样一个人在外面漂泊很危险的。"

乌云立即抓住了夏楠的手，情绪有些激动地问："夏叔叔，你说的事情我可以答应你，但我想问你一件事，不管是对是错你都不要生气啊！"

夏楠立即笑了起来，说："我跟你生什么气啊？有什么话你尽管问。"

"你认不认识一个叫苏一铭的人啊？他是江城的一名警察。"乌云终于说出了自己心中一直想问的问题。

夏楠想了想，然后很坚决地问答："不认识。他怎么啦？"

一听夏楠说不认识，乌云的心里非常难过，她正准备想向夏楠讲述自己回家的遭遇时，却突然接到了张红的电话："乌云，我男朋友出现了，你马上来医院帮我！"张红在电话里情绪非常激动。

乌云顾不得多想，她立即从身上掏出了200块钱递给夏楠，然后转身跑出了小饭馆。

周涛在和姐姐吵架离开医院后不久就开始后悔了。回想从小到大姐姐

对他的好，以及现在拥有的一切都是姐姐带给他的，他就觉得自己对姐姐做得太过分了。母亲受伤以后，家里没人带孩子了，妻子就把孩子抢回了娘家，父亲又气得病倒，这些乱七八糟的事情把周涛折磨得心力交瘁。周涛想尽快解决好一切，但却解决不了。他最大的愿望就是想和妻子离婚。可现在妻子抢走了孩子，把孩子当筹码对他漫天要价。看在孩子的面上，周涛也想好好和妻子过下去，但现在已经有很深的裂痕，再过下去也是没有任何意义。张红这边又在不停地给他发短信，每次短信都充满了火药味，周涛不敢面对一切，他只想逃避。

　　前两天，因为公司的事情，周涛去找日本鬼子汇报工作，以前很少对他发火的日本鬼子却对他大发雷霆。这让周涛立即惶恐起来，对自己的姐姐他可以随便发牢骚，但对于日本鬼子，周涛却不敢在他面前有半点的不恭。日本鬼子主宰着他们一家人的命运，只有姐姐讨得日本鬼子的欢心，他们一家人才有好日子过。如果姐姐和日本鬼子闹僵了，所有的一切就没了。日本鬼子突然对自己发火，周涛觉得就是自己没有把姐姐叫到他的身边，让母亲去叫姐姐还被人打了。姐姐的脾气周涛从小就知道，是个吃软不吃硬的人，自己再那样和她闹下去，是得不到任何好处的。说得明白一点，姐姐是个美人胚子，离开了日本鬼子，她可以随便找个男人嫁了。虽然没有荣华富贵，但吃穿应该是不用愁的，而自己所有的一切就全没了。现在大学生都不好找工作，何况他这个高中生，自己现在得到的一切都是因为姐姐跟了这个有钱的日本鬼子。自己无论如何不能离开这棵大树，想了很久，周涛决定亲自去向姐姐认错，然后想方设法劝导姐姐好好跟日本鬼子过，这是现在最首要的问题。如果这一切解决不好，别的什么都没有用。至于和张红的关系，周涛现在根本不愿意去想，因为他知道想也是白想，作为一个男人要有钱有地位才行。如果这一切都没有，所谓的爱情也是空谈，像张红这样年轻漂亮又在江城混了多年的姑娘，看中的根本不是他这个人，应该是他现在拥有的一切，所谓爱情都是建立在经济基础之上的。如果自己现在一无所有了，张红马上就会和他拜拜的。这一点周涛有深刻的教训，当初妻子就是想到他家有个在江城挣大钱的姐姐，他自己在学校花钱也是大手大脚，所以妻子就想方设法向他靠近，然后达到了自己的目的。妻子的家人也是靠着姐姐的关系在日本鬼子的公司里做着轻松的工作，拿着不菲的报酬。妻子背地里一直骂姐姐是小三，但他们却离不开姐姐这个小三为他们遮风避雨。他恨妻子以及她的家人，觉得他们才是既当婊子又立牌坊的人，自己什么本事都没有，全靠着别人吃软饭还要对别人说三道四。没有自己的姐姐，所有的一切都没有，周涛觉得自己现在必须和姐姐靠近，只有姐姐才是真心疼他、爱他的人。

周涛已经想好了，如果姐姐再不原谅自己的话，就发动父母一起用亲情攻势。姐姐是个很孝顺的人，她不能不听父母的话。周涛本来是想在电话里先和姐姐沟通一下，可他打了很多次姐姐的电话，电话一通姐姐就挂了。周涛这才知道姐姐是真的和他较真了，他立即吓坏了，决定去医院一方面看看母亲，一方面当着母亲的面向姐姐认错。可周涛没有想到，去了医院之后，他没有见到姐姐，却见到了一个他现在还不敢面对的人，那就是张红。

周涛在有意躲避张红。可张红却偏偏出现在母亲的病床前，开始的时候，周涛还以为是认错了人，可当张红紧紧地拉住他不放时，周涛才发现站在自己面前的人真的就是张红。当时，周涛的第一反应就是怎么样逃脱。但张红的情绪却很激动，她一定要周涛当着母亲的面给她一个承诺，自己已经和他有了那层关系，就是想马上和周涛结婚，至于他家里的妻子怎么处理，那是周涛自己的事。要不然就要去公安局，状告周涛强奸。本来胆子就很小的周涛立即吓瘫软在地上。开始还在张红面前摆出阔太太样子的周家母亲，知道儿子惹下了那么大的祸事，她立即气昏过去。周涛一边抱住母亲号啕大哭，一边给张红下跪认错，张红生气打了周涛一巴掌，然后冲出了病房去叫医生。

周家母亲还在急救室抢救，又急又气的张红立即给乌云打了电话，出现这样的局面是她来之前根本没有想到的。她最担心的就是周涛母亲有个什么意外，虽然这个老女人的言行令人厌恶，但真的要惹出人命来，张红还是恐惧得要命。在这个熟悉而又陌生的城市里，只有乌云是她的主心骨，她希望乌云能帮帮自己。

金菲菲拉着丈夫回家，丈夫却在半路临时逃跑，这让金菲菲非常生

气，她想都没有多想，就直接返回了医院，觉得丈夫又去和那个女人鬼混了。可她没有想到，跑到医院之后，没有见到丈夫的身影，却见被自己救过的姑娘跟和丈夫鬼混的漂亮女人亲热地抱在了一起。

—第 23 章—
峰回路转

苏一铭一直没有恢复记忆，父母为他操碎了心，也想了很多办法。但一切都无济于事，开始的时候，苏家人还一直想找乌云算账，后来在公安局里，乌日力格找了众多救援队去为乌云证实清白；而苏家人又拿不出确凿的证据来证明，乌云参与了苏一铭的被害案，所以苏家人就不好再找乌云的事了。再说了，这是重大案子，警察已经立了案，他们再闹也不起作用，等案子侦破以后，一切就会真相大白的。特别是后来徐浩又亲自找上门，不得不让苏家人开始反思自己的行为。其实徐浩找到苏一铭的病房去，他并不是想去闹事，听乌日力格说乌云受到了屈辱，他就无法控制自己的情绪，觉得心里憋着一股闷气，不发泄出来心里难受。徐浩去苏一铭的病房有两个原因：一是想去为乌云证实清白，毕竟那件事也是因为乌云去看他的父亲才遭遇到的倒霉事；二是想去看看那个苏一铭到底伤得有多严重，为什么他的家人会如此恨乌云？

徐浩去病房的时候，正遇上苏家妈妈在病房里伤心落泪，原因是医生刚刚告诉了她儿子的现状：苏一铭要恢复记忆可能性只有百分之几的希望。苏家妈妈虽然不识字，也不懂得数学公式，但她却知道百分之几基本上就是没有希望了，医生的表情也告诉了她一切。平时有好事，别人经常是说百分之八十甚至百分之百的可能性，脸上的表情也是满脸喜悦。苏家妈妈没文化但她会察言观色，医生跟她说话的时候是一脸无奈相，想到儿子的一生就像傻子一样生活，苏家妈妈的精神彻底崩溃了。可没想到在这个时候，徐浩找上了门，还自报家门地说是乌云的哥哥，有事要找苏家人

详谈。苏家妈妈立即气不打一处来,她一边把徐浩往病房门外推,一边大骂:"有什么好谈的?我的儿子已经被你们害成这样了,你们还要怎么样?我告诉你们,如果我的儿子真的有个什么三长两短,我和你们同归于尽。"为了儿子,气晕了头的苏家妈妈,立即把压抑在内心的痛苦和悲哀,统统都发泄在了徐浩身上。

徐浩在家里和学校都是一个非常懂礼貌的人,现在突然面对苏家妈妈的无理取闹,本来心里就有一肚子气的他,实在忍无可忍,他立即大声地指责苏家妈妈:"你和谁拼命啊?别把别人的好心当驴肝肺!你好好想想,要不是乌云救你的儿子,你的儿子早就去见马克思了。可你不但不感谢人家,还天天想着去报复人家,你还有没有良心啊?如果真的是乌云伤害了你的儿子,她何必还要费那么大的劲儿露面?直接让你儿子就在那深山老林里冻死、饿死、痛死,到时你连尸体都找不着。"说完了这些话,徐浩突然觉得心里一下子轻松了许多。他料想着苏家妈妈还会暴跳如雷地和他大吵大闹,可没有想到的是,事情却超出了徐浩的预料。苏家妈妈并没有再和他吵,而是抱住病床上的苏一铭撕心裂肺地大哭。徐浩的心立即便软了下来,从小没有到得过母爱的他,看到伤心欲绝的苏家妈妈,心里立即有一种深深的刺痛。

"妈妈,我错了,你原谅我吧,我真的不是有意的。"徐浩突然忘记了自己的身份,他本来是想安慰悲伤中的苏家妈妈,却突然想到了自己没有见过面的妈妈,眼前的苏家妈妈立即变成了自己想象中的妈妈。

苏家妈妈开始还以为是自己听错了,当她确定徐浩是在喊自己时,她突然惊呆了。她呼唤了儿子千遍万遍,儿子还是记不起她是谁,她希望儿子能喊一声"妈妈"已经等得太久太久了,一声"妈妈"的喊声让她忘记了一切,包括心里那颗仇恨的种子。现在她才明白,别的什么都不重要,让儿子能恢复记忆才是最大的幸福。虽然医生说了儿子恢复记忆的可能性很小,但并没有给儿子判死刑。汶川大地震时,国家总理第一时间到了灾区,号召大家的就是:只要被埋的人员和伤病员有百分之一的希望,国家和政府都要付出百分之百的努力去抢救他们。苏家妈妈那时天天都在收看灾区的新闻,对于这句话,她记忆犹新。国家总理对跟他毫无血缘关系的灾民都关爱到了这种地步,何况自己还是一个母亲,决不能对儿子失去信心，他还有百分之几的希望，自己一定要付出百分之百的努力去挽救他，让奇迹出现。

从医院把儿子接回了家，苏家妈妈想过很多种办法来刺激儿子的神经，但一个多月过去了，仍然没有什么效果。这时，有人给她出了一个很好的主意，那就是让那个跟儿子准备相亲的姑娘晓琳去见儿子，看能不能刺激儿子的神经。苏家妈妈觉得很有道理，因为当初亲戚给儿子介绍晓琳时，就把晓琳的照片寄给了儿子，儿子看后也非常满意，两人还通过电话。晓琳对苏一铭是非常满意，她曾经告诉过苏家妈妈，等春节和苏一铭见了面，如果苏一铭没有意见的话，她可以和苏一铭马上办理结婚手续，然后到苏一铭工作的城市工作，大家在一起好有个照应。这话真是说到了苏家妈妈的心坎上，儿子已经30岁还没有成婚，这是当父母的一块心病，谁家养儿子不希望早点娶媳妇啊？所以，当时亲戚在给苏一铭介绍晓琳，一听说晓琳也25岁了，苏家妈妈立即就答应了。她觉得这样的年龄正好和儿子相配，只要谈好了就可以马上结婚。她不希望儿子找太小的女朋友，那样儿子耗不起，儿子一天不结婚，她心里一天也不踏实。

儿子意外出事以后，苏家妈妈立即打电话告诉了晓琳，晓琳来医院看了一眼之后就说家里有事离开了。这一点苏家妈妈还是非常理解，节假日，每家的事情都多得很，人家不可能天天待在医院里守着。况且儿子的病也不是一天两天能好起来的，不能耽误了别人家的正事。再说了，晓琳现在还算不上儿子的正式女朋友，因为还没有正式举行订婚仪式。现在儿子出了这样的事，智力还不如1岁的小孩，苏家妈妈心中所有的梦想都被击碎了。儿子如果恢复不了记忆，他今后的生活都不能自理，怎么能奢望晓琳这样的漂亮女孩子嫁给他啊？虽然不敢奢望晓琳嫁给自己的儿子，但为了能帮助儿子恢复记忆，苏家妈妈还是决定去找晓琳帮忙。在苏家妈妈看来，晓琳就是一个知书达理、美丽善良的姑娘，她不会不帮自己的。然而，当苏家妈妈满怀信心地提着礼物去晓琳家的时候，晓琳却给了她当头一棒。

晓琳家里正要举行订婚仪式，别人给晓琳介绍了一个县城的大款，大款那天是开着豪华轿车上门的。当时晓琳和高富帅男朋友去了雪地里照雪景，是晓琳母亲接待的苏家妈妈。一听说了苏家妈妈的来意，晓琳妈妈立

刻脸色大变，毫不客气地赶苏家妈妈走，因为今天是他们家的大喜事，苏家妈妈却上门来提这样的要求，晓琳妈妈觉得非常晦气。正在苏家妈妈不知所措的时候，晓琳和高富帅男朋友手拉着手走进了家门，苏家妈妈立即像抓住了一根救命草，她迅速跪在了晓琳面前，希望她能帮帮自己。其实，苏家妈妈的性格非常要强，从来不愿意跟别人说好话，更别说下跪了，现在为了儿子，她不得不放弃尊严。可没想到的是她放弃了自己的尊严，得到的却是更大的侮辱。"妈，你怎么让一个疯子来家里啊？赶快把她赶出去！"面对苏家妈妈的举动，晓琳并没有丝毫的怜悯之心，而是满脸怒气地指责自己的母亲。苏家妈妈不是傻子，她听得出来，晓琳不是在指责她的母亲，其实是在骂自己。这个时候，苏家妈妈才知道自己当时的举动非常的荒唐和愚昧，她恨不得地上有一个洞让自己钻进去。

换位思考一下，这一点也不能全怪晓琳，作为一个乡下姑娘，谁不愿意找一个好男朋友呢？晓琳已经是25岁的大姑娘了，她一直在寻找满意的男朋友，但一直都未如愿。好不容易有人给介绍了一个英勇潇洒的警察，可还没有见面就成了傻子。现在有人给她介绍了一个高富帅，晓琳决定要好好抓住这个机会，因为年龄越来越大，其选择的范围却越来越小，她还希望订了婚以后尽快结婚，真的怕计划没有变化快，到时会落得一无所有。可没想到这个时候苏家妈妈找上了门，她怎么能不发火啊？其实在发过火之后，晓琳的心里也有一丝丝的刺痛。

晓琳的母亲得到了女儿这样的指示以后，她毫不客气地就把苏家妈妈推出了家门。苏家妈妈万分绝望地往回走时，却突然接到了一个让她以为是听错了的电话：儿子说要回单位去。

—第 24 章—

马路奇情

张红一见到气势汹汹的金菲菲就吓得推开了乌云拼命往后退。金菲菲立即冲上前拉住了张红，然后大声地吼了起来："你把夏楠藏到哪里去了，马上把他交出来！"

"我真不知道他去了哪里。阿姨，你要相信我，我也是在医院偶然遇到他的，当时他不是跟你一起走了吗？你怎么还来问我啊？"张红虽然平时脾气有些火暴，但面对满脸愤怒的金菲菲，她只得忍气吞声。好汉不吃眼前亏的道理她也懂，至于夏楠去了哪里，她真的是不知道。

面对这样的局面，乌云完全蒙了。开始的时候，张红打电话让她来医院，说是遇到了夏楠，后来又打电话说不用来了，夏楠已经离开了医院。没过多久又打电话让她来医院，说是遇到了苦苦寻找的男朋友。可她来了之后却什么也没见到，却看到了曾经救过自己的人来找张红闹事。张红到底和她是怎么认识的？她俩之间到底有什么过节儿？为什么又和夏楠扯上了关系？乌云一直搞不懂，她拉住金菲菲的手，很是惊讶地问："阿姨，你也认识夏叔叔啊？"

听乌云这样一说，金菲菲立即放开了张红，然后仔细打量着乌云："你是……"

"我叫乌云，在红月亮咖啡厅你帮过我啊！"乌云情绪激动地说了起来，"想起来没有？当时是一个戴大墨镜的男人在包间里袭击我，是你推开了包间门，然后拿了一个玻璃杯子砸在了他的头上……"

金菲菲突然打断了乌云的话，说："那你告诉我，你是怎么认识夏

楠的？"

"说起来话就长了，以后你有兴趣的话，我可以慢慢告诉你，不过你要相信我的好朋友，她是不可能去藏夏叔叔的。你现在要找夏叔叔的话我可以告诉你，他在什么地方。"

"他在什么地方？你快说！"

"他被人绑架以后，身上的所有东西都被抢光，后来又遇上了一个聋哑姑娘发病，他就把聋哑姑娘送到医院来治病。现在他回家去拿钱准备在电视台刊登广告，帮助聋哑姑娘找亲人。"

就在这时，一个穿着白大褂的中年男医生走了过来，他很热情地和金菲菲打招呼："嫂子，夏哥遭遇绑架你难道不知道吗？他送那个聋哑姑娘来医院时，身上一分钱都没有，还是找我先给她垫付的钱呢？你俩是不是闹矛盾了啊？这么大的事情他都没有告诉你。赶快回去找夏哥，让他来医院把那个聋哑姑娘的出院手续给办了，我们这边好结账啊。"这个说话的医生就是夏楠的老乡，他不管三七二十一就把所有的事情都抖了出来。

金菲菲虽然还不完全相信乌云说话的真实性，但夏楠老乡的话却又和乌云说的事情联系到了一起。金菲菲的气立即消了一大半，几个人都还没有回过来神儿时，金菲菲却转身离开了医院。乌云这才明白，一表人才的夏楠有了一个特别"出众"的老婆，她决定以后尽量少和夏楠接触，以免引起不愉快的事情。但她却没想到，事隔不久，金菲菲却主动找上了门。

周静正在和日本鬼子鱼水之欢时，突然接到了弟弟的电话。按照她先前的想法，肯定是不会接电话的，因为弟弟的气她还没有生过。可现在她却主动接了弟弟的电话，她接电话的原因并不是原谅了弟弟，而是为了摆脱日本鬼子。日本鬼子几天没有见着周静，当周静一来到他的身边，他就像一只饿狼一样抓住周静不放。日本鬼子虽然60多岁了，但在性方面却不亚于20多岁的小伙子，各种壮阳的药他是长期服用。他兴致好的时候，一晚上可以做好几次爱，这让周静苦不堪言。在没有遇上夏楠之前，周静也没有什么特别的想法，虽然和日本鬼子没有爱情，但她觉得既然跟了日本鬼子，就是他的女人，自己应该对日本鬼子尽一个女人的义务。日本鬼子再怎么折腾她，她也无怨无悔。天下的坏男人就喜欢在女人的肉体上做文章，自己跟了谁都是这样的，她觉得自己应该认命。可自从遇到了夏楠，周静便改变了以前的想法，这男人跟男人就不一样，有畜生也有谦谦君子。夏楠已经在她的心里占据了重要的位置，现在做什么事情她都喜欢把日本鬼子和夏楠拿来比较，当然夏楠越比越好，而日本鬼子却越比越丑陋。夏楠身上的缺点也成了优点，而日本鬼子身上的优点也成了缺点，这就是爱情的神奇作用。周静努力想把日本鬼子从自己心里赶走，但在现在生活中却赶不走。周静时常想着和自己鱼水之欢的人是夏楠，可睁开眼睛看到的却是丑陋的日本鬼子。跟日本鬼子一起做爱，周静没有半点的痛快，只是感到万分的痛苦。每次周静都希望此事能早点结束，可日本鬼子却像一个越战越勇的将军，把周静弄得欲哭无泪。那天，日本鬼子又在周静身上发泄时，周静放在床边的手机突然响了起来，周静立即找到了摆脱日本鬼子的好方法：那就是起身接电话。其实在那个时候，不但是亲人打去的电话周静会马上接，就是一个骚扰电话打过去，周静也会去接的，因为她想拯救自己。

日本鬼子突然被周静推到了一边，他马上气急败坏地骂了起来："谁他妈的没事找事啊？不知道老子正在工作吗？"其实日本鬼子平时从来不在周静面前骂脏话，也从来不反对周静接别人的电话。他现在突然骂出了粗鲁话，完全是因为别人的电话让他的"工作"半途而废，他心里窝着一肚子的火。

"是我弟弟打来的，说我妈妈突发急病正在抢救，现在还没有苏醒过来。"周静拿着电话小声哭了起来，然后又说，"李哥，我想去医院看妈妈，万一她有个什么三长两短的怎么办？"至于母亲怎么会突然得急病，弟弟没有说，周静也没有仔细再问下去。

有句话说得好，女人要想征服男人，哭是最好的武器。一看到周静伤心成那样，日本鬼子的心马上就软了下来。其实他心里很明白，自己如果不同意周静去，周静肯定是不敢去。在心里，日本鬼子非常看不起那个比自己还小几岁的岳母，只希望她早点死掉，免得有事没事的爱到自己家里唠叨。但他不敢表现出来，怕周静不高兴，因为他喜欢周静，一接触到周静的肉体他就销了魂。现在自己就是把周静留在身边，她也是一副哭哭啼啼的样子，哪有什么心思和自己鱼水之欢。只有让她高兴了，自己才能得到想要的一切。想到这些，日本鬼子便毫不犹豫地答应了周静的要求，还

决定马上跟周静一起去医院。周静当场就感动得扑在日本鬼子怀里，日本鬼子突然热血沸腾起来，他还想花上十几分钟的时间，把刚才没有做完的"工作"继续做完再去医院时，一个意外的电话却让日本鬼子什么心情也没有了。因为他接到了周涛妻子向芳的电话，说是看到了周静和别的男人鬼混的事情。

徐浩回到了学校，很快就去了学校指定的单位实习。在实习单位，除了给每个学生每天管三顿饭，安排免费住宿之外，不给他们发工资。徐浩不得不利用休息时间去外面搞兼职，本来是想春节留在城里打工赚一笔钱的，可回了老家一趟却耽误了挣钱，还把以前存的一点小钱都花光了。父亲身体不好，奶奶年纪又大了，徐浩得想办法挣点钱寄回家让他们花。从老家回到江城，徐浩本来是想着先找乌云聚一聚，然后向她表达自己的感情，因为他怕乌云在这个时候谈男朋友，那自己就没有表达的机会了。但因为囊中羞涩，徐浩只得先放弃这个打算：江城是个开放城市，消费水平高，他连请乌云在饭馆吃顿饭的钱都没有，更别说给乌云送见面礼。挣钱成了徐浩现在最迫切需要解决的问题。

那天在实习单位下班以后，徐浩就急匆匆地往打工的酒吧走，没想到却把一个美女伤着了，这个美女就是周静。日本鬼子突然没烟抽了，他让周静去给他买，因为日本鬼子抽的都是外烟，一般的小商店是没有卖的，周静只得穿过两条大街去伊藤洋华堂超市买，她刚买好了一条烟从超市走了出来，就被一个边走边打电话的青年男子撞着了，周静惊叫着倒在地上。因为青年男子撞她的时候，身体向一边倾斜把脚崴了，周静感到钻心似的疼痛，这个撞周静的青年男子就是徐浩。徐浩再过几分钟就可以到酒吧上班了，却突然接到单位值班经理的电话，说是刚接了一批新货，让他马上回去加班画图。徐浩非常生气，自己急需用钱，而实习单位一分钱不给，还要他们回去加班，所以他就在电话里和值班经理争论了起来，没想到却把周静给撞了。

周静蹲在地上惊叫，立即招来了很多围观的人，大家纷纷指责徐浩，要他为周静承担责任。徐浩不知所措地抱起周静就往出租车停靠的地方跑，却没有想到这个不经意的画面已经进入了别人的镜头。周静和徐浩却全然不知。

—第 25 章—
撞出来的祸事

　　向芳把照片交给日本鬼子的时候，开始并没有想得到多少钱，可以说她根本就不是为了钱，只是想报复。对于丈夫提出离婚，向芳非常痛恨。她知道离开了周家，不仅自己，而且自己的整个家庭也完了。丈夫在日本鬼子的企业里当高管，靠着他的安排，自己的哥哥和嫂子也在企业里当管理人员。哥哥和嫂子就小学毕业，向芳也明白要是他们离开了日本鬼子的公司，要找这样的好工作，基本上可以说是在做白日梦。日本鬼子经常不在大陆的公司，虽然公司也有很多真正能干的高级管理人员，但他们只是干实事。丈夫虽然没有真才实学，基本上是在公司里拿着高工资玩，但他在日本鬼子面前说话，还是比其他人管用得多。特别是向日本鬼子告公司员工的黑状，丈夫是绝不会马虎的。按中国人的说法，丈夫应该是外资企业的国舅了，日本鬼子在关键时刻相信的还是他，很多员工背后地里都叫丈夫二老板。父母来到了江城帮助哥嫂照顾孩子，娘家买房子也借了周家20 万，现在还有一张借条。向芳很明白，只要自己和丈夫不离婚，这 20万就是白送了，谁还啊？她自己也因为嫁到了周家，过上了富裕而舒适的生活，还给娘家人带来了好运气，哥嫂和父母都把她当公主对待。现在却有美女来抢她的位置，想到自己不再是周太太，就会变得一无所有，娘家人也要跟着倒霉，向芳无论如何也接受不了这个现实。本来她想从各方面紧紧地管住丈夫，不让别的女人靠近丈夫，没想到丈夫却提出了离婚，眼看一切都无法挽回了，她只得想出最后的办法，那就是漫天要价。没想到丈夫根本不理她，现在每个月的工资也不交给她，这让这些年来大手大

脚花钱惯了的向芳，才知道了将要面对的现实问题。论容貌，向芳知道自己比不上现在跟周涛在一起鬼混的女人，对于这件事她已经去咨询过律师了，有过错的一方在离婚时，可以不得财产或少分财产。她当时高兴坏了，因为手中有丈夫出轨的证据，现在住的房子也得值几十万，还有车子、存款等。向芳决定把这一切都弄到自己的名下，就算离婚了自己也吃不了多大的亏。可让她没想到的是，去房管局一问，才知道房子都是写在公公、婆婆名下的，车子、存款也是写在公公、婆婆的名下。丈夫名下是一无所有，向芳这才知道上了当，当初她和丈夫结婚时，周静说好的送他们一套房子和车子，却把名字写的是公公、婆婆。她又找人去报复了跟丈夫鬼混的女人，但丈夫还是坚决反对与她和好，而且还在一直躲避她。

向芳的心里又气又恨，她觉得一切都是周静使的坏，因为丈夫什么话都听周静的。原来以为跟着丈夫是跟了高富帅，现在才知道是一个毫无本事的穷光蛋。周静以前和夏楠的事情，向芳也是非常清楚的，丈夫去报复夏楠还是她在后面怂恿的。俗语说得好，兔子急了乱咬人，得知了周静正在医院里照顾受伤的婆婆，向芳决定去找她摊牌，希望周静给自己的弟弟施加压力。她都想好了，如果周静不帮自己，她就拿出周静和夏楠的事要挟，自己光脚的还怕穿鞋的？可向芳悄悄去了医院，却看到了她自己根本都没有想到的一幕：张红和周静一起坐在公婆的病床边，两人看上去很亲热的样子。向芳的精神立即崩溃，她这才知道丈夫和外面女人的事，全家人都知道，也是默许了的事，只有她一个人还蒙在鼓里。她甚至想到了就是周静帮助弟弟另外选的妻子，更是对周静恨之入骨，决定报复周静。自己过不好，她也要周静这个女人过不好，还要让周家人都跟着倒霉。但却找不到有利的证据来报复她，虽然周静和夏楠有关系，但自己手上却没有拿到证据，这样去找日本鬼子他根本不会相信的。

为了找到证据，向芳决定亲自跟踪周静，没想到突然发现了周静在大街上被一个男人抱着的场面。向芳立即高兴得差点跳起来，她知道这样的图片交到日本鬼子手里，不但周静要吃不完兜着走，周家所有的人也会马上完蛋。果然不出向芳所预料，日本鬼子一接到她的电话，立即给她发来了短信，希望约个时间详谈。

周静当时被徐浩送到了医院，经过骨伤科医生给她简单处理了一下就没事了。女生都爱穿高跟鞋，崴脚也是很正常的事情，骨伤科医生治疗这种扭伤简直就是小儿科。当时送周静进医院的时候，看到骨伤科的病房门是打开的，徐浩就直接抱着周静走了进去。正好那时也没有别的病人，医生正在那里闲着，他也没有问徐浩挂号没有，就开始给周静处理扭伤的脚。处理完毕以后，医生立即给周静开了一张单子，让他去收费处交费，然后取了药拿过来，医生指导他怎么给伤者外敷内用。可没隔几分钟，徐浩却拿着一张划了价的收费单走回来了。

周静立即抓住了徐浩的手，情绪激动地问："药呢？我回去还要用啊？你怎么没有给取来？"

徐浩沮丧地低下了头，说："小姐，实在对不起，今天我出门忘了带钱包，你先在这里等着，我马上回去拿了钱就来给你取药。你要不相信我的话，我马上把学生证和身份证都押在这里。"徐浩说完，立即掏出了学生证和身份证递给了周静，然后局促不安地盯着她。因为他已经欺骗了周静，不是没有带钱包，而是他身上根本就没有钱，所以徐浩怕周静看出破绽。本来身上还有 100 块钱的，可刚才打车又花去了十几块钱，现在收费单上却写着药费 150 多块钱，徐浩身上的钱根本不够，所以他决定回去找别人借钱。这一切他不敢告诉周静，怕人家不相信。当然了，如果徐浩要赖账的话也是可以马上赖掉了，周静手里没有他的任何把柄，他可以趁着出门交费的机会溜走，周静也是无法找到他的。但他根本没有想过那样的事，只想尽快回去找人借到钱，然后把医院的费用结了，再想办法把周静送回家，只要周静不敲诈他，他就觉得万幸了。

然而，徐浩没有想到的是，周静在看了一眼他的身份证和学生证以后，立即从皮包里拿出几张红颜色的人民币递给了徐浩，然后淡淡地笑了笑，说："回去拿多麻烦啊！我这里有钱，先拿去交了吧，出门在外谁还不遇到一点难事啊"

徐浩当时愣住了，他不知道是该接还是不该接周静手中的钱。对于他来说这样的事情还是头一次遇到，心里最担心的就是周静已经发现了他在撒谎，所以故意这样做来试探他的心。其实这一点，徐浩真的想多了，周静真的什么也没有看出来，她之所以要这样做，是在看了徐浩的身份证和学生证之后，首先确定了徐浩还是一名在校大学生，还有就是发现了徐浩

原来和自己都是老乡。人家说老乡见老乡，两眼泪汪汪，这一点让周静非常有亲近感，还有就是对大学生的崇拜。虽然周静文化不高，但在江城已经生活了很多年，对于在徐浩学生证上看到的这个大学，她知道是个非常有名的重点大学，很多家长都渴望自己的孩子能考上这个大学。而一个外省的农家子弟能考到这所大学来读书，不能不让人刮目相看。周静知道徐浩的老家是一个半农半牧的小县，也是一个国家级贫困县，能供出来一个重点大学的学生，家里是会砸锅卖铁的。很多学生都是一边上大学，一边勤工俭学挣生活费。100多块钱，对于周静来说还不够买支口红，但对于贫困家庭的大学生来说，可能就是十多天的生活费了，所以她决定不为难别人。但这一切，她不好跟徐浩明说，怕伤他的自尊心。

"快把钱拿去交啊！一会儿我还要急着回家呢。"见徐浩愣在那里一直不接钱，周静有些着急地催了起来。

看着周静要发火的样子，徐浩才慌慌张张地接过她手中的钱离开。交了费拿了药之后，徐浩便扶着周静走出了医院，然后打了一辆出租车送她回家。然而，出租车刚离开医院不久，徐浩又接到了公司催他回去加班的电话，徐浩非常生气地挂断了电话。可没想到周静却突然让徐浩快下车，说自己现在不想回家，还想找朋友去咖啡厅喝咖啡，没有必要再让徐浩跟着自己。徐浩只得无奈地下了车，然后匆匆往公司赶。到了公司以后，徐浩却无意中发现自己的衣服兜里放了几百块钱，思来想去，他觉得一定是周静。但他却无法找到周静，更不知道他的那位老乡因为被他撞了一下，却要付出惨重的代价。

—第 26 章—

许下诺言欠下债

虽然苏一铭只能说出"我要回单位"几个简单的词语，但对于苏家人来说，已经是很大的幸福了。苏一铭至少知道自己有单位，还想着回单位，这就是一个好的开始。苏家人立即与苏一铭单位的领导取得了联系，单位领导得知情况以后，立即派出人员到苏一铭的老家来接他。毕竟苏一铭是单位的正式员工，更是一位出色的警察，还是一位让不法分子闻风丧胆的人。他惨遭不幸是公安系统的一个重大损失，让他尽快恢复健康是大家共同的心愿。这段时间里，苏一铭管辖的范围内，经常有群众来派出所，指名道姓要苏警官帮助解决事情，这些人都是以前的受害者，是苏一铭帮助他们挽回了经济损失，破除了他们多年的死案，但派出所领导却不敢公布苏一铭被害的事情。单位领导已经做出了决定，把苏一铭接到离单位不远的一个疗养院养伤，那里有专门的医生和护理人员照顾，还要定期对病人进行专业的强化训练，这对于苏一铭恢复健康是非常有好处的。而苏一铭如果留在老家养病，各方面条件都很差，也对苏一铭的身体康复非常不利。

其实在苏一铭刚被送进医院抢救时，单位领导就赶到了医院，当时苏一铭已经脱离了生命危险，领导也准备把苏一铭转到江城的医院来治疗。但看到苏家父母为受伤的儿子痛不欲生的样子，领导马上就打消了那个念头。老人希望儿子留在他们身边，更希望亲眼看到儿子康复。如果儿子没有康复就让他离开，当父母的无论如何也是不会同意的。苏一铭的家庭情况，单位所有的人差不多都知道。父母结婚多年都没有生育，到处求医问

药也无济于事，后来听人说抱养一个孩子来才会养得住自己的孩子，30多岁的父母就找人抱养了一个人家超生的女婴。可女婴抱来以后一直生病，苏家父母花光了家里的钱财，还到处借钱给女婴治病。但还是没有挽留住女婴的生命，女婴在苏家过了十个月便夭折了。正在苏家父母感觉自己这一生不会再有孩子时，一个小小的生命却诞生了，这个小小的生命就是后来的苏一铭，他是在女婴离开的第二年来到这个世界上的。苏一铭出生以后就成了家里的宝，从小学一年级到六年级，每天都是由父母接送到学校。父母生怕儿子遭到什么意外，儿子是整个家庭的命根子，没有了命根子，家也就垮了。上中学要到镇里去上，苏家妈妈还要天天去陪读，已经懂事的苏一铭坚决反对，父母这才放弃了决定。苏一铭是个孝顺的孩子，参加工作以后，每个月的工资除了留小部分自己用，其余的全部寄回了老家，而且是每个月按时给家里寄钱。父母年纪大了，他只想让父母把日子过好一点。这一点，单位的人都知道，因为苏一铭有时要出去办案不在家，他都会让同事帮自己把钱寄回家。

　　苏家父母主动提出把儿子送回单位，也是经过了很长时间的思想斗争。从感情上来讲，他们是非常不愿意儿子离开自己，儿子意外受伤让他们痛心疾首，他们想天天守在儿子身边保护着儿子。但他们也知道这不是办法，儿子已经离开家乡太久太久，对这里的一切都慢慢生疏起来。单位才是他最熟悉和喜欢的地方，儿子在单位那么多年都没有发生过什么意外，而春节一回家就发生了意外，这让他们无比惶恐，到底还有没有人要来害儿子？他们不知道。要保护儿子他们只是有心，却没有能力，既然儿子提出了要回单位，他们也只得忍痛割爱让儿子离开。单位是儿子工作的地方，也许回到了那里，会有什么事情能刺激到儿子的神经，让他尽快恢复记忆，只要儿子能恢复记忆，像健康人一样生活，让他们付出什么代价都可以。何况现在儿子也只是和他们暂时地分离，他们期待奇迹在儿子身上出现。可没想到，儿子在临走时，突然说出了"树林"两个字。苏家父母又惊又喜，他们想再从儿子口中知道一些更重要的情况时，儿子却什么也说不出来，随后拿着纸和笔画了一个女人的头像。虽然看不清楚女人的头像是谁，但乌云的嫌疑陡然又上升了。

　　乌云接到徐浩的电话很是意外。自从上次发短信问了徐浩什么时候返回学校以后，乌云就被一系列的事情纠缠着，根本没有心思再去过问徐浩的事情。回到公司上班，由于春节以后，公司业务大增，工人差不多每天都要加班加点赶活儿，乌云这个当质量检验员的就没有闲下来过。加班乌云并不怕，因为加班就有加班工资，还有免费的加班餐。打工的人出来打工就是为了挣钱，有了更多的钱可以改变家庭的现状，这是乌云最终的目的。她怕的就是公司没活儿干，那样就只能发点基本工资，除了自己花销之外，就没有多少钱寄回去了。说心里话，乌云非常希望公司经常有加班的活儿，那样可以挣更多的钱。今年过春节又可以回家看望家人了，回家的感觉真好。张红已经告诉过她了，要回家过年就要早做准备，她是一个网虫，经常下班就去网吧上网，跟老板的关系也混熟了，已经谈好了今年让老板在网上帮助他和乌云抢几张来回的火车票，到时给他一点手续费。老板很爽快地答应了，并且不要一分钱的手续费，他成天没事就坐在电脑上玩，抢购几张火车票对于他来说就是举手之劳，帮助别人落得了美名也带动了自己的生意。在这之前，张红就知道其实好多民工都是通过他抢到火车票的，他虽然不收手续费，但人家心里过意不去，直接拿了身份证去他那里上网，交上 20 块钱，把电脑开了半个小时就走人。这样既照顾了他的生意，民工也觉得划算。因为自己去火车票代售点买火车票还要给手续费呢，那样既耽误了自己的时间还经常成了英雄白跑路。

张红已经想好了，到时她就拿着自己的身份证去上网，然后也交 20 块钱只开半个小时电脑就走人，让老板帮助自己和乌云两人买票，这样也不会觉得欠老板太多的人情，成本也低得多。当然这点成本她不会让乌云给，更不会让乌云知道。她是从农村出来的，从小就知道精打细算，知道钱应该用在该用的地方。春节后，为了所谓的爱情坐飞机豪华了一回，现在想起来她都后悔死了。当然了，如果得到了真正的爱情，她是绝不会后悔的。可她得到的却是一种伤害，这一点她是怎么也想不通，再和那样的草包男人纠缠下去，她觉得已经没有任何意义了。一个靠着别人吃软饭的男人，她瞧不起，心里暗暗发誓再也不会轻易相信爱情了。没人牵手，宁愿把手放进兜里，也不会去向爱情招手。然而，张红却没有想到，仅仅过了一天，她又被爱情闪腰了。

徐浩是在接到苏家妈妈的电话以后，才给乌云打的电话。苏家妈妈

在电话里，一直询问他知不知道乌云住什么地方，从苏家妈妈的语气中徐浩就感到了事情有些不对劲儿。但苏家妈妈一直不愿意说出打听乌云的理由，只是告诉他没有什么，就是随便问问。当徐浩问起苏一铭的病情时，苏家妈妈也说得轻描淡写。

苏家妈妈越是这样淡定，徐浩就越觉得事情复杂。因为他见过的苏家妈妈不会是这样的人，他觉得一定又是苏一铭的事情要把乌云扯进去，所以他就马上打了电话给乌云，想叮嘱她时时注意。现在自己已经回到了江城，有什么事情一定马上告诉自己，到时和她一起面对，千万别像上次那样做傻事。

不是徐浩反对乌云做好事，有时做好事也会把自己害了的。春节前，乌云发现了苏一铭受害，她首先没有想到报警，而是直接打120救护车来把苏一铭接走，自己还跟着去了医院，又在苏一铭的手术单上签了字。后来虽然报了案，但警察却没有亲自勘察到现场，所以留下了很多疑问。做什么事情都要讲究方式方法，这样才不会出差错。徐浩在给乌云打电话时，当然没有告诉她苏家妈妈在找她，他怕吓着乌云，只告诉她想请她吃顿饭，现在他已经拿到了兼职工资。最重要的他非常想乌云，真的想看看她，乌云的喜怒哀乐都会牵动着他的心。

乌云接到徐浩的电话以后非常高兴，她马上就想到了死党张红。春节以后，两人都在江城经历了太多不顺心的事情，现在徐浩请她吃饭，她就决定叫上张红。不管怎么说几个人都是老乡，能在异地他乡多认识一个老乡也算是一种幸福。乌云已经想好了，吃饭绝不会让徐浩请客，他家困难，现在又没有毕业。自己已经打工挣了几年的钱，请老乡吃顿饭也是应该的，也算是为自己和张红压压惊。

张红接到乌云的电话，说是请一个大学生吃饭。开始的时候，张红还以为是乌云约男朋友吃饭，让自己去作陪，有过爱情失败经验的她，决定好好帮助乌云把关，决不让不怀好意的男人把乌云骗了。可没想到第一眼见了徐浩，她就突然触电，把先前的一切都忘得一干二净。

—第 27 章—

美丽的陷阱

金菲菲是在电视台广告部的办公室找到夏楠和聋哑女孩的。当时，电视台广告部的工作人员正在给聋哑女拍照，开始的时候，聋哑女孩一直不配合，她紧紧地拉着夏楠不松手，生怕夏楠离开他。夏楠和在场的工作人员都不懂哑语，所以无法和她沟通，一直折腾了很久还是没有拍成。最后一个工作人员出了一个主意，就让夏楠和聋哑女孩一起拍照，上电视时，他们把夏楠的照片剪辑下来就是。夏楠也觉得这个办法不错，立即和聋哑女孩手拉着手地拍照，本来他是想拍摄一张就行了，可工作人员让他多拍摄几张，然后挑选最好的在电视上登出，夏楠就不好再拒绝了。

金菲菲冲进办公室的时候，夏楠和聋哑女孩在手拉着手拍摄最后一张照片。金菲菲冲进办公室立即就去拉夏楠，站在一边的聋哑女孩吓得大哭起来，惊慌失措的夏楠立即把聋哑女孩护住，然后不停地向妻子求情："菲菲，有什么事情我们回去说吧，你千万不要伤害这个孩子，她真的是无辜的。那天是我不对，不应该借上厕所的机会逃掉，回去以后你怎么处理我都行。"

"我处理什么啊？老公，出了那么大的事你为什么不告诉我啊？赶快忙完了带着孩子出去给她买两套新衣服，别让人家的家长找到了说我们虐待孩子。"金菲菲情绪激动地说了起来，然后又从包里拿出两块大面包递给了聋哑女孩，说："别怕，阿姨不会伤害你的。肚子饿了吧，先吃点东西再和叔叔拍照。"

聋哑女孩一直盯着夏楠不敢接东西。金菲菲又去拉夏楠的手，说："你

快让孩子接啊！"

夏楠仔细看了妻子很久，确定了她是真心要给孩子东西以后，他才从妻子手里接过了面包，自己先咬了一口吃，然后才递给了聋哑女孩。聋哑女孩看了看夏楠，然后也接过面包吃了起来。

妻子进门的一瞬间，夏楠就感到了一场大战马上就要上演，所以他首先想到的是保护聋哑女孩，这个女孩已经够可怜的了，他不能让妻子再伤害她，聋哑女孩就像一只受伤的小鸟，时时都需要他的保护。在来电视台之前，夏楠还有过这样荒唐的想法。他希望聋哑女孩永远都找不到父母，要么聋哑女孩就是一个没有亲人的孤儿，以后聋哑女孩就只有一直依偎在他的身边，他会像父亲那样去爱护她，让她一生永远地快乐幸福。他想做父亲，有人需要他保护是一种快乐和幸福。但他也只能是这样想想而已，这实际上是根本不可能的事情。可他就真的没有想到妻子见了他和聋哑女孩会出现这样的结果，这样的结果太出乎他的意料了，让他都不敢相信这一切是真的，但事情却真的就在眼前发生了。夏楠根本没有想到的是这仅仅是一个开始，后面出乎他意料的事情才真正让他大开眼界。

向芳终于在指定的咖啡厅等到了日本鬼子，她便迫不及待地把徐浩抱着周静的照片交给了他。日本鬼子从向芳手里接过照片仔细看了很久，然后不露声色地问："你这样做的目的是什么？我想知道。"

向芳摸不清楚日本鬼子的内心想法，平时日本鬼子就是一副很严肃的样子，现在面目表情依然十分严肃，两只小眼睛把向芳盯得心里不停地打退堂鼓。向芳现在才真的有些后悔，拍摄到了周静和别的男人亲昵的照片，不该贸然交给日本鬼子，而是应该直接去敲诈周静，让她大出血。向芳知道不但周静怕日本鬼子，他们一家人都怕什么鬼子。而现在自己贸然来找日本鬼子，日本鬼子没有流露出半点感谢她的意思，相反还这样追问自己。

日本鬼子见向芳不说话，脸上露出了一丝不被人察觉的微笑，然后又接着问："做什么事情都有目的，说说你的目的吧。"

"姐夫，我真的没有什么目的，你对我们一家人恩重如山，我只想你和姐姐过得幸福快乐，不想让别人对你有什么不礼貌的行为。姐姐长得太漂亮了，走在大街上难免会让一些不怀好意的男人想入非非，只是希望姐夫有时间多陪姐姐。"向芳犹豫了很久,才鼓起勇气说了一些客套话。其实她的心里根本不是这样想的,本来她就是想报复周静,但知道日本鬼子很喜欢周静,所以怕日本鬼子反感她,她只得改变了主意。她觉得这样也不错,已经有意无意地向日本鬼子暗示了周静在外面有别的男人,现在就是想看日本鬼子有什么反应了。

日本鬼子听了向芳的话,脸上立即露出了一丝微笑,他从身上拿出了一张信用卡递给了向芳,说:"这上面可以取 2 万块钱,没有密码,你自己去取吧。女人家都爱美,拿去买点化妆品。我成天也忙,根本没时候陪你姐姐,你要有时间的话就经常去陪陪她,但不要让她知道你在陪她,你懂我的意思吗?有什么事情随时打电话给我。"日本鬼子说完以后马上转身离开了。

向芳立即拿起了茶几上的信用卡,很久她才明白自己已经时来运转了,一个罪恶的计划立即在她的脑子里诞生。

周家母亲伤好以后回家,曾经给向芳打了很多次电话,希望她把孩子送回家。因为孩子一出生就是周家父母带着,孩子是老人的心头肉,再说了,孩子放在向芳的娘家,周家父母也确实不放心。向芳的母亲要照顾哥嫂的两个孩子,家庭条件也没有周家好,所以担心孩子受委屈。可向芳提出的条件是周涛不能与她再提离婚的事情,以后每个月的工资要交百分之八十给她,家里的存款也要分四分之一给她,因为她也是这个家庭的成员。如果不答应,她就不让孩子回家。周家父母想着孙子可怜,基本上都答应了向芳的条件。可周涛却坚决不同意,因为他觉得向芳的条件太苛刻,所以事情就拖了下来。周家父母天天在家里抹眼泪,看着父母难受,自己又没有孩子,一直喜欢侄儿的周静只得去做弟弟的工作,让他答应向芳的条件。反正每个月日本鬼子给了她那么多的零花钱,她自己也花不完,以后把钱都给娘家就是了。

看到姐姐说到自己没孩子那沮丧的表情,周涛的心就软了下来。从小到大都是他求姐姐帮他,而姐姐却从来没有求过他半点,现在还处处为他着想,周涛的心里非常难过。他立即准备打电话找向芳谈判,只要孩子能回家就行。然而,周涛还没给妻子打电话,妻子却抱着孩子回到了家里。就在家里所有人都迷惑不解的时候,向芳立即说出了一个更让人惊讶的

话："我知道家里人都喜欢宝宝，为了宝宝有一个舒适的生活环境，我就把他带回来了。以前都是我太任性，以后我一定改。周涛，你也给我在单位安排个工作吧，大家都一起挣钱来共同把宝宝养大。"

周家母亲立即抱住了孩子，然后不停地抹眼泪："一家人不说两家话，你回来了就好。宝宝是我们周家的希望，没有他在身边我们生活着也没有意思。你也别去上班了，就让周涛去上班，反正现在生活也过得去。"

"妈，我还这么年轻，怎么可能一辈子在家当寄生虫啊？我真的是想工作。"向芳又表现出一副很诚恳的样子。

周涛本来是不愿意妻子去公司工作的，但妻子已经把话说到这个程度了，而且又把孩子抱回了家，父母和姐姐又轮番向他发起进攻，他才发现自己已经被逼到死胡同，根本没有退路了。说真的，光是父母向他发起进攻的话，他并不怕，怕的就是姐姐。整个公司都是日本鬼子的，他不同意也起不到任何作用。姐姐在日本鬼子面前说几句坏话，到时他自己也要吃不完兜着走，所以他不同意也得同意。

其实周静平时也不怎么喜欢向芳，觉得她太刁酸。但看到她今天不但把小侄儿抱回了家，又主动认识到了以前的错误，想到自家弟弟先前在外面做了亏心事，周静心里就有一种对不起向芳的感觉，所以她只得劝弟弟，并诚心希望弟弟两口子好好生活。不管怎么说，一个家有孩子就是很正常很完美的家庭，她非常渴望自己能享受这样正常的家庭生活，哪怕偶尔争吵几句也觉得是一种幸福。但她却没有资格享受这种正常家庭的生活，因为她让别人享受到正常家庭的生活，自己就得付出。周静想过很多次了，像她这种身份的女人就是离开日本鬼子，也是会低人一等的。夏楠就是一个很好的证明，当时夏楠离开她时就说过，有机会一定会再找她喝茶、聊天。可夏楠离开以后，不但不给她打电话，而自己给他打电话要么就是电话通了没人接，要么就是电话关机。优秀的男人谁会在乎她啊？但周静做梦也没有想到，她费尽心思地劝弟弟和向芳和好，还让弟弟把向芳安排到公司工作，却是在给自己挖陷阱。

—第 28 章—
假面舞会

　　金菲菲等着夏楠帮助聋哑女孩办完了手续，准备一起去逛商场给聋哑女孩买衣服的时候，夏楠突然接到了老乡的电话，希望他尽快去给聋哑女孩办理出院手续，月底了单位要结账。夏楠决定取消去逛商场的计划，然后找个地方随便吃点东西就开车去医院。本来他是没有打算让妻子一起跟着去，只想把聋哑女孩带着一起去。既然妻子已经说了，老乡把所有事情都告诉了她，她自己也相信了，现在用不着再跟着去，自己去办理了就是。这些日子以来，先是自己被绑架，然后又是忙聋哑女孩的事情，他一直没有去过公司，公司情况到底怎么样，他非常担心。他希望妻子去公司待着，有什么事情好处理，自己忙完了马上就过去。夏楠还有一个顾忌，就是怕去医院再遇到张红，虽然妻子已经说了，上次抓打张红是一个误会，但他不知道妻子说的是真话还是假话，万一妻子是套他的话，去了又对张红大打出手，他就觉得更不好收场，因为妻子现在的行为让他有些摸不着头脑。上次张红一见他，就情绪很激动的样子，仿佛有什么重大事情要找他。这次单独去了就是想弄清楚事情的真相，也为上次妻子无故伤害张红，赔个不是。虽然自己和张红之间是清白的，但孤男寡女在一起总会让人扯出很多的是非来。对于一个中年男人来说倒没有什么，可对于一个未婚姑娘却是很不公平的，有了绯闻的姑娘会被人当成是生活作风不正派，以后嫁人都嫁不到好男人。而有了绯闻的男人却被人称为风流倜傥，会让更多的女人去爱他。所有男人结婚都会在意对方是不是处女，但没有一个女人会去追问男朋友是不是处男，因为问了也是白问，没有检验的标准。

　　尽管夏楠找了很多理由不让金菲菲去医院，但金菲菲还是听不进去，一直要跟着去，夏楠没有办法，也就只好顺其自然了。一路上，金菲菲很是开心的样子，不停地无话找话和夏楠说。夏楠却是一副心不在焉的样子，他心里只是暗暗祈祷张红这个时候最好不要在医院出现。本来夏楠还想着先给张红打个电话，如果在医院的话就让她先回避一下。可金菲菲一直跟在身边，夏楠怕引起金菲菲的误会，本来就没有的事，却偏偏要惹出一些事情来。不打电话心里不踏实，打电话又怕惹事，夏楠就在这种矛盾中不知不觉地把车开到了医院。还没有把车停下，金菲菲却突然大声地喊了起来：“你们先去结账吧，我肚子好痛啊，先去一下洗手间。”

　　“怎么回事？我马上扶你去看医生。”一听说妻子肚子痛，夏楠就立即吓坏了。

　　“没什么大事，可能是要来例假了，你别管我，先去忙你的吧，一会儿我再来找你。”夏楠刚把车子停好，金菲菲就立即打开了车门跳下了车，然后急匆匆地往旁边的厕所走去。

　　眼见妻子离开，夏楠才长长地叹了一口气，然后拉起聋哑女孩急匆匆地往医院收费处走去。这个时候的夏楠非常希望张红出现，他可以趁着妻子不在的时候，向她解释一下。但他到处巡视了一下，却没有张红的影子。可另一个人却从他的身边擦肩而过，只是他还不认识这个人，但先前发生的一切故事和后来发生的一切事情，都和这个人有着非常密切的关系，这个人就是日本鬼子，金菲菲的突然离开也是因为他，这一切夏楠当然也不会知道。

　　其实金菲菲一进医院的大门就无意中看到了日本鬼子，日本鬼子正由一个年轻男人搀扶着从医院的收费处往外走。开始的时候，金菲菲还以为是自己看花了眼，当日本鬼子再往这边走的时候，金菲菲终于看清楚了他。要是平时的话，金菲菲肯定会冲上去狠狠打他两巴掌，一直找他，他都在躲避，既然遇着了，她怎么能放过他呢？但此时的金菲菲却立即躲了起来，她没有办法，因为丈夫在车上。如果这个时候冲上去打日本鬼子，自己以前所有的一切就全部曝光了。谁都知道男人很在乎女人的过去，而自己的过去就不是一般的过去，因为这个男人她已经失去了再做母亲的机会，还让丈夫失去了做父亲的机会。再好再宽容的男人恐怕也不会接受这一切的。一个女人没有美丽的容貌已经是一件很不幸的事情了，如果再不能生孩子了那就是一种绝望。虽然自己有钱，但钱不能买到她想要的幸福和快乐。

因为以前有过几次太蹊跷的事情，金菲菲曾经怀疑过丈夫和日本鬼子认识，如果他们认识了，自己的一切丈夫就应该知道。可这么久过去了，丈夫并没有在她面前流露出什么异常，金菲菲心里就有些拿不准了。到底是丈夫的城府太深，还是他真的不认识日本鬼子呢？这一点金菲菲搞不懂，当然也不好去问，唯一的办法就是暗中观察。所以刚刚发现了日本鬼子，金菲菲就立即找了一个借口离开，她想看看丈夫和日本鬼子相遇时的表情。金菲菲根本没有真正去上厕所，而是一直在暗中观察丈夫的举动，却意外地发现丈夫和日本鬼子擦肩而过，像陌生人一样没有任何表情。金菲菲悬着的心终于稍稍地平静了下来。既然丈夫和日本鬼子不认识，很显然，自己过去的一切他也不可能知道。金菲菲突然觉得再跟日本鬼子纠缠已经不是主要目的了，主要目的是让丈夫永远不知道自己过去的那一切，尽快生个孩子才是最重要的。但怎么生孩子又回到了她最苦恼的问题上了，这也是她心灵深处的伤痛，现在谁也治不好她的伤。就在金菲菲绝望的时候，夏楠却拉着聋哑女孩的手从医院走了出来。金菲菲突然眼睛一亮，她立即在心里喊了起来：我要生孩子啦。但她没有想到希望很快就破灭了。

张红爱上了徐浩，而且爱得一塌糊涂。粗心的乌云和徐浩都没有发觉，那一顿饭乌云和徐浩吃得很开心，而张红却没有心思吃饭，她一直在反复观察乌云和徐浩的表情。乌云和徐浩相互都在谈春节前后的一些情况，根本没有注意到旁边的张红。徐浩本来是想向乌云表达自己的感情，可一看到乌云带了一个女伴过来，他也就没有表露自己的感情，只是告诉苏云，苏家母亲在打听她的情况，提醒她时时注意。乌云笑了笑算是回答，她认为不做亏心事就不怕鬼敲门，现在自己已经回到了江城上班，苏家人对自己有再多的不满也伤害不了自己。倒是对徐浩去自己家里看望父母表示了深深的感谢，也希望徐浩有什么困难随时可以找她帮忙，好歹自己每个月打工也有几千块钱的工资。而徐浩还有几个月才毕业，出门在外就不要太客气。徐浩突然有些无地自容，本来是想保护乌云，没想到乌

云却提出来要帮助他，一个需要别人帮助的男人还有什么资格向他人求爱呢？徐浩立即决定先放弃自己荒唐的想法，再过几个月毕业以后找到了工作再来向乌云求爱。

吃完饭以后，徐浩立即招呼服务员过来结账，然后准备先送乌云和张红回家，自己再去做兼职。可没有想到服务员却告知有人已经付了款，付款的人便是张红。最惊讶的人是乌云，因为她已经想好了要请客的，绝不可能让张红请。张红却立即站起来反驳乌云："你帮了我那么多的忙，难道就不该我请你吃顿便饭吗？徐浩是你的朋友，也应该是我的朋友啊。正如你说的那样，他还是一个大学生，而我们都是挣钱的人了，请他一起吃顿便饭也是应该的啊。如果你要再跟我客气，以后我们俩就不做朋友了。"一听张红这样说，乌云便无语了。张红的脾气乌云最了解，心直口快、仗义，为了朋友可以两肋插刀。她做出了决定的事情，也不希望别人去改变她。

徐浩也是在这个时候对张红刮目相看的，他还没有想出更好的话来向张红表示谢意时，一个珠光宝气、长相有些对不起大众的中年妇女一边打电话一边走进了饭店。一看到乌云，中年妇女立即就挂断了电话，然后走过来抓住了乌云。张红惊叫了一下，然后不停地往后退。徐浩眼疾手快，他立即冲过去推开了中年妇女，然后紧紧地护住了乌云。中年妇女没注意，立即被推倒在了地上，这个中年妇女就是金菲菲。

乌云立即把徐浩拉到了一边，然后走过去扶起了地上的金菲菲，满脸歉意地说："阿姨，你没事吧？"

"没事。你们吃饭没有？一会儿一起吃吧，你夏叔叔也要过来，他让我先过来点菜。"金菲菲满面喜色地说道。

张红轻轻地拉了一下乌云的衣服，然后小声地说："我们赶快走吧。"

金菲菲立即走过去拍张红的肩膀，说："还在生我的气啊？以前的事真的是误会了，一会儿你夏叔叔来了，我当着他的面向你们道歉还不行吗？"

几个人立即睁大了眼睛。

—第 29 章—
幕后黑手

自从向芳去上班以后，家里的一切立即平静了下来，尽管向芳每天都是早出晚归，也从来不关心一下儿子。但周家父母仍然十分满足，因为孙子能天天和他们在一起就是最大的快乐。如果孙子让向芳带，老两口还担心她带不好。孩子生下来就是老两口在带，向芳根本没有认真带过。前些日子带回家一段时间，孩子养得是又黄又瘦，让老人心疼死了。

周涛每天也是早出晚归。开始的时候，周家父母还以为儿子和媳妇都是一起的，他们也没有去多过问，年轻人好耍好玩，老年人已经习以为常。直到有一天，周涛白天打电话回家问父母，向芳在家没有，周家父母才知道了实情。原来儿子和媳妇都是各玩各的，就是白天在公司他们也很难得见上一面。因为向芳每天都是到单位逛一圈，然后就离开了公司，具体去了什么地方没人知道。现在有一个事情要问向芳却找不到人，打电话又是关机，所以周涛就以为妻子在家跟父母一起带孩子。得知妻子并没有在家，周涛当场就在电话里向父母发了火，因为他要离婚，父母都反对。面对儿子的责备，周家老人是敢怒不敢言。当时周静也在父母家帮助看孩子，一看到父母被弟弟骂成那样，周静再也忍不住了，她抓过父母手中的电话就吼了起来："你别不知好歹，爸爸、妈妈把你养大错了吗？妻子是你自己选的，让你在学校里好好上学，你偏要去放弃学习谈恋爱。现在你两口子闹矛盾却拿爸爸妈妈当出气筒，天天骂别人不对，你撒泡尿照照你自己啊！"也许是觉得理亏，也许是怕姐姐，电话那头的周涛再也不敢吭声了。周静心里突然涌出了一种快感，这些日子以来，一直压抑在她内心的苦闷突然烟消云散，她这才觉得发泄是一种消除忧愁和烦恼的最佳方法。但她根本没想到，这种快感来得太短暂了，后面等待她的将是一种毁灭性的打击。

日本鬼子生气地给周静打了几次电话，周静才匆匆忙忙地回到了家。本来父母已经做好了饭要留周静在那里吃的，周静也很想在父母家吃饭，但一听到日本鬼子在电话里发火了，周静也只得回家。周静很难得在父母家吃上一顿饭，只要日本鬼子在家的话，周静每天都要亲自给他做饭。日本鬼子在生活上不是很讲究，所以周静给他做的饭也是很简单的。春节前，家里还请了一个保姆，但春节时保姆就回老家去过年，后来就说家里有事不回来了，让他们另外请保姆。日本鬼子本来是要重新请保姆的，但周静却拒绝了。这倒不是因为怕花钱，反正又不用周静花钱，而是周静觉得请一个保姆在家根本没有什么事，也觉得不方便，保姆做的事情她也会做。日本鬼子又不让她出去上班，成天待在家里周静觉得自己都快闷死了，所以她想做点事情来充实自己。周静和日本鬼子居住的高档小区，基本上都是像周静这种身份的女人。但有的已经生了孩子在当地报了户口，至于是怎么报上的周静不知道。很多人是没有孩子，没事的时候大家就聚在一起豪赌，要么就是结伴去美容院折腾、去商场疯狂地购物。对于她们来说年轻美貌就是本钱，没有这一切就什么都没有。周静既不喜欢赌博又不喜欢进美容院，所以就很少跟那些女人在一起。白天的时候很少看到有男人进入小区，只有晚上那些神秘的男人才在小区出入。日本鬼子之所以大白天能在小区随时出入，那是因为他跟别的男人身份不一样：他是外国人，根本不怕家人和朋友发现什么，对他也没有什么威胁性。每天能给日本鬼子做做吃的，对于周静来说也是一种快乐，自己是日本鬼子的女人，人家花了那么多钱把自己养起来，不为别人做一点事，周静觉得心里不踏实。尽管她不爱日本鬼子，但她懂得感恩。

日本鬼子早晨出门的时候，周静还曾问过他中午回不回来吃饭，如果他要回来吃午饭的话，周静就决定去菜市场买些日本鬼子平时最爱吃的东西，然后给他做好，等着他回来吃。如果他不回来的话，周静就决定不去买菜，冰箱里有很多菜，她自己一个人随便吃什么都行。日本鬼子明明说了中午和晚上都不回家吃饭，周静才觉得没事做，所以就去了父母家帮助带小侄儿。可现在却突然回家了，还命令自己马上回去，弄得自己饿着肚子，有什么天大的事情不会等自己吃过了饭或是在电话里说吗？非得要自己马上赶回去。周静心里十分不舒服，本来她是想回家找日本鬼子发点小脾气，让日本鬼子以后不要这么折腾自己了，可她却没有想到，自己还没有对日本鬼子发小脾气，日本鬼子就对她发了大脾气，而且还不是一般的大脾气，弄得周静都以为日本鬼子发错了对象。跟了日本鬼子十年，日本鬼子别说打周静，就连骂也没有骂过。他不高兴的时候，最多就是用眼睛瞟一下周静，但只要周静在他面前稍稍撒撒娇，日本鬼子所有的气就烟消云散了。可现在，周静刚开门进屋，日本鬼子不由分说，抓住她就是几巴掌。周静还没有回过来神儿，日本鬼子立即扒光了周静的衣服，然后用双手去抓周静的下身，周静痛得死去活来。开始的时候，周静还以为自己是在做噩梦，因为这样残忍的场面，她只是在电影、电视中看过无数次。日本人侵略中国的时候，乱杀无辜，尤其是对妇女进行比野兽还要疯狂的强奸、轮奸、奸后杀害以及用最残酷的手段屠杀儿童，甚至还对孕妇开膛破腹挑出胎儿玩耍取乐。看电影、电视多了，周静也经常做这样的噩梦。醒来之后每次都要吓出一身冷汗，后来她就再也不敢看那样的片子了。

解放以后，中国和日本建立了外交关系，两国之间的贸易合作不断加速。周静觉得电影、电视里演的都是过去的事情，那时中国并不强大，经济薄弱，生产力低下。特别是清朝末年，中国人吸鸦片，导致身体病弱，还被外国人骂成是"东亚病夫"。现在我们是国富民强，人民安居乐业，任何一个国家也不敢轻视中国。日本人都到中国来投资办企业了，他们用的工人也都是中国的，而且在日资企业的工资还要比国内同行业的工资高，这还有什么可怕的呢？特别是跟了日本鬼子以后，周静便觉得日本人也不是像电影、电视中描绘的那样残酷无情，他们也是有血有肉，还十分重礼节的人。以后再也不会像电影、电视里演的那样来伤害中国人了。但当自己被日本鬼子折磨得死去活来的时候，周静才发现电影、电视里演的一切，又在自己身上重演，她全身痛得连反抗的力气都没有了，只得不停地哀求日本鬼子："李哥，我求你别这样好不好？到底出了什么事？你告诉我。"

日本鬼子立即从身上掏出了几张照片狠狠地砸在周静的脸上，然后像

一头发怒的狮子又大声地吼了起来："你这个婊子，老子把心都掏给你了，你还背着我找野男人，马上把这个野男人给我找出来，老子要废了他！"

周静立即捡起地上散落的照片看了看，才突然大吃一惊。那几张照片都是她当时在大街上崴了脚，徐浩抱着她上出租车的画面，还有两张就是一个戴着大墨镜的男人，在大街上抱着她狂吻的镜头。后面两张照片，周静感到非常的委屈，更多的是羞辱。正因为这样，她一直不敢对别人说。几前天，日本鬼子上班去以后，周静就在家里洗衣服。这时，她突然接到了母亲的电话，说小侄儿的奶粉吃完了，她自己带着人去买又不方便，让周静父亲去买又怕弄错，所以想让周静马上去买两袋奶粉拿过去，孩子等着要吃。周静二话没说，就放下了手中的活儿，然后打了一个车去商场买奶粉，刚拿着奶粉走出商场，后面就有人喊她的名字。周静好奇地回过了头，一个戴大墨镜的男人立即冲上前抱住她就狂吻，而且边吻边说："静，我真的好爱你，你知道吗？这些年来我一起在找你，跟我回家吧。"

"先生，请你放开我，我不认识你，你再这样胡闹我马上喊人了！"周静又羞又气，她不停地推戴大墨镜的男人，旁边立即引来了好多看热闹的人。

"你怎么不认识我啊？我是小明啊！当年我们一起生活了两年，你还为我怀过一个孩子，只是那时我们不够结婚年龄又没有钱交罚款，你不得不把孩子打掉。静，现在我有钱了，跟我回家吧，马上给我生一个孩子，我会把你当宝贝一样对待的！你要是不答应我的话，我马上给你下跪！"戴大墨镜的男人仍然情绪激动地说着。

周静又羞又气，她狠狠地咬了一口戴大墨镜的男人，戴大墨镜的男人立即放开了周静。周静马上惊慌失措地跑了，跑出了很远，确定那个戴大墨镜的男人没有跟来之后，周静才停下来喘了一口大气。对于那个戴大墨镜的男人，周静根本不认识，他所说的一切也是子虚乌有。周静觉得他不是精神病就是一个被和自己同名的女人骗了，所以才会发生这样的事情。这件事情周静对父母也没有说过，她觉得根本没有必要，只想尽快忘掉。但她却没有想到已经有人拿这事做了大文章，周静正想着怎么向日本鬼子解释时，那个戴大墨镜的男人却主动地找上了门。

—第 30 章—

祸从口出

　　徐浩、乌云、张红以及夏楠夫妇还有聋哑女孩一起共进晚餐时，徐浩突然接到了周静的求救短信。开始的时候，徐浩还没有明白过来给他发短信的人是谁，因为那个时候，他们在一起吃饭玩得很高兴，相互在敬酒。中午的时候，金菲菲就邀请了他们几个一起吃饭。可那时，徐浩、乌云、张红刚刚吃过饭，所以他们就只能陪着夏楠他们吃饭。金菲菲听了几个人说起夏楠无私帮助他们的故事以后，心里非常感动，就让徐浩、乌云、张红晚上到她家，她亲自做菜给大家吃。面对金菲菲的热情和真诚，徐浩、乌云、张红心里非常感动。既然金菲菲这样盛情邀请他们，他们哪有拒绝的理由啊？几个人商量之后，就买了两束鲜花送给夏楠和金菲菲。他们是商量了很久才这样决定的，夏楠和金菲菲什么都有，他们不知道送什么好，最后就决定买两束玫瑰花送给夏楠和金菲菲，祝福他们的爱情永远幸福甜蜜。

　　在吃饭时，夏楠还没有开口，金菲菲就首先提了出来，徐浩如果毕业以后找不到更好的工作，随时来她的公司上班，待遇绝不比别人的公司差，乌云和张红愿意来公司她也欢迎。员工每年春节回家的来回火车票公司统一购买，统一报销，这样既可以解决员工的后顾之忧，也让员工感到了公司对他们的关爱。金菲菲做出这样的决定，当场受感动的不仅是徐浩、乌云、张红，最受感动的还是夏楠。因为他就是打工仔出生，对于一个民工在过春节时渴望一张回家的火车票的心情，他是太有体会了。本来他就是想在公司这样做，但怕妻子不答应，反而还闹得不开心，所以他一直没有敢说。当初帮助乌云和徐浩他也是一直瞒着妻子的，还一再告诉那

个司机不能把此事告诉公司的任何人。毕竟妻子才是董事长，他没有擅自做主的权利。现在既然妻子主动提到了这个事情，夏楠当然是满心欢喜，心里也更加感激妻子的大度和理解。如果说以前还有一些事情对妻子不满的话，但通过妻子现在的言行，夏楠已经在心里彻底改变了对妻子的看法。一个深明大义，有着爱心和善心的女人，别的方面有点毛病都不算缺点了，那只能算是个性。

徐浩那天在夏楠家也是因为高兴，所以第一次喝了酒，而且喝了不少，等他酒醒了之后，又仔细看了看手机上的几条短信，他才慢慢想起是周静给她发的。因为周静的短信一次比一次说得更明白，就是让他去帮助证明一下清白。徐浩这才想起当时被自己撞倒的那个美丽女人，也是后来悄悄放了几百块钱在他衣服兜里的女人遭遇到了麻烦。徐浩一直都想去找这个美丽女人还钱，但却找不着人。没想到周静突然发来了短信，徐浩才突然觉得有机会了，周静遇到了麻烦，自己也理所当然地应该去帮助她。可徐浩万万没有想到，自己不但没有帮助到周静，却把周静再一次推向了痛苦的深渊。

周静给徐浩发短信，已经把他当成了最后一根救命草，因为日本鬼子要新账老账跟她一起算了。事不过三，她却有三次出轨的机会了，所以日本鬼子要那样虐待她。也就是在这个时候，周静才发现，原来家里一直安有隐蔽的摄像头，夏楠在她家的举动都被日本鬼子掌握了。虽然自己和夏楠之间什么也没有发生，但现在跟日本鬼子解释什么都是多余的，而且是越解释会越糊涂。谁会相信一个女人把一个英俊潇洒的男人带回家过夜，会不发生情况呢？除非这个男人是太监。给徐浩发短信没有得到回复，周静正想着给徐浩打电话求救时，那个在街上抱住她狂吻的戴大墨镜的男人却找上了门。周静立即打消了给徐浩打电话的决定，她立即抓住了那个戴大墨镜的男人，要他当着日本鬼子的面说清楚，自己跟他什么关系也没有。可没想到的是，戴大墨镜的男人却不管日本鬼子在不在场，立即上前拉住周静又开始狂吻，说："静，你为什么要欺骗我啊？几天前我俩还在一起玩，可我刚出了几天差回来，你怎么就跟了这个老男人啊？静，我们回家吧！"戴大墨镜的男人越说越激动。

日本鬼子气得额头上的青筋直冒，他立即操起客厅茶几上的一个玻璃杯子就往戴大墨镜的男人头上砸去，戴大墨镜的男人立即仓皇逃跑。周静心里十分感激日本鬼子给她解了围，正想着把事情的经过一五一十地告诉日本鬼子，指责刚才那个戴大墨镜的男人是神经病时，没想到又遭到日本鬼子的一顿暴打。

自从这件事以后，日本鬼子就一刻也不离开家，高兴时就拿周静发泄，不高兴时就对着周静拳打脚踢，而且不准周静哭泣也不准她迈出家门半步。有一次，周静被日本鬼子折腾得实在受不了，她只好跪着乞求日本鬼子，说："李哥，你别这样折腾我了好不好？我真的什么也没有做，你要不相信的话就把我杀了，我真的受不了，受不了！"

"杀了你？你想得美。老子花钱就是要找乐的，既然你喜欢不守妇道要在外面找乐，我就要在你身上找乐。你知道什么叫乐吗？让不守妇道的女人付出惨重的代价就是我最大的乐。"日本鬼子一边说一边不停地折磨周静。

周静是趁着上洗手间的机会又给徐浩发了短信，现在她根本不敢打电话，怕日本鬼子发现了再发更大的火。她想得很简单，只要徐浩来证明了自己的清白，那么就可以反过来推理，那个抱住自己狂吻的男人是神经病，他所说的一切都是假的。只要这两次自己是清白的，那么夏楠上次在家的一切也好证明了，反正自己和夏楠也没有事，日本鬼子既然有监控，应该是把一切都看得清清楚楚的。至于夏楠为什么会来自己家里，到时可以随便找个理由解释清楚。

徐浩上日本鬼子家敲门，日本鬼子感到很意外。那时，周静正在房间里抹眼泪，当着日本鬼子的面她不敢哭，日本鬼子在客厅里看电视，周静才有机会抹眼泪。听到徐浩的说话声音，周静突然像见到了救星，她顾不得打扮自己，然后就冲出了卧室。

开始的时候，徐浩还没有把周静认出来，在徐浩的眼里，周静就是一个美丽时尚还有善心的成熟女人。而现在出现在徐浩面前的却是一个衣冠不整、面容憔悴还有一处处伤痕的沧桑女人，她跟徐浩前些日子见到的周静根本都联系不到一起。

徐浩还没有明白过来是怎么一回事，周静立即抓住了他的手，声音颤抖着说："老乡，你一定要救救我，现在只有你能救我，要不然我就死

定了。"

"大姐，你快说说出了什么事？要我怎么帮你？"虽然徐浩还没有认出周静来，但一看到周静的表情和惊慌失措的样子，他就预感到了眼前的这个女人一定遇到了不妙的事情，所以他决定弄清楚了真相，然后再帮助她。

"你快告诉我老公，上次在街上你是不小心撞了我，然后我就崴了脚痛得走不了路，是你抱着我去搭出租车上医院治伤，我和你之间是清白的，清白的！"周静情绪激动地边说边比画，此时的她就是想在日本鬼子面前证明自己的清白。

徐浩突然大吃一惊，他仔细打量着周静片刻，然后激动地说："大姐，你怎么变成这样了啊？我正到处找你呢。"徐浩边说边从衣服兜里掏出几百块递给周静，"大姐，这是你上次放进我衣服兜里的钱，我知道你心好，看到我没钱了想帮助我，现在我已经领了工资，先把这钱还给你吧。等你老公回来，我一定给他证明，我们俩之间是清白的。"徐浩根本就没有把日本鬼子当成是周静的男人，他一直认为日本鬼子是周静的父亲，自己还周静的钱也是理所当然的。可他没有想到，就是他拿出的这几百块钱不但没有还清人情债，反而让周静遭遇到了更大的不幸。

日本鬼子立即冲上去抢过徐浩手中的钱撕得粉碎，然后又狠狠地打了周静两巴掌："你这个婊子，在家偷了男人怕我发现，就拿我的钱去外面养小白脸，现在还好意思在我面前演戏，老子要杀了你们这对奸夫淫妇！"

看到暴跳如雷的日本鬼子，徐浩才终于明白过来是怎么一回事，他立即拉住了日本鬼子的手，不停地解释："先生，你真的是误会了，那天的事全是我的错，你的妻子真的是冤枉的。"

"冤枉？你撞了她，不但没有拿钱给她，她还反而拿钱给你？你他妈的就是一个吃软饭的男人，玩了我的女人不说，还花我的钱，今天我要不杀了你，我就不是男人。"日本鬼子说完，立即冲进厨房拿了一把菜刀跑了出来。从来没有经历过这种场面的徐浩立即吓白了脸，他迅速转身逃出了日本鬼子的家。

乌云刚下班回到宿舍便突然接到徐浩的求救电话，说是要请她帮忙，乌云想都没多想就立即答应了徐浩的请求，却没想到让自己卷入另一场阴谋之中。

—第 31 章—

天使降临

徐浩开始并没有想到打电话找乌云帮忙，逃出日本鬼子的家许久他才明白过来，就是因为自己惹的事才让周静受到了丈夫的怀疑。自己本来是去帮助解释，现在却越弄越糊涂，自己还被别人当成了吃软饭的男人。看到周静现在痛苦的样子，徐浩心里针扎似的难受，一切都是因自己而起。自己逃走了，可受伤害的仍然是周静，是自己害了她。自己要是待在周静家也帮不上什么忙，反而会让日本鬼子的情绪更加激动。徐浩曾经想过报警，但又觉得这种男女方面的事警察也插不了手，到时说不定还会把事情弄得更糟。就在这个时候，徐浩想到了找一个"第三者"来帮助自己澄清和周静的关系，这个人要装成自己的女朋友，说明自己和女朋友时时在一起，根本和周静没有那种说不清楚的关系，这样才能让周静的老公相信。开始的时候，徐浩想到的是找张红，张红性格直爽，说话快言快语，又是自己的老乡，她已经说过了有什么事情随时可以给她打电话，自己如果说了帮忙的事情，她一定不会拒绝的。但徐浩刚要拿起手机给张红打电话又犹豫了，张红虽然性格直爽，可遇事容易激动，说话做事也会不考虑后果。虽然和张红第一次相处，徐浩已经看出来了她是个什么样的女孩。她和乌云就是两种截然不同性格的人，乌云性格温和，处理事情比较冷静，是那种以柔克刚的人；而张红虽然仗义，但容易得理不饶人，说白了有时还可能会火上浇油。这件事情自己和周静都是清白的，而周静的老公却是在无理取闹，还态度恶劣。张红去了说不定就会和日本鬼子打起来，到时无法控制局面，还会让事态更加恶化。徐浩不担心张红受到伤害，因为有

自己在身边，而是担心周静会受到更大的伤害。所以他立即取消了自己的第一计划，而是马上给乌云打了电话。徐浩已经想过，能通过让乌云当假女朋友而变成真正的女朋友那是最好不过的事情。因为他心里一直爱着乌云，只是找不到合适的理由表达，现在让乌云帮忙他觉得是最佳的表达方式。

日本鬼子正在对周静大打出手时候，家里又响起了敲门声，这让日本鬼子心里无比恼怒，他立即对着门口大骂起来："老子没空，滚一边去！"外面看着文质彬彬的日本鬼子，骂起人来比泼妇还要厉害。

"先生，你不要发火，来打扰你真的不好意思。我有重要事情要向你说明，你现在没有时间我可以等待，因为这事不向你说明，我觉得是欺骗了你！"一个温柔、甜美、清纯的女了声音突然从门外传到了屋里。

日本鬼子立即把周静推回了房间，然后整理了一下自己的衣服走过去打开了门，乌云和徐浩突然出现在门口。日本鬼子感到非常意外，因为他想到的只是一个美女，没有想到旁边还站着徐浩。就在日本鬼子有些尴尬的时候，乌云马上又冲着日本鬼子笑了笑，说："先生，你能在百忙之中抽出一点时间给我们开门，我表示万分的感谢，在此我在这里也长话短说，就耽误你十分钟时间。对了，先自我介绍一下，我是徐浩的女朋友乌云，关于他和你爱人误会一事，我只想解释一下，你能让我见你一下你爱人吗？"

其实乌云说了什么话，日本鬼子基本上没有听进去，开始的时候，他看到徐浩非常生气，但一看到乌云边说话边微笑，他的心立即就被乌云抓住了，所有的注意力也都集中到了乌云身上。因为他发现自己的梦中情人站到了面前，他要牢牢地抓住她，乌云就是一个中国版的"福原爱"。日本乒乓球运动员福原爱不但是年轻男人心中的偶像，更是这个日本老男人心中的梦中情人，这个天使一样的瓷娃娃，水晶一样晶莹剔透的少女，一直保持对新鲜事物好奇而平和的成熟心态。她有着一张小天使般美丽无邪的娃娃脸，总能让人看到那只有未经世故的少女才有的纯真而灿烂的笑容。她的一举一动都牵动着无数男人的心，日本鬼子迷恋"福原爱"到了痴迷的程度，但他却无缘真正地接触到自己的梦中情人，他也知道福原爱这样的天使永远不可能记得他，更别说和他有什么关系了。来到中国找情人，日本鬼子首先想到的就是找一个原福爱那种类型的女孩，但他寻觅了很久一直未能如愿。找上周静，只是觉得她漂亮、单纯，某些方面有些像福原爱，所以他爱上了周静。但比起真正的福原爱来，日本鬼子还是觉得差距太大。当乌云突然出现时，日本鬼子才觉得真正的"福原爱"来了。乌云不但长得像福原爱，她的表情、说话方式简直就是和福原爱完全一样，面对自己心中一直喜欢、崇拜的女孩，日本鬼子立即内心大乱。

蒙在鼓里的乌云并不知道这一切，她看日本鬼子盯着自己不说话，以为是自己的话感动了日本鬼子，便继续催日本鬼子："先生，我们想见见你爱人，你说可以吗？"

"可以，可以。赶快进屋来坐，我马上去给你们泡茶。"日本鬼子十分殷勤地招呼乌云和徐浩进屋，然后又对着卧室喊了起来，"周静，赶快出来，有人要找你。"

周静从卧室来到了客厅，开始的时候她还不敢和徐浩说话。因为他不知道日本鬼子的葫芦里到底卖的什么药，怕自己说错了话会遭到更大的折磨。至于徐浩带了一个漂亮女生来这里又有什么目的，她也不知道。虽然周静并不认识乌云，但乌云已经从徐浩的嘴里认识了她，就在周静走到客厅的一瞬间，乌云已经完全明白了她现在的处境。看着可怜的周静，乌云心里非常难受："周姐，你受苦了，都是我男朋友害了你，要是那天我不给他打电话，他就不会忙着接我的电话，而不小心撞了你，还让你崴了脚。现在让你受这样的委屈，我们真的很抱歉。"乌云拉着周静的手边哭边说，与其说是在向周静道歉，还不如说是在敲击日本鬼子。

周静再也抑制不住内心的感情，她突然抱住乌云痛哭起来。坐在旁边的日本鬼子立即走过去拉住了周静，周静立即吓得瘫软在地上。乌云迅速推开了日本鬼子，然后大声地吼了起来："李先生，我已经给你解释清楚了，周静姐和我男朋友是清白的，你还要怎么样？告诉你，这是在我们中国，不是在你们日本。中国是一个法制社会，你要敢再欺负周静姐，我就马上报警！"

徐浩也马上站到了乌云的面前，说："你这把年纪了如果不想蹲在监狱里过日子的话，就别再欺负我们中国人！"

日本鬼子还没有做出反应，周静却拦住了徐浩和乌云，说："你们

千万不要这样，李哥对我很好的，只是我们之间有些误会，解释清楚就行了。"周静边哭边说，其实她也是没有办法才这样做的。如果和日本鬼子是合法的夫妻，丈夫要这样对待她，周静还用不着别人报警，也许她自己就报警了。就因为和日本鬼子不是合法的夫妻，周静才不愿意报警。报警的后果周静不是不知道，日本鬼子虽然打骂自己，但自己受的都是一些皮外伤，根本构不成伤害罪，大不了弄进派出所教育一下就放出来了。而自己以前跟日本鬼子是写了合同的，如果自己有过错或主动提出分手，将会赔偿日本鬼子在自己身上和家人身上花去的所有费用。自己和家人到底花了日本鬼子多少钱，周静自己都记不清楚了，更重要的是弟弟还靠着日本鬼子吃饭。周静现在想得最多的就是让日本鬼子能主动提出分手，那自己就用不着退还日本鬼子的钱财了。

就在周静不知道日本鬼子又要如何处理自己时，她做梦都没有想到的一幕突然发生了，日本鬼子满脸歉意地对她说："对不起，是我误会了你，现在当着你朋友的面我向你说声对不起。你出去买点菜回来招待客人，我想单独和乌小姐谈谈。"然后又指了指徐浩，说，"你陪着周静一起去吧，她一个人上街我真的不放心。"

周静当时真的以为自己听错了，她根本没有想到日本鬼子的态度会来个180度的大转弯。为了确认真实性，周静又胆怯地问："李哥，你是让我出去买菜吗？"

日本鬼子立即拍了拍周静的肩膀，说："是的，为了怕你出意外，我让徐先生陪你一起去，快去快回。"日本鬼子边说边从身上掏出了一大把钱递给了周静。

日本鬼子已经把话说到这个份儿上了，徐浩觉得自己不陪着周静出去买菜已经说不过去了，但他还是不放心乌云，可嘴上又不好明说，只是用眼睛给乌云使眼色。乌云立即领会了徐浩的意思，她拉着徐浩的手说："既然李先生那么客气，你就陪着周姐去吧，我正好有些事情也要和李家先生谈。"乌云之所以这样做，一是为了缓解当时的尴尬气氛，二是想坐下来单独和日本鬼子交涉，希望他以后不能胡乱怀疑周静，更不能伤害她。然而，乌云做梦也没有想到，她在为周静打抱不平，而她自己已经成了日本鬼子下一个要追逐的猎物。因为她这个中国版"福原爱"的出现，日本鬼子已经对周静失去了兴趣，他刚才表现的君子作风，只是做给乌云看的，目的是想取得她的好感，然后一步步实现自己的阴谋。可没有想到，一个神秘的电话立即打乱了日本鬼子的如意算盘，也让乌云顺利脱险。

—第32章—
虎穴惊险

　　徐浩和周静离开以后，日本鬼子就把乌云带到跃层房了的楼上，说是一边和乌云喝茶一边谈事情。看到日本鬼子的态度和蔼可亲，乌云便放松了戒备之心，因为她想用不了多久，徐浩和周静就会回来，自己根本不会有什么危险。

　　跃层房子的楼上有间书房，里面有一张可以当床睡的大沙发，还有着各式各样的装饰品，书柜上放着一些日文和中文书籍，整个房间布置得非常温馨，房间外面是一个小阳台，小阳台上放着一些鲜花，从阳台上可以看到对面的一个大公园。乌云走上去非常好奇地站在大阳台上，欣赏看那些非常漂亮但她又叫不出名字的鲜花。就在这时，日本鬼子端着一个大托盘走了上来，然后招呼乌云："乌小姐，这里环境不错吧？快坐下尝尝我亲自给你调制的咖啡，然后我们边喝边聊。"

　　乌云从来没有喝过咖啡，但听人说那东西很苦，她的特点就是爱吃甜的不爱吃苦的。本来乌云是想拒绝日本鬼子的，但一看到他非常有诚心的样子，乌云觉得有点不好意思了，所以决定喝一口算是给日本鬼子一个面子。就在这时，日本鬼子的电话突然响了起来，他立即拿出手机接电话："我在家没在公司，有什么事情下午再说吧。"

　　"姐夫，我就在你门口啊，赶快开门，我有重要事情要和你说。"电话里的女人很焦急的样子，坐在一边的乌云听得清清楚楚。

　　日本鬼子的脸色非常难堪，他立即站起身很抱歉地对乌云说："你先在这里等着我，我马上出去一下就来。"

　　乌云还没有反应过来是怎么一回事，日本鬼子就立即跑下了楼，但日本鬼子根本没有想到，他出去以后就被向芳给纠缠住了。

　　向芳又在街上发现了周静，周静边哭边走，旁边的男人还拿出纸巾给她擦眼泪。向芳立即就把这一切都记录了下来，她是来找日本鬼子领赏的，却没想到前些日子还一直对她非常客气的日本鬼子，现在知道这个消息以后，不但没有对她表示感谢，反而还让她快点走。向芳心里很不舒服，自己没有功劳也有苦劳，现在自己走到了家门口，日本鬼子都不让自己进屋休息一下，分明就是看不起自己。再者，向芳也从日本鬼子的脸上看出了他心不在焉的表情，她灵机一动，说肚子痛想上洗手间，日本鬼子不得不把向芳放进了屋里。

　　日本鬼子的家本来一楼是有洗手间的，向芳冲进了家直接往洗手间走，没想到洗手间的门推不开，向芳只得往楼上跑。对于日本鬼子的家，向芳并不陌生，她以前就来过。日本鬼子看到向芳往楼上跑，他立即跟了上过去，却没有见到乌云的身影。日本鬼子又在楼上的每一个房间找，仍然没有见到乌云。日本鬼子满脸沮丧地坐在房间的沙发上，然后紧闭着双眼摇头叹息。就在这时，戏剧性的一幕发生了，向芳赤身裸体、满脸兴奋地冲到了他的面前，日本鬼子还没有明白过来是怎么一回事，向芳立即把他推倒在沙发上，然后强行地脱掉他的裤子。日本鬼子已经预感到了将要发生的一切，他不停地挣扎，但面对力大无比的向芳，日本鬼子所有的挣扎都是徒劳的。一切完事之后，向芳迅速穿好衣服扬长而去。

　　日本鬼子无意中走到了先前与乌云一起喝咖啡的房间，这才发现自己放在乌云座位上的咖啡，已经被一扫而光。日本鬼子立即瘫软在地上，他心里什么都明白了，原来自己给乌云特别准备的咖啡，乌云没有喝，而是被向芳走进去喝了。向芳药性发作，所以把自己当成了发泄对象。日本鬼子还在为此事感到羞辱时，却没有想到还要为这件事付出更大的代价。那天的乌云到底去了哪里，对于日本鬼子来说一直是个谜。

　　其实那天乌云一直在日本鬼子家里，当日本鬼子匆匆下楼以后，乌云也觉得好奇，所以就跟着下了楼，走到楼下的客厅，乌云就无意中听到门口日本鬼子和向芳的对话。一听说向芳要进屋子，乌云吓得立即躲进了旁边的洗手间，后来就听到了两人先后上楼的声音。乌云怕引起什么误会，

她便悄悄离开了日本鬼子的家。她本来是想打电话告诉一下徐浩和周静，说自己已经走了，没想到却突然接到了金菲菲的电话，说是有重要事情想找她谈谈，乌云顾不得多想，她立即就去了金菲菲家，至于日本鬼子家里所发生的一切事情，乌云全然不知道。

乌云去了金菲菲家，却发现只有金菲菲一个人在家。乌云还来不及问清楚金菲菲找她有什么事，金菲菲好像看透了乌云的心思，她立即笑了笑说："你是想问那个聋哑女孩吧？我们已经帮助她找到了家人，现在她已经跟家长回家了。"

一听到说聋哑女孩找到了家人，乌云便长长松了一口气。第一眼看到聋哑女孩，乌云心里就产生了一种怜悯，一个又聋又哑的女孩找不到自己的家人是一件非常不幸的事情。好在她被富有爱心的夏楠夫妇暂时收留着，也让乌云放心了不少。乌云都想过了，等忙过这些日子，下班有时间了就过来找聋哑女孩玩，也许还能从她的身上找到一点家人的信息。可却没有想到聋哑女孩这么快就找到了亲人，乌云虽然心里有一点遗憾，但也为聋哑女孩能和家人团聚而感到高兴。其实乌云根本没有想到，如果不是聋哑女孩离开，金菲菲根本不会打电话让她来的。因为聋哑女孩离开了，金菲菲才把所有的希望都寄托在了乌云身上。

金菲菲不能生孩子，这是一个不争的事实，她跑遍了所有医院得出的都是同一个结论。金菲菲当时的精神快崩溃了，她希望用自己一半的财产来换一个自己的孩子。但现实就是这样残酷，这个要求对于别的女人来说是件举手之劳的事情，可对于金菲菲来说却是永远都不能实现的目标。以前，金菲菲还觉得钱是万能的，有钱什么都能买到，现在她才真正发现有些东西是金钱买不到的。没有孩子对于她来说一切都等于零，丈夫非常想当父亲，她自己也十分渴望当母亲，但一切真相她不敢告诉丈夫。就在金菲菲绝望时，她的好朋友医生苏梅告诉了她一个好消息：虽然她不能生孩子，但她可以怀孩子。开始的时候，金菲菲还没有明白过来是怎么一回事，经过苏梅的解释，金菲菲才明白了一切，所以她立即把目标盯在了聋哑女孩身上，当然这一切都不能让丈夫知道。

那天，夏楠要去出差就把聋哑女孩交给了金菲菲。金菲菲非常高兴，她立即把聋哑女孩带到了医院做检查，苏梅欣喜地告诉她，聋哑姑娘的身体一切正常，可以实施下一步的计划。金菲菲正在暗喜时，却意外接到了夏楠的电话，说是聋哑女孩的家人找到了，希望她把聋哑女带到电视台去，因为自己在外出差，怕有人冒充聋哑女孩的父母来骗孩子，把聋哑女孩带到电视台，电视台的工作人员会帮助弄清楚事情真相的。

金菲菲一听就傻了眼，她本来想找借口说等几天，可没想到聋哑女孩在看了金菲菲接电话之后，突然情绪激动起来，然后立即边哭边往大街上跑。金菲菲立即吓住了，她怕出事，所以只得找了一辆出租车把聋哑女孩送到了电视台。聋哑女孩看见坐在电视台广告部办公室的一对中年夫妇，立即跑上前抱住他们放声痛哭。金菲菲这才知道那对中年夫妇就是聋哑女孩的亲生父母。金菲菲心中的梦突然破灭了，就在这时，她立即想到了乌云。

乌云没有想到金菲菲找她来，是为了让她换工作的事，这让乌云非常感动，她对金菲菲说："阿姨，谢谢你和夏叔叔对我的关心和爱护，不过我现在真的不想换工作。因为我对现在所从事的工作很熟悉，也有了技术。你们公司生产的产品，我是一窍不通。不过阿姨和叔叔以后有什么需要我帮忙的，随时告诉我，我一定会帮的。"

"那好吧，我尊重你的意思，以后我这里就是你的家，随时欢迎你来！"面对乌云礼貌的拒绝，金菲菲并没有生气，而是表现得非常大度。

尽管金菲菲和夏楠都是有钱的老板，但乌云并没有打算去巴结他们，更没有想到靠他们来改变自己的命运，只想和他们保持着一般的友好关系。当然了，如果他们真的遇到了什么难事，要让乌云帮忙的话，乌云是不会拒绝的，毕竟他们也曾经帮助过乌云。可就在这时，哥哥乌日力格的一个电话立即让乌云和金菲菲的关系再次拉近。乌日力格写的一篇文章在报上发表了，所以他对写作立即产生了浓厚的兴趣，但手写稿人家都不欢迎，所以他希望过春节时，妹妹给他买一台手提电脑带回去，到时回家他把钱给妹妹。

乌云满心欢喜地为哥哥高兴，决定等领了工资立即买一台手提电脑给哥哥快递回家时，却意外接到了金菲菲的电话，说她已经为乌日力格买好了手提电脑和3D卡，同时还买好了两张飞机票，要陪着乌云回老家。

—第 33 章—
冤家路窄

苏一铭已经在康复疗养院待了几个月，但病情仍然没有什么好转，这让苏家父母心里非常难过，他们曾不止一次跑到当地公安局去了解情况，得到的答案都是同一个：案件正在调查之中，有了新的情况会告诉他们，希望他们耐心等待。这样的回答让苏家父母十分生气，他们立即说出了心中的疑惑：那就是让公安局的人把重点定在乌云身上，因为儿子画了一个女人的头像，这个女人应该是乌云，要不然自己的儿子不会这么做的。

警察并没有理会苏家父母的意见，就凭一个失忆的病人随便画了一个女人头像，就把别人抓起来，这实在是太荒唐。况且因为苏一铭的案子，他们已经几次接触过乌云，凭着职业习惯和敏锐的眼光，他们在心里已经排除了乌云作案的嫌疑。乌云离开老家的时候，也把自己的手机号留给了他们，他们要找乌云是非常方便的。但他们绝不会因为苏家父母又来公安局找事就去打扰乌云，因为他们觉得没有必要，作为公安机关，保护人民的生命财产安全、维护社会的安定团结是他们应尽的责任和义务。全国每天都有很多刑事案件发生，很多也是跨地区作案，这就给公安机关的侦破带来了很大困难，办案都有一个过程。况且公安机关办案都不是单一地办一件案件，很多事情是有心栽花花不开，无意插绿树成荫。调查 C 案时，却牵出了 B 案或 A 案的犯罪分子。而老百姓根本不知道这一切，他们只知道自己家里出了事，好像所有警察都只办一件事情，却不知道公安机关办案的程序和过程。当然这样的事警察也理解，他们没有必要对苏家父母发火，只是礼貌地把他们劝走了事。但警察并没有想到，他们不去打扰乌云，并不等于苏家父母就放弃了。

苏家父母在遭到警察拒绝以后，就直接去了乌云的家。但他们却意外地得到一个不好的消息，乌云去了江城打工。这个消息是乌日力格告诉苏家父母的，乌日力格之所以说真话，一是他心里很烦苏家父母，觉得他们是来者不善，妹妹已经去了江城，看他们能怎么办？二是他觉得两个乡下老人，怎么也不可能到江城去找妹妹。但他却没想到，自己真的是低估了苏家父母，为了儿子别说去江城，就是让他们下火海，可能他们也不会犹豫的。当然了，前提是换来儿子的平安和健康。可怜天下父母心，不但是苏家父母愿意这样为儿子付出，可能天下做父母的没有多少人不愿意这样做的。苏家父母为了证实乌日力格说话的真实性，他们又去问了乌云的邻居，得到的都是同一个消息。从来没有出过远门的苏家父母立即决定去江城。但他们没有想到的是，乌云也决定了要离开南方回老家一趟。

金菲菲在做出去乌云老家的决定时，是先告诉了夏楠的，问他同不同意。开始的时候，夏楠还以为金菲菲是心血来潮，从小生长在城里的她平时一说起去边远的农村，她就坚决反对。农村在金菲菲的印象中就是烂草房，到处又脏又臭，苍蝇、蚊子满天飞。和夏楠谈恋爱到结婚，金菲菲也从来没有去过夏楠的老家，当然了，夏楠也不敢勉强金菲菲去。父亲去世的时候，也是夏楠一个人回的老家。按理说，老人去世，所有孩子都应该去送老人最后一程，但金菲菲从来就没有去过那个穷乡僻壤的地方，本来她的皮肤又容易过敏，万一去了水土不适，有个什么事夏楠也觉得不好交代，所以他也就没有劝妻子去。最重要的是夏楠心里还有一些顾忌，妻子的容貌实在有些对不起大众，他怕别人说三道四。男人爱漂亮，女人爱潇洒。夏楠也是男人，他也喜欢漂亮女人，更爱面子。后来经过了很多的事情，夏楠已经渐渐改变了这些观念，女人并不是因为美丽才可爱，而是因为可爱才美丽。虽然这话也不完全对，但妻子现在所做的每一件事，都非常让他感动，所以妻子在他的眼里也渐渐变得美丽起来。至于别人怎么看他不管，只要自己觉得妻子好就行了。最重要的是，金菲菲还说出了一个更让夏楠感动的事情，趁着这次去乌云的老家，她还要亲自去公公的坟上烧几炷香，公公生前自己没有好好尽到做儿媳的责任，现在非常后悔。

想到父亲，夏楠心里就有些隐隐作痛。妻子也不是没有尽到孝道，只是父亲当年来家里时，由于生活习惯和城里出生的妻子有着天大的差别，发生一些摩擦也是理所当然的事情，但在经济上妻子从来没有亏待过父亲。给父亲另外租了房子，自己却成天忙于工作和应酬，而很少去看望父亲。父亲回到了老家，自己只是给他寄钱，却从来没有回去看他一眼。每逢佳节倍思亲，自己在远方和朋友客户饮酒作乐，而父亲却孤零零地在家里伤心。春节前，亲眼看到了乌云和徐浩为了春节能和家人团聚，引发的一系列故事之后，夏楠才恍然大悟，这个世界上比金钱更重要的东西就是亲情。但为时已晚，父亲早已经去了离太阳最近的地方。可他也没有想到利用春节回去给父亲烧烧纸钱，现在妻子却想到了。夏楠顿时觉得无地自容了，他哪还有不同意的道理啊？要不是当时他有很多事情抽不开身，他肯定会和妻子一起陪着乌云回老家，然后再去父亲坟前烧香。可意外的是，在这个时候却突然接到了乌云的电话，说她不想回老家了。

其实不是乌云不想回老家，当她一接到金菲菲的电话就激动地哭了起来，离开家里几个月了，家里的一切无时无刻不让她牵肠挂肚，但她没有办法，她要打工挣钱养家，回去一次的成本也高，对于像她这样的打工妹来说，每年春节能买上火车票，顺顺利利地回家一次已经是很幸福的事情了。平时里她就做梦也不敢想回去，况且还是坐飞机。金菲菲不但要送哥哥手提电脑，还给他买了3D卡，就是为了让哥哥上网、写作方便，信息代时代没有这一切是不行的。金菲菲要跟自己一起坐飞机回去，乌云立即就吓坏了，她知道这一来一去要多少钱。虽然都是金菲菲出，但乌云真的不敢接受，自己已经欠了夏楠夫妇很多情，再这样弄下去她心里承受不了。所以她立即打了电话给夏楠，就是想让夏楠劝劝妻子千万别这样做。既然电脑买了，就找快递公司送回家，省时省钱，到时自己挣了钱还给他们，她希望用自己的劳动为哥哥挣回一台电脑，不想再花夏楠夫妇的钱。可乌云没有想到，夏楠的回答是：金菲菲是回去给公公扫墓的，并不是专门送乌云回家。现在让乌云去是请她陪金菲菲，因为金菲菲对乡下老家一切情况不熟悉。至于那台电脑也是别人送的，自己嫌配置太差了，放在家里也没人用，所以送给乌日力格写作用。

听夏楠这样说，乌云才知道夏楠和自己是老乡，但她根本没有把几年前的另一件事情联系起来。当年父亲为夏楠的老父送了终，夏楠回家为父亲大办丧事，乌家父亲心善舍不得夏家父亲离去，独自为他守灵。夏楠出手阔绰给了乌家父亲酬劳，乌家父亲拿到意外之财，心疼一双儿女，便给他们发了红包。乌云和哥哥高高兴兴到县城买自己喜欢的东西，结果在回来的路上哥哥发生了意外，导致了后来整个家庭命运的改变。这一切夏楠并不知道，乌云也不知道，因为当时父亲并没有告诉他和哥哥那笔意外之财的来历，他们也用不着去追问父亲。

既然是陪金菲菲回老家给夏楠的父亲扫墓，乌云就不好再拒绝了，心里也没有太多的内疚感，成全了他人，又圆了自己回家的梦，这是两全其美的事情。但乌云做梦都没有想到，和金菲菲高高兴兴地带着手提电脑，通过验票口登机时，却意外遇到了她一直想回避的人——苏家父母。

苏家父母到了江城康复疗养院见儿子，但儿子仍然没有把他们认出来，苏家父母并不感到意外，这是他们意料之中的事情，因为他们的主要目的不是来看儿子，而是来找乌云的。偌大的江城，要找乌云对于他们来说等于是大海捞针，他们只能把所有的希望都寄托在儿子的单位上。苏一铭的单位就是派出所，他们要找人有很多有利条件，找起来也方便。但没有想到的是，苏一铭的单位还是拒绝了苏家父母的要求，理由还是和老家警察说的一样。苏一铭的案件他们也正在立案侦查，希望别人不要干涉他们的正常工作，有了新的情况和线索可以向他们提供。但苏家父母提供的不是什么新线索，还是过去那一套。这些东西警察认为已经没有什么价值，所以他们希望苏家父母回到老家去耐心等待。其实苏家父母并不知道，在他们来江城之前，老家公安局的人就和苏一铭的单位通了电话。

苏家父母本来是不想离开江城的，但苏一铭单位的领导连说带劝，还搭上两张飞机票，然后亲自开着警车把两位老人送到了机场，却没有想到乌云也在同一个机场出现。其实乌云并没有发现苏家父母，而是苏家妈妈先发现了乌云，她立即大喊"乌云"，乌云立即回过了头。苏家妈妈正准备冲过去拉乌云时，却被验票的工作人员挡在了外面，因为她手中的机票跟乌云不是同一个航班。

—第 34 章—
错位报复

　　张红爱上了徐浩，而且爱得一发不可收拾。开始的时候，张红以为徐浩是乌云的男朋友。但一起吃过饭以后，她才发现乌云不像是徐浩的女朋友，有过恋爱经验的张红比较会察言观色。事后，为了慎重起见，张红询问过乌云，乌云马上否定了和徐浩是恋人关系："你说什么啊？我一直把徐浩当大哥哥对待，怎么可能和他谈朋友啊？再说了，我还这么小，根本不想谈恋爱。"一听到张红说自己在和徐浩谈恋爱，乌云觉得很好笑。

　　对于别人的话，张红可以不相信，但对于乌云说的话，张红完全相信，毕竟相处了几年，对于乌云的为人张红非常清楚，她是不会骗自己的。徐浩是重点大学的高才生，有知识有才华，而且为人诚恳，张红觉得他才是自己心中真正的白马王子。以前曾经对那个没有能力、靠着姐姐吃软饭的周涛爱得死去活来，现在张红想起来才觉得自己非常愚蠢。女人长得漂亮是优势，活得漂亮才是本事。既然爱上了徐浩，张红就决定不放过机会，立即向徐浩发起进攻。可张红还来不及行动，却意外发现徐浩和周静在一起。

　　那天，张红下了班以后，就去徐浩兼职的酒吧找他，一来是借口喝酒才有理由和徐浩套近乎；二来也是想帮助徐浩，自己让徐浩多卖酒，那样徐浩就可以多提成。自己如果明着去帮助徐浩，他是不会接受的，男人都爱面子，这一点张红是清楚的。说老实话，以前张红是从来不喝酒的，自从被周涛欺骗了以后，张红为了麻醉自己，所以才学会了喝酒。

　　张红兴高采烈地走进了酒吧，却意外发现徐浩和周静坐在一起，一边喝酒一边亲热地交谈，俩人的旁边放了几箱啤酒。张红立即就瘫软在地上，她不清楚徐浩和周静到底是什么关系，但他俩无论是哪一种关系对于张红来说都是一个致命的打击。如果他俩好上了，肯定就没有自己的份儿。如果他俩只是好朋友，自己和徐浩之间也彻底没戏了。当初自己在医院大闹天宫，气得周家母亲昏死，周家的人谁不恨她啊？最主要的是自己已经把女人最宝贵的初夜，献给了那个混账男人，现在哪个男人会不在乎女人的初夜啊？这样的事张红也想过很多次，她最先想的是去医院做一次处女膜修复手术，然后找一个不知道自己过去的男人结婚，现在这样的事情多得很。张红觉得自己也是上了别人的当，只是想减轻自己的伤害，她没有半点想欺骗未来丈夫的意思，可没想到遇见徐浩她就把什么都忘了。现在她才发现，周静和徐浩在一起，自己所有的美好爱情只能化成泡影了。张红对周家姐弟俩都充满了仇恨，正想着自己得不到徐浩的爱情，就要再找周涛算账时，周涛却主动找上了门。

周涛主动来找张红，是因为他现在和妻子的关系已经行同路人了，晚上回家也是分床而睡。以前妻子经常纠缠他不放，现在也不管他了，她也不会去管孩子。妻子的举动无疑对周涛来说是一种解脱，自从心里有了张红这样的大美女之后，周涛看着妻子就没有一点顺眼的地方。昨天晚上，妻子又是深夜才回来，周涛便又和她旧话重提："小芳，我们这样拖着也不是办法，要不然我们去把手续办了吧。你哥嫂在公司做管理人员还让他们继续做，我不会为难他们的。以后你有什么事情需要我帮忙的，随时找我。做不成夫妻还可以做朋友啊，好歹我们还有一个孩子。反正我爸爸、妈妈也喜欢孩子，孩子就归我吧，别的什么条件我都答应你。"周涛不知道妻子心里的想法，他只是在投石问路，并没有希望妻子能给他答案。

"行。反正我成天上班也没有时间带孩子，孩子让你父母带着我也放心。别的什么条件我也不要，只要孩子能健康快乐地生活我就心满意足了。等再过一些日子我找好了房子就搬出去住，然后和你办离婚手续。"向芳轻松地对周涛说。

开始的时候，周涛还以为是自己听错了，所以他又问了一遍，得到的还是同一个回答。周涛这才相信是真的，只是妻子的态度变得太快了，快得让周涛都觉得不真实了。因为妻子不提条件，反而让周涛觉得心里内

疚。对于妻子所说的出去租房子住，周涛是可以马上办到的。哪怕是帮她交一年两年的房租，周涛也愿意，他甚至都想好了，这样让妻子净身出户实在有些太残忍。虽然自己手中没有钱，但父母手里有钱，他决定从父母手里要20万块钱补偿给妻子，那样心里会好受一些，不管怎么说也是夫妻一场。但话到嘴边他还是没有说出口，妻子的脾气他不是不知道。如果看出自己迫不及待地想离婚，而让另一个女人住进这个家里来，说不定妻子马上又会反悔，那自己所有的一切都白忙了。所以他只能依附着妻子，等就等吧，反正以后和张红的日子长着呢，不在乎这些日子让她进家门。但他一定要把这个好消息告诉张红，让她高兴。因为他知道张红也爱他，一直想着能和他结婚，现在这样的愿望就要实现了，他觉得应该马上找张红庆贺庆贺。可周涛没有想到的是，刚给张红打了电话，还没有向她解释过去的一切，然后再报告好消息，张红却迫不及待地让他来酒吧见面。周涛哪敢怠慢，他立即打车来到了张红约定的酒吧，见到张红还来不及亲热，脸上却狠狠地挨了张红两巴掌："你这个流氓，卑鄙小人，要把我害到什么地步你才肯罢休啊？"张红边打周涛边骂，然后狠狠地推开周涛往一边跑了。

周涛摸着痛得火辣辣的脸，看着怒气冲天离开的张红，他才突然反应过来是怎么一回事：张红还在为以前的事对自己耿耿于怀。想到这里，周涛立即冲过去抓住了张红的手，情绪激动地表白："以前的事是我对不起你，但我不是真心骗你，而是真心爱你，没有告诉你真相是怕你受到伤害，那个女人真的是太可恶了，我也没有办法。这回我真的没有骗你，她已经同意离婚了，到时我要风风光光地娶你，向你兑现以前的承诺！"

"谁跟你这个靠吃软饭的臭男人结婚啊？周涛，你这样的熊包我一辈子都看不起你，你为了报复我，就派你姐姐到处跟踪我，为的就是想毁灭我的一切。"张红气不打一处来，她又狠狠打了周涛一巴掌。

"我姐跟踪你？你什么意思啊？给我说清楚！"周涛一直蒙在鼓里，他不知道自己的姐姐和张红之间到底发生了什么事。

本来张红就窝着一肚子气，现在又看到周涛在自己面前装糊涂，简直是火上浇油，她立即指了指对面的酒吧，然后狠狠地推了一下周涛，说："你自己进去看啊，那个女人不是你姐难道是婊子啊？"骂了"婊子"这个词语之后，张红就感到非常后悔。平心而论，她对周静的印象还是不错，但因为她是周涛的姐姐，现在又"破坏"了自己的好事，张红心里非常生气，所以就随口骂了出来。本来张红以为自己这样骂了周静，会遭到周涛愤恨，甚至动手打她，可没有想到的是自己骂完之后，周涛并没有和她计较，而是转身就往酒吧冲。张红更没有想到自己的冲动行为，伤害的不是周静，而是把无辜的徐浩给害了。

日本鬼子自从被向芳强暴以后，心灵深处一直有一种恐惧感。因为他一直就不太看好向芳，向芳在没有和周涛结婚时，给人的感觉虽然不怎么漂亮，但还勉强看得过去。可自从结了婚生了孩子身体就像面包一样，一下子膨胀起来。成天又把自己化得跟夜总会的妓女一样，就让人看着更加不舒服。日本鬼子和向芳接近，也是想着向芳能跟踪周静，能拍摄到周静出轨的证据，从来没有对她有过非分之想。可他没有想到这个他看着都有些反胃的女人却突然把他强暴了，他觉得是一种耻辱。每当一闭上眼睛，他的眼前就会出现向芳那母夜叉的样子。所以他经常做噩梦，精神一度处于恐慌之中，对于别的事情他再没有心思去过问。那天向芳离开了他家不久，徐浩和周静就买着东西回来了。日本鬼子借口身体不舒服一直待在房间里没有出来。徐浩不见了乌云非常担心，所以立即给乌云打了电话，才知道乌云有事离开了日本鬼子家，而去了夏楠家里。徐浩觉得乌云没事，也就放心了，他根本没有再去追问乌云更多的事情。本来是说好的几个人一起吃饭，现在日本鬼子身体不舒服躲在房间不出门，乌云也有事离开了，徐浩也怕单独和周静待在一起引起更多的误会，他也匆匆告辞离开了日本鬼子家。可没有想到事隔几天，周静却突然跑到他兼职的酒吧来找他，而且告诉了他一个惊人的消息。徐浩听了非常高兴，所以就陪着周静喝了几杯酒，没想到却意外地被张红碰见了。

—第35章—
危机四伏

　　乌日力格做梦都没有想到，自己只是在电话里向妹妹提了买电脑的事，几天以后妹妹就带着电脑回来了，还有无线上网卡。得知这一切都是好心人金菲菲赞助的，以后每个月上网的资费也全由金菲菲赞助，要不是乌云当着他的面，打开了电脑和别人聊天，开始在网上查阅各种资料，乌日力格真的不敢相信这一切是真的。对于他来说，现在这样的生活他都觉得很满足了，不敢有再多的奢望。每天在图书室里有书看，下了班就有孩子来找他辅导功课，每个月有固定的收入，家里生活虽然说不上富裕，但解决温饱已经不成问题。至于前途他不敢多想，一个残疾人能做到自立，还能发挥一些余热，他已经感到很不错了，很多虽然美好但对于他来说却很遥远的所谓理想，他根本不去遐想。因为他觉得想了也是白想，认认真真地做好身边的每一件事才是最实在的。写文章在报纸上发表还得到了100多块钱的稿费，当时他也是心血来潮。天天跟书打交道，看到报纸杂志上那么多感人的好故事，乌日力格也就把自己身边的一个真实故事写了出来：邻居家的孝顺媳妇为了给婆婆治病，悄悄把自己结婚时娘家陪嫁给她的金首饰拿去卖了，没想到首饰老板看她老实就给了她几张假钱。孝顺媳妇拿着钱去给婆婆交住院费却被医院查出来是假钱，孝顺媳妇坚持认为自己的是真钱，后来报了警。警察也认为是假钱，要把孝顺媳妇带去派出所调查，孝顺媳妇为了证明自己的清白，当即去碰墙，而且弄得头破血流。正好来医院看病的首饰店老板受不了良心的折磨，主动上前承认了错误……

乌日力格只想让所有人都分享这个感人的故事，没想到故事刊登出来以后，反响很大，很多读者给他写信，编辑也打电话让他以后多给报社投稿。乌日力格信心大增，所以就打电话跟妹妹说了买电脑的事，根本没想到用电脑在家里上网，现在却一切都实现了。乌日力格一边向金菲菲道谢，一边抱着妹妹落泪，他已经被突如其来的幸福和喜悦冲昏了头，完全忘记了早该告诉妹妹的一件应该防备的事情：那就是苏家父母曾经来家里找过她。这事不但乌日力格忘记了，就连乌云本人在回到家以后，见到哥哥那么兴奋，也把它给忘记了。

在江城机场出现的那一幕，乌云现在想起来还觉得是一个梦，她真不相信苏家父母怎么会出现在机场，想得最多的就是自己看花了眼，要么就是出现了幻觉。因为她平时在梦里也会梦见苏家父母。当时金菲菲已经通过了验票口，只有乌云正站在那里等着验票，对于这件事金菲菲一直不知道。乌云坐上飞机以后，第一次坐飞机的好奇心和兴奋也很快让她忘记了一切。但是，乌云忘记了一切，并不等于别人就没有记着她，就在乌云回家的第二天，苏家父母突然光顾了乌云家。

在家住了一天以后，乌云就决定陪着金菲菲一起去给夏楠的父亲扫墓，扫完墓之后直接从镇上坐车去县里，然后再从县城打车去机场。在回来的时候，金菲菲已经把两人回去的飞机票订好了。金菲菲虽然不忙，但乌云要忙着去上班。现在正是公司生产的旺季，工人每天都在加班加点地赶活儿。乌云这个质量检验员就比平时更忙了，这次回来都是找了另外一个车间的质量检验员帮助自己，人家也有自己的工作，所以乌云想尽快回去，不想老是麻烦别人。哥哥和母亲虽然舍不得乌云刚回家住一晚上就要离开，但想到乌云也是为了工作，也就没有再阻拦。母亲给金菲菲准备了很多特产，决定背着这些东西陪着她们一起去给夏楠的父亲扫了墓之后，然后把她们送上车再回家。因为从村上到镇上根本没有车，这些东西她们带不动，可没有想到的是，乌家父亲一听说要去给夏楠的父亲扫墓，他的情绪突然激动起来，非要跟着一起去。金菲菲和乌云坚决不同意他去，乌日力格和乌家母亲也不愿意让他去。因为那几天乌家父亲又感冒了一直在吃药，去给夏楠的父亲扫墓，要走十里路，他们怕他吃不消，所以坚决反对他去。可乌家父亲却不依不饶，以前从来不发火的他突然在家发起火

来，还顺手拿桌上的碗狠狠地砸在地上。

乌云以为是父亲不希望母亲离开家才这样发脾气，所以她立即劝母亲在家，自己可以背着土特产和菲菲一起走。没想到父亲还是不依不饶，一定要跟着一起去，就这样在家里一直折腾，弄得金菲菲和乌云也无法离开家，就在这时，苏家父母却突然冲到了乌云的家。此时的乌云才突然意识到在江城机场发生的那一幕不是幻觉，是现实。吓傻了的乌云还来不及躲闪，苏家妈妈怒气冲天地冲上前抓住了乌云的头发，然后大吼了起来："你还我儿子！你还我儿子！我跑到江城去找你，你却偷着跑回了老家，现在我看你还要往哪里跑？"

"你这个疯子，谁抢你儿子啦？马上给我滚开，敢再动我'女儿'一根汗毛，我马上杀了你这个老东西！"金菲菲立即过去推开了苏家妈妈，然后把吓得脸色苍白的乌云拉到自己身后，随手拿起旁边的一根大木棒对准了苏家妈妈头，说，"你到底走不走？再不走我马上让你脑袋开花。"苏家妈妈立即被镇住了，苏家父亲见势不妙立即拉着苏家妈妈仓皇逃跑。

再说金菲菲离开家以后，夏楠独自一个人去参加了朋友儿子的生日。朋友一句不经意的话又突然勾起了夏楠内心最软弱的地方："哥儿们，你不会是身上有什么毛病吧？结婚这么多年了，怎么还没有结果啊？"这个朋友平时与夏楠最要好，说话也口无遮拦，他内心并无半点取笑夏楠的意思，只是搞不懂他现在没有孩子的原因。

夏楠无法回答朋友，他不是不想当爸爸，现在他做梦都梦到自己当爸爸了。可妻子一直不愿意生孩子，他没有办法。就在夏楠非常尴尬，正不知道怎么样回答朋友提出的问题时，却突然接到了妻子从他老家的电话："老公，我们把乌云收为干女儿吧？"

"你说什么？收乌云当我们的干女儿？"夏楠以为妻子在开玩笑，他又在电话里重复问了一遍。

"是的。你要不相信的话，我马上让乌云跟你说话，现在他们全家都同意就等你表态了。"金菲菲在电话里越说越激动。

"我同意，我同意。你们办完事以后，赶快回家！"夏楠突然握着电话泪流满面，其实在他的心里，他早已经把乌云当成了自己的孩子一样来呵护。这个孩子有一颗金子般善良的心，她真诚、美丽，爱帮助别人，是一个像天使一样的姑娘。也就是第一次在火车站，看到乌云不停地跟着火车奔跑，哭喊着要回家看爸爸、看妈妈的情景，才深深触动了自己那颗麻木的神经，让他突然产生了想当父亲的决心。现在乌云就要成为自己的干女儿，对他来说也是一种慰藉。其实在夏楠心里还有另一种想法，现在妻子既然已经认了乌云当干女儿了，说明她已经改变了做丁克的想法，等她回来以后立即和她商量以后生孩子的事，想她不会不同意的。

金菲菲认乌云当干女儿的想法，应该说是在乌云回老家之前就应该有了，但她却开不了口，怕遭到乌云拒绝而把关系弄僵。当苏家父母来乌云家闹事之后，金菲菲就向乌家父母提出了自己早已经想好的主意，那个时候金菲菲已经不怕乌云和她的家人拒绝了，因为她心里已经有了八九成的把握了。那天，苏家父母走了之后，乌家所有的人都吓瘫软在地上了。可以想象要不是金菲菲用以恶制恶的方法，赶走了苏家父母，事情到底会是怎样的结局，谁都无法预料。虽然暂时把苏家父母赶跑了，但谁能保证乌云以后不再受到伤害啊？因为从苏家妈妈的骂声中，所有人都知道了一个事实，他们曾经还去江城亲自找过乌云。在一个陌生的城市，苏家人要报复乌云那简直是不费吹灰之力。为了乌云的安全考虑，乌家人再也不愿意让乌云离开家了。她现在是家里的顶梁柱，不能让她再受到什么伤害，要不然那个家就真正地垮了。

"妈，哥，我要回江城去，现在我已经是公司的技术员了，老板今年又给我涨了工资，我不想放弃那份工作。你们放心好了，我到了江城苏家父母就找不到我了。再说了，我们公司管理很严，他们根本进不了大门。"面对家人的担心，乌云倒是很自信，她不愿意留在老家，因为这个家生活质量的好坏，还得全靠她来决定，所以她必须回到江城去打工。

"你不可能一直待在公司不出门啊？闺女，听妈的话，别去江城了，我们这个家不能没有你啊，你在家里我们都可以保护你，他们要敢再来，我就是拼了这条老命也不能让他们伤害你！"乌家妈妈老泪纵横地拉住乌云的手说。

"妹妹，我知道你是在家里坐不住的，这样吧，既然苏家人已经知道了你在江城打工，你去那里肯定是不行的，干脆换一个城市吧，等那个苏

警官的案子破了再说。"乌日力格比较理解妹妹，毕竟妹妹已经在外面打拼了那么多年，让她一下子回到老家种地那是很不现实的，所以他便给妹妹出了另一个主意。可没有想到的是，乌云还是不采纳哥哥的意见。

"这样吧，如果你们相信我的话，就让乌云当我的干女儿，让她天天住在我家里，她的一切安全由我负责！"金菲菲终于说出心中一直想说的话。

面对突如其来的好事，乌家人感激都来不及，哪还有不相信的话啊？从那时起，乌云就正式成了有钱人家的干女儿。可乌家人却没有想到，天上掉馅饼，地上有陷阱，当然，这些都是后话了。

—第36章—

血玫瑰

　　周静突然跑去酒吧找徐浩，那是想感激他。因为自从上次徐浩带着乌云去了日本鬼子的家以后，日本鬼子再也没有伤害过自己。而且说话也很守信用，说好的什么时候回家就什么时候回来的，并不像以前那样经常不定时地回来巡视，搞得自己成天提心吊胆地过日子。现在周静也觉得，当初自己在受到日本鬼子伤害时，没去向父母和弟弟求助，而向徐浩求助这条路是走对了。这么多年来她深有体会，父母和弟弟都是有困难了来找她解决，而自己真正有苦处却无法找他们帮忙。他们除了责怪自己之外还是责怪，从来不敢对日本鬼子说半个"不"字。在他们的眼里，亲情算不上重要，日本鬼子带给他们的富裕生活胜过一切。在来找徐浩之前，周静是想过先找乌云的，不单是因为乌云是徐浩的女朋友，更重要的是周静觉得在劝导日本鬼子这件事情上，乌云起的作用更大。她敢训斥日本鬼子，后来也不知道到给日本鬼子上了什么紧箍咒，让日本鬼子态度大变。但周静无法联系到乌云，因为她对乌云的一切都不了解，那天也是第一次见乌云，所以她就打消了那个念头，直接去找徐浩。既然乌云是徐浩的女朋友，找到了徐浩再找乌云那就方便多了。可她没有想到的是，乌云已经回老家去了，这让周静在兴奋之余不免感到有一丝丝的遗憾。

　　徐浩对于周静的到来，开始的时候感到非常意外，以为是她又遭到了日本鬼子的伤害，所以来向他求救的。当他听了周静的解释以后，才长长地松了一口气。其实徐浩以前是从来不喝酒的，周静要请她喝酒他本来也是想拒绝的，日本鬼子就是因为周静有所谓的婚外情才那样折腾她，现在

自己再单独陪着周静喝酒又怕引起什么不必要的误会，作为男人倒没有什么，徐浩是怕周静再受到伤害。从和周静的接触当中，他也看出来了，周静虽然年纪比自己大，但头脑有些过于简单，不能好了伤疤就忘了痛。

也许是看出了徐浩的顾虑，周静立即走到收银台找老板，希望买十箱啤酒，附带条件就是让徐浩陪着她喝一会儿酒。那天晚上，本来酒吧的生意非常冷清，几个服务生都没事坐在一边看电视，周静的举动立即让紧皱着眉头的老板突然眉开眼笑。因为酒吧开业两年了，还从来没有哪个客户单独要过十箱啤酒。酒吧的酒卖得很贵，利润有多高老板自己心里非常清楚。周静要了十箱啤酒等于是他的财神爷，别说找一个服务生陪她喝，就是找酒吧所有的服务生陪她喝酒，老板也不会拒绝。

其实周静也不怎么会喝酒，只是有时在家陪着日本鬼子喝一点，她找徐浩并不一定要他陪自己喝多少酒，只是想对徐浩说一些感激的话，然后让徐浩一起分享她的快乐和喜悦。要那么多酒主要是想让徐浩多提点成，然后再把这些酒让徐浩带回家喝。因为她不知道徐浩不会喝酒，在她的眼里一般男人都应该会喝酒。

徐浩看着周静高兴，他自己心里也非常感动，还在想着怎么引导周静以后学会自我保护时，却没想到他连自己也保护不了。因为一个男人已经怒气冲天地跑到了他的面前，徐浩还没有明白过来是怎么一回事时，已经站在他面前的男人，立即把他推倒在地上拳打脚踢。这个男人不是别人，他就是周静的弟弟周涛。

乌云和金菲菲从老家回到了夏楠家，夏楠已经在家里为乌云收拾好了一个房间，里面布置得非常典雅也很有情调。布置房间对于夏楠来说是一个外行，但他在妻子回来之前就接到了命令，让他给乌云收拾一个房间出来。虽然家里房间很多，但因平时没有人住，所以也没有去收拾。接到妻子的命令，夏楠立即去商场购买了崭新的床上用品，然后花钱让别人来给他布置。乌云当了他们的干女儿，这个家庭从此以后就会热闹起来。夏楠也非常喜欢乌云，妻子做了他想做但不敢做的事情，他非常感谢妻子，更大的心愿是趁着妻子高兴时，就跟她提出生孩子的事。等他们老了以后，乌云也可以照顾他们，帮助弟弟或妹妹，这样的家庭才是一个最幸福最美满的家庭。夏楠已经想好了，等妻子和乌云回来以后，他决定在家里举行一个小小的仪式，既然乌云是他的干女儿了，当父亲的就要给女儿送见面礼。活了四十多年，第一次有人喊自己爸爸，而且是自己一直喜欢的姑娘，夏楠觉得非常的幸福和自豪。认干女儿仪式上，夏楠还决定请上乌云的好朋友张红和徐浩，以后希望他俩也是这个家的常客。

金菲菲和乌云刚到家，夏楠就立即拿出手机给徐浩打电话，本来以为徐浩会为乌云高兴，可没有想到徐浩却拒绝了："夏叔叔，谢谢你的好意，我现在要忙别的事情，以后有机会我会去的。"徐浩在电话里，根本没有把乌云的事当一回事。

"有什么重要的事情啊？你不就是下了班以后天天去酒吧打工吗？我马上给那个酒吧老板打电话，所有损失我帮你付，你马上过来吧，这是乌云最重大的事情啊，你是她的好朋友一定得来，一会儿我还要通知张红呢。"其实夏楠已经想好了，等徐浩过来就跟他明说，让他不要去酒吧兼职了，让他有空给自己的公司整理一些资料，每个月付给他报酬就行了。夏楠知道徐浩的自尊心很强，不让他做事直接给钱帮助他，他是不会接受的。可让夏楠没有想到的是，徐浩还是找出各种理由来推托。

站在夏楠旁边的乌云见此情景，立即从夏楠手中抢过了电话，然后大声喊了起来："徐浩哥，你是不是还在为那天在周静家的事生气啊？赶快来吧，我把一切都告诉你。"此时的乌云非常兴奋，她也希望好朋友都来分享她的快乐和喜悦，徐浩一而再再而三地拒绝，让乌云心里非常难过。所以她突然想起了前些日子，自己没有等到周静和徐浩回来就突然离开了日本鬼子家，后来又跟着金菲菲回了老家，根本来不及向徐浩解释一切，包括那个进入日本鬼子家的神秘女人，所以认为是徐浩在生她的气。在江城，乌云没有别的亲人，现在张红和徐浩就是她最好的朋友和老乡了。

"乌云，夏叔叔认你当干女儿我真的为你高兴，但我今天实在来不了，刚在公司出门不小心摔了一跤，现在正在换药。这事你别告诉夏叔叔，他的心意我领了，有时间我会去看他和阿姨的。"其实当时的徐浩确实在医院，但不是摔伤，而是被周涛打伤。医生正在给他治伤，虽然伤得不重，但脸上弄得青一块、紫一块的，他不愿意以这个狼狈相出现在乌云的面前，更不愿意让夏楠知道。他觉得自己已经欠了夏楠很多情，不想为这点事又让夏楠为他操心。

"你在哪家医院？我马上过来看你！"一听说徐浩摔伤了，乌云立即吓住了，她决定马上去医院看徐浩，没想到徐浩的手机却突然关机，乌云急得马上就哭了起来。

夏楠在乌云打电话时，听她提到了周静，还没有来得及问徐浩和乌云是怎么和周静扯上关系的，却意外得知徐浩摔伤。看到乌云急成那样，夏楠立即脱口而出："赶快给周静打电话啊，她应该知道徐浩在哪家医院。"

"我不知道周静的电话，上次是徐浩哥带我去她家里的。"乌云非常后悔没有要周静的联系方式。

金菲菲立即拉过了乌云，说："那个周静的家在什么地方？你带我们去找啊！"乌云马上就点头同意，夏楠本来想说"不"字，但金菲菲却拉着他的手就往外走，夏楠不得不硬着头皮跟在了后面。

周涛冲进酒吧打了徐浩，又强行把周静拉到了自己家，这让周静十分生气。她心里一直担心徐浩的伤势，父母和弟弟却不让她离开半步，还轮番教育她，目的是让她守妇道，不要做出过分的事情。本来就没有的事，可弟弟却无事生非，打了徐浩又来指责自己，一直压抑在心中对弟弟的不满立即就爆发了出来："你有什么资格来指责我？自己有家有孩子了还在外面骗人家女孩子，弄得家里鸡犬不宁，好好把你自己管好，别做了什么事都让我来给你擦屁股。马上放我出去，要不然我马上报警了，让警察把你抓去坐牢。"周静越说越气，她立拿起电话拨打110。

刚才还十分嚣张的周涛立即跪地向周静求情，父母又在旁边一边抹眼泪一边劝说周静，周静的心又软了下来，她不敢再打110了，只得挂断电话放声痛哭。就在这时，日本鬼子突然给周静打来了电话，问她什么时间回去给他做饭，周家父母才把周静放回了家。周静离开了父母家，立即拿起手机给徐浩打电话，徐浩一看是周静的电话就立即挂断了。周静决定先回家给日本鬼子做了饭吃，等日本鬼子出去上班以后，她再去寻找徐浩。可她没有想到，徐浩的"女朋友"已经找上了门，家里正在进行一场激情大战。

—第 37 章—

极度窥视

金菲菲、乌云、夏楠一起走到了日本鬼子的家门口，夏楠突然转身就往楼下走。金菲菲立即抓住了夏楠的手，有些生气地吼了起来："人还没有找到，你怎么走了啊？"

"我刚才忘了锁车门，里面放了好多东西，别让人家给偷了。你们俩先去找周静吧，我下去把车门锁好了再来。"虽然来到这个陌生的别墅小区，但夏楠已经从乌云简单的描述中，知道了这个要找的周静，应该是曾经和自己一起在一个房子里，度过了一天一夜的漂亮女人。那时正是夏楠最失意也是最孤独的时候，现在他想起来就觉得有些后悔，怎么会糊里糊涂地去了一个女人家里过夜？虽然他和周静之间什么事也没有发生，但他却不想再去见这个女人，他不知道现在这个女人的情况到底怎么样，害怕见了她以后，她会情绪失控让大家都很难堪，特别是现在妻子和乌云都在场，他更不想让她们知道这件事，毕竟不是什么光荣的事情。周静只是他生活中的一个过客，自己跟她没有什么关系，过去的事情就永远地过去了，他不会再去提起，所以他只想回避。但又不好直接和妻子、乌云说，所以撒谎是他撤退的最佳办法。

"那好吧，你就在车里等我们好了，反正这是我们女人的事，你进去了也不自在。"见丈夫不愿意去找周静，金菲菲也没有勉强他，她认为这样的事情有丈夫和没丈夫一路都是一样的，还是要靠自己去解决。男人有时做事放不下面子，而女人为了解决问题，可以不要面子。其实金菲菲并没有真正明白夏楠的心，她自己也没有明白乌云所说的那个周静是谁，其

实她已经和周静见过面了，当时还把周静的手机给抢了；更不知道她现在去找的周静，就是那个日本鬼子的女人。日本鬼子前些日子被她骚扰了以后，立即就把原来的房子卖了，然后在这里另外买了一套房子。金菲菲没有想到也是很正常的，就是换了别人也不会想到的。

日本鬼子正在洗手间方便，外面响起了敲门声音，他以为是周静回来了，要自己去给她开门，便有些不高兴地说："没带钥匙啊？"

"李先生，我是乌云啊。周静姐在家吗？我是来找她打听一点事情的，你开一下门吧。"乌云站在门外温和地说。

一听说是乌云，日本鬼子马上就热血沸腾了，这个中国版的瓷娃娃福原爱一直折磨得他夜不能寐，现在却意外地找上了门，日本鬼子立即忘记了一切。他还没有方便完就草草收场，然后对着洗手间的镜子整理了一下的衣着，迅速走过去打开门。乌云微笑着站在门口，日本鬼子一边把乌云往屋里拉一边狂吻乌云。

金菲菲一看着日本鬼子开门，开始的时候，她还以为是幻觉，怎么也不相信日本鬼子会出现在这里？直到乌云不停地大喊大叫还在不停地挣扎时，金菲菲才从恍惚中清醒过来，自己最恨的人就在自己面前，她还当着自己的面侮辱自己的干女儿。又气又恨的金菲菲立即冲过去，抓起日本鬼子的手就狠狠地咬了一口，然后破口大骂："你这个老流氓，竟敢在光天化日之下对我女儿耍流氓，老娘要打死你这个老色鬼！"金菲菲说完，立即抓起茶几上的一个玻璃杯子，狠狠地砸向了日本鬼子的头，鲜血立即从日本鬼子的头上流了出来。日本鬼子立即放开了乌云，突然发现砸自己的人是金菲菲，他又气又恨，立即冲进厨房拿了一把菜刀跑了出来。金菲菲又随手拿起屋里的东西不停地向日本鬼子砸去。乌云立即去抢日本鬼子手里的菜刀，在那个时候，乌云的立场非常坚定，她想到的是怎么样保护金菲菲。因为金菲菲虽然拿着东西不停地砸日本鬼子，但都是一些伤不着命的东西，而日本鬼子手里的菜刀一旦落到了金菲菲的身上，后果不堪设想。就在这时，周静走进了屋子。开始的时候，周静还没有反应过来是怎么一回来，更没有去注意金菲菲，只是看到日本鬼子手里拿着一把刀，而乌云在想方设法抢夺日本鬼子手里的菜刀，日本鬼子不停地推打乌云。周静的第一反应是乌云受到了威胁，她立即冲上前去帮助乌云抢夺日本鬼子手里的菜刀。日本鬼子又气又恨，他不停地反抗，菜刀落在了周静的肩膀上，周静惨叫一声倒在了地上。日本鬼子突然愣住了，手里的菜刀立即掉在了地上。金菲菲立即冲上前狠狠地把日本鬼子推倒在地上，然后对着他边打边骂："你这个老流氓，今天我不杀了你，我就不姓金！"

"干妈，我们赶快救周小姐，救周小姐啊！"乌云边哭边说，然后迅速抱住了倒在地上的周静大声喊了起来："周静姐，你醒醒，醒醒啊！"

听到乌云的哭喊声，金菲菲这才恍然大悟，她又狠狠地踢了日本鬼子一脚，然后拉住了乌云，说："你别怕，我马上打 120 救护车。"

"哪来得及啊？干妈，你快把周静姐扶到我的背上，我背周静姐下楼，干爹的车不是停在小区吗？马上开车送周静姐去医院啊！"乌云已经把周静抱到了沙发上。金菲菲迅速手忙脚乱地把周静扶到乌云的背上，乌云背起周静就往屋子外面跑。金菲菲这才突然拿出手机拨打夏楠的电话，电话通了以后，金菲菲一句话都没有说出来就开始号啕大哭。

夏楠一接到电话就觉得自己预料之中的事情发生了，但他没有想到伤周静的人不是金菲菲，而是日本鬼子。遗憾的是夏楠一直还不知道日本鬼子是谁，他会跟自己扯上什么关系。

夏楠虽然没有跟乌云和金菲菲一起去日本鬼子的家，但他待在车里也是提心吊胆，他已经预感到了会出事，可又不好阻拦乌云和金菲菲去，两人的理由都合理合情。再说了，徐浩的伤势也确实让人担忧，所以得尽快找到周静了解情况。夏楠待在轿车里也是一直没有闲着，他找出了以前周静留给他的电话号码，想悄悄通过周静知道徐浩的情况。可他打过去，对方的手机一直是关机，夏楠就彻底没有了主意。他以为自己不和金菲菲、乌云一起去周静家，也许就可以避免一切尴尬和冲突，可没有想到一切都无法避免，该发生的事还是发生了。但这一切跟他毫无关系，可他却不知道内情，心里压力很大，不知道该怎样去面对妻子。其实他根本没有想到，还有比他压力更大的人，那就是金菲菲。事情发生以后，金菲菲才后悔莫及。她后悔的不是周静受伤，而是自己为什么那么粗心大意。当乌云在敲门时，日本鬼子在屋里回答，自己怎么就没有听出声音来？如果是自己听出了声音，以后的一切事情就不会发生了，她肯定会拉着乌云马上离开，要找徐浩可以有很多方法——在媒体上刊登广告效果最好。如果不行

的话就是找遍江城所有的医院，她有的是财力和人力，绝不可能带着乌云找上日本鬼子的家。现在她想努力忘记这个男人，是这个男人毁了她的一切，一看到他心里就钻心地疼痛。这一切没有人知道，她也不愿意让别人知道，现在事情一出，她觉得所有的一切都曝光了，往后的路到底该怎么走她完全没有了主意。但她没有想到的是，事情又完会出乎了她的意料之外。

周静被送到了医院，经过医生的及时抢救，她很快脱离了危险。其实周静的伤并不重，在和日本鬼子的拉扯中，菜刀碰到了周静的肩膀，所以周静的肩膀被划破了一道大拇指长的口子，又痛又怕的周静立即吓昏死了过去，乌云也被吓破了胆。看到周静已经没有什么大事了，乌云决定打电话报警。因为一想到日本鬼子拿着菜刀向金菲菲行凶的情景，乌云心里就无法平静，更怕他以后还会伤害周静，所以乌云决定报警，一定让日本鬼子受到惩罚。这个时候的乌云已经忘记了当时来找周静的目的，她满脑子都想着怎么样制裁日本鬼子。

"你别这样，现在我已经没有什么大事了，李哥也不是有意要伤害我的，只要没有伤着你们就行。"一听说乌云要报警，周静立即为日本鬼子求情。

"不是有意者把你伤成这样，如果是有意的话，你早都没命了。周静姐，你怎么好了伤疤忘了痛啊？他以前是怎么对待你的，你难道就忘了吗？今天要不是你挡着了他，我干妈肯定被他害了，你不知道他先前有多嚣张啊？我不能饶他！"乌云一看到周静还在为日本鬼子求情，她心里就十分生气。

"事情的起因是什么？李哥怎么会突然对你们那样啊？"周静虽然这个时候身体还没有完全恢复，但她还是想起了以前自己和日本鬼子没有搬家时，金菲菲上屋里找日本鬼子的事情。在她看来，日本鬼子不可能无缘无故地去伤害金菲菲，一定是金菲菲把日本鬼子逼急了，所以日本鬼子才那样做的。

"你知道吗？徐浩哥摔伤住进了医院，可他却不告诉我们，他在哪家医院？我们都为他担心死了。因为上次我提前走了，徐浩哥肯定在生我的气，所以不告诉我，他在哪家医院。我们就来找你问情况，没想到刚进你家，你老公就对我耍流氓，我干妈是为了保护我，才和你老公打起来的。"
经过周静的不停询问，乌云才突然想起了自己找周静的目的。本来还想
提醒周静注意，上次自己就是因为看到了日本鬼子带了一个神秘的女人进
屋，自己才悄悄溜走的，可没有想到周静却告诉乌云一个天大的秘密：徐
浩不是摔伤的，他是被周涛打伤的！

—第38章—
各怀鬼胎

　　金菲菲、乌云、周静从家中离开之后，日本鬼子这才真正意识到眼前所发生的事情。额头上的伤口还在不停地流血，日本鬼子只得匆匆离开家去了一个小诊所，简单包扎了一下伤口，便钻进自己的轿车里再也不敢出来。他不知道周静伤得有多重，一听到警车声音他就吓得心惊肉跳。虽然他以前也折磨过周静，但周静从来不敢反抗，也从来没有报过警。但今天却弄出了血案，又有金菲菲在场，日本鬼子无法想象后果。当时，他从厨房里拿出了菜刀，并不是要真心伤害金菲菲，只是想吓唬吓唬她，可没想到让周静撞在了枪口上。现在日本鬼子非常后悔的是当时听到乌云在敲门，自己就高兴得昏了头，根本没有注意到乌云身后站着的金菲菲。如果知道了金菲菲在乌云后面，他是无论如何也不敢去非礼乌云的。生命和美色之间，他还是觉得生命最重要。现在他也没有搞清楚，乌云怎么会和金菲菲扯上关系。这一切是不是早有预谋？金菲菲恨自己他清楚，但乌云这个中国版的瓷娃娃福原爱，怎么就成了间谍？这回金菲菲肯定要公报私仇，想办法把自己送进监狱。日本鬼子什么都不怕，他就怕中国警察来抓他。因为在中国，没有人来帮他说情，一大把年纪还要在监狱里度过，那样的日子他不敢想象。他曾经想过马上偷跑回日本，但他很快又打消了这个念头。现在如果逃跑，等于是自动去送死。中国的交通、信息都非常发达，说不定警察已经在各个机场、车站、码头布控，自己只要出现马上就会被抓捕。日本鬼子已经做了最坏的打算，必要时，哪怕是自杀也不要让中国警察把自己抓走。然而，日本鬼子却没有想到，他所有的恐惧都是多余的，因为刚刚过了两个小时，周静就给他打来了电话："李哥，你伤得怎么样？赶快去医院看看啊，我已经没事了。"周静的声音仍然像平时一样温和，没有一点责怪他的意思。

"静，你是静吗？"日本鬼子不敢相信这是真的，他还以为自己是在做梦。

"李哥，你怎么连我的声音也听不出来了啊？我真的没事了，在医院住两天我就会回去的，你赶快去医院看你的伤啊。"周静在电话里仍然非常关心日本鬼子的身体，这倒不是因为她爱日本鬼子，而是觉得自己欠了日本鬼子很多，整个家庭也离不开他。况且日本鬼子也并没有要伤害她的意思，是自己去抢刀，不小心碰在了菜刀上。周静更觉得发生这样的事情，全都是因自己而起。如果自己不去酒吧找徐浩，弟弟就不会把徐浩打伤。徐浩不受伤，乌云就不会上门来问自己。至于日本鬼子怎么突然会去侮辱乌云，周静一直觉得是个谜。不是她不相信乌云的话，而是她对金菲菲根本就没有好感，以前金菲菲找到家里来的嚣张气焰，她现在想起来都害怕。要不是金菲菲，她和日本鬼子不会搬家。金菲菲到底和日本鬼子有什么样的深仇大恨，她不知道，也不敢问。现在乌云已经是金菲菲的干女儿了，她也不敢把真相告诉乌云。这件事的肇事者不是日本鬼子，而是弟弟，他才是整个事情的罪魁祸首。不仅是乌云关心徐浩，她也关心徐浩，但她也不知道他在哪家医院。但周静可以肯定的是，徐浩应该在出事酒吧不远的医院治伤。

乌云虽然不知道周静的弟弟是谁，但她却非常关心徐浩被打的原因："周静姐，你告诉我，徐浩哥为什么会被你弟弟打？他跟你弟弟到底有什么仇？"一听周静说是她弟弟打了徐浩，乌云的情绪就非常激动。

"我真的不知道。"其实周静没有说实话，她是知道弟弟打徐浩的原因，因为弟弟在把她拉回娘家时，就不停地指责她不守妇道，成天跟外面的男人鬼混。周静觉得自己非常冤枉，更觉得徐浩也冤枉，可无论怎么解释，父母和弟弟都不相信。至于弟弟是怎么知道自己和徐浩在酒吧，突然来袭击徐浩的，这一点周静确实不知道。

"你不知道？你不知道他为什么要来伤害徐浩哥？把你弟弟的电话告诉我，我要找他算账！"乌云以前对周静的好感，现在完全被这件事给消

释了。但乌云并没有想到，比她更生气的人还有金菲菲。

周静受伤，金菲菲就以为自己和日本鬼子以前的事情，乌云和丈夫都知道了。所以，当把周静送到医院以后，金菲菲一直不敢面对丈夫和乌云，只是坐在医院的走廊椅子上痛苦地抹眼泪。没想到丈夫却戴着一副太阳镜走到了她的面前，金菲菲还没有开口，丈夫却先开了口："你别气了，这事已经发生了，生气也起不到任何作用。现在周静已经脱离了生命危险，进去看看她吧。这事都怪我，要是当初我和你们一起去就不会发生这样的事情了，只要你和乌云没事就是不幸之中的万幸。"其实夏楠也是刚从医生那里得到的消息，他自己本人也没有进病房去看过周静。

夏楠平时都不爱戴太阳镜，驾驶室放了一副几年前他和妻子一起去海边玩时买的太阳镜，放在那里都长了厚厚一层灰尘。那天夏楠坐在车子里等妻子和乌云闲得很无聊，就随手打开了驾驶室的箱子，拿起太阳镜玩，随后又莫名其妙地戴在了脸上。妻子给他打电话说出事了，他没有来得及摘掉太阳镜就下了车，所以从头到尾周静都没有把他认出来。那时，夏楠才真正地感谢那副他都准备扔掉的太阳镜。看到妻子和乌云被吓成那样，他心里非常后悔，早知道这样，他觉得自己应该戴着太阳镜跟妻子、乌云一起去周静家，周静的老公肯定不敢侮辱乌云，更不会发生后来误伤周静的事情，不管怎么样，他都希望一切平平安安，不希望谁受到伤害。

听到丈夫这样一说，金菲菲才突然明白自己真的是想得太多了，丈夫并不知道自己和日本鬼子以前的事情，现在发生的一切都是一种偶然。丈夫不知道自己的过去，这让金菲菲无比兴奋，至于乌云，金菲菲觉得她更不会想到那一点。乌云年轻单纯，看到日本鬼子伤害了周静当时就被吓傻了，她哪里还会去考虑别的事情？"那个徐浩怎么样？周小姐告诉你徐浩住什么医院了吗？我们马上去看徐浩啊！"既然思想包袱卸掉了，金菲菲就迫不及待地想知道徐浩的情况，毕竟这事的起因就是为了寻找徐浩的消息。现在既然周静也没有什么危险了，金菲菲觉得找到真正的主角才是大事。

"你进去问问周小姐吧，我去不方便的。"其实夏楠也非常想知道徐浩的情况，但他不敢进病房去问周静。虽然自己戴着太阳镜，但他还是怕一说话就让周静认出来，在这个紧要关头，他不想去冒这个风险。自己和周静本来就没有事情，但扯来扯去就会复杂化，所以夏楠决定回避。

如果周静不是日本鬼子的女人，金菲菲肯定马上就冲进病房去问了，但周静毕竟是日本鬼子的女人，以前自己也伤害过她，如果自己进去问，她当着乌云的面把自己曾经到她家，大闹天宫要找日本鬼子的事情说出来，一切就会曝光。可自己不去又怕引起丈夫的怀疑，金菲菲灵机一动，迅速拿起手机就给乌云打电话："你问一下周静，徐浩在哪个医院治伤啊？我和你干爹马上过去看他，你在这里守着周静……"

乌云立即拿着电话从病房跑了出来，然后拉住金菲菲的手，情绪激动地说："她也不知道徐浩哥住在哪个医院。我告诉你真相，徐浩哥不是摔伤的，他是被周静的弟弟打伤的，你和干爹马上去派出所报案，先抓周静的弟弟，然后我们再去电视台刊登广告寻找徐浩哥。"乌云的话还没有说完，一个鬼鬼祟祟的年轻男人慌慌张张地走进了医院，他低着头迅速经过金菲菲和乌云、夏楠的面前，然后看了一下病房上的房间号之后就往周静住的房间走。

乌云立即走过去拉了一下年轻男人："你找谁？我们这个房间的病人刚睡着，请你不要进去打扰她。"

金菲菲立即拍了一下乌云的肩膀："你还管周静干什么？她弟弟已经把徐浩打伤了，现在先抓到她弟弟才是最重要的，赶快跟我们一起走啊！"

就在这时，走到周静病房门口的年轻男人突然转身就跑。乌云和夏楠还没有回过神儿，金菲菲突然大吼起来："赶快追，坏人跑了！"

金菲菲说得没有错，刚才那个迅速逃跑的男人就是周涛，他是受日本鬼子的委托来医院看望周静的。日本鬼子在电话里只跟周涛说周静受了一点伤，让他去医院看一下周静。至于周静是怎么受的伤日本鬼子没有说，周涛也就不敢问。本来跟姐姐闹得不愉快，心里根本不想再去看姐姐，可日本鬼子叫他去，周涛不得不去。他可以不听父母和姐姐的话，但对于日本鬼子说的每一句话他得老实听着，让他去做每一件事他也不敢违抗，在他的心目中，日本鬼子就是他的上帝。但周涛没想到刚走进医院就听见别人在议论姐姐，开始的时候，周涛还以为别人说的周静是和姐姐同名字的人，可当金菲菲说出周静的弟弟打伤徐浩，他才发现人家要抓的就是自己，更重要的是他突然看到了金菲菲和夏楠。

—第39章—
打草惊蛇

　　徐浩做梦也没有想到，他不愿意给别人增添麻烦，但却因为他的事惹出了更大的麻烦。乌云、夏楠、金菲菲来到了他的病房时，医生正在给他换药，他痛得脸上直冒冷汗。乌云、夏楠、金菲菲便清楚地看到了徐浩身上所有的伤痕。徐浩不知所措，乌云立即拉住他的手伤心痛哭："徐浩哥，你说过的不把我当外人；但你还是把我当成了外人，出了这么大的事还不准我们来看你，你知道吗？找不到你我们都快急疯了！"

　　"你、你是怎么找到这里来的？"对于乌云、金菲菲、夏楠亲自来看自己，徐浩心里是又惊又喜。特别是看到乌云急成那样，他的心里更是有说不出的高兴，他爱乌云，更希望乌云也爱自己，从乌云现在的表情看，徐浩觉得乌云心里有他，要不然不会急成这样。当时自己不告诉她真相，是不想让她看到自己的狼狈相，他希望把自己最阳光的一面展现给自己最爱的人。

　　"找的周静啊。可她也不知道你具体在哪家医院，只说了你们喝酒的酒吧地址，所以我们就在这儿附近找。"乌云拿着湿毛巾一边给徐浩擦洗脸上的污垢，一边说。

　　"对了，周静现在还好吗？她给我打了几次电话，我没有接。"一提到周静，徐浩又想起了许多的往事。

　　金菲菲立即拍了一下徐浩的肩膀，然后生气地说："小徐，我看你真是老实透顶了，那个贱女人把你害成这样，你怎么还想着关心她？我告诉你，她就是一个白骨精，以后让那个日本鬼子打死她，你们也不要去管了，这都是她遭的报应！"金菲菲把对日本鬼子的恨和对周静的恨统统都发泄了出来。在没有经过这件事情以前，金菲菲还认为周静就和当初的自己一样，是被日本鬼子骗了的。毕竟日本鬼子要拿刀对自己行凶时，周静还是上前不停地阻拦，以至于弄得自己受了伤。但没有想到的是，乌云要为她报警，让警察来抓日本鬼子，她却坚决地反对，还不停地帮着日本鬼子说好话。徐浩为了帮助她，而被她的弟弟打伤，她也不准报警，还不准别人去找她的弟弟算账，这就让金菲菲无法原谅她。

"阿姨，不是周静姐伤的我，这事跟她没有关系，其实她很善良的。"因为周静曾经帮助过徐浩解围，所以徐浩对周静的印象非常不错。

"我知道不是她打伤的你，但打你的人却是她的弟弟，这事你知道吗？"金菲菲最终生气地说出了实情。

徐浩以为是自己听错了，他立即抓住了乌云的手，声音颤抖地问："你告诉我这不是真的？周静姐的弟弟是谁？他为什么要打我？"

"徐浩哥，我干妈说的都是真的，你好好地养伤，这事我们会马上报警，一定让肇事者得到惩罚。我给张红也打一个电话，让她下了班来陪着你，我们还有别的事情要忙……"乌云的话还没有说完，她的手机突然响了起来。乌云立即拿出手机接了起来，几个人还没有明白是怎么一回事，乌云已经拿起电话冲出了医院。

给乌云打电话的是江城南岸派出所的警察，说苏一铭有了记忆，问乌云在什么地方，他们决定亲自来找乌云。一听说苏一铭有了记忆，乌云当时就激动得差点跳了起来，她决定马上去见苏一铭。苏一铭的案子是她的一块心病，尽管她现在已经离开了老家，苏家父母也可能找不到她，但苏家父母对她的仇恨，让她想起来就觉得不寒而栗，那是埋藏在她身边的一颗定时炸弹，指不定什么时间碰着了，自己又会被伤着。案件到现在还没侦破，唯一的希望就是苏一铭能恢复记忆，还原事情的真相。然而，让乌云没有想到的是，她满怀希望地去见苏一铭，给她的却是一个致命打击。

乌云刚走进南岸派出所，警察就拿出了一幅画让乌云看，画上有三个人，一个是乌云，一个是苏一铭自己，这两个人都画得非常的像。画上还有另外一个男人，他拿着斧头拼命砍苏一铭，而乌云一边打电话一边从拿斧头的男人身后走了过来。

"你们让我看这个是什么意思？不是说苏警官有记忆了吗？我要和他说话，我要和他说话！"到了派出所没有见到苏一铭，乌云的情绪非常激动。

负责接待乌云也就是给乌云打电话的警察马上倒了一杯水放在乌云面前，然后平静地说："现在苏警官还是不能说话也不会写字，他就给我们画了这样一张画。当时有人拿着斧头在砍他，而你从后面一边打电话一边往这面走来。现在苏警官把歹徒的像画得很模糊，你应该看清楚了的，你再描述一下当时的情况吧。"

"我什么都没有看见，什么都没有看见。在老家时我就把一切都说了，你们为什么还不相信我啊？"虽然警察的话说得很委婉，但乌云听起来还是觉得不舒服，认为警察是在怀疑她。她不认识那个歹徒，更不知道苏一铭到底是怎样被害的，但苏一铭却画上了歹徒行凶的过程，还要把自己画上，乌云不知道苏一铭为什么要这样做，他这样做的目的又是什么。又气又急的乌云立即大哭起来："警官，你们让我见见苏警官好吗？我有话要对他说，他不能这样害我，不能这样害我啊！"

其实乌云根本没有想到，不是警察不愿意让她见苏一铭，而是苏一铭的情况突然发生了变化。正在乌云和警察论理时，疗养院的工作人员再次把电话打到了派出所，希望他们给予支持。因为苏一铭现在拼命要往疗养院外面冲，几个工作人员都拉不住。警察也经不住乌云的纠缠，所以去疗养院了解苏一铭的情况时，也随带把她也领了过去。

从疗养院工作人员的口中，乌云终于知道了苏一铭画画的经过。当时，疗养院工作人员带了几个病人去公园里看花会，目的是想开阔他们的视野，也让他们感受一些新鲜的东西，通过新鲜事物唤起他们对美好往事的回忆。可没想到的是，刚走进公园大门，苏一铭就情绪激动起来，他拼命要往外面跑。工作人员只好拉着他的手跟在后面。回到了疗养院，苏一铭就冲进了工作人员办公室，然后拿起了桌上的纸和笔画画。乌云在派出所看到的那张画就是苏一铭那时画下来的。

"苏警官，你画的画是什么意思？我真的没有看到那个歹徒，他是谁？你告诉我啊？我当时发现你时，你已经奄奄一息了，现在你的爸爸、妈妈也在恨我，你知道我有多委屈吗？"乌云见到苏一铭就无法控制自己的情绪，她只希望苏一铭能说出事情的真相，不会说话，他能写几个字也行。但乌云没想到的是，苏一铭见了她，情绪更激动，他嘴里嗷嗷叫着，双手不停地比画。

"苏警官，你说的什么我听不懂，画的什么我也不明白。你要是觉得我是清白的话就写出来啊。"看到苏一铭那样，乌云更加生气。苏一铭不说话，又画了那样一张让人摸不着头脑的画，这等于是又把自己往绝路上逼，谁都受不了。乌云本来以为自己在给苏一铭出了主意之后，苏一铭会用笔把画中的情况解释清楚，可没有想到的是苏一铭立即冲到旁边的墙壁上，然后使劲用头去碰。

苏一铭做出过激行为，立即吓坏了在场的所有人。更让乌云始料不及，她还想追问苏一铭为何要那样做时，却立即被警察强行带离了疗养院，无论她怎么解释，警察也不准她再靠近苏一铭半步。乌云又气又恨，本来苏一铭的画已经把自己弄到说不清道不明的地步，现在他又做出这样的举动，更是让自己跳进黄河也洗不清了。就在乌云已经被苏一铭的事情折腾得快要崩溃的时候，却突然接到了金菲菲的电话，说夏楠出事了。

乌云突然离开了徐浩的病房，开始的时候，金菲菲和夏楠都以为乌云到外面接电话去了。可等了很久还不见乌云回来，金菲菲和夏楠便觉得有些不对劲儿，他们马上给乌云打电话，但乌云的电话一直在占线。金菲菲和夏楠在医院里找遍了也不见乌云的影子，两人立即慌了起来。他们首先想到的是乌云肯定去找周静的弟弟了，怕乌云出事，夏楠和金菲菲立即和徐浩告辞，然后开车去找乌云。没想到刚把车开出医院不久，却意外地发现了张红。张红提着塑料口袋在街对面边走边打电话，金菲菲立即把车窗摇了下来，然后对着街对面不停地喊张红。张红没有听见，她仍然边打电话边往公交车站走，金菲菲又急又气地对夏楠喊了起来："赶快停车，我去对面叫张红来医院照顾徐浩。"

"算了吧，还是我去，你穿一双高跟鞋哪跑得动啊？"夏楠立即把车停靠在街边，然后迅速从轿车里钻出来就往街对面跑，没想到悲剧就在几分钟之后发生了。

一辆公交车开了过来，张红边打电话边往公交车上走。夏楠立即冲过

去把张红拉下了车，张红非常生气，正想大骂时，却发现是夏楠在拉她，她惊喜地喊了起来："夏叔叔，是你啊？找我什么事？"

"你马上去医院帮助照看一下徐浩。"夏楠不停地把张红往街边上拉。

"徐浩怎么啦？你快告诉我，夏叔叔。"一听说徐浩在医院里，张红立即就紧张起来。

"他被人打伤正在医院治疗。一句话两句话现在也给你解释不清楚，你先去医院吧，我和你金阿姨要去报警抓犯罪嫌疑人，这一次不能让他逃跑……"夏楠的话还没有说完，坐在旁边电瓶车上打电话的戴墨镜男人立即挂断了电话，然后启动电瓶车直接冲向了夏楠。张红还没有明白过来是怎么一回事，夏楠已经倒在了地上。

—第 40 章—

失身还被敲诈

日本鬼子决定回家是在又一次接了周静的电话之后。因为金菲菲、乌云、夏楠都离开了病房，谁也不去管周静，周静想换衣服，所以只得给日本鬼子打电话，最重要的是周静非常关心日本鬼子头上的伤。本来周静是想给弟弟打电话的，但想起弟弟给自己惹的事，周静便立即打消了那个念头。况且乌云和金菲菲正在找弟弟算账，周静也怕弟弟来医院露面被别人抓住。周静虽然恨弟弟，但她还是不希望弟弟被金菲菲她们抓住，金菲菲的脾气周静是彻底领教过的，弟弟要是落在她的手上肯定会很惨。不管弟弟曾经对自己有多不好，但作为姐姐，周静还是觉得应该保护他，毕竟手足情深。周静在给日本鬼子打电话时，已经悄悄告诉了日本鬼子，让他转告弟弟，金菲菲、乌云都在找他，希望他自己注意保护自己。可周静根本不知道，在她打电话之前，弟弟已经悄悄来过医院准备看她，但被金菲菲给吓跑了，更不知道弟弟已经在日本鬼子面前撒了一个弥天大谎。

周涛从医院仓皇逃跑以后，立即接到了日本鬼子的电话，当时的日本鬼子也不知道周静先前给他打电话是真是假，他最怕的是周静被金菲菲这样的女人利用，然后联合起来报复他，打电话假意问他的伤情，其实是探问他在什么地方，然后好让警察来抓他。他先前毕竟伤害过周静，周静恨他也是情理之中的事情，所以他只得让对自己一直就言听计从的周涛去帮助打听实情。周涛哪敢对日本鬼子说出自己在医院里遭遇到的一切，于是，他就向日本鬼子撒了一个谎："姐夫，我刚走到姐姐的病房门口，就看到几个警察在那里审问姐姐，我怕进去了警察把我抓住，让我把你供

出来！"

本来就担心警察会来抓自己的日本鬼子马上就傻了眼，他还来不及想下一步的出路时，却又意外接到了周静的电话。凭着多年对周静的了解，日本鬼子觉得周静不是在说谎，而周涛是在撒谎。于是，日本鬼子立即又拨通了周涛的电话，毫不客气地责问："你到底去病房看你姐没有啊？"

"姐夫，你什么意思？"周涛不知道姐姐已经跟日本鬼子通了电话，还让日本鬼子转告他的事，所以他还是装得若无其事的样子。

"你姐让我告诉你，金菲菲和乌云他们要找你算账，至于报没报案我也不清楚，你姐让你注意保护自己。"虽然周静没有在电话里说清楚金菲菲和乌云要找周涛算账的原因，但日本鬼子心里还是非常得意。因为事实已经证明了周涛先前对自己说的都是假话，周静和金菲菲她们根本没有去报警，现在所有的矛盾都转移到了周涛身上，谁还会去追究他的事情呢？

日本鬼子心里非常感激周静，觉得这件事情是周静保护了自己，他立即决定回家给周静去医院送衣服。然后想办法给她转一家医院，绝不能再让金菲菲这样的女人介入，实在不行的话就搬家。但日本鬼子做梦也没有想到，刚走到家门口，一个让他恐惧的女人已经堵在了他的家门口。这个女人就是向芳，她的手里拿着很多相片。

日本鬼子现在最要紧的是进屋给周静拿了衣服去医院，他对向芳手里的照片根本不感兴趣。尤其是对向芳这个人更是感到恶心，他现在最大的目的就是想把向芳赶走。但日本鬼子却没有想到，向芳却是有备而来。周静住院向芳是无意中从老公口中得知的，所以她就放心大胆地来找日本鬼子。向芳先前也给日本鬼子打过几次电话，可日本鬼子一看是她的电话就立即挂断，这让向芳非常生气，她只得亲自登门拜访了："姐夫，好歹我也是周静的弟媳啊，妈妈让我给姐姐带点东西来，你就让我进去看看姐姐啊！"向芳现在说话已经变得非常老道，但日本鬼子却觉得向芳是在威胁自己。

"你姐不在家，我也没时间陪你，你下次再来吧。"日本鬼子并不吃向芳的那一套，只想让她马上离开自己的视线。

"怎么会啊？我来时给她打了电话的，她说的在家啊，你不让我进去看姐姐，是不是又欺负她了？"向芳对着日本鬼子一边冷笑一边说。

日本鬼子居住的别墅小区，全都是一些有钱人。没有钱的人也是靠着有钱人住在这里的，这些人最大的特点就是成天活得没事干。因为他们都有钱但没事情做，什么地方有个风吹草动都会引起他们的好奇心，这就是他们每天做的最有意义的事情。向芳站在日本鬼子屋外大声喧哗，已经惊动了附近的住户。几个穿金戴银的年轻女人立即聚集到了日本鬼子的家门口，不停地劝说日本子鬼子，目的就是希望他把向芳让进屋。因为娘家人来看姐姐是很正常的事情，也是值得高兴的事。日本鬼子不是傻子，他已经听出来了，这些表面上充满友善的女人，其实就是想窥探别人家的隐私，然后拿回去当成自己每天最充实的话题谈。这样既可以增添生活的乐趣，也会丰富自己的阅历。让日本鬼子没有想到的是，向芳见有别人来劝说，立即放声痛哭起来，而且边哭边说："姐夫，我真的没有别的意思，姐姐打电话跟我说身体不舒服，妈妈有病来不了你这里，就让我代她过来看姐姐，你不让我进去看姐姐，我怎么好回去跟妈妈交差啊？"

别人不知道，日本鬼子心里却是清楚的。周静一直就不看好向芳，以前也从来没有主动给向芳打过电话。前些日子向芳还背着周静偷拍她的外遇证据交给自己，现在却把自己表现得在家是孝顺媳妇、对姐姐情真意切的善良女人。而让自己在众人面前成了猪八戒照镜子——里外不是人。日本鬼子心里对向芳恨得要命，但当着众人的面他又不敢发作，毕竟自己是一个男人，还是一个外资企业的老板，不管背地里怎么样，但当着众人的面他还是要注意自己的形象，怕向芳继续在众人面前表演下去，会让他的面子丢尽，所以他只得憋着一肚子气把向芳让进了屋里。日本鬼子没有想到的是，向芳立即就向他表明了自己的态度：马上给她买一套别墅。

日本鬼子又气又恨，所有的愤怒都集中在那一刻爆发了，他伸手打了一下向芳，然后大骂起来："你这个婊子，侮辱了我的人格，我还没有找你算账呢，你却有脸跟我提出这样的要求？我凭什么给你买别墅啊？你以为你是谁？就你这样的女人倒找别人钱，别人都不会要的！"日本鬼子像泼妇一样，把什么难听的话都骂了出来。

"因为我是你的女人，所以你就得为我付出。姐夫，你那么多钱，给我买一套别墅简直就是举手之劳的事情，马上给我买吧。"对于日本鬼子殴打自己，向芳并没有计较，而是边说边把身体往日本鬼子身边靠。

"谁要你这个丑八怪？你马上给我滚出这个屋子，要不然我马上报警了。"日本鬼子不停地把向芳往屋子外面推，他说的报警只是想吓唬向芳，可没有想到自己却惹火烧身了。

向芳突然哈哈大笑起来，然后把自己的手机往日本鬼子手里一塞："你快报啊，知道不知道派出所的电话？要是不知道的话我帮你打。警察来了我也正好向他们报案，你强奸良家妇女，想不想看我当时录的相？还有你在我内裤上留下的证据？对了，你是日本人，中国的法律我不知道你懂不懂，要是不懂的话，我马上叫我的代理律师过来给你讲解。"

自己被一个不喜欢的女人强暴了还没有地方发泄，却又被她诬陷是自己强奸了她，现在还要来敲诈自己，如果自己不答应她的要求，她就要报警，让自己去坐监狱，虽然自己是百分之百的冤枉，但这一切向谁解释呢？解释了谁又会相信呢？法律上的强奸罪都是男人强奸女人，没有女人强奸男人这罪名，一想到可怕的后果，日本鬼子立即瘫软在沙发上。因为他觉得现在做出哪一种选择，对他来说都是一个致命的打击。至于给周静送衣服的事情，日本鬼子早已经忘得一干二净了。

"姐夫，你说话啊，人家说一日夫妻百日恩，好歹我也是你的女人了，你得为我负一点责任啊。刚才我说的是气话，你不要放在心上，我真的不愿意报警。你给我买套房子住，我和姐姐可以轮流伺候你。你不想在姐姐这里住了，就上我那里来，我一定会比姐姐把你伺候得更周到。"向芳对着日本鬼子不停地抛媚眼，然后用手去拉日本鬼子。对于她来说，要成为有钱人、过着风光的日子，别的办法都行不通，因为她自己没有资本，用现在这种办法，她觉得是最快最实用的。

日本鬼子又羞又气，他立即推开了向芳，然后冲进卧室把门死死地关住，任凭向芳在外面怎么敲门，他也不开门。日本鬼子觉得再和这个女人纠缠下去，自己不死也要被她逼疯了，他只想逃避，却没有想到在这时候，乌云帮了他的大忙。

乌云一听说夏楠受了伤，就立即打车往医院赶，却没有想到遇到了周涛。因为两人同时要打一辆车，最后周涛抢先上了车。乌云上次在医院无意中见过一次周涛，所以对他有印象，而周涛却没有注意到乌云。周涛在街上打车，是因为日本鬼子给他打了电话，让他马上过去，说是家里出事了。

　　周涛立即赶到了日本鬼子家，才知道是真的出了什么事。出事是妻子引起的，他遵照日本鬼子的命令，决定把妻子从日本鬼子家拉走，却没有想到乌云和张红已经堵在了门口。

—第 41 章—
打抱不平反被伤害

夏楠被送到了医院，经过检查只是受了一点皮外伤。肇事者肯定以为夏楠被撞死了，所以他丢下电瓶车就钻进了旁边的一条小胡同，街上有几个热心的市民立即跟着追过，但却什么也没有找到。

看到夏楠的身体没事了，金菲菲和张红才松了一口气，也就在这个时候，张红才知道夏楠急着找她的真正目的：徐浩被人打伤了，肇事者是周静的弟弟。乌云在医院突然接了一个电话就走了，现在电话一直是占线，夏楠夫妇怀疑乌云是发现了周静弟弟的行踪，所以去找他算账。他们很担心乌云的一切，希望张红去医院照顾徐浩，他们决定去找乌云，乌云单独行动非常危险。

张红做梦都没有想到徐浩会受伤，这个时候，她才想起了是自己害了徐浩。张红本来以为自己辱骂了周涛之后，周涛会去找他的姐姐算账，没想到他伤害的却是自己最爱的人。张红立即给乌云打了电话，她打电话的目的不是想让她来看望夏楠，因为夏楠已经没有什么事了，而是想把乌云约来，然后和她一起去找周涛算账。说别的事情乌云肯定是不会听的，这一点她非常了解乌云的脾气，自己认定了的事情哪怕是碰得头破血流她也要去做。只有说夏楠病了，乌云才会马上赶过来，毕竟生命大于一切。可就在她刚给乌云打了电话不久，却收到了乌云发来的短信，说在一个别墅小区外面等她，希望她马上赶过去帮忙。因为她发现了周静的弟弟，怕一个人制伏不了他。

其实在这之前，乌云已经悄悄发过短信询问了金菲菲，知道了夏楠并没有生命危险，有金菲菲在身边照顾，乌云觉得没有什么可担心的，自己先把周静的弟弟抓住了，再去看夏楠也不迟。因为要找到周静的弟弟实在是太难了，现在有一点线索，自己就绝不会放过。乌云在给张红打电话时，她自己已经在日本鬼子住的小区了。周涛在街上抢先上了出租车，乌云立即打了后面一辆出租车跟踪，结果就跟踪到了日本鬼子住的小区，她很快就发现周涛去了日本鬼子家。张红没有来之前，乌云决定先不去打草惊蛇。

日本鬼子是在没有办法的情况下才给周涛打的电话。那个时候日本鬼子已经想过了，求助谁都没有作用，打电话给周涛还有一线希望。一来是周涛先前欺骗了他，现在也觉得对不起他。再说了，还有金菲菲和乌云在找他算账，自己如果举报了他，他很快就会被抓到的。二来向芳是他的妻子，现在却要来敲诈自己，日本鬼子就是想试探一下周涛的心，看是不是他们两口子合伙来诈骗他。如果是的话，他就会把一切告诉周静，说以前她的婚外情都是向芳拍摄的，让周静去恨周涛和向芳，然后一家人相互残杀，自己就好解脱。现在他之所以不给周静打电话，是觉得周静非常软弱，根本控制不了向芳。他希望周涛来立即把向芳先弄走，这才是大事情。这个女人简直就是一个魔鬼，成天阴魂不散地跟在他的身边。

周涛满心欢喜地去敲日本鬼子家的门，本来想是能帮助日本鬼子做一些事情来弥补自己的内疚心理，因为他真的怕日本鬼子以后生他的气，日子不好过。可没想到开门的不是日本鬼子，而是满脸怒气的妻子。周涛还没有明白过来是怎么一回事时，向芳却立即扑进他的怀里放声痛哭起来："老公，你给评评理啊，我好歹也是你们家的媳妇，姐姐病了，你们都知道，为什么就不告诉我啊？姐姐平时对我那么好，我真的好想她！"向芳立即换了一副嘴脸，丈夫的出现是她没有想到的，自己的阴谋还没有得逞之前，她是不会让任何人知道自己的计划的。

"姐夫呢？"既然是日本鬼子叫自己来的，现在又没有见到日本鬼子，周涛心里非常纳闷，他更不想让妻子知道他在外面干的任何事情。姐姐的伤，说来说去还是因为他惹起的，他现在根本没有去考虑妻子说话的真实性，考虑最多的是日本鬼子到底跟妻子说了一些什么话，现在还没有和妻子离婚，他不想让妻子逮住自己的任何把柄。可周涛却没有想到日本鬼子

就在家里，只是一直躲在房间里不敢出来。

虽然日本鬼子躲在房间里没有出来，但向芳和周涛的对话他都听得一清二楚，开始的时候他是不敢出来，后来听到向芳对周涛说话来了一个180度的大转弯，日本鬼子才突然觉得向芳的所作所为跟周涛没有任何关系，向芳之所以对周涛撒谎，也可能是不想让周涛知道她的阴谋。想到这里，日本鬼子便装作若无其事地从卧室里走了出来。周涛立即迎了上去，然后有些惶恐地问："姐夫，你没事吧？"

"我现在想静一静，赶快把你的女人带走，别在这里烦我！你姐的伤已经没事了，我马上要去医院给她送衣服，有别的什么事我会打电话告诉你们的。"既然向芳都编着瞎话欺骗周涛，日本鬼子也顺着向芳的话继续往下说。不过他说的都是真事，本来就是回家来给周静拿衣服的，没想到被向芳这一搅和，他把什么都忘了。刚才接着向芳的话说下去，他这才想起自己现在要做的正事。

听了日本鬼子的话，向芳是有气发不出来，她本来还是不想走，只是想把丈夫支走，然后再找日本鬼子算账，可没有想到不知情的丈夫一直要拉她走，她此刻也找出各种不走的理由。日本鬼子立即大发雷霆，周涛便不管她愿不愿意，就用力把她拉出了日本鬼子的家。向芳憋着一肚子的火没处发时，门外站着的两个美女立即成了向芳的发泄对象。

乌云在小区门口终于等到了张红，两人立即来到了日本鬼子的楼下"恭候"周涛，却意外发现周涛拉着一个女人往楼下走。当时，周涛的所有精力都集中在了妻子身上，因为妻子走出了日本鬼子的家，她还是不愿意离开，一直在和他争吵。如果是离了婚，周涛肯定不会去管妻子，但现在他还没有和妻子离婚，而妻子又要去打扰日本鬼子，周涛就得管。自己不管妻子，妻子就会坏了自己的大事。周涛正在和妻子拉扯时，没想到脸上却狠狠地挨了两巴掌。开始的时候，周涛还以为是妻子打的自己，因为张红戴着一副太阳镜，周涛根本没有把她认出来，至于乌云，周涛根本没有多大印象。

"张红，你先别激动，我们先把他押到派出所再说。"看到张红冲上去打周涛，乌云立即拉住了张红。

"我想杀了这个人渣。他害了我，现在又把徐浩哥伤成那样！"张红无法控制自己的情绪，她又抓住周涛打了起来。

一听到张红的名字和声音，周涛才意识到打自己的女人不是妻子，而是那个和自己度过了短暂浪漫时光，让自己一直都忘不了的女人。一边是自己的妻子，一边是自己心爱的女人，就在周涛尴尬万分，一时不知道该如何收拾残局时，向芳立即冲过去抓住了张红的手大骂："你这个贱女人，大白天的就敢来抢人家的老公，我马上杀了你！"

"谁稀罕他这个臭男人啊？他打伤了徐浩哥，我要让他受到惩罚！识相的你走开点，我们找的是这个人渣，跟你没有关系！"张红更不示弱，她狠狠地推开了向芳，然后又对着乌云喊了起来："乌云，快来帮忙制伏这个臭男人，不能让他再溜走了。"

乌云还没有冲到周涛面前去，向芳却抢先一步冲到了乌云面前，她立即抓住乌云拳打脚踢。乌云这个名字对于向芳来说是太熟悉不过了，在电话里她就骂过无数次，上次找人去教训她，又意外被金菲菲给搅和了。现在乌云既然找上了门，向芳觉得不把内心的愤怒发泄出来，她会逼疯的。女人的天敌就是比自己长得更漂亮的女人，看到乌云那张美丽得让人无可挑剔的脸，向芳就觉得不把她给毁容了就难平心中的怨气。身体单薄的乌云哪里是向芳的对手，她很快就被向芳打倒在地上。

张红看到乌云被向芳打倒在地上，她哪里还顾得上去管周涛，只得狠狠地推开了周涛，然后冲过去抓打向芳。最后双方都挂了彩之后，才被小区的保安制止了事态的恶性发展。又气又恨的张红和乌云正准备再找周涛算账时，才发现周涛早已经逃之夭夭。

徐浩正准备出院时，却意外接到了学校班主任的电话，说是在网上看到江城市今年面向全国公开招聘公务员的启事，其中有一条对徐浩是非常有利的：连续三年在学校被评为三好学生，得过全国性奖励的应届毕业生，在考试时可加十分。如今的公务员考试，谁都知道竞争激烈，别说是十分，就是一分也要挤掉很多的考生。徐浩这些条件都够，班主任也一直把徐浩的事放在心上，所以立即打电话让徐浩尽快准备资料在网上报名，不要错过报名时间。

徐浩没有受伤之前在公司实习，老板只让他们在电脑上设计图纸，怕他们上网耽误正事，所以一直没有把办公室的网线给他们接通。要给别人

在电脑上传图纸都有专人负责，所以徐浩上网非常的不方便。得到老师提供的这个消息之后，徐浩便马上给乌云打了电话，因为金菲菲和夏楠认乌云当了干女儿，以前让他去他没有去成，现在他想趁这个机会买一点礼物送去，然后准备在夏楠家里上网报名。徐浩还没有来得及给乌云打电话，却意外接到了乌云被人打伤的电话。

—第 42 章—

为朋友两肋插刀，为爱情插朋友两刀

　　周静在医院一直等不到日本鬼子出现，她有些着急地给日本鬼子打电话，可传来关机的信息，周静便有了一种不祥的预感。和日本鬼子生活了那么多年，她对日本鬼子的脾气非常了解。日本鬼子虽然脾气有些古怪，但基本上还是一个说话比较算数的人，一般情况下答应了别人的事是一定会去做的。他答应了给自己送换洗衣服来，可现在一直没有送来，而电话又关机，周静担心他遇到了什么事情，到底会是什么事情，周静自己也说不清楚，最近她也一直感到精神恍惚，眼睛不停地跳，那就是一种不好的预兆。这一点，周静真的是猜对了，日本鬼子就在回家准备给她拿换洗衣服时，遭遇了向芳的袭击。本来以为周涛来把向芳拉走了以后事情就会过去，可日本鬼子没有想到，就在他的家门口又引发了一场激情大战，那一幕日本鬼子是看得清清楚楚的。当时，日本鬼子已经拿好了周静的换洗衣服，准备给周静送去，没想到就在打开门的那一瞬间，他看到了一个美女在拼命殴打周涛。乌云去拉美女，向芳又把乌云按倒在地上拳打脚踢。日本鬼子立即就吓傻了，他迅速转身退回了屋里，然后瘫软在沙发上很久都没有回过来神儿。周涛、向芳、乌云他都认识，但那个美女他不认识。从刚才几个人的搏斗中，他已经看出来了那个美女也是一个非常泼辣的女子，这几个人到底因为什么事殴打起来，他不知道，也不敢去过问。已经被向芳折磨得苦不堪言的日本鬼子，只想远离这些人的争斗。毕竟他已经是 60 多岁的人了，要跟这些人搏斗，他根本不是对手，也不敢上前去劝架，怕血沾到自己的身上。自己这里已经成了一个是非之地，他也知道

向芳的离开只是暂时的，从刚才她和别人的打斗中，日本鬼子已经看出来了，她不是等闲之辈，是个随时可以和别人拼命的人，自己根本和她玩不起，无论如何自己还是一个有身份的人，惹不起这样的女人只能躲了。以前搬家是为了金菲菲，现在日本鬼子才觉得自己又遇上了金菲菲的翻版。确切地说这个翻版比金菲菲更可怕，她强暴了自己还要敲诈自己。马上搬家才是当前最重要的问题，先前想好的给周静送衣服的事，日本鬼子再一次忘得一干二净了。屋子外面的人到底最后伤着没有？是什么时间走的？日本鬼子不知道，他只想到如何解决自己面临的新问题。等到屋子外面已经安静下来，日本鬼子立即走出了家门，本来是准备去看房子马上搬家的，却没有想到在小区门口遇上了徐浩。

"李先生，你告诉我乌云现在在什么地方？她到底伤得怎么样了？"徐浩不由分说地拉住了日本鬼子，他的情绪非常激动。

"我不知道啊，更不明白你在说什么。"日本鬼子确实不知道乌云现在的情况，更不想惹火烧身，所以他回避徐浩提出的问题。

"你不可能不知道，乌云就是在你家门口被人打伤的。"这一点徐浩说得没有错，当时张红在电话里告诉他说乌云是在周静家门口被人打伤的，别的就什么也没有说。张红不认识日本鬼子，但她认得周涛。乌云先前给她打电话就说了，周涛去了他姐姐居住的小区。看到向芳和周涛从那个屋子里走出来，张红当然知道那就是周静的家。现在张红和乌云的电话都打不通，徐浩都快急疯了。

"我说了不知道就是不知道，有什么事你直接去问小区保安啊，我还有别的事情要忙，没时间和你多说。"日本鬼子非常不耐烦，他现在最想解决的问题都没有解决好，哪有心思去管别人的事？日本鬼子说完之后，立即推开了徐浩便往小区门外走。

徐浩又冲上前拉住了日本鬼子，说："在你家门口发生的事你都不知道，保安知道什么啊？今天你要是不说出乌云的情况，你休想离开半步。"徐浩也和日本鬼子较上了劲。

"保安，马上过来帮我拉开这个无聊的人！"日本鬼子突然对着保安喊了起来。

听到日本鬼子的喊声，一个保安立即跑到了日本鬼子面前，一边给他道歉，一边抓住了徐浩。日本鬼子哼了一声，然后整理了一下被徐浩揉皱了的衣服，得意地扬长而去。

看到保安对日本鬼子那种讨好的态度，徐浩大声吼了起来："你们拉我干什么？没看到那人在撒谎吗？你们保安是保中国人还是保日本人啊？我看你们是把这个日本鬼子当成你们亲爹亲妈了，不就是因为他有几个臭钱吗？"徐浩是从来不骂脏话的，可此时他无法控制自己的情绪。

"先生，请你不要激动，只要是住在小区的业主我们都会保护的。"保安彬彬有礼地劝徐浩。

"一个叫乌云的姑娘在刚才那人的家门口被人打了，现在我也联系不到她，你们告诉是我怎么一回事。"徐浩立即把矛头转向了保安，"当时你们看到那个姑娘被打了吗？打她的人是谁？"

"先生，实在对不起，中午不是我值班，我是刚才换班的。要不然等明天你再来打听吧。"保安很无奈地说道。

"人命关天的事情你们还到推明天，你们什么态度啊？马上把你们小区的监控录像打开我看看！"徐浩气不打一处来。先前在这个小区里到底发生了什么事情？乌云又是被谁打的？伤得如何？这是徐浩迫切想知道的事情。

既然日本鬼子不愿意说出真相，徐浩觉得监控录像会告诉他一切。可没有想到的是，保安笨拙地在电脑上折腾了一会儿，然后很抱歉地说："对不起先生，李先生居住的那栋楼的摄像头坏了，这上面什么也没有。"

又气又恨的徐浩立即抓住了保安的衣领，然后大声地吼了起来："我要告你们玩忽职守。一个高档别墅小区，连一个最起码的监控录像都是坏的，你们怎么样保证居民的生命财产安全啊？我告诉你们，要是乌云有个什么意外，我要和你们拼命！"徐浩的愤怒已经达到了顶点。自己心爱姑娘的生死安危无时无刻不牵动着他的心，他找不到人发泄内心的担忧和愤怒，保安便成了他此时发泄愤怒的对象。就在这时，一个陌生的电话让徐浩所有的担心都立即烟消云散。

徐浩开始看到手机上的陌生电话并没有理会，而是把电话立即就挂了。找不到乌云对于他来说什么都没有意义，他更没有心思去接陌生人的电话。可电话马上又打了过来，徐浩生气地拿起电话骂了起来："你有病

啊？干吗老是打电话骚扰别人？"以前徐浩也接到过无数个这样的陌生电话，不是卖保险的就是推销产品的，没有一个电话是对徐浩有用的，所以一看到陌生电话，徐浩就条件反射地挂掉。

"徐浩哥，我是乌云啊。今天电话被摔坏了，我刚换了一个新手机，所以先给你打一个电话，你的伤好了吗？"乌云温柔、亲切的声音立即在电话里响起。

"乌云，你在哪里？伤得怎么样？快告诉我，我马上过去看你！"一听到乌云的声音，徐浩马上就激动起来。

"徐浩哥，你别那么紧张，我没有什么大事，就是一点皮外伤，已经去医院上了一点药，现在已经回到宿舍休息。对了，这事你千万别告诉金阿姨和夏叔叔，我不想让他们为我担心。"其实乌云本来是要和张红一起去医院看望夏楠的，但她的脸上有青一块紫一块的痕迹，她怕夏楠和金菲菲知道了伤心，所以就没有去医院，只是让张红去看一下夏楠的伤情。开始的时候，张红坚持要先去医院看望徐浩，但乌云觉得徐浩的伤已经快恢复了，相对而言夏楠的伤要重一些，而自己去看夏楠不是很方便，去看徐浩要方便得多。毕竟张红已经告诉了徐浩自己被打的事情，自己去了徐浩首先不会感到意外，所以就让张红先去看夏楠，然后自己再和她一起去看望徐浩。

其实乌云根本不知道张红的内心想法，徐浩被打完全是她一手造成的，她想见到徐浩，心里有很多话要对徐浩说。但乌云去让她先去看夏楠，张红心里虽然不愿意，但一想到乌云去帮助抓周涛，而被周涛的妻子伤成那样，张红心里就非常内疚，她只得放弃了先去看徐浩的打算。说心里话，那天让周涛溜走，张红心里非常生气，她现在心里都有些恨那个小区的保安，要不是他们来干涉，她肯定会把周涛的老婆打个半死。抓不到周涛，报复他的老婆也可以解除自己的心头之恨。至于周涛，她是永远不会放过他的，君子报仇十年不晚，等一切安定下来之后，她还是会想方设法抓到他的。

徐浩一听说乌云只受了一点皮外伤，现在已经回到了宿舍休息，他便立即挂断了电话，然后就往乌云的宿舍跑去。对于徐浩来说，知道了乌云一切平安，他就觉得是天大的喜事，他想马上见到她。

　　夏楠的伤也基本上恢复了，医生说再过一天就可以出院。张红得知这个消息之后，立即打电话告诉了乌云。然后又给徐浩打电话，希望去医院看他，然后和他谈重要的事情，没想到徐浩却告诉她，自己已经出院了，现在正准备参加公务员考试的资料，以后有时间再见面谈。张红沮丧地回到了和乌云一起居住的宿舍，却发现了惊天秘密。

—第 43 章—
巨款消失风波

夏楠意外发现绑匪向金菲菲索要了 300 万赎金，是在他出院以后。以前，夏楠一直不太过问公司财务上的账目，因为妻子负责管财务，他只负责生产管理和销售。公司每个月赢利多少他不知道，有专门的会计做账；每个月会计只负责向董事长汇报情况，用不着向他这个总经理汇报。伤好出院的第二天，夏楠就立即回到了公司上班。金菲菲非常心疼夏楠，希望他在家里多休息几天再去上班，但夏楠在家里坐不住，每天待在医院里也是电话接个不停。金菲菲不懂技术也不太懂管理，公司所有的员工只得向他汇报工作，也只有他才能处理问题。在公司大多数的员工眼中，大家都以为夏楠是老板，根本不知道金菲菲是真正的老板。因为夏楠每天按时来公司上班，经常还要到车间去检查工作。金菲菲是想去公司就去，不去的话就到处玩。她去了公司大不了就是夏楠有时向她汇报一下工作和签字。公司所有的支出夏楠签了字还要金菲菲签了字才报账。但只要是夏楠同意了的事，金菲菲也是会同意的，她之所以要再签一下字，只是在行使她的权利，让所有人都知道她才是真正的老板。

那天金菲菲刚去公司待了一会儿，就有一个同学打电话叫她去逛商场，金菲菲立即给夏楠打了一声招呼便开着车子离开了公司。夏楠照例像往常一样下车间去检查了一会儿工作，然后就回到了办公室，开始听取销售科长汇报近段时间公司产品的销售情况，以及新增订单的数量。就在这时，过去的一个老客户来到了办公室，说是要定做一份 1000 万元的产品，希望两个月之内交货。对方因为一时资金周转不过来，只先付 10% 的定金，等交货时再付剩余货款。夏楠仔细算了一笔账，两个月拿下这笔大单，应该能赚下 400 万。但现在自己就要先给对方垫资近 300 万的原材料款。以前长期打交道，对方的货款很好收，夏楠立即决定签下单子。但他最担心的就是资金，公司一直在不断扩大再生产花去了很多钱，现在又要拿出 300 万现金来垫付这笔生意，他心里实在没有底，不知道公司账上有多少现金。可他又不想失去那笔大生意，于是便直接去找会计要求查看公司账目，那样心里才有底。不看不知道，一看吓了一跳，公司就在前些日子突然支出了一笔 300 万的现金。账面上没有注明资金用途，当时，夏楠就蒙了，脑子里立即冒出了"职业犯罪"这个词语。对于这一类犯罪，媒体上报道过很多，都是单位会计或出纳利用自己工作上的便利条件，挪用、贪污。自己成天忙于生产技术和销售的事情，从来不去过问公司的账目，而妻子成天就知道贪玩才让别人钻了空子，为了不打草惊蛇，夏楠悄悄退出了财务室，然后抓起电话就给妻子打了过去："你在哪里？赶快回公司来，出大事情了！"夏楠的精神快崩溃了。

"出了什么大事？你别吓唬我好不好？我办完了事情就回去。"金菲菲刚刚和同学走进商场，还没有来得及购物，夏楠就打电话催她回公司，她心里很不舒服。

"马上公司都没有了，你还购什么物啊？赶快回来！"夏楠见金菲菲不把自己的话当一回事，心里非常生气。

也许是夏楠最后的话起了作用，不到半个小时，金菲菲就满头大汗地跑回了公司，然后抓住夏楠的手，焦急万分地问："到底出了什么事？你快说啊。"

夏楠立即把金菲菲拉到一边，然后靠在她的耳边小声说了起来："你一天到晚就知道玩，不认真管理公司，现在人家把公司的钱都套走了你知不知道？"

"你什么意思？谁套走了我们的钱，你说清楚点好不好？"金菲菲也被丈夫的话吓住了。

"我们这个月还没有到发工资的时候，也从来没有订购过大批的原材料，今天有笔大生意要我们先垫资几百万，我心里没底，就去查看了一下公司的财务账目，发现前些日子有一笔 300 万的现金莫明其妙地被人提走

了，上面并没有注明做何用途。一定是会计悄悄把这笔款弄走了，我们赶快去报警啊。"夏楠非常的气愤。妻子虽然是董事长，但公司每支出一笔大金额款项，妻子都要和他谈起，可这样一笔300万的款项却从来没有听妻子说起过，夏楠吓得全身都是冷汗。现在社会竞争大，生意难做，夏楠更知道赚钱的辛苦，300万是一个什么样的概念。在没有认识金菲菲之前，他做梦都没有梦到过自己会有300万。当然了，他也知道了就是做了也是白做。

"你是真不知道还是假不知道啊？"金菲菲惊讶地看着丈夫说。

"我知道什么啊？财务上的事一直是你在过问，我从来没有去管过，今天要不是准备接大单先垫资，我是不会去财务室查账的。你知不知道，我当时去财务室，那个会计脸都吓白了。"夏楠说得没有错，他走进财务室说要查账，会计立即脸色大变，连说话都语无伦次了。其实夏楠根本没有仔细注意看，会计正在电脑上玩游戏。夏楠突然走进办公室，会计以为夏楠是去逮他的，所以他就吓着了。公司员工管理制度上写得清清楚楚的，上班时间不准做与工作无关的事情，一旦发现，轻者罚款，重者开除。现在的大学生满天飞，找个工作比找对象还要难，会计就是才工作几年的大学毕业生，在金菲菲的公司有专业对口的工作，各种待遇也不错，他最怕的就是被老板炒鱿鱼。

"上次你被绑架，绑匪开口就要300万，当时绑匪还不准我报警，说一直在监控着我的行动，如果报警他们马上撕票，我哪敢违背绑匪的意愿啊？钱花了可以再挣，可你的生命只有一次啊！老公，难道这些你不知道吗？我的电话不是你说出来的，绑匪怎么知道啊？"金菲菲终于说出了实情。但绑匪要了300万赎金的事她确实忘了告诉丈夫。丈夫被绑架之后，她就把赎金打到绑匪指定的卡号上了，没想突然接到母亲的电话，说是看到丈夫和漂亮女人搂在一起。金菲菲就以为丈夫背叛了她，为了捍卫自己的尊严，她不停地找丈夫的证据。后来真相大白，她却被丈夫的所作所为感动，完全忘记告诉丈夫自己为他花了300万赎金的事。

一听说绑匪绑架自己，竟向妻子要了300万，夏楠气得当场差点晕倒。他被绑架时，绑匪只是搜走了他身上所有值钱的东西，但从来没有问过他家里的电话，更没有提到什么赎金的事情，绑匪怎么会知道自己家里有钱？又怎么会知道金菲菲是自己的妻子？就算自己手机里有妻子的电话。可自己手机存了很多朋友、客户的电话，事后夏楠也打电话问过他们，都说没有接到过什么要赎金的电话。当时，夏楠还感到非常的庆幸，因为绑匪绑架了他，从来没有威胁过他，更别说虐待他。所以夏楠出来以后也没有想要报警，他也想过了，报了警也起不到多大作用，因为他提供不出绑匪任何有价值的线索，绑匪把他推进一间黑屋子到放他走，他都没有看清楚绑匪的真面目。放他出来也是天还没有亮，绑匪把他手上的绳子解开之后就离开了，等到他自己把脸上蒙着的布撕掉之后什么也没有看到。现在妻子却意外说出竟然给了绑匪 300 万，无疑是给了夏楠当头一棒。虽然妻子已经说了，为了他的生命不计较那 300 万，可夏楠心里却非常计较，绑匪轻易就从妻子手里拿走了 300 万，以后还会不会发生同样的事情？夏楠心里突然害怕起来。

就在夏楠还在为绑匪向妻子要了 300 万赎金的事生气不已时，却意外接到了邱丹也就是夏楠曾经救助的那个聋哑女孩母亲的电话，说是邱丹想见他，问夏楠在什么地方。邱丹自从被父母接回家以后，就从来没有和夏楠联系过，现在突然得到了邱丹的消息，夏楠非常高兴，他立即要妻子和自己一起去看望邱丹，没想到妻子却说还有别的事情要忙，马上拒绝了。夏楠有些失望地去了邱丹家，没想到邱丹情绪激动地交给了夏楠一张画，画上有骑电瓶车的男人和夏楠。

夏楠立即抓住了邱丹的手问："丹丹，你告诉我这是怎么一回事？这个骑电瓶车的人你怎么认识的？"

面对激动的夏楠，邱丹一会儿摆手一会儿摇头。

"那天我带着丹丹逛了商场出来，却发现自己寄存在商场里的东西忘了拿，本来是想带着丹丹跟我一起回商场去拿东西的，可丹丹不停地喊脚痛，我就让商场门口的保安帮我照看一下丹丹。保安一看我女儿是个聋哑人，他说什么也不愿意，我是说了很多好话，他才同意帮我照看丹丹。等我出来时，丹丹却边哭边往街上跑，保安怎么也拉不住。"邱丹母亲看着夏楠情绪激动的样子，立即向他解释。

"后来怎么样了啊？"夏楠立即打断了邱丹母亲的话，他非常关心邱丹的情况。

"保安说刚才商场对面的街上，有个骑电瓶车的男人把别人撞倒以后就逃跑了。"邱丹母亲继续说道。

夏楠立即抱住邱丹泪流满面，因为他做梦都没有想到，邱丹把撞他的肇事者画了出来。

—第 44 章—
一锤定音

张红是什么时间从宿舍里把自己的东西搬走的，乌云并不知道，事先张红也没有告诉她。那天徐浩和乌云正在宿舍里抱头痛哭的时候，乌云突然接到了金菲菲的电话，说是夏楠已经出院，希望她晚上过去聚一聚。当时乌云是不愿意去的，她不想让金菲菲和夏楠看到自己脸上的伤痕，怕他们又为自己难过。没想到金菲菲却一定要她去，还要让她通知徐浩和张红也一起去，大家都平安了就是一件大喜事，她想热闹一下。金菲菲既然把话都说到这个份儿上了，乌云就再也找不出更充分的理由来推托了。当时，乌云立即给张红打了电话，但张红的电话一直关机，乌云也没有当回事，因为徐浩已经告诉过她，说张红刚给他打过电话，希望来看他，但自己已经婉言谢绝了张红。打不通张红的电话不要紧，说不定是手机没有电了，过一些时候可以再打。乌云虽然觉得徐浩说的有道理，但她还是有些不放心张红。于是，乌云又跑到车间找，但车间工人已经下班了，所以乌云也没有发现张红的影子。就在这个时候，金菲菲又不停地给乌云打电话，乌云只得和徐浩急匆匆地去了金菲菲家，至于张红，她想过一些日子再给她打电话。正好徐浩也说了要在网上报名参加公务员考试，在金菲菲家上网也方便。在去金菲菲家的路上，乌云已经想好了，到了金菲菲家，让徐浩去上网，她就亲自下厨做一道家乡的特色菜——铁锅焖面给大家吃。铁锅焖面色香味俱全，具有浓郁的内蒙古乡土风味，是大人小孩子都喜欢吃的东西。作为干女儿，自己没有别的东西来孝敬金菲菲和夏楠，做一道家乡特色菜给他们吃，也算是自己的一片心意。

　　其实乌云并不知道，金菲菲一直催着她去家里，夏楠根本不在家，她自己也才刚开着车离开公司往家赶。打电话让乌云去家里也是临时决定的，因为在离开公司之前，她先给丈夫打了一个电话，说是一会儿回家，还要给她一个大大的惊喜。金菲菲心里就有了一种不祥的预感，丈夫先前是去的邱丹家，他说的惊喜是不是要把邱丹带回家？金菲菲不知道，也不好问。谁都知道十个哑巴九个精，当时自己带她去医院一事，她会怎么想？后来，当金菲菲从邱丹父母那里知道邱丹的真实年龄才13岁，还是一个未成年人时，金菲菲就非常后悔，觉得自己有那样荒唐的想法都是天理不容的。本来金菲菲是想着邱丹回到了自己父母身边，一切事情都会随之淡忘，现在她才觉得一切并没有结束，当时丈夫让她跟着一起去邱丹家，她的心里就有很多预感，所以不愿意去。如果现在丈夫把邱丹带回家，金菲菲不知道会有怎样的尴尬局面。所以她要让乌云去，还要徐浩和张红都去，人多了可以避免很多的尴尬事情。金菲菲把乌云催得那么急，目的就是要赶在丈夫把邱丹带回家之前，乌云他们到了自己家里，立即就会给家里制造一种温馨和谐的气氛。乌云虽然已经20岁了，但她仍跟一个洋娃娃一样，天真烂漫、善良真诚，大人小孩都非常喜欢她。当时邱丹在这里就跟乌云玩得最好，金菲菲觉得邱丹只要跟乌云玩高兴了，她就会忘记过去的一切，所以她必须让乌云早些赶到家里。可金菲菲却没有想到自己所做的一切都是白费心机了，因为邱丹根本就不会来，只是夏楠满脸兴奋地带回来了一幅画。

　　其实夏楠当时被电瓶车撞倒时，邱丹就在不远处，她是那场案件真正的目击者。邱丹的妈妈拿了东西从商场出来，邱丹突然扑进她怀里放声大哭，开始的时候，邱丹的妈妈没有去多想，以为是女儿想自己了，所以就劝了劝女儿，然后打车把女儿带回了家。可回家以后，邱丹神情大变，经常半夜里被噩梦惊醒。白天待在家里坐着是一会儿发呆，一会儿又大哭大叫。邱丹妈妈不知道女儿发生了什么事情，就在一天早晨，邱丹画了一幅画交给母亲，上面就是夏楠被一个骑电瓶车的男人撞倒的画像。邱丹妈妈这才知道了女儿又哭又闹的原因，所以她立即给夏楠打了电话。后来，邱丹妈妈还告诉夏楠，说骑电瓶车的男人有点眼熟啊？夏楠也仔细看了看，也觉得自己好像见过那个男人，具体在什么地方见的他说不清楚，因为邱丹画的画有些模糊。也难怪，当时把夏楠撞倒以后，肇事者就立即逃跑了。邱丹能在短暂时间看见了肇事者的面容，而且还画下了他的画像，夏楠觉得已经是一件非常可贵的事情了。

夏楠回到家的时候，徐浩正在书房里上网。乌云满头大汗在厨房里忙碌，金菲菲一边和乌云说话一边站在旁边洗菜。夏楠开门进屋，立即就闻到了饭香味，他兴奋地喊了起来："好香啊！亲爱的，快点弄点吃的出来，我肚子好饿啊！"本来邱丹的妈妈是留了夏楠吃饭的，可夏楠看到了邱丹画的画，他就激动不已，所以想立即回家告知妻子。夏楠想得最多的是想办法找到肇事者，虽然自己的身体已经恢复了，但他觉得肇事者这种逃避责任的做法非常让人痛恨。最重要的是他也觉得这个人有点面熟，到底是无意地撞了他，还是有意地报复？这个事情夏楠一定要弄明白，为的是以后不再发生这样的悲剧。所以他就急着赶回来了。当时，夏楠并不知道乌云和徐浩都在他家，要是知道的话他肯不会喊"亲爱的"三个字的，因为他以前也从来没有这样叫过妻子。现在人到中年了，肯定不会再像小青年那样有浪漫情调。不管在公司还是在外面，他给人的形象都是比较含蓄、稳重，今天也许是太兴奋了，所以他情不自禁地脱口而出。但他万万没有想到的是没有把妻子喊出来，乌云却笑吟吟地端着两盘菜从厨房里走了出来。夏楠立即傻了眼，他还没有回过来神儿来，乌云立即把菜放在饭桌上，然后拿起筷子夹了一筷子菜喂到了他的嘴里："干爹，我做的铁锅焖面好不好吃？如果做得不好吃马上提出来，如果觉得好吃，以后每个星期天我都过来给你和干妈做。"

"你干妈呢？"夏楠一边吃一边点头。

"干妈在厨房里呢，你要找她吗？"乌云并没有发现夏楠脸上的变化，她又往夏楠嘴里塞了一块肉："你饿了，干妈让你先吃着，我们还要再弄两个菜。"

其实乌云没有撒谎，夏楠进门喊第一声"亲爱的"的时候，金菲菲就听见了，她立即让乌云把先弄好的两盘菜端出来给丈夫吃。老实的乌云根本没有多想就端着菜走了出来，自己是夏楠和金菲菲的干女儿，他们让自己做什么，乌云觉得自己就应该认真去做，这样才对得起他们对自己的关心和厚爱。

　　金菲菲和夏楠以前是打算让乌云长期住他们家的，还让乌云去考驾照，到时给她买一辆小车让她每天开着车去上班。这样优越的条件对于别的姑娘来说也许是求之不得的事，但乌云却婉言谢绝了。公司有免费的宿舍住，免费的工作餐吃，乌云已经觉得很满足，用不着长期住金菲菲家，每天跑那么远的路赶去上班。至于说买车，乌云就觉得更用不着了，现在都提倡环保，有什么事坐公交车是最方便的。最重要的是乌云不愿意当寄生虫，只愿意老老实实地工作，自己劳动挣来的钱她觉得踏实。一直花金菲菲家的钱她觉得非常内疚，当他们的干女儿也只是想尽一个晚辈对帮助过自己的恩人的一种孝敬，从来没有想过要贪图他们的东西。反正自己在江城打工平时也不回家，经常到干爹干妈家做做事情，陪他们聊聊天，说说知心话，乌云觉得这是理所当然的事情，别的事情她不想去过问。但她却没有想到刚才金菲菲让她端菜出来，其实是探一下实情。金菲菲不相信丈夫会是一个人回来的，但夏楠确实是一个人回来的，而且当时的心情非常好。

　　世界上很多的事情都是非常偶然、有趣。那一天，夏楠本来是想回家告诉妻子邱丹画出肇事者画像的事情，可当乌云出现在他的眼前，又做出那样天真的举动之后，夏楠却把本来要对妻子说的话忘得一干二净。也许是他真的饿了，也许是乌云做的菜真太好吃了，他觉得胃口特别好。平时从来不在家里喝酒的他，立即从橱里拿出了酒倒上，然后对着厨房大喊起来："菲菲，快出来陪我喝酒，让干女儿去炒菜！"

　　乌云看到夏楠这样高兴，她立即就往厨房里走去。金菲菲还没有从厨房走出来，徐浩却从书房里走了出来，然后有些抱歉地向夏楠问好，夏楠立即兴奋地抓住徐浩，让他陪着自己喝酒。等乌云和金菲菲把最后的菜端到饭桌前时，夏楠和徐浩已经喝得脸红耳发热了。本来两人都没有什么酒量，但两人那天心情都比较高兴，所以就放开胆子喝，喝得醉没醉他们也不知道了。

　　看到大家都格外兴奋，乌云立即天真地问了起来："干爹干妈，你们怎么不生一个小弟弟啊？"其实这样的话刚才夏楠就准备趁着妻子高兴对她说的，当回到家看到乌云像亲生女儿一样真正地关心他，夏楠想当父亲的念头再一次在他的脑子里出现。一个非亲非故的干女儿都对自己这样亲，他就想象着自己亲生的孩子会对自己有多好。

"好。为了以后你有个伴，我也不做单身贵族了！"金菲菲立即脱口而出。夏楠立即兴奋得差点晕了过去。乌云却没有想到竟是自己的话惹了祸事。

—第 45 章—
新家遇冤家

　　金菲菲没有信口开河，她其实是真的想生孩子了，只是还没有找到合适的机会跟丈夫说。确切地说是这段时间出现了很多的意外，把她原来计划的一切都打乱了，她得应付现在最紧重的事情。生孩子不是一天两天的事情，是一个漫长的工程，她得慢慢等待，找准时机再跟丈夫说。可没有想到今天乌云却把这个话题提了出来，也正好对应了她的思路，她哪有不答应的道理啊？尤其是看着丈夫那激动的样子，金菲菲立即泪流满面。她再一次下定了决心，不管付出多大的代价都要为丈夫生一个孩子，也让自己当一回妈妈。一个女人一生没有生一回孩子，那是女人最大的悲哀和不幸。就在金菲菲开始做当妈妈的准备时，一件意外的事情又打乱了她的计划。日本鬼子竟然找上了门，确切地说是金菲菲在小区里碰到了日本鬼子。金菲菲当时就吓出了一身的冷汗，在日本鬼子还没有发现她时，她立即就躲了起来。这并不是因为金菲菲怕日本鬼子，而是金菲菲已经想完全忘记过去那段伤心的往事。她想回到正常的生活中来，过正常人的生活，事情也是按她预想的发展的。可偏偏在这个时候，自己最恨最不想见的人却在自己的家门口出现，这不但要扰乱她的正常生活，甚至会毁了自己苦心经营的一切。不但是金菲菲，可能世界上的任何一个女人都不愿意。女人的隐私就是自己的命根子，这是一个不争的事实。金菲菲开始发现日本鬼子在自己所居住的小区出现时，还以为是自己看错了人。可她躲在暗处听到日本鬼子和保安说话的声音以后，才知道自己没有看错人，对于日本鬼子的声音她太熟悉了。当时金菲菲还怀着侥幸的心理，认为日本鬼子有可能是到小区来找人。但后来她又几次发现了日本鬼子的踪影才慌了神，马上跑去问小区的保安，得到的消息差点让金菲菲气晕死过去：日本鬼子也在这个小区里买了一套二手别墅。

金菲菲第一个想到的是趁丈夫还没有发现日本鬼子之前，确切地说应该是丈夫还没有知道自己和日本鬼子以前的事之前搬家，这个时候千万不能让自己的生活出现一点差错。金菲菲觉得日本鬼子花大本钱搬来这里住，应该是蓄谋已久的事。目的就是要报复自己，自己先前报复了他，他心理不平衡所以要报复自己。男人跟很多女人有关系被认为是一种有本事的象征，而女人和别的男人有关系，就被人当成是破鞋，从此以后被人鄙视，在丈夫面前抬不起头。现在社会早就提倡说男女平等，可在这一点上就永远没有平等过。

妻子突然提出搬家，这让夏楠百思不得其解，在这个地方住了很多年，夏楠早已经习惯，并且喜欢上了这里。而妻子却在没有任何预兆的情况下，就突然提出了搬家。夏楠开始还以为妻子是心血来潮，肯定是又听了朋友的吹嘘，说哪里的新房子好，又要张罗着买新房。当然了，像他们这样的家庭，要买一套房子是举手之劳的事情。但妻子却今天提出搬家，明天就要离开，这让夏楠觉得妻子肯定中邪了。他曾经问过妻子多少次搬家的原因，可妻子就是一句话：自己不喜欢这里了！然后就没有再多的话。

以前家里大大小小的事情一般都是妻子说了算，可这一次夏楠却和妻子争了起来："我们在这里过得好好的，怎么说不喜欢就不喜欢啊？菲菲，你还是尊重一下我的意愿好吗？我真的很喜欢这个地方，这里交通方便、环境幽雅，重点大学、小学、幼儿园就在附近，以后我们的孩子出生了，在这里上学也方便啊！"夏楠想从各方面去说服妻子改变决定，因为这里的环境真的不错，当初买房子时就是看好了周边的环境才买的。爱出去旅游的人都有这个感觉，喜欢上了某一个地方，回来以后都还想再次去旅游。何况夏楠已经在这个环境不错的地方居住了很多年，要让他突然离开，他无法接受。

"我找人算过命了，人家说我们住的这个房子风水不好，以后孩子生下来也保不住。你觉得是这个房子重要还是我们未来的孩子重要啊？"

金菲菲边说边伤心地哭了起来，她找不到更好的理由来说服丈夫搬家，突然想到了用孩子来作为自己搬家的理由。

"既然这样那就搬吧。"金菲菲的这一哭果然很有效，夏楠立即就同意搬了。这并不是他怕妻子，而他现在想的是怎么样和妻子搞好关系。妻子已经答应了他不做单身贵族而要给他生孩子，现在搬家的目的也是为了以后的孩子，所以他也就没有理由说不搬家了。夏楠的前提是先买到称心的房子再搬，至于现在的房子他确实舍不得卖掉，决定先放在那里看能不能升值。这年头投资什么都不太保险，投资房产还是稳中有赚的。虽然他们不缺钱，但买房子这样的大事情，夏楠还是先让妻子把事情都考虑清楚了再下手买，别到时又闹着搬家，他实在不想这样折腾，有再多的钱和精力他也不想搬家，累心。

丈夫同意搬家了，金菲菲悬着的一颗心终于落了下来。可她做梦也没有想到，生活再次跟他开了一个近乎残酷的玩笑，日本鬼子又和她在新买的别墅小区相遇了。

其实一开始金菲菲就有些冤枉日本鬼子了，他买金菲菲所居住小区的房子并不是要来报复金菲菲，他根本不知道金菲菲也住在那个小区。他是为了躲避向芳的纠缠才把原来的房子卖了到这里来买的房子，向芳已经把他折磨得精疲力竭，他哪还有精力去报复别人啊？对于金菲菲，日本鬼子是一直在躲避，他哪敢去无事找事？回到中国生活了这么多年，日本鬼子最大的感受就是怕中国的女人，而不怕中国的男人。中国男人有什么事都说理，有什么纠纷他可以直接拨打110来解决。他的公司是外资企业，解决了中国很多的人就业问题，也是当地的纳税大户，政府都把他当成了重点保护对象，一些地痞流氓也不敢去他的公司惹事。但和中国女人的事110解决不了，尤其是和向芳这样的羞辱事情。当然了，像周静这样漂亮、单纯又有没有主见的女人和乌云这种瓷娃娃他倒是喜欢。周静这样的女人他弄到手了，但没有把乌云弄到手，他觉得是人生的最大遗憾。可现在他已经顾不得这些了，不让向芳那样的母夜叉骚扰他，他觉得才是最重要的。如果再碰上向芳，他觉得自己会被她逼疯的。日本鬼子到处看了很多房子，最后才选中这个地方，因为这个地方环境好，别墅设计得也很经典。可他没有想到，刚搬进来住了不久却遇上了金菲菲。准确地说不是他遇上了金菲菲，而是遇上了跟金菲菲关系密切的一个人，这个人就是乌云。

乌云遇上日本鬼子也是很偶然的事情。从金菲菲家回到公司上班以后，她就一直打张红的手机，但张红的手机一直是关机，乌云又去问跟张红一个班的同事，才知道张红已经在公司请了两天的假没有来上班。乌云下班以后回到宿舍，又发现张红的铺位是空着的，上面所有的东西都已经搬走，乌云立即慌了神儿，她迅速打电话问徐浩，徐浩也说不知道张红的情况。

其实乌云根本没有想到，张红就在乌云旁边的一个宿舍里住着，只是她不让别的同事告诉乌云，这两天她没有到公司上班，而是一直在外面另外找工作，准备找到了工作就辞职。乌云和徐浩前几天在宿舍的那一幕让她无法接受，徐浩明明说的在家准备资料报名参加公务员考试，可怎么会偷着来宿舍和乌云约会？而乌云也曾经对她发过誓，自己只把徐浩当成哥哥，和他根本没有男女之间的私事。但她看到的完全是一对情侣拥抱在一起的场面。如果乌云是别人的话，张红肯定上前和她打起来，自己心爱的男人，张红绝对不允许别的女人占有。但乌云就不一样了，她对自己有恩，再说了，乌云也比自己长得漂亮，认识徐浩也是在前，所以张红决定放弃自己的感情来成全乌云和徐浩。可天天和乌云住在一起，徐浩肯定要来找乌云，张红实在受不了那个刺激。离开乌云，张红觉得是现在最好的解决办法。她不恨乌云，这一切也怨不得乌云，都是爱情惹的祸。两个人爱上了一个人，肯定有一个人必须退出。残忍的人，选择伤害别人；善良的人，选择伤害自己。跟乌云在一起，张红觉得自己已经变得比以前善良多了。当然了，对于自己厌恶的人，她还是不会妥协的。可张红根本没有想，就是她的这种自我推理的方式，让乌云再一次为她的事弄得日夜不得安宁。毫无办法的乌云只得去找金菲菲和夏楠帮她想办法找张红，没想到在小区里遇到了日本鬼子。

"乌小姐，你……你……怎么会在这里啊？"日本鬼子一见到自己心中的女神，激动得连话都说不出来了。

"我干妈的家在这里，我为什么不能在这里啊？"因为周涛殴打徐浩的事情，乌云对周静已经没有好感了，对日本鬼子她就更没有好脸色了。乌云还准备反问日本鬼子是不是到小区来找事的时候，日本鬼子已经转身离开了。乌云并没有想到，就是她的话让日本鬼子吓得差点尿了裤子。

—第 46 章—
双重打击

乌云本来是想告诉金菲菲，自己在小区碰到日本鬼子的奇怪事，但她想了想还是没有说出来，金菲菲疾恶如仇，这一点乌云早就知道。当然了，至于金菲菲和日本鬼子的内幕她肯定是不知道的。现在金菲菲的主要精力是生一个孩子，乌云怕把这件事告诉了金菲菲之后，金菲菲又要为徐浩的事打抱不平，然后去找周静和日本鬼子算账，到时肯定又是一场大战，她怕伤害金菲菲的身体和她肚子里的胎儿，至于金菲菲肚子里到底有没有胎儿，虽然她没有说出来，但乌云认为应该是有了。上次金菲菲回答得那么干脆，没有十成的把握她是不会那样说的。

其实在乌云来之前，金菲菲已经做好了重新买房子搬家的打算，她本来是想让丈夫和自己一起去看房子，可丈夫说公司的事情多，让她一个人去全权办理了就是。金菲菲心里虽然有些不高兴，但她还是决定自己去看房子。没想到乌云突然来到了家里，金菲菲立即高兴起来，一定要乌云陪着她去看房子。也不知道是心虚还是怕乌云多问，金菲菲立即又对乌云重复了对丈夫说过的话。听到金菲菲说让自己帮忙，乌云觉得是自己应该做的事情，她立即就答应了下来，完全忘记了自己到金菲菲家来的目的。就在乌云兴高采烈地陪着金菲菲在新开发的别墅区看房子时，却意外接到了徐浩的电话，说张红出事了正在医院抢救。

张红出去找工作一直不顺利，不是工资少就是工作环境太差，心灰意冷的她便又跑到网吧去上网。自从被周涛骗了之后，本来就很少在 QQ 上聊天的张红就更不愿意上 QQ 了，去了网吧就是打游戏。在公司打工累了

一天，去网吧打游戏她觉得是一种最好的放松方式。可现在不去上班，新的工作又没有找到，张红反而没有了玩游戏的心情，她得考虑自己的出路在哪里。于是便上了QQ，和平时在网上偶尔聊聊天的网友说说话，就在这时，一个自称是老乡的女网友加了张红的QQ号。因为是老乡，两人就多了一分亲切感，张红便知道了老乡是美容院老板。老乡对张红非常关心，心情郁闷的张红立即把自己现在的情况向老乡统统说了出来，老乡非常同情张红的遭遇，希望张红到自己的美容院上班。因为生意太好，她忙不过来正准备招人，招不熟悉的人自己不放心，招一个老乡心才有底。第一个月让张红学技术，给她2000块的工资，包吃住，第二月3000块，三个月以后涨到5000块，年终还有奖金，如果张红同意的话可以马上去。

面对热情又肯帮忙的老乡，张红立即就动了心。她现虽然是车间的组长，但每个月扣了社保之类的钱之后，拿到手里的工资也只有3000块钱，而且车间的活儿比较累，还脏。在美容院打工清闲，工资又高，每天还能把自己打扮得漂漂亮亮的，这是一件非常让人向往的事情。况且老乡说的城市就离江城100多公里，张红不假思索就立即决定去投奔老乡。然而，张红做梦也没有想到，从她离开江城时噩梦已经开始。她是坐晚上的火车去老乡所在的城市的，张红到达车站时，老乡热情地拿着牌子在火车站迎接她。两人在车站简单吃了一点东西，老乡就把张红带到一处简陋的出租屋休息。当时张红还没意识到有什么危险，因为太累了，倒在床上很快就进入了梦乡。第二天早晨醒来，张红才发现自己身上的手机、身份证和钱都没有了。漂亮的老乡并没有带她去美容院，而是带着她去各种地方听课，听课的地方都很隐蔽，上课的内容一开始是宣扬一家公司的美容产品如何好、如何挣钱，然后就开始鼓动她加入："你只要交4000元，就有资格加入，发展600个下线以后，你就可以高枕无忧了，不仅能拿到380万元，每月还有万元的利润分红。"老乡不停地向张红吹嘘。

"我没有钱，你们也别在我身上打主意，马上把我放出去！"张红以前也听别人说起过传销，现在听到这些人的吹嘘，她才知道自己已经进入了传销窝点。

"没有钱可以给你家里人和亲朋好友打电话啊！告诉你，到了这里每人都得交作业！"老乡和另外几个男女不停地开导张红，但话里的成分其实就是威胁!

张红非常绝望,她立即和几个传销分子大吵起来,传销分子怕张红破坏他们的好事,立即把她关进了一间出租屋,然后塞住了她的嘴巴捆住了她的双手,准备逼她就范。倔强的张红趁几个传销分子出去吃饭的机会,立即从房间的窗户上跳了下去,没想到衣服挂在了下面住户的防护栏上,被别人发现才报了警。

张红被人救起以后,她的身体已经多处挂伤。经过医生的全力抢救,张红终于慢慢苏醒了过来。那个时候,张红并不知道自己身上的伤到底有多重,她以为自己是活不了了,所以想在临死之前见一见徐浩。不管怎么说,她都想把自己内心的秘密告诉徐浩,自己爱徐浩,希望徐浩来看看她。能倒在徐浩的怀里死去,张红觉得那也是一种幸福和快乐。然而,张红却没有想到自己这个小小的愿望都不能实现,更没有想到来看她的人不是徐浩而是乌云。

徐浩在给乌云打电话时,他正在参加公务员的文化考试,上午刚刚考完出来休息,下午还要接着考。就在那个时候,徐浩接到了警察的电话,说是张红受伤正在医院抢救。当时徐浩还没有回过来神儿,过了一会儿他才又把电话打了过去,警察告诉他张红已经被抢救过来,现在已经没有什么生命危险了,具体发生了什么事情在电话里也说不清楚,希望徐浩立即赶到张红所住的医院来。其实警察这样做也是为了方便他们自己的工作,张红虽然没有什么生命危险了,可她一直躺在病床上紧闭着眼睛,拒绝回答警察提出的任何问题。警察没有办法,只希望了解张红认识的人,这样他们可以得到张红更多的信息,以便找出张红跳楼的原因。在任何一个辖区内,发生这样跳楼的恶性案件,对于警察来说都不是什么光荣的事情,破不了案更是他们的失职。

参加公务员考试对于像徐浩这样的农村大学生来说,是自己成就梦想的最好办法。家里人省吃俭用供他们上大学,就是希望他们将来走出农村,找到一个体面而稳定的工作。相对而言,公务员工资高,各方面福利待遇好,只要考上了,如果不犯错误的话应该是一辈子都不会失业的。说得通俗一点,考公务员就是考一个铁饭碗,干得好的话,当然还可以升官,至于发不发财那都不是说在桌面上的话,只要自己心里明白就行了。

徐浩也不是圣人，他的家庭比别人的更特殊，所以他更希望自己能考上公务员，那是对父亲和奶奶最好的报答。当时刚考上大学时，父亲和奶奶就对他说：要他成为给公家办事的人。因为奶奶和父亲不知道什么叫公务员，就知道给公家办事的人让人尊敬也很吃香。上午的文化考试，徐浩觉得非常的简单，所以他对自己能考上公务员很有信心，当然下午的考试他也不敢麻痹大意，更不愿意缺席。有时机会是很重要的，错过了就不会再来，所以他就打了电话，让乌云马上抽时间去医院看望张红。张红和乌云才是真正的好朋友，而自己也是通过乌云才认识的张红。让乌云去看张红，徐浩认为是理所当然的事情。至于警察为什么没有给乌云打电话，而是直接给自己打电话，他没有去认真考虑，因为他当时满脑子的都是下午又要面对的考试，那是决定他命运的关键时刻，他得付出全部精力去应付。

乌云要去看望张红，本来是不想让金菲菲去的，但金菲菲一直不放心，她决定开车陪着乌云一起去，乌云不好再拒绝了。但她没有想到这一去却把金菲菲给害了。因为张红希望的是徐浩出现在她的面前，而不是乌云和金菲菲。

乌云和金菲菲走进病房的时候，医生刚刚给张红换过药离开，看到张红身上的伤痕，乌云的情绪马上就激动起来，她拉住张红的手边哭边说："张红，你告诉我到底是怎么一回事？这些日子我一直找不到你，你怎么会来到这个城市？"

张红面无表情地瞟了乌云一眼，然后立即倒下床拉过被子盖住了自己的头。自己最心爱的男人没有来，而来的是自己最不想见的人，张红已经彻底绝望了。

"张红，你说话啊！这些日子我找不到你都快急疯了，你知不知道？有什么事情你不应该瞒着我啊！"乌云立即拉开了盖在张红头上的被子，然后把张红从床上拉了起来。蒙在鼓里的乌云根本不知道，此时的张红已经快到了精神崩溃的边缘，乌云最后那句'有什么事情你不应该瞒着我啊'，更是深深刺痛了她的心。

"我有什么事情瞒着你？你没有事情瞒着我吗？乌云，我真的是把你当成我最好的朋友啊，可你为什么要骗我？为什么啊？当时我还问了你，你说徐浩不是你的男朋友，他只是你的兄长。可你发现我爱上徐浩之后，你就后悔了，所以悄悄把我支走，然后就把徐浩叫来约会。乌云，你要爱徐浩，为什么又要骗我？我知道，你们都觉得我傻，现在我成这样你高兴了吧，你赶快走开，我不想看到你！"张红一边推乌云一边号啕大哭，她却没有想到自己的任性又一次惹下了大祸。

—第 47 章—

痛失"爱子"

　　看到乌云遭到张红的辱骂，金菲菲立即上前打抱不平："你怎么狗咬吕洞宾不识好人心啊？乌云什么时间爱上徐浩了？这件事我可以证明他们是清白的。"金菲菲说得没有错，乌云从来都没有想过她会和徐浩成为恋人，一直觉得徐浩跟她就是一种很自然的兄妹情；在徐浩面前，她就是一个需要人保护的小妹妹，根本没有男女之间的那种感觉。

　　"谁相信你的话啊？现在乌云是你的干女儿了，你当然什么事情都帮着她说话啊，我算什么东西？你们快走快走，我的死活与你们无关。"听到金菲菲帮助乌云辩解，张红更加生气，她生气地狠狠推了一下金菲菲。回想事情的前因后果，张红觉得自己落到今天这个地步都是因为乌云。要不是看到乌云和徐浩那样亲热，她是不会离开原来的工作单位的，不离开原来的工作单位也就不会被别人骗了，所以她把心里所有的愤怒和委屈都发泄了出来。

　　夏楠是在回家途中知道妻子出事的。那天他刚把原来那个老客户的大订单签下来，本来是想请老客户一起共进午餐，可老客户还有别的事情就婉言谢绝了。以前中午夏楠都不回家吃饭，一般都是在公司随便吃一点就又开始工作。但那天，他的心情非常高兴，所以决定开车回家和妻子一起共进午餐，然后再陪着妻子一起去看房子。先前一直因为买房子搬家的事和妻子发生一点小摩擦，现在他想起来觉得有些后悔。妻子也是为了以后的孩子好，孩子就是他们这个家庭的命根子，为自己的孩子又有什么不能付出的呢？这两天一直忙公司的事情没有好好照顾妻子，夏楠心里更感到内疚。妻子现在要给他生孩子，他得好好地对待妻子，不能让她有半点闪失。可他万万没有想到，妻子已经有闪失了，而且不是小的闪失。

张红狠狠推了一下金菲菲，金菲菲又穿了一双高跟鞋，被张红一推身体就失去了重心，金菲菲立即倒在了地上，然后发出了惨叫声。乌云立即吓住了，她马上就打电话告诉了夏楠。夏楠赶去的时候，乌云已经把金菲菲送去检查过了，医生说金菲菲没有什么大事，就是崴了脚，金菲菲也闹着想回家，夏楠就开车把妻子和乌云载回了家。至于张红，他们没有再去管她，只想让她自己冷静一些日子再说，现在她在气头上，谁的话她也听不进去。夏楠知道妻子只是崴了脚，就让她在家好好休息，别的事情他也没有多想。没想到第二天，夏楠正在公司上班，却接到了苏梅的电话，说是金菲菲出大事了，让夏楠赶快去医院。苏梅和金菲菲是发小，两人的关系一直很好，跟夏楠也比较熟悉。开始的时候，夏楠还以为苏梅在开玩笑，因为苏梅平时也爱开玩笑，自己早晨从家里走的时候，妻子还在家里睡觉，会出什么大事？所以夏楠就给苏梅回了一条短信：现在没时间和你开玩笑，我正忙着呢。

"夏楠，你到底把老婆放没放在眼里啊？再不来的话你老婆连命都没有了。"夏楠给苏梅发过短信之后，苏梅又拨通了夏楠的电话，然后在电话里大吼起来。

"苏梅，你别发火，快告诉我，菲菲出了什么事？"一听说妻子没有命了，夏楠的魂都吓掉了一半。

"菲菲流产了，由于失血过多，现在正在给她输血。"苏梅在电话里急切地说。

一听说妻子流产，夏楠当时就差点晕倒，至于妻子是什么时间怀的孕，又是什么原因流产等问题，夏楠根本没有去仔细打听，他立即开着车往医院飞奔。夏楠赶到医院时，金菲菲已经输完了血很虚弱地躺在病床上，从妻子的口中夏楠才知道了事情的真相。早晨她起床以后，突然感到肚子痛得厉害，去上了一次洗手间，却发现自己便出了一些红色凝固物。金菲菲立即吓住了，她马上打车来到了医院找苏梅给她检查，才发现她流产了。

"你什么时间怀的孕啊，我怎么不知道啊？"夏楠又气又恨地拉住金

菲菲的手问。

"我也不知道啊，到了医院苏梅才告诉我已经怀孕一个多月了。"金菲菲边说边哭。

"谁叫你们年轻时贪玩不想生孩子？几十岁的人了什么时间怀了孕都不知道，你说你们悲哀不悲哀？现在这个年龄怀孕本来就要小心再小心，可你……我都不好说你们了，现在是没有办法了，以后注意就是了。"苏梅不停地教训夏楠和金菲菲。

"苏梅，你说以后该怎么注意啊？菲菲好好的，怎么会流产啊？"夏楠一直不明白妻子流产是怎么一回事。

"这还用问吗？菲菲不是说昨天被人狠狠推倒在地上，还把脚给崴了，她的身体本来就不好，哪经得起那样折腾啊？以后千万要注意，不要没事去找事，害了自己谁为你负责啊？"苏梅又不停地解释。

听苏梅这么一说，夏楠才恍然大悟。昨天他去接妻子的时候，乌云就告诉了他事情的经过。当时他根本没有当一回事，现在才知道就是那件事，已经剥夺了他做父亲的权利。

"你别生气了，留得青山在，不怕没柴烧。好好地调养自己的身体，争取下一次早日怀上小宝宝。"苏梅见夏楠一直不说话，又不停地安慰他。

事情已经出了，夏楠觉得自己再生气也起不到任何作用。看到坐在床边一直伤心不已的妻子，夏楠正准备去安慰她时，却意外地接到了派出所打来的电话，说是他以前交到派出所去的，邱丹画的电瓶车肇事案有了新进展，希望他去辨认一下。夏楠立即把妻子交给苏梅帮助照顾，然后直接开车去了派出所，很快办完了事情，准备回家给妻子炖了补品往医院送时，却被一个美女抓住了。夏楠回头一看，当场就吓得差点瘫软下去。这个美女不是别人，她就是跟日本鬼子一起住进小区的周静。

警方是在调查另一起恶性案件时，从当时的监控录像中发现了骑电瓶车撞倒夏楠后逃逸的肇事者的，尽管邱丹画的肇事者的画像有些模糊，但办案有经验的警察还是从中看出一些问题。当警方把监控录像放给夏楠看的时候，夏楠一眼就认出了那个自己见过的人，但到底在哪里见过他记不清了。可以肯定的是至少不是在被撞倒时见的，因为肇事者是从后面冲过来撞他的，他是什么也没有看到就倒下了。监控录像是一家金店被偷的录像，而那个肇事者只是站在不远处打电话，到底是无意识地路过还是别的什么原因，现在无从考察，所以警方正在多方搜集线索。警察叫夏楠去的目的，就是希望他以后有这个人的情况及时向他们汇报，以便了解事情的真相。警方现在已经把两个案件联系在了一起，就觉得事情有些复杂了。夏楠当然愿意积极配合警方，他也想搞清楚那个肇事者骑车撞了自己以后就逃逸，是一起简单的交通肇事案，还是一起有预谋的恶意报复。找到了真正的原因，以后才可以更好地防范。

夏楠从派出所出来本来是想直接去医院看妻子的，可妻子却给他打了电话，说想吃仔鸡炖蘑菇。夏楠便直接开了车去菜市场买了蘑菇和仔鸡，他兴冲冲地把车停在了小区，然后拿着东西从车里走了出来。就在这时，周静一把拉住了他，满脸兴奋地说："夏先生，你怎么在这里啊？这些日子你去了哪里？我打你的手机怎么一直是关机啊？"

"你……你怎么……会在这里啊？"夏楠回头一看是周静，立即脸都吓白了。毕竟他在这个小区住了那么多年，小区里的很多人都认识他，现在周静拉着他，他非常怕被别人发现。

"我家住这里啊，刚搬来不久。对了，你有没有时间？我请你出去吃饭，反正也是一个人在家，我不想做饭。"一直对夏楠深深爱恋的周静，根本没有去注意夏楠的表情，能突然遇上夏楠她就觉得是一种幸福和快乐。父母不理解她，和日本鬼子又没有感情，跟弟弟又闹得不开心，周静心里非常郁闷，她有很多的心里话要想找一个人倾诉，现在遇到了夏楠，她就觉得是上天对她的一种恩赐。所以她也不会去顾忌别的什么东西，但她却没有想到夏楠躲她都来不及呢。

"改天吧，我还有别的事情要忙。"夏楠立即推开了周静，然后提着蘑菇和仔鸡立即逃出了小区。在外面逛了一圈之后，夏楠买了一副大墨镜戴上，走到小区门口很谨慎地到处观察了一下，确定周静没有在小区，他才像做贼一样溜进了小区。夏楠回家给妻子炖好了仔鸡，又像做贼一样提着保温桶离开了小区。夏楠立即决定去催妻子搬家，周静住在这个小区，他是一天也不想多待。但夏楠却万万没有想到，他顺了妻子的意买下妻子喜欢的别墅，还没有来得及搬进去住，妻子又反悔了。

—第 48 章—
一波未平一波再起

　　乌云本来不知道金菲菲出了事，是夏楠打电话给她，让她陪着自己去看新房子时，乌云意外知道金菲菲流产了。因为夏楠也想尽快搬家，妻子还在医院调养身体，他不想让妻子出来折腾，知道上次乌云已经陪妻子去看好过一套别墅，所以他就打了电话让乌云陪着自己去看看，如果可以的话他决定立即定下来。

　　知道金菲菲流产，乌云当时就放声痛哭，觉得是自己害了金菲菲，本来她是想去医院当面给金菲菲赔罪的，但夏楠制止了她，事情已经过去了，夏楠觉得妻子的精神特别好，他不愿意乌云再去妻子面前触动她的伤心事，让妻子尽快忘记过去的一切，把身体养好再怀上孩子才是最重要的事情。过去的事情已经过去了，再去追究也挽回不了已经失去的东西，何必弄得大家都伤感情。再说了，在这件事上，乌云并没有错，张红出了事故她去看望也是很正常的，而夏楠一直是反对妻子去的，但妻子强行要去，夏楠能拦得住她吗？去了发生那样的意外，是谁也没有预料到的。张红虽然伤到了自己的妻子，但她误会的是乌云，乌云这个单纯姑娘已经承受了太多的不幸和灾难，夏楠不想再给她增加压力，只想在她陪着自己去看房的时候，好好地开导她。

　　乌云陪着夏楠仔细看过当时金菲菲喜欢的那套房子之后，夏楠也喜欢上了那套房，他立即决定去签订购房合同，然后把房子买下来就搬家。购房交定金一般都是交现金，本来身上带的现金就不多，夏楠还在考虑要不要去银行取钱，乌云却非常为难地向夏楠提出借 5000 块钱的事情。5000

块钱对于夏楠来说不是什么大事，干女儿别说借，就是要钱他也会给的。但以前乌云从来没有向他借过钱时，就是平时给她钱，她也说自己有钱不要。现在却突然提出要借5000块钱，夏楠就以为乌云家里又出了什么事。"现在我身上没有这么多钱，告诉我拿这些钱去干什么？我明天取给你好吗？"夏楠耐心地问乌云。

"没事，我是说着玩的。你快去签合同吧，我还有事先走一步了。"乌云以为夏楠是在婉言地拒绝她，所以她也感到非常尴尬。本来她是不想跟夏楠借钱的，但她每个月的钱都寄回了家，现在身上根本没有钱。徐浩又是穷学生还没有参加工作，乌云万不得已才想到找夏楠借钱。

张红出了那样的事乌云非常痛心，尽管张红现在对自己误会很深，但她知道自己和徐浩是清白的，可就是上次在宿舍里，自己无顾忌地和徐浩抱在一起痛哭，才让张红受刺激落到了今天的地步，张红现在没有工作还要在医院治伤，乌云想凑点钱暗中帮帮张红。就在这时，乌云的手机响了起来，她打开手机一看是徐浩的电话，便立即接了起来："徐浩哥，现在张红的情况怎么样？你要好好安慰张红，我会尽快想办法凑到钱的。"乌云已经忘了夏楠还站在自己身边，她情绪激动地在电话里说出了事情的真相。

"乌云，我是张红，实在对不起，是我小心眼错怪了你和徐浩哥，徐浩哥来看我把什么都解释清楚了。现在我已经没有什么大事了，医生说再说两天我就可以出院，出院以后我还要在这里待几天，一定要配合公安机关把那些传销分子全部抓获我才放心，是他们毁了我的一切。对了，金阿姨现在的病怎么样？你代我向她赔不是。回去以后我好好地向你们所有人赔罪。你也不要给我凑什么钱了，医院的费用已经交了。乌云，我真的谢谢你，谢谢！"张红在电话里非常诚恳地说道，她这个人的性格直爽，生气快消气也快。

"张红，阿姨怀的宝宝流产了。"乌云对着电话边说边哭，这哭声包含了太多的情感。张红理解了她，她感到高兴；金菲菲怀的孩子意外流产，她感到深深内疚。所有的这一切悲喜事情她都无法用语言来表达，全部融入到了哭声之中。

站在旁边的夏楠终于明白过来了是怎么一回事，他立即抓住了乌云的

手，说："傻孩子，委屈你了，心里有事为什么要瞒着我啊？"

乌云立即扑进了夏楠的怀里，情绪激动地边哭边说："干爹，我不要钱了，我不要钱了，你赶快把购房订金交了，我们一起去医院看干妈，我想干妈了。"

看到乌云激动成那样，夏楠也深深被感染了，他立即带着乌云一起去匆匆交了购房订金，然后开着车直接去了医院。夏楠本来是想给妻子一个惊喜，但到了医院没有看到金菲菲的影子，也不见苏梅。夏楠立即慌了神儿，他拿出手机拼命地打金菲菲的手机却是关机，再打苏梅的也是关机。夏楠又迅速跑去住院部查妻子是不是出院了，但那里却根本没有妻子入院的记录。夏楠和乌云发了疯一样在医院的每个病房到处寻找，但仍然没有见到金菲菲和苏梅的影子，就在两人绝望时，金菲菲却和苏梅提着大包小包的东西，满面春风地走进了医院。

"干妈，你去了哪里？我和干爹找不到你都快急疯了。"一见到金菲菲，乌云就立即上前拉住她的手说道。

"现在身体已经恢复得差不多了，躺在病床上很无聊，正好苏医生今天休假，我就让她陪着我去买了很多东西，有你的，也有你干爹的。"金菲菲边说边从塑料口袋里往外拿衣服。

"干妈，刚才我和干爹找不到你，就去住院部查看记录，想知道你是不是出院了，可那些护士说根本没有你入院的记录，当时我和干爹就吓坏了。干妈，这是怎么一回事啊？"乌云非常天真地问金菲菲，这个问题不弄清楚她觉得心里一直不安。

金菲菲还没有回过神儿，苏梅立即把乌云拉到了一边说了起来："小姑娘，有些事情你不懂，当时你干妈没带身份证办不了住院手续，是用我的身份证帮她办的，这事你不要出去乱说，要不然我要受处分的。"听苏梅这么一说，乌云才觉得自己确实很幼稚，不懂的地方还有很多。至于苏梅说的话是真是假，她没有必要去深究，现在看到干妈精神很好，她就非常高兴了。其实乌云根本不知道，苏梅刚才的话不是说给她听的，而是有意要说夏楠听的。至于为什么要这样说，别说乌云当时不知道，就是夏楠也不知道。只要病人平安无事，谁会去计较那些鸡毛蒜皮的小事呢？

"你真的让我担心死了，快坐下来好好休息，别累着了。"夏楠立即接过了妻子手中的塑料口袋，十分心疼地用手抚摸着妻子的额头："什么时候都可以去买东西啊，干吗非要这个时候去瞎折腾啊？"

"老公，你们俩去看房子怎么样？是不是定下来了？"此时的金菲菲非常关心的就是搬家。夏楠正想告诉妻子好消息时，却意外地接到了售楼小姐的电话，说希望给他换一套房子，同样的房价算下来再给他优惠 4 万块钱。

夏楠接电话时，乌云站在一边听得清清楚楚，夏楠刚一挂电话，乌云就马上插话："干爹、干妈，这是好事啊，我觉得里面的房子都很漂亮，随便换一套就可以省下 4 万块钱，这样好划算！"对于乌云这种农村出身的打工妹来说，4 万块钱不是一笔小数目。而且在转手之间就能得到，简直就是天上掉馅饼的好事。

"你懂什么？买房子是人生的一件大事，自己喜欢的东西凭什么要换给别人？他有钱我们也不差那几万块钱。不换，坚决不换！"金菲菲立即就拒绝了，然而还不到一个星期，金菲菲就马上后悔了。她觉得如果当初知道了真相，别说多给自己 4 万块钱换房，就是不要那 4 万块钱她也愿意退房的。因为她一直在躲避的人又住进了那个新小区。

其实在金菲菲和夏楠各怀心思想着另外买房搬家的同时，日本鬼子也想着买房子搬家。日本鬼子看了很多个开发区的房子但都没有他如意的，到了最后，他才选到了这个开发区中满意的一套房子，没想到中午夏楠已经交了那套房子的订金。售楼小姐给日本鬼子介绍了另外很多套户型差不多的房子，可日本鬼子就跟着了魔一样，就喜欢上了夏楠交了订金的那套房子，还说愿意多给 6 万块钱就要那套房子，当然这些钱是私下给。售楼小姐见有利可图，马上就给日本鬼子打了包票负责帮他搞定。售楼小姐之所敢打包票，是觉得中午在签合同时，发现夏楠是一个很随和的男人，她觉得多给 4 万块钱当诱饵，他肯定愿意换，那样自己就可以从中得到 2 万块钱，两全其美的事。可没有想到被金菲菲立即拒绝了。虽然售楼小姐最后在日本鬼子面前又卖弄风骚又发嗲的感情投入下，让日本鬼子终归还是在小区买了另外一套房子，但白白让她损失了 2 万块钱，售楼小姐心里还是不舒服，但没有想到她报复的机会马上就来了。因为金菲菲要求退房。

金菲菲拿到钥匙的第一天，就马上打电话找装修公司，准备尽早装修

好了搬进去住。丈夫成天要忙公司的事情，房子装修的事情就由她全部负责。就在金菲菲带着装修公司的人去看房子时，却意外发现日本鬼子也在小区里出现了。金菲菲立即跑去门卫室打听，才得到一个惊人的秘密：日本鬼子也买了那个小区的房子，当初日本鬼子是看好了她订的房子，是她不同意换房子，日本鬼子才在小区买了另外一套房子。得知消息的金菲菲做出的第一个反应是退房，却没有想到又遭到丈夫的强烈反对。

—第 49 章—

准作家被抓

公安机关根据张红提供的线索，经过周密的侦察很快就捣毁了传销窝点，抓获了传销头目。张红在徐浩和乌云的劝说下，终于回到了江城。公司经理考虑到张红的特殊情况，并没有开除她，而是让她继续回公司上班。张红非常感激乌云和徐浩的帮忙，本来是约好跟徐浩和乌云一起买了东西亲自去金菲菲家，向金菲菲赔礼，但徐浩说自己要回学校办理毕业证去不了，希望她和乌云一起去就行了。张红也觉得徐浩说的是理，所以就没有勉强他。其实张红根本不知道徐浩是在有意疏远她，徐浩不愿意和张红走得太近。当时为了消除张红对乌云的误解，徐浩就对张红撒了一个弥天大谎，说自己和乌云是亲兄妹，乌云不知道，只有自己知道，自己也是把乌云当亲妹妹对待，从来没有和她谈恋爱的意思。张红很快就相信了徐浩的话，所以她才打电话向乌云认错。

看到张红现在各方面都好了起来，徐浩就想慢慢淡化她，等她找到新的归宿之后，自己再向乌云表白自己的感情，那样就不会让张红再受到伤害了。徐浩觉得张红不是他喜欢的那种类型的姑娘，做普通朋友还可以，当女朋友是万万不可能的事情。

张红还没有来得及给乌云打电话，乌云却先给她打了电话。

"什么事，乌云？"突然接到乌云的电话，张红是又惊又喜。

"你快来帮帮我，我都快要崩溃了。"乌云在电话里不停地向张红诉苦，"下了班你就过来吧，我在干妈家里。"

"到底出了什么事？你告诉我我啊，乌云！"张红心里非常害怕，乌

云一直是比较坚强的人，不到万不得已的情况是不可能提出让别人帮她的。

"电话里说不清楚，你下班来了再说。"乌云说完立即挂断了电话，因为在电话里她也确实给张红说不清楚，现在她已经被金菲菲和夏楠的事折磨得晕头转向。金菲菲突然改变主意要退掉新买的房子，而夏楠却坚决不同意，还要把新房子装修了搬进去住。所以夏楠就和金菲菲发生了不可调和的矛盾，情急之中的夫妻俩又都把乌云拿来当说服对方的工具。金菲菲要乌云在夏楠面前多说新房的缺陷，然后劝夏楠退房。而夏楠又让乌云在金菲菲面前多说新房的优点，然后劝金菲菲不要退房，希望马上装修了搬进去住。乌云觉得非常为难，金菲菲和夏楠都非常爱她，她不想得罪谁。可现在两人都逼她做出选择，但她实在做不了选择。她不想面对的事情，现在他们又逼着她必须做出选择，她实在无法选择，所以就打了电话向张红求教。乌云已经想过了，如果张红也帮不了她的话，她就悄悄离开金菲菲家，她实在不想得罪金菲菲和夏楠之中的任何一个人，最好的办法就是逃避。然而，乌云还没有等到张红来帮她，她却已经找到逃避的理由了，而且这个理由还相当充分。"乌云，你快回来啊，你哥哥出事了！"母亲突然给乌云打来了电话，而且在电话里边说边哭。

"妈，哥哥出了什么事？你快告诉我啊！"乌云一听到母亲的哭声，一种不祥的预感立即涌上心头，她最担心的是哥哥的伤腿病变。

"你哥哥被警察给抓走了……"一听说哥哥被警察抓了，乌云气得差点当场晕倒在地上，性格开朗、爱助人为乐的哥哥突然被抓，这是对乌云的致命打击。至于哥哥为什么被抓，乌云已经没有力气去问母亲，此时的她已经气得说不出一句话来。

乌云并不知道，外表坚强乐观的哥哥，其实内心也非常脆弱。因为身体残疾让他遭受到了很多正常人不能理解的痛苦，但他是个男人，有泪也不愿意轻弹，只能把一切埋藏在心里。为了实现自己的人生价值，乌日力格需要付出比健康人多出几倍的努力。自从金菲菲送他一台手提电脑，还给他交了一年的无线上网资费以后，乌日力格真是大开了眼界，了解了很多征稿信息，他已经能在电脑上熟练地写稿投稿，报刊杂志也采用了他的十几篇稿子。这个时候的乌日力格在写作水平上已经有了突飞猛进地提高，写小稿子已经完全满足不了他写作的欲望，看到网上有很多写手写稿子在网站发表，靠点击每个月都有好几千块的收入，乌日力格立即心动起来，他决定把脑子里已经有了构思的小说《留守》写出来。乌日力格当时还没有想到写这样的小说能挣多少钱，现在他有工作有工资，基本的生活还是过得去的，他就是有一种写作的冲动，要把自己想表达的东西表达出来。留守儿童、留守妇女、留守老人这些人都是乌日力格身边一个个的活素材。随着社会经济的快速发展，大批的农民进城务工，农村就出了大批的留守儿童、留守妇女、留守老人。这些"三留人员"在生产、生活、学习、安全、健康等方面存在诸多困难和问题，不仅影响他们的生存质量，也带来严重的家庭和社会问题。在政府工作报告中都提出，在推进城镇化进程的时候，要关爱留守儿童、留守妇女、留守老人。乌日力格觉得自己就生活在这些"三留人员"身边，有责任和义务写出反映这些"三留人员"真实生活的作品，让更多的人来关注和解决他们在现实生活中遇到的困难和问题。乌日力格开始写《留守》的时候，并没有想到要投给出版社出版，只是想写出来在网上发表，只想让更多的人了解这些"三留人员"的情况，最后能得到关注他们的目的就行了。对于出版小说，乌日力格根本不敢去想，在他的印象中，能出版书的人都是一些德高望重、非常有才华的大作家。而他只是一个写了一些小稿子在纸质媒体上发表了的农村残疾青年，没有文凭，没有水平，也没有经过专业老师的辅导，作家这个词语根本不可能用在自己身上。

经过两多个月的苦战，乌日力格非常顺利就把一部20余万字的长篇小说《留守》完成，他立即在网上注册了一个用户名开始连载，没想点击的人很多，网站迅速和乌日力格签订了电子书出版的合同，乌日力格第一次得到了网站支付给他的几百块钱稿费。他自己也第一次被人称作了作家，乌日力格还来不及高兴时，更大的好事接踵而来。新闻出版局知道了乌日力格的事迹以后，鼓励他马上把书出版，然后卖一些给农家书屋。一是对乌日力格这种身残志不残、自强不息的行为给予支持；二是能让乌日力格的书和事迹教育更多不求上进的年轻人，乌日力格就是一本活教材。农家书屋也需要《留守》这种反映真实生活的作品。乌日力格平时辅导的那些留守儿童，也纷纷拿出了自己的零花钱，说是要买乌日力格的《留守》，送给在外面打工的爸爸妈妈看。

　　写一本小说出现了这样的效果，是乌日力格事先根本没有想到的，既然大家都非常喜欢自己的书，从来没有想过出书的乌日力格想不出书都说不过去了。本来乌日力格先是想把这个好消息告诉妹妹和送他电脑还送给他一年无线网费的好心人金菲菲的，因为是她们的帮助才有了自己的今天，他想让她们为自己高兴，但想了很久，乌日力格还是没有告诉她们，毕竟现在书还没有出版出来，他想着等书出版了，然后把书送给她们每人一本，给她们一个意外惊喜。

　　乌日力格立即在网上找了几家征稿的出版社，然后用电子邮件把小说《留守》发了过去，并很快得到了出版社的答复。有的出版社只出版经管、财经、家教方面的书稿；有的只出版旅游、美食、手工、建材、装修方面的书稿，根本不出版文艺类书籍；有一个出版社要出版文艺类方面的书稿，但都要官场、青春言情、悬疑方面的书稿；有的出版社就直接表明了非名家的书不出；有的出版社就直接说让乌日力格自费出版，一本书印1000本下来，就得近4万块钱。乌日力格立即打消了出书的念头，4万块钱对于乌日力格现在的家庭是一个什么概念，他非常清楚。虽然吃穿不用愁了，但家里的房子实在太破旧了，妹妹在江城打工也是希望多挣点钱回来修房子。自己帮不了家里什么忙心里已经非常内疚了，怎么可能乱花钱去出书呢？然而乌日力格并没有想到别人比他还关注他出书的事情，镇上领导以及县上领导经常打电话问情况，还有那些等着要书的学生。乌日力格只得把实际情况向上级领导如实汇报，没想到立即得到了上级领导的支持。现在自费出书已经是很正常的事情，图书市场不景气，出版社也不能亏着本做。残疾作者写出一本书不容易，政府决定帮助乌日力格实现他的愿望。再说了，农家书屋也需要这一类的书籍，因为农家书屋就是着眼于满足人民群众文化需求，保障人民文化权益的。像乌日力格这样的农家书屋图书管理员能写书，本来就是起到一个标榜作用。考虑到乌日力格家庭的实际困难，政府决定先支付乌日力格一部分购书款，等乌日力格的书出版以后，按实际款项结算；还可以把乌日力格的书由当地有关部门出面，帮助他推销，出版费用不够的话，政府还可以给他垫付，到时卖了书款以后归还。

　　得知了好消息的乌日力格马上决定和出版社联系，虽然政府这样支持他，但他还是想货比三家，尽量找到一家费用更便宜的出版社。现在的钱来之不易，乌日力格知道节省。很快，乌日力格联系到一家文化公司，听说了他的实际情况以后，文化公司决定帮助他完成心愿，只让乌日力格出2万块钱就帮助他出书，保证40天内交货。从来没有出书经验的乌日力格马上就同意了，还把政府先预付的书款立即打到了对方的账户上，1000本不到一个月就交了货。可乌日力格还没有来得及给妹妹和金菲菲寄书去，给她们惊喜，警察给他抓走了，罪名是他出版非法书籍。

—第50章—
柳暗花明

夏楠和金菲菲因为房子的争斗还没有结束，却传来了乌日力格被抓的消息，乌云气得差点晕死过去，夏楠和金菲菲只得同时宣告暂时休战。一天两天搬不搬家出不了大事，解决乌日力格的问题才是最首要的。事后，金菲菲也打电话询问了乌家妈妈关于乌日力格被抓的原因。那位老实得有点可怜的农村妇女除了哭泣还是哭泣，她无法说出儿子被抓的原因。

夏楠立即做出了决定，马上由妻子陪着乌云一起坐飞机回内蒙古了解事情的真相，他因为公司有很多业务要谈一时也走不了。如果有什么新的情况，他会把公司的事情处理之后赶过去。

其实乌日力格并不是被警察抓走，只是被警察带去做一些笔录，可没有想到乌家妈妈一看到穿警服的人带走了儿子，就以为大祸临头了。因为警察是抓坏人的，他们走到谁家，别人都以为谁家出事了，要不然警察怎么会找上你家啊？再清白的人就是被警察带走，也会引来众人的各种猜测。乌日力格本来下肢行走就困难，是两个警察架着他的手臂把他弄上警车载走的，所以当时乌家妈妈也真的是被吓坏了，她立即就给乌云打了电话。

警察带走乌日力格是因为有人举报他，说他出版非法书刊还到处销售。十天前，有个从外地回家办事的民工，因为闲得无聊，所以跑到农家书屋去找书看，结果就发现了里面存放的长篇小说《留守》。这个民工虽然文化不高，但喜欢读书。看到乌日力格的《留守》写得非常不错，就亲自找乌日力格买了一本签了大名的书带回城里去看。后来一个朋友借去看，很快就告诉这位民工《留守》是一本非法出版物，因为在中华人民共和国新闻出版总署网上，查不到《留守》的图书在版编目（CIP）数据。这位民工立即觉得上当受骗，更怀疑小说《留守》不是乌日力格所作，而是盗窃别人的作品，然后和政府的人内外勾结出版非法出版物牟利。又气又恨的民工在别人的引导下就打了举报电话，因此警察只得首先找到当事人乌日力格了解情况。出了这样的大事，所有农家书屋的小说《留守》，当天全部被新闻出版局作为非法出版物给予没收。

乌云和金菲菲赶到老家县公安局的时候，县里、镇里的相关负责人也都聚集在了那里。农家书屋出现了非法出版物，相关负责人除了有不可推卸的责任之外，更多的也是想从乌日力格口中了解到真实情况，然后让负责出版此书的人承担责任。乌日力格立即拿出了当时与出版社签订的出版合同，合同上都是一个国家出版社的正规合同和公章还有电话号码。警方立即和出版社联系，被告知那是一份假冒合同，他们并没有和乌日力格签订出版图书合同。乌日力格再打联系人的电话，却被告知机主已经关机。乌日力格的精神陷入了崩溃的边缘，虽然考虑到他也是被人欺骗，公安局和当地政府并没有追究他的其他责任，但因为自己付出心血的小说成了非法出版物，不但要退还别人所有的购书款，还丢尽了脸，累了他人，看着自己的小说在熊熊的烈火中，迅速化成了一堆灰烬，再也经受不起打击的乌日力格泪流满面地晕倒在地上。熊熊烈火不但烧毁了乌日力格的力作，更是毁灭了他一颗热爱生活、积极向上的心。虽然金菲菲立即掏出钱为乌日力格退赔了别人所有的购书款，可此时的乌日力格却无法走出阴影。金菲菲更是后悔莫及，觉得是自己害了乌日力格，要是自己不给他交一年的无线上网费用，乌日力格根本不会想到去上网，不上网也就不会被别人欺骗了。金菲菲正想着让乌云先回江城上班，自己留下来开导乌日力格时，却突然接到了丈夫的电话："菲菲，你把那边的事办完了就赶快回来吧，我现在已经想通了，决定卖掉新房，还是住原来的旧房子。"夏楠在电话里情绪非常激动。

"是吗？那太好了，你赶快去找售楼小姐退房啊，我这边还有一点事暂时还回不了，一切就辛苦你了。"得知丈夫同意卖新房了，金菲菲激动得泪流满面。但一想到乌日力格的现状，她还是决定留下来。

"阿姨，我已经没事了，你帮我还的钱以后我会慢慢还你的。谢谢你和妹妹来看我、帮助我，你们回去吧。"看到金菲菲高兴的样子，乌日力格立即催她回江城，而且表情非常平静。

"只要你没事就好，现在你千万别跟我提钱。小乌，你别难过，失败是成功之母，我的眼光不会错，我相信要不了一年你就会成功的！"看到乌日力格的精神恢复了平静，金菲菲心里非常高兴，所以便不停地安慰乌日力格。

其实金菲菲是在信口开河，对于作家出书之类的事情她是一窍不通，对一个残疾人能有什么成功她更不抱希望。对于乌日力格突然的变化，金菲菲更没有去认真考虑过。她考虑的只是乌云不放心乌日力格而不愿意跟她一起走，但她肯定是要想办法把乌云一起带走的，可金菲菲却没有想到乌云比她还想早点离开老家。因为张红已经给乌云发了短信，再让自己编个谎话骗乌日力格，她已经到了山穷水尽的地步。

为了不让哥哥从此沉沦下去，乌云悄悄打电话告诉了张红哥哥出事的真相，希望张红编一个更凄惨的故事来和哥哥套近乎。乌云以前看过一本书，上面就讲了一个劝人的最好办法，那就是讲一个比当事人更凄惨的故事给当事人听，那样当事人就觉得比起别人来自己要幸运得多。张红就是根据乌云的授意，不但加了乌日力格为QQ好友，还从手机上给乌日力格不断发短信，说自己也是一个作者，为了出书被别人骗去了近10万元，害得家里把房子都卖了帮她还债。现在自己又在发奋写作，已经有正规的出版社上门找她出书，还要给她稿费。没想到乌日力格就听进去了，一直要和张红交谈写作上的问题，张红什么都不懂，根本不敢再往下谈，所以只得让乌云回江城寻找对付的办法。

金菲菲和乌云回到江城以后，乌云忙着去找张红，金菲菲就忙着见丈夫。开始的时候，金菲菲怕丈夫反悔，所以一直要乌云跟着她一起去找丈夫。如果反悔的话，她还可以让乌云当说客。乌云立即向金菲菲说出了自己现在必须要做的事情，金菲菲觉得乌云说的事也非常重要，所以她只得放弃自己的打算。看到金菲菲失落的表情，乌云立即给夏楠打了电话。夏楠知道乌云和金菲菲回到了江城，心里非常高兴，他决定先给金菲菲和乌云接风，然后陪着妻子去办理退房手续。得知了消息的金菲菲这才知道，自己所担心的事情都是多余的，丈夫又一次向她妥协，她觉得非常愧疚。可她却并不知道丈夫同意退房并不是向她妥协，而是在逃避一个女人。

原来，金菲菲和乌云离开之后，夏楠左思右想也想不通妻子要退房的原因。虽然妻子说了那么多新房子的缺点，但夏楠一直不太相信。为了证实妻子说的话的可信度，下了班以后，夏楠又开车去仔细察看新房，但一直没有发现缺陷。就在夏楠准备开车回家时，突然遇到了周静挽着日本鬼子的手在小区散步。夏楠立即跑到门卫那里打听，才知道周静和日本鬼子也在这里买了房子。夏楠突然预感到了事情的严重性，觉得是日本鬼子发现了自己曾经和周静的"私情"，所以又来这里买了房子住，然后再抓奸。如果这一切让妻子知道了，夏楠觉得自己就是跳进黄河也洗不清。惊慌失措的夏楠立即回到了自己居住的老房子，然后马上去门卫那里打听，意外地得知周静和日本鬼子已经把房子卖给别人搬走了。夏楠这才长长地松了一口气，他立即决定退掉新房子。这样既满足了妻子的要求，也达到了自己的目的。但他却没有想到，本来很被人看好的房子却退不掉了。

"我们的房子没有质量问题，所以不能退房。如果坚持要退房的话，首先要交纳几十万的各种费用。"售楼小姐对夏楠和金菲菲没有好脸色地说道。

"扣你娘的头！当时你找我们换房子的时候，还要多给我们4万，现在我们要退房你就狮子开口。告诉你，老娘不蒸馒头也要争口气，大不了不退这房子也不会看你的脸色，老娘不差钱，房子留在这里升值也是存钱，你懂不懂？"金菲菲觉得售楼小姐是在有意报复，又气又恨的她立即把售楼小姐大骂了一顿，然后拉起丈夫就走。

开始和妻子一起来退房子的时候，夏楠没有想到有这些麻烦，开发商要扣一些手续费他是知道的，可他却没有想到要扣那么多，买了房子还不到两个月时间就要损失几十万，谁也接受不了。但要把几百万放在这里炒房，夏楠觉得更不太现实，现在"国五条"实行以后，他也觉得房子没有多大炒头。做生意的都喜欢资金流转得快，房子买了不住每个月还要交物业费，实在不划算。夏楠决定等妻子消了气之后，趁现在产权还没有办下来，再找售楼处的人帮帮忙，自己先找到买主，然后就把购房合同重新签

一个，那样就可以省去很多费用。可夏楠没有想到，找来几个买主看房子，开始都谈得很满意，但临到签合同时人家又反悔了。夏楠这才知道妻子的冲动已经惹怒了售楼小姐，她们随便在中间插几句话，当初的抢手货马上就成了处理货。正在夏楠夫妇为这套烫手的新房发愁时，乌云的一个电话，让夏楠夫妇立即改变了卖房子的决定。

—第51章—
祸从天降

乌云所在的公司在郊区，因现在业务扩大，老板决定在市内设一个办事处，把销售部和设计部都搬到市里来，客户来谈生意方便。老板准备在市里找一个大房子租下来，既能办公还能住人。公司员工住集体宿舍中，老板为了留住人才，决定给高管和技术人才免费提供单人房，没有结婚的两人一间，双职工就是单间。结了婚对方不在一起的也是两人一间，对方配偶到来时员工内部调剂。老板已经在管理人员会议上宣布，希望大家看到有合适的房源信息提供给老板，老板最后决定选什么样的房子。

乌云既陪金菲菲去看过新房子，也陪夏楠去看过新房子，对那里的环境，每套别墅的设计都非常喜欢。老板在会上宣传以后，乌云也想为公司出一份力，所以就打电话给夏楠，希望他帮助打听一下，那里面有没有别墅要出租。因为老板已经说了，只要各方面条件好，租金不成问题。这个消息对于金菲菲和夏楠来说等于是吃了兴奋剂。虽然他们不缺钱，但花了钱买的房子处理不掉，自己又不可能去住，闲置在那里心里又堵得慌，一听到这个好消息，夏楠夫妇立即决定把自己的新房租给乌云所在的公司。乌云所在公司的老板看了房子以后，也觉得非常满意，很快就签订了合同。

房子租出去解决了夏楠夫妇所有的烦恼，兴奋之余的夏楠决定把乌云和张红还有徐浩一起叫到家里来聚一聚，无论如何这是一件值得庆幸的事情。最重要的是妻子已经向他明确表态，现在她不管公司的事情，就在家里好好调养身体，争取今年再怀上宝宝。夏楠希望别人都来分享他的

快乐，但夏楠还没来得及给徐浩打电话，徐浩却先给他打来了电话："夏叔叔，我考上了公务员，你现在有没有空儿啊，我想请你和陈姨吃顿便饭？"徐浩在电话里抑制不住内心的喜悦。

"有空儿，有空儿。这顿饭我们一定要去吃。"得知徐浩考上了公务员，夏楠高兴得喊了起来。一个农家孩子能成为公务员，这不但是他自己的光荣，作为徐浩老乡的夏楠更是感到无比自豪。

夏楠和妻子高兴地前往约定好的饭店为徐浩庆贺，乌云和张红还没有到，徐浩却提出了一个让人摸不着头脑的问题："夏叔叔，你身边有没有合适的男生啊？如果有的话就介绍给张红吧。"徐浩立即拉住了夏楠的手，情绪激动地对他说。

"你什么意思？"夏楠和金菲菲还没有明白过来是怎么一回事呢，张红和乌云说说笑笑着走进了饭店。徐浩有些慌张地给夏楠使眼色，张红有些神秘地拉起夏楠就往外走。"你干什么啊？张红。"夏楠对张红的行为感到非常的不理解。

"夏叔叔，我告诉你一个秘密，徐浩哥和乌云是亲兄妹，这事一定不能让乌云知道。"张红满脸兴奋地边说边比画。

夏楠为乌云的前途、个人生活、婚姻设计了很多的美好蓝图，可他就是没有想过徐浩和乌云会是亲兄妹。突如其来的消息打乱了夏楠心中的美好梦想，对于乌云和徐浩这对金童玉女，夏楠一直对他们呵护有加。徐浩长相俊俏，为人真诚善良，又是重点大学毕业的高才生。而乌云美丽善良，不但是徐浩的老乡，还和徐浩知根知底，每当什么事情一想到乌云，他的脑子里就会闪现出徐浩的影子。夏楠在心里已经做过很多次的设想，那就是等徐浩大学毕业找到了工作，他就决定向徐浩和乌云提出这件事，从以往的接触中，他已经敏锐地感到徐浩非常喜欢乌云，所以他决定成全一段好姻缘。既然乌云是自己的干女儿，乌云的婚姻大事自己就应该为她操心，乌云以后的日子过得幸福快乐，他心里才踏实。夏楠心里非常难受，他决定悄悄找徐浩问明真相。

夏楠走进了饭店包间，服务员已经把菜上齐了。几个人坐在饭桌前评论着每一道菜的价格、味道，金菲菲还先品尝了一口，表情很是开心的样子。徐浩满面春风地为几个人倒满了红酒，然后端起酒杯一一和大家碰杯。夏楠的话都到了嘴边，但一看到徐浩高兴的样子，他立即打消了此时询问徐浩的想法。对于一个出生在乡下的贫困学子来说，在没有背景，没有时间静下心来安心复习功课的情况下，终于挤上了万人拼争的独木桥，那种喜悦心情很多人无法体会，但夏楠却非常理解。因为他和徐浩的出身背景都是一样的，所以夏楠不想扫徐浩的兴，想等以后有时间了再向徐浩了解事情的真相。既然徐浩都嘱咐张红不要告诉乌云真相，夏楠也决定保守秘密。

"徐浩哥，现在你的愿望终于实现了，可以把你奶奶和爸爸都接到江城来啊，今年过春节你就不用跟我们一起去参加'春节运动会'了。"乌云非常激动，她端着酒杯跟徐浩碰了一下，然后泪流满面地对徐浩说。

"有这个打算。但现在不行，一切还没有安排好，今年春节还是要去参加'春节运动会'，不过我会提前做准备的。以后你和张红火车票的事都包在我身上，以前我上网不方便，现在工作了，天天都能在办公室上网，抢购几张火车票简直是举手之劳的事情。"平时文静的徐浩，在喝了几杯酒之后，突然话就多了起来。

金菲菲立即拍了一下乌云的肩膀，说："你也不要难过，要不然把你父母和哥哥也一起接到江城来。你爸爸身体有病，你妈妈身体也不太好，在家干活儿也挣不了多少钱。来这里以后，我给你哥哥在公司安排个工作干，然后公司还有空房子，就让他们住公司，生活费我给他们出，也免得你每年都去参加'春节运动会'，那种场面真的挤死人了。"

"对。你干妈说得对，这里气候好，阳光充足，一年四季都有新鲜水果吃。不像我们老家一到冬天只看能到雪。你看江城多好啊，天天都可以在外面呼吸新鲜空气，这里对你爸爸的病情恢复也是有好处的。我在江城待惯了，现在就一点都不想老家了。"夏楠也在不停地做乌云的工作。

"天冷可家温暖啊。我爸爸妈妈在老家生活了一辈子，他们的根在草原。那里有他们熟悉的邻居亲戚，干活儿虽然辛苦但他们觉得自由快乐啊。突然要他们离开故土，来到这个陌生的地方生活，他们肯定是不愿意的。我哥现在成了农家书屋的图书管理员，他最喜欢那份工作了，那里还有那么多留守儿童需要他，他肯定不会来的。我不觉得每年参加'春节运动会'是一种折磨，而觉得那是一种幸福和期盼。"喝了几口红酒的乌云

也非常高兴，她根本没有去顾及夏楠夫妇是不是高兴？只是滔滔不绝地说个不停。

"对，我也赞同乌云的意见。每年春节回家是苦中有乐，家乡再穷但它毕竟养育了我们，那里永远都是值得我们牵挂的地方。"徐浩也附和着说。

看到乌云和徐浩一唱一和，夏楠便觉得自己此时说什么话都是多余的。有句话说得好："儿不嫌母丑，狗不嫌家穷。"故乡因为地理条件的限制虽然比不上南方开放城市发达，但毕竟是自己生长的地方，做儿女的没有理由嫌弃它，应该为它尽力才是最重要的，自己出来这么多年，就没有想到过为家乡做出一点贡献。深感内疚的夏楠正想着和妻子商量，以后找机会回老家做一点公益事业，尽尽自己的心意时，金菲菲的手机突然响了起来。金菲菲抱歉地向大家说了一声对不起，然后就走出了饭店包间去接电话。

夏楠和张红、乌云、徐浩正开心地边吃边聊天时，金菲菲却突然捂着肚子痛苦地推门走进了包间。

"干妈，你怎么啦？"一见金菲菲痛苦的表情，乌云迅速上前扶住了她。

"可能是老毛病又犯了，没事，你们吃吧，我在这里坐一会儿就好了。"金菲菲勉强地笑了笑。

"什么老毛病？"夏楠立即抱住了金菲菲问。妻子的身体差他是知道的，现在妻子又想着给他怀孩子，所以妻子有一点伤风头疼都会让他提心吊胆。

"也不是什么大的毛病，你们快吃饭吧，吃完了你开车送我去找苏梅，让她给我查一下妇科。"金菲菲看了看乌云、张红和徐浩，然后面有难色地对夏楠说。

知妻莫如夫。从妻子的眼神中夏楠已经知道了妻子后面没有继续说下去的话，因为在场的其他三个人都是未婚男女，妇科上的问题妻子在这个场面上肯定说不出口。现在别说已婚女人有这样那样的妇科病，就是未婚姑娘也会出现很多妇科病，这一点夏楠知道，媒体上也经常报道这方面的事情。妻子既然痛成这样，夏楠哪还有什么心思吃饭啊？他立即匆匆和几个人告辞，然后开着车直接载着妻子就往医院跑。本来夏楠是不愿意让乌云去，可乌云一看到金菲菲痛成那样，她哪放心得下？所以立即就跟着一起去了。去了医院之后，夏楠才觉得把乌云带去真的是没有白带。他刚把妻子扶到妇科医生办公室门口就被挡在了外面：男人止步。夏楠只得把妻子交给了乌云，让她陪着妻子进去做检查。可夏楠没有想到，这一检查差点气死：妻子的输卵管必须切除，因为里面长了肿瘤，已经危及到妻子的生命了。

—第52章—
四面楚歌

　　一听说自己必须做输卵管切除手术，金菲菲的精神立即就崩溃了："我不要做切除输卵管手术，不要切除输卵管，我要当妈妈，要给老公生孩子。"金菲菲边哭边乞求苏梅。

　　"原来只是一个很小的包块，本来可以吃药化掉的，可你却不坚持服药，饮食上又不注意，不该吃的东西你什么都不忌嘴，现在肿瘤已经危及到了你的生命了，再不做手术你生命都没有了，你还生什么孩子啊？"苏梅非常生气地责骂菲菲说。

　　夏楠这个时候才知道妻子病情的严重性，此时的他觉得像天塌下来一般，自己就是想做一个爸爸，这对于别人来说是件非常容易的事情，但对于他来说现在比登天还要难，命运再一次和他开了一个残酷的玩笑。

　　"老公，你放心，我不会做输卵管切除手术，我要给你生一个孩子，就是死了我也心甘情愿，这一生我欠你的太多了……"金菲菲一见丈夫痛苦的表情，她立即抱住了丈夫，然后不停地安慰他。

　　"老夏，你快拿主意啊，到底是要你妻子的命还是要她给你生孩子啊？不过我可告诉你，菲菲现在的身体很差，如果不做手术的话也等不到生孩子那一天，她马上就会去阎王爷那里报到的。"苏梅又不停地催夏楠做出决定，因为夏楠不签字，医生无法给病人做手术。

　　"做。马上给菲菲做手术！"看着在死亡线上挣扎的妻子，夏楠立即做出了决定。妻子到了这个地步还在处处为他着想，别说他还是一个有情有义的男人，就是一个铁石心肠的男人也会被感动。再说了，真的妻子有个什么三长两短，不但岳父母饶不了他，他自己也会无法原谅自己，为了自己的私心，让一个鲜活的生命做牺牲品。况且苏梅已经说得很清楚了，不做输卵管切除手术，妻子也给他生不了孩子，还会被病魔夺去生命。所以夏楠坚绝不会去干那种损人又不利己的事情。可夏楠却没有想到，在他刚给妻子签完做输卵管切除手术的同意书之后，一个惊人的消息立即让他激动得哭了起来。

"老夏，都怪我当时太激动了，不该那样对你发火。你和菲菲希望做父母的心情我可以理解，并不是说女人做了输卵管切除手术就不能生孩子了。"夏楠刚为妻子签完同意书，苏梅立即把他和妻子叫到办公室，然后悄悄对他和妻子说。

"你什么意思？"夏楠立即抓住苏梅的手着急地问，"你快告诉我什么意思？"

"可以做试管婴儿啊。试管婴儿又称体外受精——胚胎移植，就是采用人工方法将卵子与精子从人体内取出并在体外受精，发育成胚胎后，再移植回母体子宫内，以达到受孕目的的一种技术。菲菲的输卵管虽然切除了，但可以在 B 超引导下应用特殊的取卵针，从菲菲的阴道穿刺成熟的卵泡吸出卵子，然后将你的精子从人体内取出并在体外受精，发育成胚胎后，再移植回菲菲的子宫内。取卵通常是在静脉麻醉下进行的，妇女并不会感到穿刺过程导致的痛苦。现在做这种试管婴儿成功的也不少啊，对了，这事只有你们夫妇还有我知道，一定不要说出来。你如果同意的话，等菲菲的身体恢复了，我马上会帮助你们操作。一切你们不要担心，我会找我的老师帮忙的，他是这方面的专家。到时成功了你们只要好好谢谢我老师就行了。"苏梅非常诚恳地说道。

"苏梅，你是我们家的大恩人，这事就交给你了，只要你把这事帮我们办成了，将来你让我上刀山下火海我都愿意。"夏楠立即抱住苏梅不停地亲吻，要不是金菲菲拉了他一下，他都还不知道自己的失态。被巨大喜悦感染了的夏楠已经忘了一切，他根本不会去顾及自己信口开河的狂言，会给自己带来什么危害。

徐浩正在为无法摆脱张红的纠缠苦恼时，却意外接到了夏楠的电话。本来金菲菲突然发病，看到乌云都跟着去了，徐浩也想跟着去的。毕竟夏

楠和金菲菲都对他有恩，他想跟着去医院看看金菲菲到底得了什么病，没想到却被张红给拉住了："金阿姨可能是妇科上的小毛病，你一个男人去干什么？乌云要去夏叔叔还不希望她去呢，再说了，乌云是女生去了有借口，你去算什么啊？"张红不停地给徐浩讲道理，徐浩也觉得在理，他想过一些时候再打电话向乌云打听情况。但没有想到，乌云和金菲菲夏楠离开之后，张红却借着酒性直接向他表白了自己的感情："徐浩哥，我爱你，希望一生和你白头到老！"

"张红，我们家太穷，现在我又刚参加工作，所以不想过早地考虑个人问题，只想有条件了把爸爸和奶奶接到江城来过几天好日子。你是一个好姑娘，凭你现在的条件随便可以在江城找一个高富帅。"徐浩委婉地拒绝了张红的表白。

"穷有什么可怕的？我也是穷山沟里出来的啊。徐浩哥，你已经承受了太大的压力，让我为你分担吧。对了，今年春节我陪你一起去把你奶奶和爸爸接过来，到时我每天下班以后就去给他们洗衣煮饭。每个月的工资我寄一部分给家里，剩下的全部交给你！你相信我，我会做你的好妻子，跟你一起孝敬老人。他们是你的亲人，也是我的亲人啊！"张红并没有完全理解徐浩的意思，所以她还在不停地向徐浩表白。

面对张红的"执迷不悟"，徐浩心里十分苦恼但又不敢对张红发火，就在这时，乌云给徐浩打来了电话。徐浩立即拿起电话就问："乌云，金阿姨的病情怎么样？她在哪个医院啊？我马上过来看她。"徐浩觉得这是唯一一个可以让自己摆脱尴尬局面的好办法，至于去不去看金菲菲他还得再考虑，这话其实是说给张红听的，希望她不要再纠缠自己，自己现在有很多重要事情要做。

"徐浩哥，我干妈出大事情了。"乌云在电话里说。说实话，在这之前，乌云根本不知道输卵管切除是什么意思。像她这种从农村出来的单纯姑娘，又没有生过这样的妇科病，不知道什么叫输卵管切除手术也是一件很正常的事情。乌云虽然单纯，也没有读多少书，但她并不傻，金菲菲在苏梅面前的哭诉就把什么都告诉了她。乌云这才知道干妈的病情已经危及到了生命。至于苏梅后来让她回避一下，乌云已经想到后面的结果了，肯定就是商量给干妈做手术的事情。乌云现在不知道金菲菲的手术到底做没有做，她非常担心可又不敢去问，所以只好打电话向徐浩诉说内心的恐惧。

一听到乌云的哭声，徐浩就有一种心疼的感觉，但张红在面前他又不敢表达自己内心的感情。金菲菲到底出了什么样的大事？乌云为什么会急成那样？徐浩虽然心里急得要命，可他却找不到合适的话语来安慰乌云。就在徐浩左右为难时，张红立即抢过徐浩手中的电话大声地吼了起来："乌云，你别哭啊，快告诉我们你在哪里？你是徐浩哥的亲妹妹，以后也是我的亲妹妹了，天塌下来我们都会替你顶着的。有我们在，你什么都不要怕。"看到徐浩痛苦的表情，张红心里非常难过，她想帮助心爱的人分担忧愁，完全忘记了当时徐浩劝告过她的话语。

"你说什么？徐浩哥是我的亲哥哥？你赶快让徐浩哥跟我说话啊！"乌云虽然处在极度的忧伤之中，但张红的话立即把她吓了一跳。乌云想得到徐浩的证实，她不相信这是真的，虽然和徐浩在一起她觉得非常的亲切，也一直把徐浩当成自己的哥哥，可突然得知徐浩是自己的亲哥哥，她觉得非常意外，也觉得是根本不可能的事情。

张红立即把电话还给了徐浩，然后着急地说："徐浩哥，对不起，我不该告诉乌云真相，既然事情已经到了这个地步，你就对乌云直接说了吧。"

突然出现这样的场面是徐浩从来没有想过的，当时为挽救张红他就撒了一个谎，现在张红却把他逼到这个地步，他才觉得自己现在已经进退两难了。

"徐浩哥，我一直把你当成我的亲哥哥一样敬重，现在你就告诉我一句实话，张红说的是不是真的？我想知道真相，你别骗我了好不好？"徐浩还没有想好如何应付张红和乌云时，乌云又在电话里追问起来。

"乌云，你别生气，有些事情我在电话里给你说不清楚，你快告诉我，你们现在在哪里？我们见面详谈好不好？"当着张红的面，徐浩只能在电话里这样对乌云说。因为他没有办法，只想尽快找到乌云，然后悄悄把真相告诉她。但徐浩却没有想到，他这样的态度等于是给了乌云肯定的答案。内心非常脆弱的乌云突然想起了第一次去徐浩家，徐家父亲对自己的所作所为，乌云立即就在心里冒出了"私生女"这个词语，现在的父母都不是自己的亲生父母。乌云还没有从痛苦中解脱出来，夏楠的一句话再次把乌云推向了绝望的边缘。

—第53章—
身世之谜惹祸端

　　乌云又一次遇上日本鬼子非常偶然。那一天，乌云坐在医院走廊的椅子上暗自伤心，尽管徐浩给她打了无数次电话问她在哪里，她还是没有告诉徐浩。因为她无法接受那个现实，所以便关掉了手机。就在这时，夏楠却满面春风地从医生办公室走了出来，然后走过去拉乌云，说："谁惹你了？怎么一点儿都不高兴啊？"

　　"干爹，干妈的病怎么样了？"一见到夏楠，乌云的眼前就浮现出金菲菲痛苦绝望的表情，她现在最关心的也是金菲菲的病情。

　　"没什么大事，医生马上给她做手术。你干妈想吃你做的蘑菇炖仔鸡，我开车拉你去买，你回家做好我给她送来，等她做完手术出来以后就好好补一补身体。"夏楠拉起乌云就往外走，他根本没有注意到乌云此时脸上的表情。

　　"干爹，干妈做了手术还能不能当妈妈？"乌云突然想起了金菲菲说的不做输卵管切除手术，一定要生孩子的事。

　　"怎么不能？现在科技水平多发达啊。你别操这个心了，我们赶快走吧！"夏楠拍了拍乌云的肩膀又高兴地说，"通过你干妈这次生病，让我懂得了很多医学常识，更懂得了要爱护自己的身体。下个月我就准备让公司的员工都到医院体验，有病就早治，不要把小病都拖成大病。特别是女同胞们，爱患各种各样的妇科病，等有时间了，也让你干妈陪你来做一次检查。"

　　"我好好的有什么病啊？"乌云非常不明白夏楠的话。

"现在不谈这些了，以后等你干妈有空儿了再说。你一个小姑娘不懂的事情多得很，总之我们就是希望你一生能平平安安、无病无灾、快快乐乐地生活。"夏楠说的确实是实话，虽然乌云跟他没有任何血缘关系，但他就是觉得乌云是一个时时需要人保护、怜爱的孩子。

"干爹，我告诉你一个秘密，徐浩哥是我的亲哥哥！我真的想不到，想不到，事情怎么会这样啊？"看到夏楠这样关心、爱护自己，乌云终于鼓起勇气说出了心里一直纠结的问题。

"你都知道了啊？我还正准备找时间跟你说这事呢。"

"干爹，你既然知道了我和徐浩哥是亲兄妹，那你告诉我事情的真相啊！为什么我和徐浩哥会是亲兄妹？"乌云心里非常难受，她想立即知道真相。

"我也不知道内情。你的老乡张红应该清楚。"夏楠实实在在地对乌云说，但他却没有想到就是他的这句实话，让乌云的心立即掉进了冰窟窿。所有人都知道了她和徐浩是亲兄妹，只有她一个人还蒙在鼓里。乌云觉得别人都在欺骗她，自己已经成了一个可怜虫，她只得把一切痛苦都深深地埋在了心里。

日本鬼子是在华灯初上的街上遇上乌云的，确切地说是他从一个酒店出来发现了乌云，乌云满脸泪痕地在街上徘徊。给金菲菲炖好了吃的东西，夏楠根本没有顾及乌云的表情，他立即端着东西就往医院走。乌云便回到公司准备晚上加班，没想到公司停电无法工作，乌云便不知不觉地走上了大街。和自己生活了多年的父母、哥哥，不是自己的亲人！自己是一个私生女，乌云不知道以后自己怎样去面对这一切，想逃避这一切但却逃避不了，泪水流在脸上，却痛在心里。

日本鬼子心里一直没有忘记他心中的"福原爱"——乌云，意外发现孤独的乌云在街上徘徊，日本鬼子立即上前拉住了乌云，满脸惊讶地问："乌小姐，你遇到了什么难事？要不要我帮你？"虽然日本鬼子在家里的言行有时跟泼妇一样，但在大街上见到乌云，他还是表现出一副谦谦君子的样子。

乌云抬头看了一眼日本鬼子，然后苦笑了一下说："没有人帮得了我，没有人帮得了我，你走吧！"要是在平时，乌云看到日本鬼子一定会很反

感，可现在她已经没有心思去计较这些，只希望别人不要打扰她，她想一个人在街上走走。

"乌小姐，我能帮得到你，你有什么事尽管告诉我，别伤心了好吗？天色已经晚了，我真的不放心你一个人在街上走。"开始的时候，日本鬼子以为乌云对他有成见，但看到乌云没有对他发火，他就对乌云更加热情起来。乌云是他心中最喜欢的那种女人，独自在街上边哭边走，他怕乌云遭到不怀好意男人的伤害。日本鬼子却忘了自己也是一个不怀好意的男人，自己喜欢的女人跟自己怎么亲热都不为奇，让别的男人靠近，他就觉得浑身都不自在。现在是一个天赐的好机会，日本鬼子想把乌云约到一个地方先吃饭，然后再谈别的事情。情场老手的日本鬼子对付女人非常有经验，他觉得要获取女人的芳心，就是在女人情绪最低落的时候给她温暖。从乌云的表情判断，日本鬼子觉得现在是给乌云温暖的最好时机。可日本鬼子的计划还没有来得及实施，却被一个女人有力的大手给抓住了，这个女人就是向芳。向芳找日本鬼子已经找了多日，自从上次的事情发生以后，日本鬼子就把向芳的哥、嫂和她都给辞退了。向芳哪里咽得下这口气？自己的目的没有达到，日本鬼子却对她完全绝情。向芳立即跑去日本鬼子的家准备再找他算账，才意外得知日本鬼子已经搬走。于是，找日本鬼子就成了向芳的主要任务。

日本鬼子回头一看是向芳，立即吓白了脸："你要干什么？"

"我要干什么你难道不知道吗？你别紧张，我不会吃你的，这里不是说话的地方，我们找个地方好好谈。"向芳一边冷笑一边拉着日本鬼子就往前走。

"谁跟你谈啊？你走开，我不认识你！"日本鬼子立即推开了向芳，然后又走到了乌云身边。

向芳立即冲过去狠狠地推开了乌云，然后大骂起来："你这个小妖精，以前勾引我老公，现在又来勾引这个老色鬼，马上给我离开，要不然我杀了你！"毫无防备的乌云被推倒在地上，日本鬼子看到乌云被向芳欺负，他立即冲上前和向芳殴打起来。乌云还没有回过来神儿，一辆警车已经开了过来，几个警察立即把日本鬼子和向芳一起拉上警车载走了，原来是有人打电话报了110。

　　清醒过来的乌云完全忘记了自己还在和徐浩生气，她立即拿出手机给徐浩打电话，希望他打电话找找周静，告诉周静日本鬼子出事了。但乌云却没有想到，就是她的这个举动又惹出了更大的麻烦。

　　乌云一直不知道周静的电话，所以便打电话给徐浩让他转告周静。以前因为周涛伤害了徐浩，乌云对周静根本没有什么好感，可随着时间的推移，乌云已经渐渐理解了周静，作为姐姐保护弟弟不受伤害是一种天性，就像当初哥哥为了保护自己而他却成了终身残疾。现在想起哥哥，乌云就想哭，自己不是他的亲妹妹，他却愿意为自己这样付出，自己一生一世都报答不了他的恩情。虽然乌云对日本鬼子也没有什么好感，但看到他当时为了自己上前和向芳拼命，乌云心里也感到非常不安。对于那个蛮横不讲理的向芳，乌云心里一直就很烦她。要说打架日本鬼子根本不是向芳的对手，现在两人都被警察带走了，乌云不知道以后还会发生什么样的事，所以想让周静去派出所打听。自己是知情者，出了这么大的事情应该告诉日本鬼子的家人，至于向芳和日本鬼子之间的恩怨，乌云不想去过问，只觉得自己不昧着良心做事就行了。可乌云并没有想到，周静知道了消息之后，立即要纠缠着乌云陪着一起去派出所，到时好向警察说清楚真相。乌云经不住周静一把眼泪一把鼻涕的乞求，终于同意陪她去派出所说明情况。乌云和周静去了派出所，却意外得知，警察把日本鬼子和向芳带到派出所，对他们进行了一番教育之后，很快就把他们释放了。焦急不安的周静不停地拨打日本鬼子的手机，却传来机主关机的消息。

　　"你快回家去看看啊，说不定你老公早已经回家了。"看到周静着急的样子，乌云心里非常可怜她。

　　听了乌云的话，周静立即转身就朝家的方向跑去。日本鬼子是周静的衣食父母，找不到日本鬼子周静觉得天塌下来一般，她必须尽快找到他。

　　看到周静离开，乌云也准备离开派出所，就在这时，她的手机响了起来，乌云立即打开了手机，一个陌生的电话号码出现在她的手机上，乌云犹豫了一下还是拿着电话接了起来。

　　"乌云，请你相信我，我真的没有骗你，上次就是为了挽救张红我才编了那样的瞎话。你想想看，我和你怎么可能是亲兄妹啊？你要是不相信的话我们俩可以去做 DNA 鉴定。"电话那边，徐浩情绪激动地向乌云解释。

　　乌云还没有回过来神儿时，却见两个护理人员带着苏一铭急匆匆地往派出所走来。乌云的目光立即和苏一铭的目光碰在了一起，就在这时，苏一铭的情绪突然激动起来，他立即推开了护理人员，然后迅速向乌云冲了过来。乌云被吓坏了，她本能地往旁边退让了几步，苏一铭冲上去没有抓住乌云，双脚踩滑了派出所外面的阶梯，身体突然失控摔倒在地上。

—第54章—

助人为乐成罪犯

夏楠刚刚把妻子接回家就突然接到了乌云的电话，乌云的话立即把夏楠吓得半死："干爹，我杀人了！"电话那头，乌云边哭边喊。

"乌云，你别哭，到底出了什么事？你好好说。"虽然夏楠心里也十分害怕，但他还是在乌云面前表现得非常镇静。毕竟他是一个男人，又是乌云的长辈，在这个时候他要不表现得坚强的话一切就会乱套。

"干爹，我在江城人民医院，你快点过来，快点过来啊，我怕死了！"乌云在电话里不停地求助。

夏楠还想询问乌云更多的情况时，乌云那边的电话却断线了，焦急万分的夏楠又把电话打过去，可电话传来的是关机的信息。夏楠顾不得多想，把妻子安顿在家里，便立即开着车直奔医院。在路上，夏楠又给徐浩打一个电话过去，因为徐浩是乌云的亲哥哥，夏楠觉得这事必须让他知道。至于徐浩给乌云打电话，解释自己是为了挽救张红而编的瞎话一事，夏楠并不知道。对于夏楠来说，现在无论徐浩和乌云是哪一种关系，他都觉得不错，只要徐浩和乌云有关系这一点就够了，毕竟他也喜欢徐浩这个青年学子。

夏楠到达医院的时候，苏一铭还没有脱离危险，因为他的头部撞击在了街沿的阶梯上，受伤太重，医生正在给他做手术。乌云一见到夏楠就立即扑进他的怀里放声地痛哭，苏一铭出现这样的意外，是乌云从来没有想到过的。如果早知道会出现这样的结果，乌云觉得自己怎么也不会后退。虽然事故发生以后，没有一个人埋怨过乌云半句，但乌云却无法原谅自

已。一个鲜活的生命，就因为自己的一时失误，现在让他命悬一线，乌云想起来就后悔不已。

苏一铭意外受伤，其实这也不怪乌云。根据疗养院的医护人员介绍，近段时间，他们的医护人员都把病人轮流带着去逛街和逛公园，目的就是想让这些病人通过熟悉的场景、事件和人物来刺激他们的大脑，让他们慢慢恢复记忆。可没有想到，苏一铭的情绪却出现了很大的波动，经常在疗养院闹绝食，每天早晨一起床就想着往疗养院外面跑，谁要是阻拦他，他就和谁急。出事那天也是这样的，早晨起床以后，苏一铭拒绝吃饭，然后冲进疗养院医护人员办公室，抓起桌上的纸和笔就在上面迅速地画了起来。医生看了很久，才发像他画的是一个大门，大门上面有一个警徽的标志。医护人员这才知道他想回单位，所以就由两名医护人员带他过来看看，一路上都是小心翼翼的，谁也没有想到还没有走进派出所就出现了意外。

终于在众人焦急万分的等待中做完了手术，苏一铭刚刚从手术室被推出来，乌云就情绪失控地冲上去，然后紧紧地抓住了苏一铭的手大哭起来："苏警官，你醒醒，醒醒啊！当时我真的不是有意的，真的不是！"乌云的确说的是实话，当时苏一铭的表情非常恐惧。乌云的眼前立即就浮现出了当时苏家妈妈在机场想抓住她的情景，一直被苏一铭的事情折磨得苦不堪言的乌云，无法忘记那一幕。苏一铭激动的表情又让乌云陷入了恐慌之中，她迅速以退让的方式来自我保护，没想到却酿成了大祸，乌云又觉得全是自己的过错。

"病人刚刚做过手术，他需要安静地休息，请你不要打扰他好吗？"两个护士很不耐烦地拉开了乌云，然后推着苏一铭往病房走去。

乌云还要冲上去拉推车，夏楠立即制住了乌云，因为他刚才已经悄悄问过旁边的医生，苏一铭已经没有生命危险了。乌云现在的身体已经虚脱，根本不适合再待在医院里，尤其是看到苏一铭，她的精神更会受刺激。夏楠决定立即把乌云带走，等过两天再来医院看苏一铭。可就在这时，邱丹的妈妈却给夏楠打来了电话。"夏先生，告诉你一个好消息，今天我又看到撞你的肇事者了。"邱丹的妈妈在电话里非常激动地说。

"他在哪里？我马上去抓他！"夏楠边说话边紧紧攥紧了拳头。

"这个人我想起来了，以前曾经抢过我的包，今天我是在菜市场发现他的，后来就跟踪了他，他就住在离我们不远的一个小区里，我已经问了门卫，他好像是租的房子在那里住。但谁也不知道他叫什么名字，你快过来我带你去看。"

一听说肇事者还抢过邱丹妈妈的钱包，夏楠立即就联想到了肇事者撞自己不是简单的交通肇事逃逸案，他立即打电话报了警，然后把乌云也一起带着去寻找肇事者。乌云本来是不愿意去的，但夏楠觉得把乌云放在医院不放心，打徐浩的电话又是一直占线，所以就把乌云给强行拉走了。

邱丹妈妈带着夏楠和乌云跑到肇事者居住的地方去找人，没想到却扑了一空。听门卫说肇事者刚刚出去，夏楠和邱丹妈妈就埋伏在小区里准备等待肇事者回来，因为肚子有些饿了，所以就让乌云出去买些食品回来充饥。乌云迅速在小区外面几百米的超市买好食品，正准备往小区走的时候，一个戴大墨镜的男人，慌慌张张地抱着一个半岁左右的孩子走到了乌云面前，说："小姐，麻烦你帮我抱一下孩子，我去对面的厕所方便一下。"戴大墨镜的男人不管乌云同不同意，把孩子递给乌云转身就跑。谁也没有想到，这个男人一去就不回。原来，有一辆警车开了过来，戴大墨镜的男人根本就没有去对面的厕所，而是往相反的方向飞奔过去。这一切乌云并不知道，更不知道这个戴大墨镜的男人就是夏楠和邱丹妈妈一直要找的人。

乌云左等右等也不见戴大墨镜的男人过来抱孩子，孩子突然大哭大闹起来。束手无策的乌云怎么也哄不住孩子，过路人立即提醒乌云："孩子饿了，你快给他喂奶啊！"路人已经把乌云当成了孩子的母亲。听路人这么一说，乌云立即抱着孩子又回到了超市，买了一个奶瓶和一袋奶粉，然后在收银员那里要了开水给孩子冲了奶粉，便抱着孩子坐在超市外面的塑料椅子上给孩子喂了起来。孩子吃上了奶粉立即停止了哭泣，乌云心里特别高兴，她一边给孩子喂奶粉，一边高兴地逗着孩子玩。就在这时，两个老太太冲过来从乌云怀里抢过了孩子，然后对着乌云又抓又打。乌云还没有明白过来是怎么一回事时，她已经被抓了：罪名是涉嫌拐骗儿童罪。

原来，乌云帮助喂奶粉的男婴叫路生，他是被人偷走的。路生是去年春节在回家的路上出生的，所以父母就给他取名叫路生。路生的老家也在遥远的内蒙古，路生在半路出生以后，跟着爸爸、妈妈一起回老家玩了两个月，爸爸、妈妈本来是准备把路生放在老家让奶奶带的，可由于路生太

小，放在老家就意味着给孩子断奶，路生的父母实在放心不下孩子，所以就把奶奶也一同带到了江城。路生的爸爸、妈妈在工厂不远处租了一处民房住了下来，他们觉得这样算起来非常划算。两个人的工资加起来有8000块钱，有老人给自己带孩子，孩子早晚可吃母亲的奶，这样也省去了一大笔奶粉钱。最重要的是孩子吃人奶安全，对孩子的身体也有好处。喂奶粉价钱贵，经常还曝光出现这样那样的问题，让人提心吊胆。当父母的还能天天见到孩子，每年春节也暂时不用去参加"春节运动会"了。

那一天早晨，路生躺在父母给他买的推车上睡觉，奶奶坐在门口洗衣服。就在这时，来了一个背电工包的男人，说是来抄电表，因为是老房子，电表安装得很高，需要站在凳子上才能看清电表。路生的奶奶立即进屋去搬凳子，等她出来时，已经不见了抄电表的人。路生的奶奶当时还没有意识到有什么不对劲儿，以为抄电表的人去了旁边的邻居家抄电表。过了十几分钟还没见抄电表的人回来，路生的奶奶准备推着孙子去邻居家打听情况，这才突然发现推车里的孙子不见了。路生奶奶立即大哭大叫起来，邻居这才知道路生被人偷了，另一个老太太立即陪着路生的奶奶到处寻找路生，却发现路生在乌云手里。两个老太太哪听得进乌云的解释，立即就把乌云当成了偷孩子男人的同伙。如果不是超市里面的工作人员报警，乌云肯定会被人打个半死。

本来精神就不好的乌云根本经不起这样的折腾，夏楠和徐浩赶到派出所去的时候，乌云的精神已经完全崩溃，她除了哭泣不说一句话，因为该说的她已经说过了，但没有人相信她的话，乌云自己也觉得自己帮人抱孩子然后又去买奶粉的过程说起来就像是在做噩梦。既然说出来也没有人相信，她干脆不说，因为每说一次她的心就会更痛一次。

"警官，请你们放了乌云，她真的不会去干那样的事情，真的不会！"徐浩情绪激动地向警察求情。

"警官，你们不能放她，马上让她把同伙交出来，免得更多的孩子再遭他们的黑手。"路生的奶奶和另一个老太太怒气冲天地堵在派出所门口。

"警官，乌云这孩子绝对不会干这样的事情，我敢用人格担保，现在她已经被吓成那样，身体又那么差，我先把她保释回家好好调养调养行吗？交多少保证金都行，你们有什么事情随时找我。"看到乌云伤心痛苦的表情，夏楠的心在流血。

就在这时，一对年轻夫妇急匆匆地走了过来，女的一见乌云就上前抱住她边哭边说："恩人，谢谢你救了我的儿子，谢谢你救了我的儿子！"

—第55章—

天使的难言之隐

路生的母亲叫林花，她和丈夫还没有赶来派出所之前，就听婆婆在电话里说，自己和邻居抓住了偷孩子的同伙乌云。开始的时候，林花还没有想起来乌云是谁，只是脑子里隐约听说过这个人。可到了派出所看到了徐浩和乌云，林花和丈夫就什么都明白了。去年春节，自己和丈夫在回家途中遭遇了意外，就是徐浩和乌云在寒冷的夜晚帮助了他们。自己生孩子需要输血时，也是乌云和徐浩给自己输了血，挽救了自己和儿子的生命。事后，乌云和徐浩又给自己和儿子买了吃的和用的东西，然后悄悄离开。林花和丈夫一直在寻找徐浩和乌云，但一直没有找到。徐浩和乌云除了输血时留下了自己的身份证号码之外，别的什么线索也没有留下。林花和丈夫就是想找到恩人当面感谢，没有他们俩的无私帮助和付出，自己和儿子也许当时就出现了意外，哪里还有现在一个完整的家庭？而婆婆却说乌云是偷儿子的同伙，这样的人会是偷自己儿子的同伙吗？婆婆没有文化不太明事理，但林花和老公毕竟有文化，也在开放的江城待了这么多年，看的、听的、想的肯定要比婆婆多得多，他们非常明事理。试想一下，如果乌云和偷孩子的是同伙，偷了孩子早就藏起来了，干吗还要坐到超市外面给孩子喂奶粉？难道是等着警察来抓她吗？

林花和丈夫的到来，终于让乌云洗清了自己的冤情。徐浩和夏楠还没有来得及为乌云高兴，乌云却倒在了夏楠怀里。伤心的事情也好，兴奋的事情也罢，乌云都再也没有心思去过问，她累倒了。

夏楠开车把乌云载回了家，金菲菲一看到脸色苍白、说话都没有力气的乌云，就抱住她放声痛哭起来。其实夏楠和徐浩心里也并不好受，徐浩本来是要留下来照顾乌云的，但一考虑到他刚考上公务员，又怕耽误他的工作，所以金菲菲和夏楠就婉言拒绝了。乌云更是坚决反对徐浩的愚蠢做法，她有些生气地对徐浩说："我无病无灾的，休息一天就没事了，用得着这样兴师动众的吗？徐浩哥，你快去上你的班啊，要不然以后我再也不理你了。"乌云深知徐浩考上公务员不容易，不想让他为了自己的一点小事耽误大事。

徐浩现在什么都不怕，就怕乌云不理他。听到乌云说这样的话，他知道自己不走也没有办法了，不过他还是决定每天下了班就来看望乌云。但他却没有想到，第二天早晨起床，乌云就要去上班，因为在金菲菲家休息了一天，她觉得精神状况好多了。

"坚决不准你去上班，我马上跟你们单位老总先请一个星期的假，等把身体完全调养好了才能去，这个月的工资我给你。"自从和乌云认识以来，夏楠从来没有对乌云发过火，现在一听说乌云要去上班，他突然克制不住自己的情绪。乌云现在的身体非常让他担忧，他觉得对不起乌云。乌云的亲生父母没有在身边，自己就是她最亲的长辈，可自己却没有尽到照顾好她的责任，这次乌云受到伤害完全就是由自己引起的。本来乌云是不想跟自己一起去那个小区找肇事者的，是自己非要拉她去，所以才发生了后来的事情。虽然现在误会已经消除了，但乌云受到的精神伤害和肉体上的伤害是无法弥补的，夏楠只想让乌云在家好好休息，等把身体养好再说以后的事情。

"干爹，我真的没事了，成天待在家里没事干好无聊啊，你让我去吧。"乌云看到夏楠发了火，心里非常胆怯。她从小在老家就勤劳惯了，待在屋子里不干活儿，就是给她再多的钱她也觉得心里不踏实。

"我说了不行就是不行。没事干你就在这里上网啊，网上也能学到很多东西。一个星期以后，你身体好了可以去上班。"夏楠的口气没有半点商量的余地。

金菲菲立即拉了一下夏楠的手，说："明天我把乌云带去医院彻底检查一下，你看她脸上根本没有一点血色，没病当然好，有病就得治啊。她的爸爸、妈妈没有在这里，我们得对她负责啊。"

听到妻子这样的建议，又看到乌云一副病态的样子，夏楠不管乌云愿不愿意，他立即就同意了妻子的意见。乌云本来是不愿意去医院做检查的，但在夏楠和金菲菲的强烈建议下，她只得很不情愿地去医院做了彻底检查，没想到就检查出了大问题。

"乌云，我跟你说一件事你不要着急啊！"金菲菲带着乌云走进了妇科室检查，苏梅在给她做了妇科全面检查以后，然后让乌云穿好了裤子，把她拉到对面的椅子上坐下，表情有些严肃地说。

"苏阿姨，我是不是得了癌症啊？"看到苏梅严肃的表情，乌云立即就吓住了。虽然她对于妇科方面的东西有很多的不懂，但她在电视上也看过一些女孩子，因为得了妇科病而失去了生命。

"没有那么严重，但你这个问题也得马上治疗，要不然就要出大事。幸好你干妈把你带来检查了，你的子宫里长了一个肌瘤。"苏梅给乌云倒了一杯水，然后慢条斯理地说了起来。

一听说自己的子宫里长了一个肌瘤，乌云立即就吓得哭了起来，她立即抓住苏梅的手情绪激动地说："苏阿姨，你快帮我把肌瘤切除啊！"虽然身体其他方面的知识懂得不多，但对于子宫乌云还是知道它的用处的，那里面长了一个肌瘤，肯定就不是小问题了。

"苏梅，你快帮乌云把这个手术做了啊！这个东西不切除，就像放了一颗定时炸弹在乌云身上，太让人担心了。什么时间做手术？你赶快安排时间啊，钱不是问题。"金菲菲比乌云还要着急，她恨不得马上就让苏梅给乌云把手术做了。

"你以为切除子宫肌瘤跟切除脚上手上的瘤子那么简单啊？子宫是什么地方？那是女人的骄傲，更是一个致命的部位。乌云还患有很多妇科炎症，先要坚持服药，等把这些炎症消除了才能做手术。"苏梅有些生气地说。

"苏阿姨，我怎么会有那么多的炎症啊？人家说结了婚的女人才有这些病，可我什么也没有做啊。"对于苏梅说出的情况，乌云感到非常的困惑。

"谁跟你说的结了婚的女人才得这些病啊？现在女孩子得这些病的多得很。随着季节的变化，发病也有所不同，夏季和秋季是妇科炎症的发病高峰期。我先给你开一些药回去吃了定期来复查，炎症消除了，我就马上给你做手术。你这一个月也不要上班，就在家里好好休息，注意身体的调养，更要注意个人卫生，千万不要受感染。"苏梅不停安慰着乌云。

既然医生已经给出了这样的病情诊断，乌云想不休息也不可能了，不想住在金菲菲家也没有理由了。虽然公司现在已经给一些高管和技术人才配备了条件好的住房，但因为乌云是未婚，所以还是两人共用一个房间。而在金菲菲家里房间非常多，乌云别说一个人住一个房间，她就是想住几个房间也是没有问题的。她房间内所有的一切都是全新的，在金菲菲家想吃什么想用什么都非常方便。最重要的是金菲菲每天要变着花样给她弄好吃的补身体，目的只有一个，就是希望乌云身体尽快好起来，然后去做手术。看到夏楠一天到晚地为公司的事情忙碌，晚上不管再晚回家都要找时间来开导自己，而金菲菲就待在屋里专门照顾自己一个人，什么事也不要自己插手，乌云心里感到非常内疚。可一件意外事情的发生，却让乌云心里反感起金菲菲来，甚至想立即逃出金菲菲家。

那天早晨起床吃了早点之后没事干，乌云又跑到房间里去上网。金菲菲立即走到了乌云的房间，然后拉住她的手说："今天我有个同学会，中午和晚上的饭菜我都给你弄好了，到时你用微波炉热一下再吃，记着按时吃药。上网上累了就看看电视休息，我要晚点回来。"

"你去吧，干妈，这些日子为了我的病真的辛苦了，你应该出去好好放松放松，我会自己照顾好自己的。"一听说金菲菲要出去，乌云就非常高兴。因为金菲菲在家都是定好时间，让她什么时间吃药，什么时间吃饭，什么时间吃水果。乌云也知道金菲菲是为自己好，但这样过于刻板反而让乌云觉得非常不自在，因为她也想放松放松自己。

金菲菲得到了乌云的肯定回答之后，满心欢喜地打扮好就走出了家门。金菲菲离开家里不久，乌云突然接到了徐浩的电话："你有没有时间？我们一起去医院看看苏警官吧。"上次因为去晚了，徐浩没有找到乌云他也就离开了医院，根本不知道苏一铭在那里治病。后来才听夏楠和乌云说起苏一铭的事情，徐浩就想去看看。不管怎么说，苏一铭的事情一直和乌云有牵连，徐浩想趁着星期天去医院看看苏一铭的病情如何。开始的时候，徐浩还没有想到约乌云，可一大早张红就跑到他的宿舍去敲门，说是

星期天请徐浩陪她去逛街买衣服，然后再去看乌云。徐浩马上就以自己要加班为由拒绝了张红，既然不爱她，徐浩决定尽量疏远她。本来徐浩是决定自己去金菲菲家看乌云的，他有好多好多的话要对乌云说，可他又感觉在金菲菲家说话不方便，所以他就找了一个理由把乌云约出来，因为没有理由乌云肯定是不会出来的。可没有想到，把乌云约出来以后，他想说的话都还没有说出来，乌云的注意力又都集中在了苏一铭身上了，因为苏一铭恢复记忆了。

—第 56 章—

逃离豪门惹祸端

乌云也觉得待在金菲菲家非常无聊。虽然是别墅，但天地就那么大，哪有天天在外面潇洒自由？一听说金菲菲要晚一些回来，而夏楠每天也是很晚才回来，所以乌云立即答应了徐浩的建议，其实她是很想去看看苏一铭的，毕竟他是因为自己才受的伤。可没有想到自己却莫名其妙地惹上了一些别的事情，后来就暂时把苏一铭的事情给忘了。现在经徐浩这么一提，乌云觉得是个好主意，既打发了时间，又看了苏一铭。

乌云和徐浩走进病房时，苏一铭正坐在床上呆呆地看电视，一个护理人员正拿着一条湿毛巾给苏一铭擦洗手上的污垢。乌云和徐浩每人提了一些水果走进去，徐浩走在前，乌云跟在徐浩的后面。苏一铭立即下了床，然后走过去拉住徐浩从上到下地仔细打量。徐浩以为苏一铭是想吃水果，他立即从塑料口袋里拿出了一根香蕉剥好递给苏一铭："苏警官，先吃点水果吧！"徐浩说完以后，又立即把苏一铭扶到床边坐下："现在你的伤还没有恢复，别下床啊，我和乌云就是来陪你说说话。"其实徐浩也觉得自己对苏一铭说这样的话都是多余，他什么记忆都没有，脑子里几乎是一片空白，跟他说什么都没有什么实在意义。只是看到苏一铭的行为徐浩觉得非常诧异，所以也就随口说说而已。

苏一铭并没有理会徐浩，而是又走到乌云面前从头到下仔细地打量着。乌云突然脸色吓得煞白："苏……警……官，那天真的是对不起你，真的是对不起，我不是故意要那样做的。"乌云边说边往后退。

看到乌云惊慌失措的样子，徐浩立即走过去把苏一铭拉开，然后护

住了乌云："苏警官，你别激动，我们有话好好说，对于那天的事乌云真是无意的，现在她已经非常后悔了，你别伤害她，有什么事情你找我好了，我是她的哥哥，一切事情由我来承担，你知道吗？现在她也有病。"徐浩突然情绪激动起来，他担心苏一铭失手会伤害到乌云，所以他只得护着乌云。

就在这时，没有想到的一幕突然出现了，苏一铭立即用力推开了徐浩，然后走过去拉住了乌云的手，艰难地从嘴里吐出了几个字："恩……恩人……"

听到苏一铭说出这几个字，乌云开始以为是自己脑子产生了错觉，随后她又以为自己是在做梦，她立即紧紧地抓住了苏一铭的手，情绪激动地问："苏警官，你在说什么？把刚才的话再说一次，对了，你认出我是谁了吗？"

听了乌云的话，苏一铭立即点了点头，然后又继续说道："在树……树……林里，是你救了我。"苏一铭说完，便长长地叹了一口气。乌云立即抱住苏一铭放声痛哭起来，就是苏一铭这么短短的话语，让乌云洗清了所有的冤情，几个月来，压在她心中的千斤重担突然卸了下来。

在遭到苏家父母误解的时候，乌云曾经后悔当时帮助了苏一铭，现在苏一铭说出了一声"恩人"，突然让乌云觉得自己的心血没有白费，为苏一铭所受的一切委屈都是值得的。如果当时不是护理人员下了逐客令，乌云肯定会一直守在苏一铭身边，慢慢引导他，让他把所有事情的真相回忆起来，以便公安机关尽早破案。但乌云并不知道，苏一铭在之前已经对以前的事情有一点记忆了，他先前画的那幅画就是一个很好的证明，上次在派出所外面就是认出了乌云想上前去拉她，而不是想去伤害她。在乌云来医院之前，医护人员就已经明显发现了苏一铭恢复记忆的变化，因为来看他的同事，他都能慢慢回忆起一些。现在医生正在给他做进一步的治疗观察，所以不能让苏一铭用脑过多，先得让他好好休息休息再说。因为不把乌云和徐浩赶走，苏一铭就无法安静下来。

被护理人员赶出了病房，徐浩还能克制自己的情绪，但乌云心中却非常气恼，因为她想了解更多更全的东西。苏一铭能恢复记忆，让乌云惊喜万分，但她也怕这个惊喜只是昙花一现。现在不把事情弄清楚，万一苏一铭又有个什么病变，所有的一切又会白费。歹徒一直没有抓获归案，从小的意义上来说是对苏一铭个人不公平，从大的意义上来说是给社会又增加了一个不安定因素。大道理乌云说不来，但对于这种灭绝人性的坏人她是恨之入骨，一天没有抓获就让人一天也不安宁。不知道什么时候，又会有人成为这些歹徒的袭击对象。

徐浩看到乌云情绪非常急躁，他立即拉着乌云去找苏一铭的主治医生。虽然徐浩不像乌云那样激动，但他还是非常想知道苏一铭现在的病情。因为对苏一铭突然恢复记忆觉得不可理解，到底是苏一铭的病情真的有好转，还是这一次又被撞伤了大脑，真正成了傻子，对自己说的话也不知道是什么意思，只是信口开河地乱说。如果真的是这种情况的话，那后果就比以前更可怕。但真正见到了苏一铭的主治医生，徐浩才知道自己所有的担心都是多余。

"苏警官是因祸得福！现在他的病真的是好转得多了。"主治医生满脸兴奋地对徐浩和乌云说。

"大夫，你什么意思啊？"医生的话弄得乌云和徐浩一头雾水。祸就是祸，哪里来的什么福啊？

"苏警官因为春节前遭遇歹徒袭击，大脑受伤过重造成了失忆。这次他又是因为撞击到了大脑，我们在给他做手术时，就把他大脑里的积水全部抽出来，所以他开始慢慢恢复了一些记忆，这也是我们希望得到的效果。"医生非常得意地说道。

"大夫，苏警官的智力能恢复吗？听他们说以前他是一位破案高手啊，智力恢复不了对他来说真的是一件很残酷的事情。"其实徐浩也非常崇拜警察，他们是维护国家安全、社会治安秩序，保护公民的人身安全，惩治违法犯罪活动的勇士。如果不是因为视力不过关，报考大学时，徐浩肯定就报考警官学校了。既然苏一铭能恢复记忆，徐浩又在担心他还能不能回到警察的岗位上去工作。

"当然有可能啊！不过还要一些时间，我们要定期对他进行药物和其他方面的治疗，这事急不来的。"医生的话还没有说完，乌云就突然抱住徐浩号啕大哭。是为苏一铭高兴还是为自己高兴，乌云不知道，反正她就是想痛痛快快地哭一场，而且哭得不可收拾。要不是有病人又到医生办公

室来找医生，徐浩根本还劝不住乌云。

乌云和徐浩刚刚走出医生办公室，张红就给乌云打来了电话："你在夏叔叔家吗？我马上过去看你。"张红是个说话算数的人。徐浩拒绝了她，她便一个人上街买了一件漂亮衣服穿上，然后又给乌云买了一些补品准备去看乌云。张红一直还不知道徐浩对她撒了谎，所以她还希望乌云在徐浩面前帮她说好话，反正她是认定了非徐浩不嫁。

"我没有啊，现在和徐浩哥一起在医院里刚看了苏警官。张红，我告诉你，苏警官恢复记忆了，我心里真的好高兴，你赶快打车过来吧，我们一起找个馆子一边吃饭一边聊。"乌云一听到张红的声音就抑制不住内心的喜悦，平时从来不愿意在外面吃馆子的乌云立即在电话里邀请了张红。苏一铭的事让她太兴奋了，她得找人分享她的快乐。但她根本没有想到这样做不但把徐浩出卖了，更把早晨在家金菲菲嘱咐她的事情忘得一干二净。徐浩明明跟张红说了自己在加班，可现在乌云却告诉张红自己和他在一起。虽然后来徐浩又编了一个谎言应付过了张红，但乌云却怎么编不来谎言应付金菲菲，弄得金菲菲大发雷霆。

乌云、徐浩和张红三个人中午去了江城唯一一家内蒙古人开的饭馆，吃的是铁锅焖面经典三人套餐。在老家经常吃到的东西，但在江城他们却是第一次品尝到。几个人吃得非常开心，等走出饭馆时已经快三点了。虽然乌云说是自己请客，但徐浩却先去把账结了，他认为男生和女生一起吃饭，男生买单是天经地义的事，哪会让女生买单啊？张红看着徐浩买了单心里也过意不去，她就决定请乌云和徐浩看电影。尽管来了江城很多年，她还从来没有进过电影院，打工的人都知道钱来得不容易，几10块钱一张的电影票实在有些舍不得买。现在的电视也能搜几十个频道，想看什么就有什么，再花钱去电影院看电影就觉得有点浪费。但现在不一样了，有徐浩在身边，能为爱情增添一份情趣，张红觉得几10块钱一张票的电影值得看。尽管徐浩和乌云都不愿意去，但张红还是拼命地劝。乌云和徐浩不想扫张红的兴，再说了，他俩以前也没有去电影院感受过，所以就决定跟着张红去电影院享受一次。

看了电影出来就该到吃晚饭的时间了，乌云一天的高兴劲儿没过，钱也没有花成，心里很不踏实，她就立即决定请徐浩和张红吃晚饭。先还声明了，谁要再买单她就跟谁急，以后也不当他是好朋友了。张红和徐浩肯定愿意当乌云的好朋友，所以就不敢买单。三个人一起去吃了四川火锅，老板会做生意，那天正好是周年庆，只要吃火锅的人，他就免费送啤酒。乌云、徐浩、张红几个人非常高兴，平时不喝酒的他们那天也学着喝啤酒了，反正是不要钱的，不喝觉得有点亏。到底是晚上几点钟回的金菲菲家，乌云不知道。只知道刚开门进屋，正站在屋里不停打电话的金菲菲立即挂断了电话，然后冲过来狠狠地推了她一下，然后大骂："你竟敢去喝酒，是不是想气死我啊？"

—第57章—

极度诱惑

　　日本鬼子突然不回家，电话也关机，急坏了的周静在到处寻找没有结果的情况下，只得求助本来不想理会的弟弟帮忙。弟弟有些花心，还爱惹事，做事容易冲动，这是让周静非常反感的。但现在自己找不到人帮忙，又没有人给她出主意，周静只得把日本鬼子失踪的事情告诉了弟弟，希望弟弟能帮忙找到日本鬼子，不管怎么说血还是浓于水的。再说了，日本鬼子的生死安危牵动着周家人的命运，尤其是弟弟，他的一切都还得靠着日本鬼子给他铺路，他不可能不帮忙。可周静没想到自己又一次想错了，周涛先是在公司到处向人打听日本鬼子的下落，但都没有得到线索，他的目光立即就盯在了另外一个男人身上，这个男人就是夏楠。夏楠和姐姐的事，周涛是非常清楚的，所以他觉得日本鬼子的失踪跟夏楠脱不了干系。姐姐年轻漂亮，男人为她争风吃醋惹出祸端也是很正常的事。也许在别人眼里，周静已经成了残花败柳，但在周涛的眼里姐姐永远都是年轻漂亮的，他骨子里也希望姐姐永远年轻漂亮，只有年轻漂亮的姐姐才能给周家带来希望和生机，这个道理周涛是最清楚不过的。

　　周涛恨夏楠也报复过夏楠，但因为种种原因都没有如愿，日本鬼子的意外失踪又让周涛对夏楠增添了几分恨意。虽然周涛也不喜欢日本鬼子，但他爱日本鬼子手里的钱，有钱能使鬼推磨，况且周涛还不是鬼，他是活生生的人，只要给他钱，他肯定比鬼会看风使舵。可他却不知道自己这一次又想错了，日本鬼子的失踪与夏楠根本没有任何关系，夏楠跟他的姐姐也没有他想象的那种关系，而是一直在躲避他的姐姐，真正跟日本鬼子有关系的人就在他的身边，这个人就是向芳。周涛曾经给向芳戴了绿帽子，向芳也正在给他戴绿帽子，而且还在想办法怎样把日本鬼子弄到手。

日本鬼子那天和向芳走出派出所以后，两人就去宾馆开了房间。开房间不是日本子鬼子自愿的，而是受了向芳的胁迫。向芳还是要日本鬼子答应她的条件，要不然她就再报警，因为她手里有证据。自知理亏的日本鬼子不想再去派出所，虽然他现在的国籍是日本，但人却在中国。中国的法律面前人人平等，只要向芳告他强奸罪，他一样会被关进监狱。为了息事宁人，日本鬼子就答应了向芳的要求：找个地方谈条件。日本鬼子希望这事越早解决越好，老是这样折腾，他觉得自己会被逼疯。可老奸巨猾的日本鬼子却没有想到自己又一次中了向芳的计。两人先去宾馆餐厅用餐，这是日本鬼子提出来的，因为在这个时候他不能得罪向芳，所以就想通过吃饭的机会把事情谈好，然后尽早离开。当时日本鬼子已经想好了，如果向芳要 10 万块钱的话，他可以马上就答应她，只要把字据写好，然后就把事情了结了。但没有想到在吃饭时，向芳并没有提钱的事，而是在日本鬼子面前放声痛哭："姐夫，以前的事算我对不起你，但我也是没有办法才这样做的。现在哥、嫂都没有了打工的地方，两个侄儿要上学，一家人没有钱怎么办？我也没有工作，周涛又在外面跟别的女人鬼混，我真的是走投无路了。姐夫，求求你给我和哥、嫂一个工作吧，以前我说的都是气话，现在马上收回。"

日本鬼子还没有回过来神儿时，向芳突然捂着自己的头痛苦地喊了起来。

"你怎么啦？"日本鬼子立即被吓住了。

"这些日子哥、嫂没有了工作，娘家父母又生病，我都被这些事情折磨疯了，天天要靠吃止痛片度日。今天出门忘了带药，姐夫，求求你帮我去外面买瓶止痛片回来。"向芳一改平日的刁蛮态度，此时的她显得非常可怜。日本鬼子哪敢怠慢，他立即转身走出了餐厅去帮向芳买药。

向芳服用了止痛片以后立即消除了病痛，她又端起酒杯和日本鬼子碰杯。日本鬼子本来是不愿与向芳喝酒的，毕竟她刚吃了药，怕她出现什么意外。向芳却立即又哭了起来："姐夫，我都向你认错了，你怎么还不肯原谅我啊？现在我什么也不要你赔，只想在你手下讨口饭吃还不行吗？我

们老家穷，自己又没有文化和技术，在哪里都不好找工作，你就可怜可怜我吧！"

男人最怕的就是女人的眼泪，日本鬼子也一样。看到向芳泪流满面的样子，他的心立即就软了下来，再说了向芳以后不再要挟他，让他丢掉了思想包袱，心里突然就轻松下来。于是，他立即端着酒杯和向芳碰了一下，然后一饮而尽，本来是准备马上离开宾馆回家的，可脚再也挪不动了，因为他的眼前立即出现了中国版的"福原爱"——乌云，乌云不停地向他抛媚眼，然后用美丽的双手搂住他的脖子狂吻起来。日本鬼子突然觉得全身的血液在沸腾，他迅速抱起眼前的"乌云"就往宾馆房间里冲，该发生的和不该发生的事情，都在房间里自然而然地发生了。日本鬼子醒来之后，这才真发现自己闯下了大祸，因为自己的"乌云"变成了向芳。

其实向芳以前根本没有拿到日本鬼子的什么证据，因为那一次去日本鬼子家向芳根本没有准备，现在她才是有备而来，该要的证据都要到了。现在的向芳已经不是吃饭时那个只求日本鬼子赏口饭吃的可怜女人，她现在要的是日本鬼子在中国企业的部分股份，还要日本子鬼子马上把周涛开除；周涛的位置由她来接替，她的哥、嫂也要进入高管行列，要不然就免谈。日本鬼子哪甘心自己的企业毁在一个泼妇手里？他坚决不同意，向芳也就不放他走。但他俩都没有想到，就是他俩纠缠不清的事情，却让另一个无辜的人遭了殃。

夏楠正在家里调和乌云和妻子的矛盾时，突然接到了一个陌生男人的电话，说是有一笔大生意想与他合作，希望他到公司去面谈。夏楠当时的心情非常沮丧，头天晚上的事情，他本来就觉得妻子做得有些过分。妻子把乌云推倒在地上，乌云也并没有生气，而是不停地向妻子道歉。可妻子还是不依不饶地大骂，还要乌云马上滚开。乌云当时就提着自己的衣服要离开家，夏楠只得冲过去拉住了乌云。因为天色太晚，乌云伤心离开家如果出了什么意外，夏楠觉得自己和妻子就是罪魁祸首。

虽然乌云是留在了家里，但她一直关在房间里哭泣，夏楠就是想去安慰安慰她，可乌云一直不开门，他非常担心乌云出事。而妻子也在房间里大哭，夏楠进去劝妻子，妻子就朝着他发无名之火。当时的夏楠谁也不敢招惹了，他就在客厅的沙发上焦急不安地坐了一个晚上，确切地说是提心吊胆地过了一晚上，他得时时注意两个房间发生的动静，万一有意外发生，他好做出应急措施。和妻子结婚多年，夏楠还是第一次看到妻子发这么大的火，他实在无法理解妻子的行为。乌云就是和张红、徐浩一起在外面吃了两顿饭，喝了一点啤酒，回来晚了一些，又没有做什么不对的事情，妻子却对乌云不依不饶，还让人家滚，谁受得了啊？乌云一直是个听话懂事的好孩子，人家的亲生父母肯定都没有这样对待过她，妻子却做出如此无理的行为。夏楠觉得别说是乌云，就是换了别的任何人也无法接受。妻子爱乌云夏楠是知道的，但这种爱到已经伤害的程度上了就没有实际意义了。为这事，夏楠也悄悄打过电话问了他的老乡，人家就说像乌云这样的妇科病在女性中是很普遍的，根本用不着像妻子那样天天单独给乌云调养，乌云现在就是喝了一点啤酒也对身体没有影响的，有什么值得大惊小怪的？

开始接到陌生人的电话，夏楠是没有打算去的。因为当时家里也确实脱不开身，再说了他对陌生人也不了解。可没有想到，陌生人又不断地给他打电话，说了想订购的产品，都是夏楠公司生产的常规产品，而且数量也很大。客户已经到了公司等着面谈，夏楠觉得自己再不去公司就实在说不过去了。但家中的事情他也放心不下，正在左右为难时，妻子开门来到了客厅。夏楠决定再做做妻子的思想工作，希望她能正确对待乌云，不要再伤害乌云，妻子却突然跪在了他的面前。

"你怎么啦？赶快起来！"对于妻子的突然举动，夏楠感到非常意外，他马上把妻子从地上扶了起来。

"老公，是我错了，我真的不该那样对待乌云。你知道吗？我就是担心她的身体，她的爸爸、妈妈没在身边，我们就是她最亲的人，现在她的身体不好，可她那么晚了还在外面喝酒，万一出了事怎么办？当时我真的是气疯了，赶快让乌云出来，我给她赔礼道歉。"金菲菲情绪激动地边说边哭。

就在夏楠不知所措的时候，乌云的房间门也突然打开了，她泪流满面地走出来抱住了金菲菲放声痛哭："干妈，你别这样，错的是我，我知道你和干爹都爱我、关心我，我不该贪玩忘了一切，以后我保证再也不会犯那样的错误了。"乌云是一个非常懂得感恩的人，回想春节前和夏楠认识，

到现在半年多的时间里，夏楠和金菲菲对她和家人的无私帮助，她心里感到非常愧疚，自己没来得及报答金菲菲和夏楠，却惹得他们为了自己的事生气。昨天的事情，她也觉得完全是自己的错，金菲菲气愤之中怒骂自己她也能理解。

"干妈没有生你的气，只要你好好的我就比什么都高兴，一会儿我带你去医院复查一次，看你的炎症消了没有？"金菲菲一边给乌云擦眼泪一边激动地说。

本来还为妻子和乌云的事操心的夏楠，突然看到妻子和乌云冰释前嫌，他那颗悬着的心终于平静了下来。就在这时陌生人又给他打来了电话，夏楠立即嘱咐了妻子和乌云几句，然后匆匆离开了家。

—第 58 章—

临时夫妻惹的祸

　　林花的表弟在内蒙古古师范大学毕业以后，也准备来江城发展。在来之前他就先打了电话给林花，要不要从老家给她带土特产来？林花突然就想起了老家的风干牛肉和奶酪，前些年，每年春节回去她都要带一些来，同事、朋友都喜欢吃。可年后回江城，因为带了孩子不方便，所以就什么也没有带。听表弟这么一说，林花马上就让他从老家给自己带些风干牛肉和奶酪来。上一次因为孩子的事情意外找到了自己的恩人——乌云和徐浩，她一看到乌云，就觉得她身体很差，所以她想送乌云一些奶酪补补身体。至于风干牛肉，她是准备作为礼物送给夏楠的，上次在派出所林花知道了乌云是夏楠的干女儿，送礼物给恩人的长辈，林花觉得也是一种感恩。

　　头一天表弟把东西给林花带来了，第二天正好轮到林花休假，她决定给乌云送去。在走之前，林花曾经给乌云打过电话，乌云告诉她中午在干妈家，下午要跟干妈一起去医院复查病情。林花不敢怠慢，她立即打了一个车就往金菲菲家走，没想到出租车还没有到地方，车胎突然爆了。林花不得不下车另外想办法去金菲菲家，等了几分钟都没有看到一辆出租车过来，林花有些不耐烦，立即向路人打听，才知道走路也就二十分钟就可以到金菲菲家，所以她就提着东西急匆匆地向前走。就在走到离金菲菲他们小区不远处的一个小巷边，林花突然发现了夏楠。夏楠从一辆白色轿车里打开了门往外冲，车里两个戴大墨镜的男人立即把夏楠拉回了车里。林花突然觉得不对劲，她立即向车子停靠的地方跑了过去，而且边跑边喊"夏

先生"。就在这时，夏楠被狠狠地推下了车，停靠着的白色轿车迅速开走。林花这才突然发现开走的白色轿车没有车牌号，倒在地上的夏楠已经遍体鳞伤，林花立即手忙脚乱地打了电话通知乌云。

虽然夏楠身上的伤不是什么致命伤，但看到他痛苦的表情，乌云当场就哭了起来："干爹，是谁把你伤成这样啊？我们马上报警吧！"

"我也不知道他们是谁，刚开车出门就有人拦住了我，说是要跟我谈点生意，然后让我坐他们的车。当时我也糊里糊涂地就上了旁边停着的一辆白色轿车。没想到里面还坐了一个人，他们要我立即交出李致，我说不知道谁叫李致。可他们根本不相信，然后就对我大打出手。可能是他们认错了人，报警也没有什么用，你们快去医院忙你们的事，别管我，我没事的。"夏楠把事情想得很简单，所以他也不想再惹事。

"干爹，我觉得这事不会是那么简单，要不是林花大姐发现了你，说不定他们真的会对你下毒手呢。报警吧，让警察查查这个李致到底是什么人，他跟这一伙人又是什么关系。"由于太激动，乌云根本没有想到李致就是日本鬼子，当时还是她陪着周静去派出所报过案找过这个人。

"你说什么？李致失踪了？"金菲菲立即抓住了夏楠的手问。乌云想不起来日本鬼子就是李致，但金菲菲绝对不会忘记这个人。

"是啊，你认识这个李致？"夏楠惊喜地问，"那是一个什么样的人？怎么这些人会找到我啊？"

"认识啊，乌云也认识的，上次我们去找他老婆周静问她哥哥的下落，因为周静的弟弟打伤了徐浩啊！乌云，你怎么忘啦？上次那个男人还对你耍了流氓。"自知说漏了嘴的金菲菲，立即想起了上次在日本鬼子家的事情，所以就用那件事来掩盖了事情的真相。

不知内情的乌云也帮着金菲菲打圆场："对对对，就是周静的老公。后来我又和张红去周静的家门外找他弟弟周涛，周涛的妻子还把我们当成了仇人，当时我们还打了架。那天在街上我又看到了日本鬼子和周涛的老婆打起来了，后来警察抓走了他们俩。我就把这事告诉了周静，周静还让我陪她去派出所，想让我给他们作证，可人家警察说早就把人放了。这跟我们有什么关系？一定是周静使的坏，我马上打电话给她。"乌云越说越激动，她立即拿出手机就要打电话。

　　"你把周静的电话给我吧，让我去了解一下事情的真相，你快跟你干妈一起去医院复查。"一听乌云说了周静家的事，夏楠立即慌了神。他担心妻子知道了他和周静那些不想说的事情，又怕是周静的老公发现了他和周静的私情，故意找人来教训他的。现在无论是哪种情况，对于他来说都不利，所以他想自己私下找周静解决。但他却没有想到，刚走到周静和日本鬼子居住的小区，就被两个警察给抓了，理由是他容留他人卖淫嫖娼。原来，夏楠和金菲菲那套没有卖掉的别墅，经过乌云的牵线租给了她们公司作为市里的办公地点和高管技术人员的住房，没想到却出现了怪事。一个在老家当小学教师的中年女人，和一个在老家一边种地一边照顾老人和孩子的年轻女人，趁着孩子放暑假就结伴带着孩子来江城玩。一方面是让孩子出来见见世面，一方面也是来夫妻团聚一次。可没有想到，两个带着孩子来江城找丈夫的女人，深夜下了火车直接打车来到了丈夫的住地，却意外地发现自己的丈夫都和别的女人睡在了一起。在家带孩子的年轻女人实在咽不下那口恶气，她当场就把那个跟丈夫睡在一起的女人打得躺在了地上。中年女人相对文明一些，她没有打骂丈夫和第三者，而是直接带着孩子离开了丈夫的住地，然后拨打了110报警，说有人在别墅里卖淫嫖娼，警察迅速开着警车过来抓走了两对男女。一套别墅里同时查出两对这样非法同居的男女，这立即引起了警方的注意，他们认为这是一个有组织的卖淫嫖娼窝点。第二天早晨，正在保安处查阅房主的情况时，夏楠走了过去，所以警察就把他当成了肇事者，认为他是为了牟利，买了别墅来开妓院。因为当时两个受害的妇女也在那里，她们也要找房主算账，为啥要买来别墅干着罪恶的勾当。

　　其实这两个妇女哪里知道，自己的丈夫还没有搬到这套别墅来住之前，就已经跟别的女人像夫妻一样地生活了。在江城，这样的"临时夫妻"已经不是什么大惊小怪的事情了。夫妻长期分居，女人在家可以把自己的精力都用在照顾孩子身上，而男人长期在外面工作，面对花花绿绿的世界，非常不容易把握好自己。他们有充沛的精力，而自己正常的生理需求又普遍得不到满足，内心也是非常孤独和苦恼，他们需要别人的关心和爱护，也希望把自己的爱传递给别人。在这种情况下，一些打工在外的男女就自然而然地住在了一起，成了"临时夫妻"。虽然这种"临时夫妻"

是一种不被人接受、不被人原谅的越轨行为，但他们基本上不会影响到双方家庭的利益，大家就是搭伙过日子，有时还会更节省一些。比如说一个人租一间房子是 400 块钱，两个人租一间房子也是 400 块钱，每个人就可以省去 200 块钱，这对于一个打工的人来说也是一笔不小的数目。这些人进城务工不仅是从农村到城市的地理迁徙，也是精神和社会身份的双重置换。囿于居住条件，打工夫妻两地分居的情形很普遍，居住得分散，在很大程度上也抑制了家庭功能的发挥。正常的生理需求长期压抑，有些人便成为一些低俗文化消费的主体。不论是为了寻求生活照料，还是为了寻找情感慰藉，或是为了满足生理需求，"临时夫妻"这个群体应运而生，大家都以一种"抱团取暖"的方式，通过一定的物质和精神手段组建"虚拟家庭"，从而达到获取社会支持的目标。别人不理解他们，但有过亲身经历的人却非常理解。其实这样做，他们内心也时时有一种愧疚感，但他们没有办法，他们想改变这种情况，可很多现实条件又把他们给制约了。两个出轨男人之前就接到了妻儿的电话，说是要来江城看他们，可他们因为工作太忙，又想着加班加点多挣点钱寄给家里，所以也就把妻儿要来的具体时间给忘记了。在江城，像这样的临时夫妻，现在基本上已经成了不受法律约束的固定夫妻了，因为他们在江城打工就一直在一起，而和自己真正的配偶住的时间，至多也就是春节回家团聚一次。所以他们也习惯了这样的生活，没想到就出了大问题。

金菲菲陪着乌云去找苏梅给她复查病情，结果让两人非常意外。乌云的炎症已经基本上被控制，再过几天就可以给她做手术了。得知好消息的乌云高兴得不得了，因为自己的病把金菲菲气成那样，现在一切平安自己放心也可以让别人放心了。乌云正准备打电话向夏楠报告好消息时，却突然接到了夏楠的电话，让她马上去派出所证明：当初单位租房的目的。因为租房子是乌云牵的线，现在房子租出去时间不长就出了这样的事情，夏楠是丈二和尚摸不着头脑。

—第 59 章—
计谋取证

一直找不到日本鬼子的下落，周静决定再去派出所报案，希望警察帮她的忙。可就在这时，却突然接到日本鬼子用公用电话给她打来的电话："静，你在哪里？马上回来给我开门，我的钥匙丢了进不了家门。"

"好好好，你就在家门前等着，我马上打车回来！"周静还没有走进派出所，就突然得到了日本鬼子的消息，她立即挂断电话准备往家赶，却意外发现乌云拉着夏楠的手从派出所走了出来。

周静还来不及跟乌云和夏楠打招呼时，乌云却立即冲上前抓住了她的手，愤怒地喊道："你老公失踪了跟我干爹有什么关系？为什么要找人来伤害我干爹？我告诉你，跟你老公在一起的女人是个丑八怪！"一看到周静，乌云就气不打一处来。前一天夏楠被人伤害的事乌云还没有缓过来气，现在又因为"临时夫妻"的事让警察找来谈话，虽然事情已经真相大白，但乌云还是憋着一肚子气，她觉得都是自己多事惹的祸。夏楠的旧伤还没有好现在又添新伤，这让乌云既难过又生气，无意中看到了周静，她就把所有的气都发在了周静身上。

"李哥回家了，对不起乌云，以后我不会再找你的事了。"周静知道日本鬼子已经在家，她兴奋得把什么都忘了，乌云说的什么意思她也没有听懂，然后便推开乌云急匆匆地跑了。就连一直喜欢的夏楠她此时也没有太注意，等她孤独寂寞再想找夏楠时，才发现自己又失去了一个很好的机会。

日本鬼子回来还没有让周静高兴几天，却又突然离开了她。因为日本鬼子的老婆把电话打到了公司，希望日本鬼子马上回家有重要事情商量，

日本鬼子哪敢怠慢，他只得匆匆买了一张机票回家。可他没有想到这一回去等待他的不是家庭的温暖，而是一场毁灭性的灾难。

其实从宾馆逃出来的那一刻，日本鬼子就预料到了他会有一场躲不过的灾难。但他没有想到灾难会来得这么快，更没有想到灾难会毁灭他的一切。日本鬼子打公用电话告诉周静，说自己的钥匙丢了进不了家门，其实他是欺骗了周静，他身上的钥匙和手机不是丢失而是被向芳给收缴了。向芳一直不放日本鬼子走，因为日本鬼子一直不答应她的条件。向芳拿出了随身带的纸和笔要日本鬼子写一份协议，但日本鬼子总是以种种借口推托不愿意写。日本鬼子心里恨透了向芳，他没有想到自己会栽在向芳手里。如果向芳换成是他心中的中国版"福原爱"——乌云的话，提出这样的条件日本鬼子会毫不犹豫地就答应了。可惜向芳就是向芳，乌云就是乌云，两者之间根本就联系不起来，也不可以调换。本来日本鬼子就从来没有喜欢过向芳，而向芳又做出了如此卑鄙的事情来陷害他，现在还要自己答应她的无理要求，日本鬼子坚绝不会同意。日本鬼子要逃离宾馆随时都可以，因为每天宾馆服务人员都要来房间打扫卫生，他随便说一声自己被劫持了，服务人员肯定会报警，要不然就是找来保安让他出去。可日本鬼子不能那样做，向芳这样的女人没有什么事情做不出来的，自己所有的证据都在她的手里，她随时随地都可以报案说自己强奸了她。日本鬼子心里恨得要命，如果是在日本的话，他早就找黑道上的人把向芳给了结了，但在中国却不行。

向芳和日本鬼子就这样周旋了几天也没有结果，两人也都精疲力竭了。日本鬼子突然灵机一动，他倒在床上大喊大叫。向芳以为日本鬼子得了急病，她立即扶着日本鬼子下楼准备打车去医院看病，出租车刚过来，向芳就扶着日本鬼子上了车。日本鬼子突然用力推了一下向芳，向芳摔倒在地上崴了脚痛得直叫，日本鬼子立即打了另外一辆出租车逃回了家，出租车费还是在小区门卫那里借的钱。但日本鬼子却没有想到，向芳找不到他已经想出了另外的对付办法。

其实就是家里人不打电话叫日本鬼子回去，日本鬼子也准备回日本一段时间。他知道自己的逃走让向芳没有实现自己的计划，向芳肯定是不会放过他的。公司有中方的管理人员在主持正常工作，有什么事情周涛也会如实地向他汇报，所以他不用担心公司的事情。现在的家向芳肯定是找不到的，可警察能找到。日本鬼子最担心的就是向芳报警，回日本先过一段时间看风声，如果向芳没有报警的话，他再回中国来。中国的法律日本鬼子也了解得不少，要告强奸案一般是在三天之内，因为那样可以保存对方作案时的证据，时间长了就无法收集证据了。可日本鬼子没想到，他以为回到日本可以躲避一切灾难，没想到向芳不在中国报案，而已经把案报到了日本，他回去等于是自投罗网。

日本鬼子不辞而别，又让周静陷入了深深的孤独和担忧之中，偌大的别墅里就剩下她一个人。日本鬼子已经明确规定了别墅不能让别人进去，就是周静的父母家人也不行，还特别申明了不能和向芳联系，更不能让向芳知道现在这套住房。周静无法理解，但她也不敢违抗。日本鬼子给她规定了每天出去买菜、逛商场的时间不能超过多少时间，如果超过了，家里的监控录像都会清楚地记载下来。日本鬼子离开家里时，还一再叮嘱周静没事就在家看电视、上网，本来不太喜欢上网的周静也只能每天在网上打发时间。父母家周静不敢轻易去，因为向芳时不时地要回家折腾，她怕有什么事自己说漏了嘴惹来麻烦。周静在寂寞无聊中天天盼着日本鬼子能早点回到自己身边时，没想到一件意外事情的发生，突然让周静想起了已经快忘记的夏楠，而且迫不及待地想见夏楠。

那一天，周静刚起床，母亲就给她打来了电话："小静，贝贝病了，我刚送来医院输液，你来帮帮我吧！"母亲在电话里非常着急。

"妈，你别着急，我马上就过去。"一听说侄儿生病了，周静立即从家里拿了一些钱就直奔医院。虽然周静不喜欢向芳，但她却非常喜欢向芳的儿子贝贝。贝贝长得虎头虎脑非常可爱，他跟周静也特别亲，见了周静就会倒在她怀里撒娇，让周静感到开心、快乐。一听母亲说贝贝在医院里输液，周静就以为出了什么大事，等她满头大汗地跑到了医院，才知道是虚惊一场。

周静在医院找到父母的时候，贝贝已经输完液吃了药倒在周家母亲怀里睡着了。周静立即跑去问医生，才知道贝贝就是感冒了有点发烧，本来可以不用输液，吃点感冒药就没事的，可周静的父母非得让医生给贝贝输液，觉得那样好得快。听了医生的解释，周静悬着的心才终于放了下来。

因为贝贝下午还要输液，父母也不想离开医院去外面吃饭，周静就决定去外面给父母买一些吃的回来。就在周静买了东西回医院时，却意外地遇到了乌云，准确地说是乌云和另一个男人，那个男人就是苏一铭。乌云和苏一铭坐在医院门口南边的花台上，苏一铭静静地看着乌云，乌云剥了一根香蕉递给了苏一铭，然后对他说："苏警官，这是香蕉，你快吃。"

苏一铭接过香蕉咬了一口，然后重复刚才的话说："香蕉。"

乌云满脸兴奋地拍了拍苏一铭的手说："我叫乌云，你叫苏一铭，我们俩是内蒙古老乡。"

苏一铭立即抓住了乌云的手，情绪激动地喊了起来："你叫乌云，我记住了，快把你的电话告诉我，我要记你的电话号码。"

乌云立即拉住苏一铭激动地说："苏警官，谢谢你记住了我，你快告诉我害你的人是谁？赶快说出来，你的同事好帮助你抓获歹徒！"看到苏一铭的记忆力和智力恢复得越来越好，乌云的心情非常激动，她决定一直在医院陪着苏一铭，希望从他口中知道他被害的真相。可没有想到一个人的出现，完全打乱了乌云的所有计划。

"乌云，他是谁啊？你怎么像教3岁小孩一样？"周静看到乌云对苏一铭的奇怪举动非常好奇，她立即走过去拉住了乌云。

苏一铭看了一眼周静，他的脸色突然变得煞白，然后立即起身就往一边走。

乌云立即推开了周静，然后大声地吼道："你才是3岁，不会说话你就别说啊！"一见苏一铭突然离开，乌云非常生气。

"对不起，我说错了。乌云，你是怎么认识夏先生的啊？上次你好像说我找人伤害了他，这怎么可能啊？你知道他现在在哪里吗？我想亲自找他澄清一下这个事情。"周静并没有生气，现在突然看到乌云和苏一铭在一起，她就想起了上次乌云和夏楠在一起的事情，很多事情她也被弄得莫名其妙，所以想了解清楚。夏楠是她心里一直喜欢的男人，她也非常想他，现在日本鬼子已经回日本了，她相对自由得多了。

"你还有脸见我干爹，我干爹还被你害得不够吗？告诉你，我干爹一辈子也不愿意见你的。你现在走开，我也不想见你！"乌云立即推开了周静，然后跑上前拉住了苏一铭的手。

—第 60 章—

喜事不成，伤心事纠缠

从来没有做过手术的乌云，终于胆战心惊地被推上了手术台。医生给她打了麻醉药之后，她便什么也不知道了，等她醒来之后才知道自己的子宫肌瘤已经被切除，而且手术非常成功。乌云又惊又喜，她还没有想到怎么样报答夏楠夫妇的恩情时，却接到了苏一铭主治医生的电话："乌小姐，我是苏警官的主治医生，你现在有时间吗？苏警官一直吵着要出来找你。"

"好的，我马上过去！"一听说苏一铭在找自己，乌云就非常激动，她觉得肯定是苏一铭又回忆起了以前的很多事情想告诉自己。乌云顾不得自己刚刚做过手术，立即就向夏楠夫妇求情："干妈，我现在感觉身体很轻松，你们陪着我去看一下苏警官吧，我真的很担心他。"本来乌云是想一个人去看苏一铭的，但她想夏楠和金菲菲肯定会不同意，所以就悄悄先去探一下金菲菲的口气。

对于夏楠，乌云并不怕他，可对金菲菲乌云还是非常畏惧的。上次因为自己没有听话惹怒了金菲菲，金菲菲发起脾气来的样子，乌云现在想起来都还觉得可怕。所在现在有什么事乌云都是先去找金菲菲请示，只要她同意了一切事情就好办了，她要不同意自己就先不去，免得再惹她生气。可乌云没有想到的是，自己刚提出让他们跟自己一起去医院看苏一铭，金菲菲立即就同意了："你年轻，做一个小手术不碍事，既然感觉身体状态不错，想出去走走也行，直接打车去吧，多给苏警官买点他喜欢吃的东西去。你干爹身体不好，我要陪他去医院看病，所以就不能陪你了。"此时的金菲菲非常理解乌云，然后又从身上拿了一些钱给她。

"干爹有病？他得了什么病啊？我也跟你一起陪干爹去医院。"一听说夏楠身体不好，乌云就吓住了。

"没有什么大病，你别担心，有我陪他去就行了，你是小姑娘，让你过去你干爹也不好意思的。"金菲菲非常委婉地拒绝了。

既然金菲菲把话说到这个份儿上，乌云就不好再去过问夏楠的病了，只是心里感到非常内疚。金菲菲和夏楠都视自己为宝，现在夏楠病了，金菲菲不告诉自己真相还拒绝自己去照顾，一定是不想让自己担心，因为自己也刚做了手术出院，更不想为去照顾夏楠而拖垮了身体。

一想到夏楠的病，乌云又突然想起了周静。因为在几天前，夏楠才因为日本鬼子的事被人伤害过，现在又莫名其妙地生病，乌云觉得夏楠的病都是因为日本鬼子的事，日本鬼子的事肯定就要牵扯到周静。想起徐浩又是因为周静而被周涛伤害，乌云心里就越想越觉得憋得慌。后来苏一铭又被周静吓成了这样，又气又恨的乌云立即拿出手机给周静打电话，然后在电话里毫不客气地指责起周静来。

其实这一点，乌云是真的冤枉了周静。夏楠因为日本鬼子受伤的事，周静根本不知道，夏楠是周静心里真正爱过、也是非常敬重的男人，她怎么可能去伤害他啊？

"乌云妹妹，夏先生怎么啦？你快告诉我，我要去见他，我要去见他！"周静一接到乌云的电话，她立即就赶到了医院。对于夏楠的遭遇，她是一点都不知道，更不知道自己在什么地方伤害了夏楠。尽管乌云对她很不客气，她却厚着脸皮拉住了乌云的手，希望从她那里得到夏楠的真实情况。

乌云还没有想到怎样才能摆脱周静的纠缠时，金菲菲突然给她打来了电话，乌云一看是金菲菲的电话，她已经忘记了周静在眼前的事实，而是立即对着电话喊了起来："干妈，干爹的病有没有什么危险啊？你们现在在哪里？我想去看干爹……"乌云越说越激动，最后竟对着电话抽泣起来。

"乌云，你别哭，你干爹没事，现在我们已经回家了，你在哪里？赶快回来吧，你干爹想吃你做的铁锅焖面。"金菲菲在电话里说得非常轻松。

乌云对着电话不停地点了点头，然后拉住苏一铭的手大声地喊了起来："苏警官，我太高兴了！你知道吗？现在我干爹没事了，你的病也好起来了，我干爹想吃老家的铁锅焖面，你想不想吃啊？如果想吃，我下午做了也给你送来一些。"乌云说完，立即拉着苏一铭就往医院住院部走。

回过神儿来的周静，立即想去追赶乌云和苏一铭时，一只有力的大手突然从后来拉住了她，周静回过头一看拉她的女人立即吓得脸色苍白。

夏楠和金菲菲自从知道了徐浩和乌云不是亲兄妹以后，就一直想找个机会把他俩之间的那层纸给捅开，对于张红追求徐浩的事，他们也不看好，觉得乌云和徐浩才是真正的一对金童玉女。所以夫妻俩回家以后，就一边给乌云打电话，一边也给徐浩打电话。因为在医院的事情办得很顺利，夫妻俩也特别高兴，就决定在这个时候把徐浩和乌云的事给定下来。不管怎么说，乌云是他们的干女儿，她有了一个好的归宿之后，当长辈的也算了确了一桩心愿。乌云是个美丽动人，善良得让人心疼的女孩子，凭他们的关系给她找一个有钱有势的男朋友根本不成问题，但他们实在不放心乌云嫁给条件太优越的男人，因为条件太优越了保险细数就低。徐浩除了家庭条件不好之外，别的并不比别人差，最重要的是他非常喜欢乌云，这一点夏楠和金菲菲早就看出来了。乌云和徐浩是老乡，相互知根知底。穷并不可怕，只要两人真心相爱，积极进取没有什么办不到的事情。夏楠和金菲菲已经在心里为徐浩和乌云设计好了未来的路，如果徐浩和乌云谈成了，他们决定买一套房子送给乌云当陪嫁。这一切当然都不是白送，乌云是个做事厚道的人，夏楠夫妇希望乌云到自己的公司来，让她帮助一起打理公司，学习更多的东西。以后他们自己的孩子长大，乌云更会尽心尽力地协助他掌管企业，那样才是最重要的。现在社会上能人不少，但要找一个有才有德的却很难。

乌云回到了金菲菲家，看到夏楠满脸喜悦的样子，她的心立即就放了下来。

"先坐下来休息休息，你也累了。"一见乌云进了家门，金菲菲立即把乌云往自己身边拉。

"我不累，你们坐着休息吧，我马上去给干爹做吃的。"乌云说完立即从冰箱里拿出东西往厨房里走，此时的她只想立即把夏楠爱吃的铁锅焖面做好，别的什么事情她没有去多想。可就在乌云的铁锅焖面还没有做好

时，却传来了夏楠在客厅里的大吼声："怎么会这样？怎么会这样啊？"

乌云立即关掉了火，然后惊慌失措地跑到客厅抓住了夏楠的手，说："干爹，你怎么啦？怎么啦？"看到金菲菲坐在旁边不停地摇头叹息，乌云的第一个感觉就是夏楠的身体出了大问题，所以她非常害怕。

其实夏楠是在和徐浩说话，开始他没有打通徐浩的电话，后来他又不停地给徐浩打电话，终于把徐浩的电话打通了，本来是想让徐浩赶快来家里，自己想给他一个惊喜，没想到徐浩却给了他一个惊吓，徐浩昨天就回到了老家，因为他的父亲得了晚期肺癌。

父亲突然得了绝症，对于徐浩来说是一个致命的打击，他上中学和高中都是父亲在外打工挣的钱供他的。就在徐浩快考大学的那年春节，父亲从南方揣着厚厚一叠血汗钱回家以后，就莫名其妙地大病了一场。因为舍不得花钱去大医院，就在镇上的卫生院开了一些药拿回家边吃边疗养。后来父亲就再没有去南方打工，老乡给他打了无数个电话，父亲也不愿意再去，他在老家的县城找了一些临时工干，工资不高，但可以经常回家。那个时候的徐浩根本没有想过父亲有什么异常，因为他主要的精力都用在了备战高考上，家庭困境他是非常清楚的，要改变家庭的困境，徐浩觉得只有发奋读书那条路可走。那一年徐浩成了全县的高考状元，学校和政府奖励的钱就有几万块，除了开学带了1万多块钱去学校用以外，徐浩再也没有向家里要过钱。他只希望把钱留在家里，让奶奶和父亲有好日子过，他在学校可以勤工俭学挣生活费。而父亲的身体一直不好，徐浩不想让他再出去打工，只想让他在家好好地陪陪奶奶。现在自己终于熬到大学毕业，又考上了人人羡慕的公务员，还没有来得及把父亲和奶奶接到身边来好好享享清福，父亲却得了绝症。徐浩无法接受这个残酷的现实，其实在春节之后徐浩离开了家，父亲就开始发病了。而且越来越严重，但他一直不让人告诉徐浩，他怕影响徐浩的学业。奶奶既爱儿子也爱孙子，所以她没有把这事儿告诉徐浩，因为她也不知道儿子得的是什么病。当徐浩考上了公务员又把自己第一个月的工资全部寄回家向父亲和奶奶报喜时，父亲已经卧床不起了。徐家奶奶看到在痛苦中挣扎的儿子，终于找别人悄悄给徐浩打了一个电话。徐浩等来的不是奶奶和爸爸的祝福，而是一个让他悲痛的消息。

—第 61 章—
内外忧患

乌云立即决定回去看一看徐浩的父亲，当然也顺便回家看一看哥哥、爸爸和妈妈。因为夏楠和金菲菲为她请的病假还有几天才到，现在自己的病也好了，所以她决定利用这段时间回去看看。乌云已经在网上查了，因为现在是淡季，飞机票打折下来就跟一张硬卧火车票差不多，所以她决定坐飞机回去以节省时间。徐浩的爸爸突然得了绝症，乌云可以想象得到徐浩的伤心程度，她只想回去帮他做点什么。

也许是看出了乌云的心思，乌云还没有向夏楠和金菲菲提出自己想回家的想法，金菲菲却主动找到了乌云，然后亲切地对她说："你回家带一张银行卡回去，身上少带点现金，卡上有几万块钱，到了你们县城就取点出来先交给徐浩，让他为父亲尽最后一点力吧。如果还需要钱的话，你就给我打电话，我把钱给你打到卡上。记住，密码就是你的生日。马上把身份证拿出来我给你订飞机票。现在你干爹的身体还没有完全恢复，等他好一点我们会一起去看徐浩他爸爸的，你一个人先回去吧。"金菲菲边说边从身上掏出了一张银行卡交给乌云，然后又叮嘱乌云："也记着回去看看你爸爸、妈妈和哥哥，真的是有点担心你哥哥，不知道他现在情况怎么样了。"

一看到金菲菲这样理解自己，关心自己的家人和徐浩父亲，乌云立即抱住金菲菲抹眼泪："干妈，这一生认识你和干爹就是我上辈子修来的福气，我代表我家和徐浩哥谢谢你，你真的是太善良太有爱心了，好人会有好报的。等干爹的病好了，你们快给我生个小弟弟吧，到时我一定会把他

当成我的亲弟弟一样来疼爱。"

"别说这些了，到时候会让你看到弟弟的，以后我们年纪大了，还全靠你帮助小弟弟呢。对了，你先给徐浩打个电话，看他的父亲现在是在医院还是家里。到时你直接去找他，再问问他还需不需要你从这里给他带什么东西回去？"金菲菲毕竟是过来人，做什么事情都考虑得比较周到。

乌云听金菲菲这么一说也觉得很有道理，她立即拿起手机就给徐浩打电话："徐浩哥，你在哪儿啊？我马上回来看你爸爸。"乌云恨不得自己马上就飞回老家去。

"谢谢你们大家的好意，现在不用回来。"乌云本来以为知道了自己要回去，徐浩会惊喜，可没有想到他却拒绝了自己。

"我现在还有几天假，干爹干妈也非常支持我回来看你爸爸，这是我们大家的一片心意，你别客气好吗？快告诉你在哪里？我马上就坐飞机回去。"乌云情绪非常激动，她担心徐浩受不了沉重的打击而出现意外。

"我决定把爸爸接到江城来治病，那里的医疗条件好一些，我想尽自己的最大努力挽救爸爸的生命。奶奶一个人在家我也不放心，所以我决定把她也一起带来，那样我可以一边上班一边照顾爸爸。乌云，你现在方便的话，先帮我租套房子好吗？我们马上就要动身回江城了。"徐浩在电话里这样请求乌云。

"好好好，我马上去给你找房子！"听了徐浩的决定，乌云又惊又喜，她立即把这件事告诉了金菲菲和夏楠，然后又打电话迅速告诉了张红，她希望大家都来帮助徐浩。然而，乌云做梦也没有想到，她刚和张红一起去帮徐浩租到了一家离医院很近，价格又比较便宜的房子，还没有来得及帮助徐浩照顾父亲，却接到了母亲的电话。

"乌云，你哥请了一个人帮他代守农家书屋，他自己跑去资阳县见网友去了。现在电话也打不通，真的是急死人了，你说这事怎么办啊？"母亲在电话里边说边哭。

乌云又惊又气，她立即拨打哥哥的电话，可传来的是机主无法接通的信息，一种不祥的预感立即笼上了乌云的心头。乌云没有想到，哥哥并不像母亲说的那样只是去见网友，而是已经踏上了漫漫的维权路。

乌日力格自从上次经受非法出版物打击以后，就一度对写作失去了信心。后来被一个自称是失意女作者的姑娘开导和鼓励之后，他渐渐走出了阴影。因为失意女作者的遭遇比乌日力格的遭遇惨得多，但她最终战胜了自我，成了一名优秀的作家。一个女孩子都能拿得起放得下，这让乌日力格内心非常惭愧。失意女作者的热情鼓励，又让乌日力格重新燃起了对生活的信心，仔细审视自己的过去，乌日力格觉得自己受骗也不完全怪骗子，主要是自己也没有把握好，多多少少还是患了现代年轻人的通病，那就是急于想成名成家的虚荣心。追求理想，实现自己的人生目标没有错。但不切合实际，盲目地去追求功利很可能就会上一部分不法分子的当。作家历来就是写书挣稿费，哪有自己花钱去出版作品的？如果自己的作品写得不好，又没有读者，出版了有什么用？在网上，乌日力格也知道大多数人都是自己花钱出的书，很多都是政府和事业单位的人；自家花钱出书都是为了标明作家的身份和升职评级，那样会得到更多的实惠。当然也有一些文学痴迷者，他们没有什么功利心，因为写了很多东西不能发表和出版，所以自己花了钱出版作品，然后把自己的劳动成果送给亲朋好友，以了却自己的作家梦。这一类人被别人戏称为文学中毒青年，当然也包括一些中年和老年文学爱好者，虽然他们的执着精神让人敬佩，但很多人都觉得不可取。

乌日力格觉得自己跟这两种人都沾不上边，自己既不是国家工作人员，也不是事业单位的人员，只是农家书屋临时招聘的管理员，虽然每个月有 1000 多块钱的工资，但没有国家正式编制。乌日力格自己也知道是当地政府考虑到他家的实际情况，照顾他来当了农家书屋的图书管理员。自己就是出版了书也跟升职评级不沾边，因为他们本来就没有升职和评级的规定。要让自己和别人一样，出书了却作家梦，他觉得更不现实，也觉得没有那个经济能力和雅兴。当时自己出书真的是一时鬼迷心窍，现在想来就觉得非常后悔。失意女作家给了他很好的启发，那就是好好生活，好好地做好自己身边应该做的事情，不要为了名利去写作，把写作当成一种追求和爱好。乌日力格觉得失意女作家说的话非常有道理。可就在他已经把失意女作家当成自己学习的榜样和知己时，失意女作家却立即告诉乌日力格她要到国外去留学几年，暂时不会上网了，希望乌日力格多保重自己。

其实乌日力格并不知道，他心中的失意女作家就是妹妹给他找的托

儿——张红。为了帮助哥哥走出阴影，乌云就让张红帮助编造了一个美丽的谎言，后来看到哥哥已经完全走出了阴影，又拿起笔来写了一些东西在媒体上发表，而哥哥和张红讨论的东西也越来越专业，本来就对文学一窍不通的乌云和张红再也编不出瞎话了，他们怕露馅让乌日力格受到伤害，所以立即编了一个理由在乌日力格的生活中突然消失。非常失落的乌日力格，为了寻找精神寄托，就在写作群里认识了一个冰清玉洁的女孩——紫嫣，一个听名字就会让男人浮想联翩的姑娘。

紫嫣是主动找上乌日力格聊天的，因为都是搞文学创作的人，聊天的话题当然也离不开文学。从聊天中，乌日力格知道了紫嫣的真实身份——白富美，在父亲的公司当副经理。因为对文学痴迷，常常不被家人理解，所以心里非常苦恼。得知了这样的情况，乌日力格也把自己的一切毫无保留地告诉了紫嫣。紫嫣非常同情乌日力格的遭遇，希望乌日力格把小说发给她看看，如果小说好的话，她可以帮助找到正规出版社。毫无防备的乌日力格立即把小说发给了紫嫣，紫嫣立即给乌日力格回了话：小说一般。要出版也只能自费，如果乌日力格想出版的话，自己可以在经济上帮助他。

经历了上次自费出书带来的麻烦事，乌日力格立即拒绝了自费出书的想法。虽然紫嫣愿意在经济上帮助他，但他觉得自费出书完全失去了自己写作的目的。紫嫣是一个非常懂事的女孩子，她对乌日力格的决定非常理解，时不时地给乌日力格寄一些衣服和吃的东西。乌日力格心里非常感激这位有情有义的富家文学好友，就想着有一天能当面谢谢这位好心女孩。可没有想到，几个月之后，乌日力格真的实现了这个愿望，但他没有想到的是却是另一种见面方式。其实乌日力格根本没有想到紫嫣开始和他交往就是一个骗局，紫嫣不是他心中的天使，而是一个叫黄清的半老徐娘。为了在文学上取得成功，她可以不择手段。

黄清所在的资阳县残联是全国学习的先进单位。那个县是全国残疾人比例最大的一个县，但政府和相关企业为了解决残疾人的生活和就业问题，花大力气，开展了各式各样的就业培训，想方设法为残疾人争取到了适合的就业机会，现在那里残疾人的就业率是百分之百，而且都成了企业的技术能手。

乌日力格所在县的残联主任梁秋，到资阳县去学习别人的先进经验，可没有想到就遇上了不正常的黄清。梁秋他们去的时候，当地宣传部、文联、广电等部门的人员都在现场。文联主席黄清还给每位来宾送上了一部自己的小说《农村三六九部队》。从黄清的简历上梁秋知道她原来是文联的一个创作人员，今年当上了省里的签约作家。签约作品《农村三六九部队》已经正式出版，很快成了畅销书。省作协和文联正准备推荐其参加下一届茅盾文学奖的评选。红透了半边天的黄清也因为成绩突出，立即被提拔到了文联主席的位置上。

开始的时候，梁秋还没有注意到《农村三六九部队》有什么问题，但他在回去的途中无意翻阅了一下黄清的小说，才发现《农村三六九部队》和乌日力格的《留守》内容完全是一样的。因为乌日力格出书的事件闹得沸沸扬扬，他当时还带着残联的人去慰问过乌日力格。出于气愤，梁秋当时就打电话把这事告诉了乌日力格，没有想到却给乌日力格带来了灾难。

—第62章—

自投罗网

乌日力格接到梁秋的电话之后，他就立即在百度里搜索长篇纪实小说《农村三六九部队》，这才发现很多媒体都在报道《农村三六九部队》的出版，而且非常受读者喜欢。乌日力格立即在好友里寻找紫嫣的QQ号，却怎么也找不到了，后来才知道黄清早已经把他拉入了黑名单。乌日力格又试着拨打紫嫣曾经留给他的一个电话号码，却传来机主关机的消息，乌日力格这才想起自己已经很长时间没有和紫嫣联系过了。想到自己的作品《留守》出版的尴尬事，现在又被别人拿去出版成了畅销书，乌日力格心里非常难过。乌日力格立即根据梁秋给他提供的信息，马上给黄清打了电话，指责她剽窃了自己的小说去出版，现在自己想讨回一个公道。

其实当时乌日力格想得非常简单，他只想让剽窃者给他承认一个错误就行了。一个残疾人第一次写长篇小说出版，后来被人当成是非法出版物全部收缴，现在他想得到承认，自己的不是非法出版物，自己写的是一部老百姓都很爱看的好书。虽然自己身体残疾了，但心没有残疾，自己有一颗健全的心；政府、社会、众人给予了自己关爱和帮助，自己想做出一些有意义的事情来回报社会。

黄清在接到乌日力格的电话以后，立即就发了火："我是堂堂的文联主席，以前就出过两本书，现在又是省文学院的签约作家，谁剽窃你的作品了啊？我的小说《农村三六九部队》也是我今年的签约作品，更不认识你所说的网友紫嫣，我成天工作忙得不可开交，哪有时间上网聊天？你如果再胡闹，我将拿起法律的武器来保护我的合法权利。"黄清在电话里辱骂了乌日力格之后，心里感到非常痛快，她觉得一个没有背景的农村残疾人来跟她斗，真的是开国际玩笑。可她自己没有想到，就是她的话提醒了乌日力格：用法律的武器保护自己的合法权利。乌日力格手中也有证据，那就是当时收缴他的非法出版物时，他悄悄藏起来了几本，不管是非法的还是合法的，乌日力格都觉得那是自己十月怀胎生下来的孩子，他爱他，舍不得亲手杀了他。

黄清之所以敢否定自己剽窃乌日力格的作品一事，是她觉得现在自己到了这一步已经胜券在握。乌日力格再来找她闹事真的是有点没有自知之明了，当得到乌日力格的小说稿以后，她马上就去版权局注册了。已经在社会上混了多年的她，这一点比乌日力格强得多，管他是偷来的孩子也好，捡来的孩子也罢，只要给他上了合法的户口就是自己的儿子，到时谁也抢不走。在这之前，黄清已经把乌日力格所有的一切都调查清楚了，那部小说根本没有登记版权，还给乌日力格惹下了大祸。乌日力格不会再去折腾那部惹祸的小说，黄清马上就开始了自己的计划。

黄清虽然写作水平有限，但看小说还是非常有眼光的，她加入了这样那样的作家协会，但真正在公开文学杂志上发表的作品却没有一篇，好在现在自费出书已经成为一种时尚，黄清就把她这么多年来写的所谓作品出版了两本书。黄清不缺钱花，她的老公是中国改革开放以后最先富起来的那种人，因为没有文化，对于黄清这种有点文化，还能写一些"作品"的作家崇拜得五体投地。一个有钱，一个有"才"，两个人很快就走到了一起。因为事先有了两部作品，又有老公的钱开路，黄清就由一个企业编内部小报的人员被破格录用为县文联创作室副主任。黄清本来以为自己现在是国家事业单位干部，又是人人羡慕的作家了，可没有想到意外发生的一件事，却给了黄清当头一棒。因为养宠物和邻居发生了矛盾，黄清便骂邻居没文化、没素质、没修养。"你有文化？你有素质？自己花钱出本书还有脸自封为作家，这跟妓女花钱去做处女膜有什么两样？小学生都不如的狗屁文章还好意思拿出来丢人现眼！"邻居也不示弱，她毫不留情地揭黄清的短。

花钱出书然后当作家这是黄清永远的痛，因为她的这些"大作"已经投过全国许多文学杂志，有的杂志还客气地给她回一句话，更多的是石沉

大海。作为作者，谁不想自己的作品能与读者见面啊？黄清是没有办法才想到自费出书的，到了文联以后，本来以为自己已经大功告成，自己已经真正标榜为作家了，却被人当场揭开了真相。就像一个新婚的妻子，突然被丈夫知道了自己曾经当过妓女的背景，弄得自己无地自容。就在这时，省文联下一年的签约作家招聘已经开始了报名，做梦都想当一回真正作家的黄清再次慌了神儿。对于签约上了的作家省文联将给予资金的扶持，黄清不需要资金扶持，她需要的是一张省文联的作家签约证书，那样才能标榜自己是真正的作家。签约作家的作品省文联负责推荐出版或发表，从来没有发表过作品的黄清觉得这是提升自己价值的资本。

前些年签约作家都是由各地文联向上推荐，黄清不是没有跑过关系，而是因为全省各地区文联单位的元老太多，而招收的签约作家名额又有限，所以根本轮不到她黄清的份儿。就在黄清等待时机，决定再次从各方面打通人际关系时，省文联也开始向全国先进地区的省级文联单位学习：实行公开招聘制，应聘者申报选题大纲，然后经过专家评定择优录用。一得到这个消息，黄清的心立即就掉进了冰窟窿，要凭真才实学，她连报名的勇气都没有。眼看着省文联招聘作家的截止日期就要结束，黄清都以为自己的签约作家梦从此破灭了，可没有想到，乌日力格在她的生活中出现了。黄清立即像抓住了一根救命草，她立即把乌日力格的小说据为己有。一边在版权局注册版权，一边把作品大纲上报了省文联，没想到选题和大纲顺利通过，黄清当上了签约作家。《农村三六九部队》因为立意好，省文联立即出面帮助黄清联系到了出版社出版。黄清终于洗清了以前的耻辱，她成了县里的风云人物。因为她是资阳县第一个省文联的签约作家，又是第一个公费出版图书而又成为畅销书作家的。紧接着是官运、财运接踵而至，没想到的是她却得意忘了形。为了宣传自己，扩大影响力，黄清对每一位外地来参观学习、办事的官员都亲手送上一本自己签名的杰作，后来才知道自己是自投罗网。

对于乌日力格的到来，黄清非常惊讶，本来她以为自己在电话里说的话已经把乌日力格给吓住了，可没有想到乌日力格却找到了她的单位。当时，黄清正在给相关单位的负责人开会。俗话说得好，新官上任三把火，她得把第一把火先烧好，所有的发言稿都是秘书事先给她写好的，现在她才真正地觉出那本《农村三六九部队》给她带来的实惠。以前还要时时听领导的使唤，受领导的批评；现在什么都不用了，只要一个电话秘书就会把所有的东西都给她整理好。心情不好的话，她还可以把一个文件让秘书无数次地修改，直到改到她满意为止。秘书虽然心里十分生气，但也只能是敢怒不敢言。黄清觉得自己以前受过领导的刁难，现在折磨了别人心里才觉得解恨。

工作人员向正在开会的黄清汇报，说外面有个残疾人想找她的时候，黄清还根本没有想到会是乌日力格找来了，所以她很不耐烦地训斥工作人员："你没有看到我在开会吗？现在什么人我也不接待！"尽管黄清水平没有，但摆起官架子来并不比别人差。

工作人员离开不到十分钟又走到了黄清面前，然后小声说了起来："黄主席，这个人说他叫乌日力格，你要再不出去见他，他说让你下不了台。"虽然工作人员的声音不大，但黄清还是觉得会议室里的人员都听到了，因为大家都用奇怪的目光盯着她。

一听到乌日力格这个名字，黄清心里不由得打了一个冷战。关于她火线提干的事情，当时就有很多人反对。但她老公有钱打点各路神仙，她自己又有让人看得见的成绩摆在那里，所以反对她的人也只有在私下相互议论一下，根本不敢公开反对她。现在她正是春风得意的时候，如果乌日力格来闹事，马上就会让那些反对她的人逮住把柄。一想到这样的后果，黄清立即就慌了起来，她觉得自己现在唯一要做的就是用钱把乌日力格打发走。有钱能使鬼推磨，她就不相信自己有钱还摆不平一个残疾人，可她却没有想到自己真的是小看了乌日力格。

黄清匆匆结束了会议，然后把乌日力格带到了自己的办公室，她开口就答应拿 5 万块钱给乌日力格了结此事。黄清本来以为乌日力格会对她感激得五体投地，因为乌日力格原来的小说不但没有卖到钱，还因为非法出版贴进去很多钱，现在意外得到 5 万块钱，对于一个农村残疾青年来说，应该是天上掉馅饼的好事，他怎么可能不高兴啊？

"我不要钱，只希望你写一个声明，声明你出版的小说《农村三六九部队》就是我的小说《留守》，我要拿回去向那些关心和帮助过我的干部群众证明，我写的小说不是非法出版物，现在已经正式出版了，很多人都

喜欢这部作品。"乌日力格拒绝了黄清的要求，而且非常固执地要坚持自己的原则。

"给你写这些有什么用？吃饭生存才是最重要的，你们家也实在够穷的，这样吧，我给你10万块钱，你马上离开这里，以后也不要再纠缠这件事了。"黄清还是耐着性子和乌日力格谈判，因为她不可能答应乌日力格的要求。乌日力格提出的要求看起来很简单，但对于黄清来说等于是要了她的命。

"你给再多的钱我也不要，就只要你给我写一个申明。"乌日力格还是不答应黄清的要求。

"你有什么证据说我出版的《农村三六九部队》是你写的？"见乌日力格不答应，黄清开始露出了真面目。可她没有想到，自己的话音刚落，乌日力格立即从身上拿出了一本《留守》。虽然是非法出版物，但上面的日期写得清清楚楚。黄清立即傻了眼，清醒过来的她立即给文化局打假办公室打了电话，乌日力格的《留守》被当场收缴以后销毁。情绪失控的乌日力格气得在黄清办公室乱砸东西，警察很快抓走了乌日力格，罪名是故意毁坏公共财物罪。

—第 63 章—

誓言无悔

　　梁秋自从给乌日力格打了电话，告诉他小说被剽窃的事情之后，因为回去有很多工作要忙，所以也没有及时去了解乌日力格对此事的看法，本来想着等到了星期天有空儿再到乡下去看看乌日力格，然后想办法找律师帮助他维权，可没有想到乌日力格已经出事了。电话不是乌日力格打给他的，而是乌云打给他的，希望他出面说清事实的真相，因为黄清决定起诉乌日力格诽谤罪。乌云给梁秋打电话时，她已经由夏楠陪同一起到达了资阳县。乌日力格被警察带走之后，气得昏死过去，警察立即把乌日力格送到了医院，然后又从乌日力格的手机上找出了乌云的手机号，就给乌云打了电话。一直为哥哥焦虑不安的乌云，这才知道哥哥在资阳出事了。夏楠更是顾不得妻子的强力反对，他立即买了飞机票陪同乌云去资阳县处理事情。本来金菲菲是要陪着乌云去处理乌日力格的事情的，但夏楠立即拒绝了，妻子性格急躁，遇事不够冷静，夏楠怕她把事情越弄越糟。

　　乌云和夏楠到达资阳县医院的时候，乌日力格已经苏醒了过来，他正在情绪激动地向警察讲述事情的经过。乌云和夏楠也就在那个时候知道了事情的真相。虽然警察在了解了事情的真相之后，已经决定免除对乌日力格刑事拘留的处分，但乌云却无法忍受此事带给哥哥的羞辱，她决定去找黄清论理，一定要为哥哥讨回公道。哥哥走到今天不容易，不能被黄清这样龌龊的人给欺负了。夏楠也非常同意乌云的想法，因为这是为弱者伸张正义，一定要让黄清这种道德败坏的国家事业单位干部受到惩罚。可没有想到的是，乌云和夏楠还没有找黄清兴师问罪，黄清却立即说出了考虑到

乌日力格是残疾人，如果他以后不再闹事的话，她可以不追究他的任何责任。如果乌日力格再来无理取闹，她将走法律程序，告乌日力格诽谤罪，还当场拿出了自己在省文联签约时的所有材料，和《农村三六九部队》的著作权证书。乌云和夏楠彻底傻了眼，因为他们现在拿不出任何有效的证据，证明黄清是剽窃了乌日力格的《留守》。就在这个时候，乌云和夏楠想到了老家的残联，当时哥哥出的书被当成非法出版物收缴销毁时，全县都轰动了，也有很多人在农家书屋读过乌日力格的小说《留守》。现在出了这样的事，只得求助残联帮助，因为残联就是维护残疾人合法权益，直接为残疾人服务的。这件事也是残联的梁秋拿到黄清送的书，才知道乌日力格的书被剽窃了，所以他是最有发言权的。现在既然事情已经闹到这个地步了，乌云觉得不管付出多大的代价，她一定要帮助哥哥把官司打下去，不蒸馒头也要争一口气。

知道乌日力格出事了，梁秋哪敢怠慢？他立即赶到了资阳县，此时乌日力格已经康复。为了不打草惊蛇，梁秋没有去惊动黄清，而是准备先把乌日力格劝回老家，然后再帮助他一步步地调查取证，找到足够的证据之后立即起诉黄清。现在的情况对乌日力格不利，所以得处处小心，稍有不慎，乌日力格就会由原告弄成被告，那样对乌日力格的伤害更大。但梁秋没想到，精神已经受刺激的乌日力格坚决不愿意回老家，要在资阳县等待事情的最终结果。对于他来说一天得不到结果，心里一天也安宁不下来。为了这本书他曾经牵连了很多的好心人，现在他就是想证明自己这本书的价值，可他却忘了打官司，调查取证都是一个漫长的过程。

为了阻止哥哥的不理智行为，本来还准备和梁秋送哥哥一起回老家的乌云，立即打消了这个念头，决定把哥哥带到江城去玩几天，让他见见世面，开阔一下视野，以便消除他内心的苦闷，这样对他的身心健康都有好处。再者，乌云也觉得内心非常亏欠哥哥，当年哥哥要不是为了保护自己，哪里会落到终身残疾的地步？让他失去的东西太多太多，现在有这个机会就把哥哥接到江城去玩几天，也算是对哥哥的一种安慰。乌云的想法很快得到了梁秋和夏楠的支持，他们也觉得现在给乌日力格换一个环境生活几天，也是一个非常不错的主意。但乌云却没有想到，就是她的这个好办法，却又让哥哥的事情节外生枝，差点酿成大祸。

自从徐浩把父亲和奶奶带到了江城，乌云和张红帮助安排好了一切之后，乌云就开始忙着哥哥的事情。张红也让乌云不要再管徐浩家的事情，一切由她来帮助照顾。张红喜欢徐浩，乌云早就知道，既然张红提出了这样的要求，乌云马上就同意了。她觉得这样也是张红单独和徐浩家人接触的好机会，哥哥的事已经折磨得她寝食难安，所以她想把主要精力用在哥哥身上。乌云再三嘱咐过张红，让她不要把自己哥哥的事告诉徐浩，徐家父亲的事情已经把徐浩压得喘不过气，她不想徐浩再为自己的事分心，一个人的精力非常有限，让徐浩承受过多的压力乌云真的是于心不忍。可没有想到乌云的消失，张红的频频出现却让徐浩更加绝望。家里遭遇了如此重大的打击，徐浩希望有人来帮助他，当然他最希望帮助他的人是他最爱的人。徐浩还在老家时，乌云就告诉他已经租好了房子，这令徐浩非常感动。可到了江城之后，乌云只来过一次就突然消失了，只有张红一直在帮助他，这让徐浩非常不理解。虽然张红经常来帮忙，但徐浩心里还是对她没有好感，特别是张红那种像家庭主人一样的指挥他这、指挥他那的做法让他非常反感。其实徐浩也知道张红并无坏意，就是有点热情过度，但徐浩就是不喜欢张红。他喜欢温柔、文静的乌云来到身边，帮助自己出主意想办法，但一直见不到乌云。他曾经给乌云打过电话，乌云总是显得很忙的样子，刚说不到两句电话就被挂断了。徐浩实在不明白乌云在忙什么，自己没有回江城之前，乌云对自己的热情达到了 90 度，可现在还不到 20 度。

"乌云到底在忙什么啊？"徐浩终于忍不住向张红提出了心中的困惑。

"好像是公司要给她升职了，所以她得在公司好好表现啊。徐浩哥，有什么事情你给我说一样的，别把我当外人，现在这段时间乌云真的忙不过来，一切由我来负责照顾伯父和奶奶。"张红说话很多时候不考虑后果，她这样一说不但把乌云出卖了，也更让徐浩伤心。因为徐浩觉得自己担心的事情终于还是发生了，乌云嫌弃他的家庭穷，现在父亲又得了这样的重病，事业正在一步步高升的美丽天使，又有一个有钱有势干爹干妈的乌云，怎么可能再和他这样的人交往下去？找张红来帮助照顾自己的父亲和奶奶，那就是乌云利用金蝉脱壳的方法了结此事。

几天以后，正在因为乌云的绝情而伤心的徐浩，却意外在父亲的病房

里见到了乌日力格。其实在徐浩去医院之前，夏楠和乌云已经去过了，当时是张红和徐浩的奶奶在医院里守着徐家父亲，徐浩要下了班才过来接替张红。夏楠因为公司有事，他留下一些钱交给徐浩的奶奶之后就立即离开了。乌云本来是想接替张红，让她回去休息的，可没有想到乌日力格去了医院之后，徐家父亲的精神却立即好了起来。因为是老乡，乌日力格和徐家父亲都有很多共同语言。看到徐家父亲的现状，乌日力格已经忘记了自己不痛快的事情，他愿意暂时留下来照顾徐家父亲。看到哥哥的变化，乌云的心也终于放了下来，她决定立即去公司上班，下班之后再来替换哥哥休息，可没有想到不到两天又出事了。

　　周静自从上次被向芳在医院拉住之后，她心里就非常恐惧，因为她怕向芳跟踪自己。日本鬼子早就叮嘱过她，不能让向芳知道家的地址。至于日本鬼子为什么特别要这样，周静并不知道。开始的时候周静并没有多在意，后来无意中想起乌云对她说过的话，她才隐隐约约觉得，日本鬼子和向芳之间有着什么不可调和的矛盾，具体是什么矛盾，她不好问，也不敢问。既然是日本鬼子再三叮嘱过的事情她也只得一切照办，被向芳拉住之后，周静当天一直没有回家，而是住到了宾馆。第二天保安给她打电话说要交水电费，她在确定了没有人跟踪的情况下，才立即打了一个车回家。然后就待在家里轻易不敢出门，家里什么都有，吃上十天半月是没有问题的，周静想着那个时候日本鬼子都回家了，她就什么也不用担忧了，因为家里有了男人就有了主心骨。然而，还没有等到日本鬼子回来，周静却生病了，她只得打了120救护车去医院。可没有想到在医院却遇到了一个特殊的男人，这个男人后来让周静改变了一切。这个男人不是别人，他就是乌云的哥哥乌日力格。

—第 64 章—

干掉熊猫，我是国宝

住在医院的周静本来和乌日力格也是毫无相干的两个人，但因为一件小事两人便相遇了。周静身体不舒服就去了洗手间，因为蹲的时间过长，刚走出洗手间就觉得头晕目眩，身体站立不住要往下倒，就在这个时候，乌日力格从后面扶住了她。乌日力格是帮助徐浩父亲倒了尿盆从男洗手间走出来，发现周静用手捂住头，身体不停地摇晃，他便扔下尿盆去扶住了周静。乌日力格就这样和周静认识了，周静怕向芳给自己找麻烦，她连父母、弟弟也不敢告诉自己生病了，所以和乌日力格聊天的机会也就多了起来。最重要的一点，是周静觉得乌日力格给她的第一印象比较好，虽然乌日力格是一个残疾人，但一言一行完全是一个谦谦君子，周静觉得跟这样的人交谈没有危险，还能让自己多长见识。后来知道乌日力格是一个作家，周静对他简直崇拜得五体投地。当然不是乌日力格为了炫耀自己说出来自己是作家的，而是周静和乌日力格相互都有些熟悉了，在谈起自己的遭遇时，无意中谈起的。但周静做梦都没有想到，自己眼前的才子会是乌云的哥哥！乌日力格也不会想到，自己眼前的美丽女人，其实有很多事情都和自己的妹妹，还有她身边的人有着说不清、理又乱的复杂关系。

那天，乌云下了班以后，本来是想去医院帮助照看徐家父亲的，可却突然接到了张红的电话："乌云，你不用来医院照顾徐浩哥的爸爸，你自己的身体也不好，下了班就在屋里好好休息，有我和徐浩哥还有你哥照顾老人就行了。"张红在电话里非常开心地说。

"你们也辛苦了，我该去换换你们啊。"乌云非常想去为徐浩的父亲尽

一份义务。

"乌云,你还是别来,要不然徐浩哥的爸爸会不高兴的。"张红见乌云一直坚持要来医院,她立即慌了起来。

听了张红的话,乌云心里非常难受,她立即拿起电话给徐浩打了过去:"徐浩哥,我真的是想去医院照顾一下你爸爸,可他为什么要拒绝我?是不是我什么地方得罪了他?你告诉我啊!"乌云的情绪非常激动。

"乌云,这事我心里也很纠结,不知道父亲为什么会变成这样。但他对你哥很好的,就喜欢你哥陪他聊天,现在他病成这样,我也不好再惹他生气,乌云,对不起!"父亲不喜欢乌云去医院照顾他,其实最难受的人应该是徐浩自己。当他终于理解了乌云的所作所为,看到乌日力格和乌云兄妹俩都在为父亲的事忙前忙后时,心里既内疚又十分高兴,正想着找个机会让乌云转告张红,现在有人帮助他照顾父亲了,希望她就在公司里好好上班,不要老惦记着,没想到父亲却坚决拒绝了,说自己就喜欢张红和乌日力格来医院照顾他。虽然没有直接说不喜欢乌云,但明白人一听就知道了老人的心思。徐浩实在想不通,乌云到底哪点不好?春节后为了来家里看他,却在途中遇上了苏一铭被人伤害。为了帮助苏一铭,她一直被苏一铭家人不停地伤害,但她并没有伤害过苏一铭的家人,都是自己一个人默默地忍受。现在乌云自己才做了手术不久,身体都还没有怎么恢复,先是去忙哥哥的事情,现在又把哥哥带来帮助父亲,从来没有向他索取过什么,父亲却表现出这样的态度,这让徐浩非常伤心。可他是一个孝子,父亲现在这样的情况,他不敢跟父亲争论,只好由着父亲的性子去。自己本来是想和张红拉开距离,因为自己不喜欢她,所以不想让她陷得太深,但父亲的这个决定再一次让徐浩陷入了尴尬之中。

知道了徐家父亲不喜欢自己,乌云心里非常难受。回想起春节后去徐浩家,徐家父亲对自己的唐突行为,前些日子徐浩又突然说出自己和他是亲兄妹的事,乌云越想越觉得不对劲儿。正想着哥哥也在江城,决定找他弄清楚自己心中一直疑惑的事情时,却突然接到了哥哥的电话,说他惹下了大祸,让乌云立即赶到医院去。

张红下了班就匆匆去医院换下了乌日力格。本来乌日力格是想立即坐车去夏楠家的,因为徐家父亲的话他也听见了,但当时他真的不好反驳。

妹妹在江城工作，有时间来照顾他，这是理所当然的事，徐家爸爸怎么会把自己也列入照顾他的候选人呢？梁秋已经给他打来了电话，让他立即回老家。律师已经接手了他的案件，县上许多部门的领导知道他的作品被剽窃之后，都愿意站出来帮他作证，所以要他立即回去协助处理此事。所以乌日力格就打算去夏楠家和他们告别，然后想办法说服妹妹，还是希望她有时间来帮助照顾徐家父亲，大家都是老乡能帮的一定要帮。至于徐家父亲没有提出让妹妹来帮助照顾他，他真的没有多想，只是以为自己来照顾他，徐家父亲觉得心里过意不去，所以才不愿意再让妹妹也把精力用在他的身上。自己有自己的工作和很多事情要做，来这里只能算是一个过客，停留几天马上就会离开，妹妹有时间再来帮助照顾他才是很现实的事情。可就在乌日力格刚走出医院，就收到了周静的短信，问他有没有时间，现在自己已经出院，多谢这两天乌日力格对她的照顾，她想请乌日力格吃一顿便饭。

　　一个美丽、孤独还面带忧郁的女人突然提出这样的邀请，乌日力格无法拒绝。从某一方面来说，他是一个写作者，观察生活，了解生活，接触形形色色的人，收集各种素材是他的职责。虽然和周静接触的时间不长，但乌日力格已经感觉到周静是一个很有故事的人。想到自己即将离开江城回老家，以后可能和周静见面的机会都没有了，乌日力格便答应了周静的要求，可没有想到十几分钟之后，悲剧就发生了。

　　向芳本来以为自己给日本鬼子的家人用手机发了短信，日本鬼子害怕了就会和她马上联系，可没有想到日本鬼子不但没有和她联系，她到处找了很久也找不到日本鬼子。哥、嫂没有了工作，她也没有了工作，本来打算带着人跑到日本鬼子的公司去闹事，可还没有进公司就被保安连拖带推地赶了出来。向芳曾经找过丈夫，但一向对她不敢反抗的丈夫也突然和她翻脸了。向芳后来才知道，自己要挟日本鬼子的照片已经被丈夫发现，想到自己什么都没有得到，还让丈夫逮住了把柄，她的精神接近崩溃了。丈夫让自己吃了闭门羹，向芳决定回家找孩子发气。可连家门都进不去，房子产权都是公公和婆婆的，人家有权利换钥匙，她找不出理由来反对。这个时候向芳才知道自己输了，而且输得很惨。以前她还想着离婚把孩子留在身边当摇钱树，现在看来孩子根本不可能判给自己。因为自己连住的地

方都没有，更没有经济能力养孩子，况且孩子一直是公公和婆婆在带，法院在判决时也会考虑到这一点。本来以为靠上了日本鬼子会一夜暴富，现在才觉得是偷鸡不成蚀把米。向芳觉得自己现在已经无路可走了，找到日本鬼子是最重要的事情，但她却不知道日本鬼子已经回日本去了。要找到日本鬼子最直接的办法就是找周静，周静头脑比周涛简单，向芳是早就知道的。实在不行的话，向芳就准备和周静摊牌，让周静知道自己和日本鬼子的事情以后吃醋，那样就有两种可能：一种是周静生气之后会立即带着她去找日本鬼子对质，另一种可能就是周静会站在她这一边，把日本鬼子现在所有的一切都如实告诉她，无论出现哪一种情况，向芳觉得都是对自己有益无害的。但向芳却没有想到，她的如意算盘又打错了。

向芳自从上次在医院遇到周静之后，就再也没有见到过周静。本来上次向芳是一直想跟踪周静到她家去找日本鬼子的，可娘家人又在不断地给她打电话，说有重要事情要商量。等她跑到娘家时，才知道娘家人要跟她商量的事情，还是以前提了无数次的问题：现在怎么办？哥、嫂以前在日本鬼子的公司，干一些轻松活儿却拿高工资，现在去外面找工作到处碰壁。要让他们去干下苦力而且工资又不高的活儿，两个在外资企业工作了几年的人又都不愿意。所以娘家人的希望都寄托在了向芳的身上，现在只有她才能让娘家人扬眉吐气起来。向芳也觉得自己有这个责任和义务，同样是女人，周静能让她的娘家人扬眉吐气起来，自己为什么不能？等她再准备实施自己的下一步计划时，却怎么也找不到周静的人影。又气又恨的向芳立即求助了侦探公司，没想到侦探公司很快就给她反馈回来信息：周静住进了江城第二人民医院。向芳大喜过望，同时也更加意识到在这个社会中钱的重要性，只要肯花钱没有什么办不了的事。只要能找到日本鬼子，她决定不惜一切代价。对于以前所说的要拿着证据去派出所报案，那只是说来吓唬日本鬼子的，她根本不会去做那些丢脸又得不到好处的事情。

向芳一边往医院走一边就在思考，到了医院该怎样向周静摊牌才会引起她的兴趣时，没想到意外地发现周静和一个瘸子，说说笑笑地往医院外面走去。由于太激动，向芳立即冲上去拉周静，却因用力过大，一下子把周静拉倒在地上。乌日力格立即被满脸怒气的向芳激怒，他狠狠地推开了

向芳，然后蹲下身去扶倒在地上的周静。向芳被乌日力格推了一下，头碰
到了街上的大树，气急败坏的向芳立即又把乌日力格推倒在地上，然后对
他拳打脚踢。看着乌日力格被向芳暴打，周静立即冲上去帮忙。失去理智
的向芳立即脱下了脚上的高跟鞋对着周静的头不停地乱打，周静立即被打
晕了过去。

—第65章—

失忆儿子不认亲　绝症父亲玩失踪

苏家父母意外得知儿子慢慢恢复了记忆，他们立即从老家赶到了江城，可意外的是苏一铭却无法认出父母，这让苏家父母非常难过。爱子心切的苏家父母成天守在儿子身边以泪洗面，为了让儿子能尽快认出他们，他们采取了一系列过激的办法，没想到引起了苏一铭的反感，最后导致他旧病复发："你们快走！你们快走！我要乌云，快给我打电话找乌云来。"苏一铭看到父母就全身吓得发抖，嘴里不停地嚷着。

"儿子，我是你的妈妈啊，从小把你养大吃了多少苦你知道吗？你现在怎么记不起妈妈而只记起别人了啊？"苏家妈妈的情绪非常激动，她无法理解儿子的行为。其实她根本没有想到，儿子在老家的医院治伤时，她曾经当着儿子的面无数次地伤害乌云，那时的苏一铭虽然还没有恢复记忆，但那一切他是亲眼目睹的。几年没有回家，父母那和蔼可亲的形象已经有些模糊，现在慢慢恢复了记忆，他记得最清楚的事情就是近期发生的事情。所以父母的出现，他立即就想起了在医院里的情景，在苏一铭的记忆中，父母已经不是父母了，他们就是一个可怕的魔鬼，时时要把乌云吃掉。

"乌云，你在哪里啊？快点过来帮我把他们赶走，赶走啊！"苏一铭根本听不进去母亲的话，他的情绪更加烦躁不安。护理人员为了防止苏一铭的病情加重，不得已向苏家父母下了逐客令。这让苏家父母从心里更加对乌云怨恨，儿子被害案至今还没有破获，以前孝顺、懂事、听话的儿子现在却变得六亲不认，他的嘴里只有乌云。苏家父母最怀疑的就是在儿子刚开始恢复记忆的时候，是乌云给他灌了什么迷魂药，才让儿子出现这样的反常行为。还没有来江城之前，苏家父母就在电话里听儿子单位的领导说过，儿子已经认出了乌云，乌云还在医院里陪过儿子几次。苏家父母认为乌云恨他们，所以要报复他们。可他们却从来没有反省过自己的所作所为给别人带来的伤害，更没有想到自己曾经的过激行为，已经在儿子的脑海留下了深深的烙印。

苏家父母后来又试着去接触儿子几次，可儿子不但没有认出他们，而且是一次次地更加排斥他们。在万不得已的情况下，苏家父母才决定给乌云打电话。打电话要求和乌云见面到底是什么目的，他们自己心里也没有一个准确的定位，反正就是心里憋得慌，可没有想到立即遭到了乌云的拒绝。

其实不是乌云拒绝，而是她现在真的无法脱身。梁秋已经给她打了几次电话，希望她尽快把哥哥送回老家去，他们要帮助乌日力格维权。在老家，所有认识乌日力格的人和曾经看过小说《留守》的人都愿意站出来为他当证人。打赢官司应该是十拿九稳的事情，现在就等着乌日力格回去签字，然后正式向资阳县人民法院提起诉讼，状告资阳县文联主席黄清，以不正当手段骗取乌日力格小说《留守》书稿，然后以自己的名义向本省文联投报签约作家选题，最后得以通过并出版，获得非法利益，又以此书作的出版作为特殊人才，得以提拔到了文联主席的岗位。由于黄清态度恶劣，手段卑鄙，完全丧失了一个国家干部最基本的道德底线，应该受到道德的谴责和法律的严惩。可乌日力格却因为周静的意外出事，而迟迟不愿离开江城。其实周静的伤并不严重，就是受了一些皮外伤，当时她也是吓昏过去了。皮外伤虽然伤不着命，但痛起来却要命，周静的脸上、头上现在还是青一块、紫一块的。医生说伤好了以后可能会留下一些痕迹，周静又气得伤心地哭了起来。因为她就是靠一张漂亮的脸蛋才有了现在富裕的生活，她不敢想象自己脸上留下了痕迹是一个什么样的后果。周静成天以泪洗面，乌日力格哪肯这个时候离开周静？毕竟周静是因为他才受的伤，他觉得心里非常的内疚和悔恨。

哥哥和周静扯上了关系，乌云是又急又气。对于周静，乌云现在只想躲避她，觉得她是一个太多事，让人觉得可怜又可恨的女人；现在她却因

为哥哥被别人伤害，乌云觉得自己再也躲避不了了。

"哥，医生都说了，周静姐的伤已经没有什么大碍了，我还是先送你回老家吧，老家的人等着你回去办大事呢。周静姐这边的事我想请林花姐来帮助照顾她一下，所有的事情你都不用担心了。"乌云想了很多人，但都觉得他们来照顾周静不合适，所以她就突然想到了林花。林花和周静以前不认识，更别说跟周静有什么冲突，让她来帮助照顾一下周静比较合适。乌云想立即把哥哥送回老家，免得他在江城再跟周静扯上什么关系，哥哥的一生已经非常不幸，乌云不想哥哥再因为和周静走得近而受到什么伤害。

"周小姐是因为我才受的伤，她现在还没有出院我怎么好离开她呢？至于打官司的事早一天迟一天也没有关系的，我马上给梁主任打电话说明情况。"乌日力格说完之后，马上就要拿出手机打电话。

以前恨不得立即打官司还自己清白的乌日力格，现在却把打官司往后推，这让乌云非常生气，她有生以来第一次和哥哥在医院里发生了冲突。也就在这个时候，乌云突然接到了苏家父母的电话，正在气头上的乌云立即又想到了以前苏家妈妈一直找自己扯皮的事情，所以她马上就拒绝了和苏家父母见面。

其实并不是乌日力格固执，而是在江城待的这段日子，经历了一些事情之后，乌日力格的思想已经开始慢慢变了。变得遇事比较冷静，处理问题比较客观了，并不像以前那样为一件事情纠结得转不过弯。现在周静的伤还没有完全好，作为一个男人他不可能撒手不管。最主要的是周静是因为他才受的伤，至于周静的过去他并不知道，现在他只是就事论事，觉得自己的做法并没有错。对于自己的作品被黄清剽窃准备打官司一事，他现在已经没有当初那么钻牛角尖儿了，既然老家的人愿意站出来帮他作证，那就证明自己写的不是文字垃圾，而是大家喜欢的精神食粮，自己不是社会的累赘，而是一个对社会有用的人，现在就是不打官司，他都觉得自己已经赢了。但妹妹却不理解他，这让他心里非常难过。乌日力格更不明白一向爱助人为乐的妹妹，在对待周静的问题上却格外地不近人情，这让乌日力格无法理解。就在乌日力格还在和妹妹冷战时，梁秋却突然来到了他的面前，乌日力格决定和梁秋摊牌，没想到周静却站出来说是自己打电话请来的梁秋。原来，乌云和乌日力格的争吵已经被周静无意中听到了，后来她就悄悄打电话问乌云事情的真相。乌云便把哥哥的情况向周静亮了底，希望她劝哥哥回老家把重要的事情办了，自己会请一个人来医院照顾她，所有费用自己承担。周静非常内疚，她曾经劝过乌日力格，但乌日力格根本听不进去，所以她就向乌云要了梁秋的电话，请梁秋来接乌日力格回去，她不想因为自己的一点小事而耽误了乌日力格的大事。

周静做出了如此的决定，乌日力格觉得自己再留在江城已经失去了意义，他只得恋恋不舍地跟着梁秋一起回到了老家。

哥哥终于离开周静回老家了，乌云还没来得及松一口气时，却突然接到了张红的电话："乌云，徐浩哥的爸爸失踪了，你说怎么办？怎么办啊？"张红在电话那头放声大哭起来。

"失踪？怎么可能失踪啊？到底是怎么一回事，你快说说？"一听说徐家父亲突然失踪，乌云被吓坏了。

"今天中午徐奶奶在家做好了饭，我就给徐家爸爸去病房送饭，他吃了一半的饭就说想去洗手间，我想到他这两天精神也不错，走路也没有问题，所以就让他自己去洗手间了。可没有想到他一直没有回来，我就找了一个好心的男士帮我找遍了医院的男洗手间，但一直没有找到人，你说他会去哪里啊？我都快急疯了！"张红在电话里非常绝望地说道。

"你先别急，我马上去医院，然后一起去电视台刊登寻人启事，这事要越快越好，晚了会出事的。"乌云一边在电话里安慰张红，一边迅速往医院跑去。一个绝症患者突然离开了医院，无论是什么原因都不会有什么好结果。虽然他对乌云有过不礼貌的行为，来到江城也非常排斥乌云，但乌云现在根本顾不得跟他计较，他是徐浩的父亲，更是一个病人，能尽快找到他乌云觉得才是最重要的事情。徐浩已经承受了太多的磨难和打击，乌云不愿意看到他再为父亲的事伤心。

乌云到医院找到了张红，两人迅速到了江城电视台联系刊登广告。电视台非常重视，立即在各个频道把寻人启事插播了进去。可一天过去了，徐家父亲没有任何消息，徐奶奶当时就气得吐血了。可怜天下父母，徐家父亲虽然已经人到中年，但他在母亲的眼里永远都是一个孩子，他的失踪无疑是往母亲的心窝上狠狠地插了一刀。就在大家陷入绝望之中，不知道

下一步该怎么办时，乌云却突然接到了夏楠的电话，这个电话立即让几个人抱头痛哭："乌云，你们是不是惹徐浩的爸爸生气了啊？他怎么跑到这么远的地方来哭泣啊？"夏楠开车去了另外一个城市办事回来，没想到在离市区 100 多公里的地方，突然发现公路旁边有一个中年男人跪在地上撕心裂肺地哭泣。夏楠以为这个中年男人发生了什么事情，他立即把车停在旁边走过去扶住了中年男人，才意外发现中年男人就是徐家父亲。但无论夏楠怎么追问，徐家父亲只是拼命哭泣而不说一句话。其实夏楠根本没有注意到，当时徐家父亲是跪在地上一边烧纸钱，一边哭泣。夏楠由于情绪激动，他根本没有注意到这个细节，只是立即拨打了乌云的电话。

—第 66 章—
聋哑人破案

　　苏家父母再一次给乌云打电话，是因为去接近儿子又被他排斥之后。本来苏家父母是不愿意再给乌云打电话的，可事情到了这个地步他们已经没有任何办法了，一接近儿子，儿子就会情绪激动地让他们离开，嘴里口口声声要找乌云，究竟乌云和儿子之间发生了什么样的事情，苏家父母不得而知。苏一铭的案子一直没有破获，这让苏家父母心里非常难受。但有一点他们可以肯定，伤害儿子的应该不是乌云，因为儿子的同事已经向他们解释了很多次。现在拿出儿子以前画的画，他会对着画上那个模糊不清楚的男人的头像打"×"。苏家父母就想再次找到乌云，希望她多和儿子接触，看能不能从儿子的嘴里套出更多有价值的东西，为了儿子好，当父母的什么都愿意做。"乌小姐，以前是我们不对，我们给你赔礼了好不好？求你再来看看我们家一铭吧。"苏家妈妈已经没有了以前的火暴脾气，语气里有很多的无奈和悲哀。

　　"阿姨，你别这样说，我现在还没有下班，等下了班以后我马上去医院看望苏警官。"上次在电话里拒绝了苏家父母，乌云事后冷静想过也觉得非常后悔。离开医院时她亲口答应了要去看苏一铭的，可后来因为发生了很多事情，她不得不去面对。听着苏家妈妈在电话里的哀求声，乌云的心立即软了下来。可怜天下父母心，这一点乌云非常理解。最主要的是她现在的心情非常好，哥哥平安回到了老家，做着他应该做的事情。徐家父亲有惊无险，终于被夏楠发现带了回来。虽然他现在拒绝说出自己离开医院的原因，但他能平安回来就是最大的安慰，他被找到，徐奶奶的病也好

了。本来乌云也想着再去医院看看苏一铭，可想到前几天无情地拒绝了苏家父母，现在去了怕尴尬。苏家妈妈突然又打来了电话，乌云觉得他们给了自己一个台阶下，所以她立即就答应了下来。

　　然而，乌云却没有想到，下了班去看苏一铭，苏一铭立即指着画像中的男人大吼了起来："他在江城公园里！他在江城公园里！"苏一铭越说越激动，他立即拉起乌云的手就要往病房外面走。

　　"苏警官，现在天已经黑了，公园早就关门了，我们明天去好不好？你告诉我，这个人叫什么名字？他怎么啦？"苏一铭突然说出了江城公园，这让乌云非常吃惊。因为疗养院护理人员曾经说过，他们就是带了苏一铭去江城公园散步之后，他才画下的那幅画，只可惜的是那个男人只是一个模糊的样子，根本没有人看得清楚他像谁。苏一铭突然情绪激动，可以确定这个男人应该和他的伤害案有关。乌云本来还想从苏一铭的嘴里得到这个男人的更多信息，可苏一铭却什么都不知道了。

　　其实乌云并不知道，她自己已经和苏一铭画上的男人早就有过一面之交了，只可惜当时那个男人戴了一副大墨镜。他就是曾经偷路生的那个男人，乌云还差点成了他的帮凶。当然了，就算是那个男人不戴大墨镜，乌云也不可能把他和苏一铭画上的男人联系起来。

　　既然答应了苏一铭去公园，乌云还是决定等到第二天带着苏一铭去公园看看，看能不能再激发起他更多的记忆。可没有想到，当她先去医院看了一眼徐家父亲，然后再准备去找苏一铭时，却意外地接到了邱丹妈妈的电话："小乌，你看到丹丹了没有？"邱丹的母亲在电话边哭边问。

　　"阿姨，你别哭啊。我没有发现邱丹，到底出了什么事？"乌云非常吃惊。

　　"今天我带她一起去菜市场，等我把所有菜买好之后，却发现丹丹不见了。开始的时候，我还以为她自己回家了，因为以前也是这样，她嫌跟我一路逛菜市太热，所以就自己找着回家了。可今天我回家却发现家里没有人，现在我都急死了。"邱丹母亲在电话里说出了事情的经过，因为女儿曾经和乌云认识，所以邱丹母亲到处扩大寻找范围。

　　一听说邱丹不见了，乌云立即就想到了夏楠。她本来想打电话给夏楠，问他看到邱丹没有，但一想到金菲菲和夏楠嘱咐过她，最近要离开江城几天，让她每天下了班都去家里住，因为他们最宠爱的"京巴"放在家里，得有人给它喂食，要不然会把"京巴"饿死的，所以乌云就没有给夏楠打电话，既然他俩昨天已经离开了江城，邱丹是今天才走失的，夏楠和金菲菲不可能知道她的消息。自己如果打了电话给他们，还会让他们为邱丹担心。现在夏楠和金菲菲的身体都不好，乌云不想再给他们增加心理压力和精神负担。

为了帮助邱丹妈妈尽快找到邱丹，乌云先陪着邱丹妈妈去了辖区的派出所报案，然后又去电视台刊登广告。可就在这时，夏楠突然给乌云打来了电话："乌云，你现在有没有时间啊？"

"什么事？干爹。"乌云有些着急地问夏楠，她以为夏楠和金菲菲出了什么大事，心里非常害怕。

"是这样的，刚才快递公司给我打来了电话，说有我的一个快递送到了小区门口，你要有时间的话过去帮我签字取一下。如果没有时间就算了，我让快递公司的人先拿走，等我们回去了再让他们送过来。"夏楠说得非常客气，但他越是这样让乌云心里越是不安。乌云非常了解他的个性，如果不是很重要的东西，他一定不会麻烦别人的。

"干爹，我有时间，正在逛街呢。你把快递员的电话发给我，我马上过去帮你取了放在家里。"其实电视台离夏楠的家很远，一个在城南一个在城北。乌云只得匆匆安慰了邱丹妈妈几句，然后就直接打车往夏楠的家奔。因为现在邱丹的事也忙不起来，只有耐心地等待消息。可乌云做梦也没有想到，她刚跑到夏楠居住的小区，却见邱丹站在小区门口和保安不停地比画。保安根本不明白邱丹的意思，邱丹急得烦躁不安。一见到乌云，邱丹立即放声大哭起来。

乌云立即把邱丹带进了夏楠家，邱丹迫不及待从夏楠屋子里找出了纸和笔，然后画了一个男人和一个有些破旧的房子。乌云这才发现上面的男人就是邱丹上次画过的男人，而男人旁边的房子乌云却从来没有在市区见到过。通过再三和邱丹交流，乌云终于明白，邱丹跟着妈妈一起去逛菜市，无意中发现了那个男人，所以就跟踪了他。然后知道了那个男人居住的地方，所以她就坐车来到了夏楠居住的地方，想告诉他这一切，却不知道母亲因为她的失踪快急疯了。

又惊又喜的乌云立即打电话告诉了邱丹妈妈好消息,正准备陪着邱丹玩一些时间再送她回去时,却又接到了苏家妈妈的电话:"乌小姐,你什么时间有空儿再来看一看我们家一铭啊?他现在情绪很急躁,一直闹着要找你,求求你过来一下吧,看他到底想说什么。"苏家妈妈在电话里边哭边说。

"阿姨,你别急,我马上就过去。"乌云这才想起,自己曾经答应过要带苏一铭去公园的,却因为邱丹的事而把苏一铭的事情给忘记了。她立即决定把邱丹也一起带去玩,这两个人现在都是需要别人关心的人,乌云谁也不想放弃。至于邱丹画的肇事者居住的地方,乌云现在也顾不了去找,一切只有等夏楠回来了再说。可她没有想到的是,邱丹和苏一铭一见面就出大事了,准确地说是苏一铭无意中看了邱丹画的肇事者的画像出的事。

当时,乌云和苏家父母还有苏一铭及邱丹一起走进了公园,邱丹找了一张椅子坐下来之后,她又拿出纸和笔在自己的画上画,边想边对着房子画了起来,而苏一铭进了公园之后就拉着乌云的手,到处走动。乌云本来是希望苏家父母跟邱丹坐在椅子上休息的,可苏家妈妈放心不下儿子,她就命令丈夫坐在椅子上守着邱丹画画,而她自己一直跟在儿子和乌云后面。因为是星期天,公园里的人特别多,几个人走得又累又渴,但苏一铭还是坚持着要拉乌云往前走。路过一个小卖部,苏家妈妈立即走过去买了三瓶可乐,她最先递了一瓶给乌云,然后又把另一瓶递给了儿子。乌云立即打开可乐喝了一大半,然后才对苏家妈妈说:"谢谢!"

"应该说谢谢的人是我。小乌,当时你不顾一切地救了我们一铭,可我们真的是不知好歹,一次次地伤害你。现在你不但不跟我们计较,反而还这样来帮助我们家一铭,你是我们家的恩人。"苏家妈妈立即拉住了乌云的手,泪流满脸地说。

谁也没有想到的一幕突然出现了,苏一铭立即抱住母亲喊了起来:"妈妈,我是你的儿子一铭!"儿子认出了自己,苏家妈妈当场号啕大哭起来,所有的委屈、所有的心酸都在这一刻烟消云散。激动万分的苏家妈妈立即拉着儿子去找丈夫,她要儿子马上把自己的父亲也认出来。

邱丹看到乌云、苏一铭和苏家妈妈兴冲冲地走了过来,她立即拿出了自己已经画得非常清晰的画像让乌云看,苏一铭立即抓住了邱丹手里的画大喊了一声"凶手",然后突然晕倒在地上。

—第 67 章—

天上掉馅饼，地上有陷阱

　　周静离开医院之后就一直打电话联系日本鬼子，因为向芳的时时纠缠弄得她成天惶恐不安，向芳就是一颗放在身边的定时炸弹，随时都可能爆炸。她希望日本鬼子尽快回来解决和向芳之间的事情，向芳找不到他肯定是不会就此罢休的。周静现在已经没有任何对付向芳的办法，她真的害怕有一天向芳会杀了自己。日本鬼子回日本的时候就告诉了周静，最多半个月就会回来。可现在已经一个多月了，日本鬼子既没有回来，也没有给她打过电话，周静给他打电话但却是关机。周静又一次给日本鬼子打电话，可日本鬼子的手机还是关机，周静立即陷入了深深的绝望之中。就在这个时候，周静意外接到了乌云的电话："周静姐，我看到你老公了，他回家了吗？"乌云在电话里非常兴奋地告诉周静自己的发现。苏一铭在公园里看了邱丹的画突然晕倒，乌云立即打了 120 急救电话。苏一铭立即被送到了医院抢救，很快就苏醒了过来。苏一铭还要坚持看邱丹画的画像，乌云拒绝了他。邱丹的画根本不在乌云手里，警方已经把那幅画像拿走了，通过警方专业技术人员仔细比对，邱丹画像中的男人和以前苏一铭画的模糊男人竟是同一个人。警方已经把这个不知姓名的男人开始作为重点调查对象了，得知消息的乌云非常激动。趁着苏一铭服了药正在病床上休息的时候，乌云立即走出医院去给苏一铭买些他平时最爱吃的东西，没想到刚进医院，就意外地发现向芳挽着日本鬼子的手亲热地往医院外面走。乌云立即躲在旁边拿起手机给周静打了电话。

　　自从上次周静帮助自己把哥哥劝回了老家，乌云心里已经开始对周静

有了一些好感，她也想从各方面帮助周静。

"乌云，李哥在哪里？你快告诉他，我找不到他已经快急疯了，赶快让他给我打电话！"意外得到了日本鬼子的消息，周静在电话里激动得哭了起来。

"周静姐，我告诉你一件事你先不要生气啊，我在医院里看到你老公和你弟媳手挽着手，现在他们已经离开了医院，我也不知道他们去了哪里。如果晚上你老公都还没有回家的话，你最好去江城的大宾馆找一找。"乌云并不是有意要挑起周静和日本鬼子之间的矛盾，因为她说的是实话，一方面她觉得周静非常可怜，一方面她也觉得日本鬼子和向芳就是一对狗男女。现在把真相告诉了周静，只是希望她能清醒清醒，一个年轻漂亮的女人把自己的青春耗在一个糟老头身上，乌云替周静惋惜。她希望周静认清日本鬼子的本来面目，然后马上离开这个老色鬼。其实乌云根本没有想到这一切都是多余的，按照周静的个性，你就是借她十个胆她也不敢去捉奸的。周静很明白自己的身份，日本鬼子有钱可以随时换女人，而她一旦离开了日本鬼子就什么都没有了，娘家的人还得跟着遭殃。这一点周静还是懂得孰轻孰重的，现在她最希望的就是日本鬼子能回到她身边，就算万事大吉了。

周静在家像热锅上的蚂蚁，焦急地等待了一天一夜，可日本子鬼子还是没有回家。精神快要崩溃的周静只得去宾馆一家一家地找，终于在找到第28家宾馆的时候，发现了日本鬼子的踪影。但周静一直不敢去房间敲门，只得让宾馆服务员去敲日本鬼子的房门，说是有人找他。周静想得最多的肯定是日本鬼子会慌慌张张地向她解释一切，可没有想到的是日本鬼子却带着衣冠不整的向芳出现在她面前，而且没有一句解释。向芳满脸的得意，似乎在向周静暗示，自己已经俘虏了日本鬼子。

"李哥，我听别人说你从日本回来了，就去给你买了很多你喜欢吃的东西，我们回家吧。"见到日本鬼子和向芳在一起，周静的心当时犹如针扎着一般难受。但她不敢在日本鬼子面前发火，只是想把日本鬼子接回家。

"姐夫，我的事怎么办啊？你不能又把我抛弃了啊？"向芳立即拉住了日本鬼子的手，然后不停地发嗲。

日本鬼子立即从身上掏出了一张银行卡递给了向芳，脸上露出了一丝不被人察觉的冷笑，说："你先拿这个去花，没有密码的，上面的钱够你花一阵子，你放心好了，承诺你的事情我不会食言的，你先走吧，我跟你姐先回去了，到时我再联系你。"

"谢谢姐夫，那我就先走了。"向芳接过了日本鬼子递过去的银行卡，然后抱住日本鬼子亲吻了一下，又意味深长地拍了一下周静的肩膀，说："姐，你一定要好好地照顾姐夫啊，你看他现在的身体那么弱，回去以后你只能给他吃补药，不能给他吃泻药啊！"向芳说完之后，又跟日本鬼子和周静做了一个飞吻，然后迅速离开。

开始的时候，周静还能克制住自己的情绪，她不想在向芳和日本鬼子面前把自己内心的不满表露出来。可现在，向芳和日本鬼子却在她面前肆无忌惮地调情，就是心胸再宽阔的女人也忍受不了。何况是像周静这种根本就没有谈过恋爱，活了 30 岁生活里只有日本鬼子这一个男人的女人。与其说日本鬼子是周静的男人，还不如说日本鬼子是周静的父亲更为恰当。虽然两人之间有着实质上的男女关系，但周静一直把日本鬼子当成了自己的依靠，日本鬼子给她的一切应该是一种父爱。以前打骂她，周静一直认为是自己做错了事，父亲对女儿应该教育。跟了日本鬼子，周静不再为生活发愁，可以住别墅，穿高档服饰，坐豪车，成天什么不干也有花不完的钱，她的生活已经离不开日本鬼子。现在有人当着她的面分享她的父爱，已经严重威胁到了周静的正常生活，她无法让自己心里平静。向芳刚拿着银行卡得意地离开，周静立即放声痛哭起来，她把自己所有说不出的委屈和伤心，都用自己的泪水统统发泄了出来。

"哭什么哭？我还没有死呢，马上回家啊！"看到周静抹眼泪，日本鬼子立即对她发起火来。如果换了别人，肯定早就离开日本鬼子了。但周静却不敢，因为她离开了日本鬼子就会失去这一切，现在的她已经无法回到从前了。她只得擦干了眼泪跟着日本鬼子回了家。

虽然心里有太多的不愿意，周静还是给日本鬼子做了他平时爱吃的东西。可没有想到日本鬼子刚吃了一半，就突然不停地呕吐起来，而且还用双手紧紧地抓住了自己的头。

"李哥，你怎么啦？"虽然对日本鬼子的所作所为非常生气，但看到

日本鬼子痛苦的表情，周静的心立即软了下来。因为她最担心的是自己做的饭菜会不会出了问题。

"我没事，一会儿就好的，你去外面的药店给我买点止痛片回来。"日本鬼子痛得满头大汗，但他坚决不去上医院。

"李哥，还是去医院看医生吧，我马上给你叫救护车。"跟了日本鬼子多年，周静第一次看到日本鬼子出现这样的情况，所以她被吓住了。

"你还有完没完啊？让你去买止痛片你就去啊！"日本鬼子一点不领周静的情，他非常生气地推了一下周静。

看到日本鬼子发了火，周静不敢再说什么，她立即跑到街上的药店给日本鬼子买了止痛片，服了药的日本鬼子病情有点儿减轻。周静本来以为日本鬼子应该没有什么大事了，可没有想到傍晚，日本鬼子的病情再次发作，而且比中午还要发病得厉害。看到日本鬼子在沙发上痛苦地挣扎，周静立即背着日本鬼子拨打了120急救电话，救护车迅速把日本鬼子载到了医院抢救，日本鬼子很快被抢救了过来。周静还来不及高兴，一个医生立即提醒她："你家先生淋巴细胞太低了，我建议你带他去江城卫生防疫站去做HIV抗原检测。"

"去那里干什么？你们医院不能检查吗？"周静非常不理解医生的建议，更不知道医生所说的HIV抗原检测是什么意思。

"从你先生目前的情况来看，我们怀疑他可能是感染了那个病。"医生叹了一口气，他怕病人家属承受不了那个打击，所以还是说得很隐晦。

"哪个病啊？是不是癌症？"周静读书不多，她知道癌症是最可怕的病，也知道艾滋病恐怖，但她就是不知道HIV抗原检测是什么意思。

"你怎么还不明白啊？艾滋病你知不知道？现在我们怀疑你家先生可能是感染了那个病，所以让你带他去专业的机构检查一下。"医生见周静一直不明白，他有些生气地把真相说了出来。

一听医生说日本鬼子有可能得了艾滋病，周静立即瘫软在地上。艾滋病，那是一个比癌症更恐怖的疾病，因为它的传染性强，自己又是日本鬼子的女人，周静马上就想到自己的生命已经进入了倒计时。周静还没有想到去告诉日本鬼子真相时，日本鬼子却已经来到了她的面前，周静突然捂住脸放声痛哭起来。

"静，不要害怕，你没有被传染！"日本鬼子拍了拍周静的肩膀，然后不停地安慰她。

"你怎么知道我没有被传染啊？李哥，你是不是早就知道得了这个病？"周静内心非常复杂。

"因为我是这次回日本才染上的。现在你可以离开我了，我马上另外给你买一套房子住。"面对周静的质问，日本鬼子显得非常平静。本来他是不想把这一切公布出来的，没想到医生却先提了出来，他就觉得再也没有隐瞒的必要了。

—第68章—

客死他乡，根在草原

　　周静其实并不知道，日本鬼子要不是因为感染了艾滋病，他不可能回到中国来，准确地说是被家人赶回了中国。前些日子他接到了妻子的电话，就急匆匆地赶了回去，却没有想到遭到妻子和儿子暴打，还搜走了他身上的所有证件。因为向芳用他的手机给他的妻子发了短信，暴露了他在中国的一切事情。虽然日本鬼子的妻子看不懂中文，但她可以找懂中文的人给她翻译。向芳找不到日本鬼子，就给日本鬼子的妻子发了短信，本来是想让日本鬼子的妻子来中国报复周家人，可未曾想她的所作所为不但害了日本鬼子也害了自己。

　　日本鬼子当年之所以来中国办企业，就是不想让自己辛辛苦苦经营的家业全部被儿子毁掉。儿子从小被妻子惯坏，正事不做，坏事干尽。长大了更是不务正业，跟着一些人吃喝嫖赌还吸毒，花了大钱弄去戒了很多次，可一直戒不掉。回到家里就是成天要钱，日本鬼子反对，妻子就和他吵。生活毫无奔头的日本鬼子立即决定来中国发展，每年赚的钱他也拿了很多回去让妻子、儿子花，不管怎么说他还是想尽到自己做丈夫和父亲的责任。妻子接到向芳发去的短信之后，知道了他在中国有女人的事实，妻子和儿子对他不依不饶，马上要跟他一起来中国把企业卖掉，然后让他回日本。日本鬼子却坚决不同意，因为他知道，自己如果回到日本就等于死路一条，他不愿意自己在大陆蒸蒸日上的生意被儿子和妻子毁掉。

　　儿子见日本鬼子不同意他的决定，立即找来了他的狐朋狗友把日本鬼子打得遍体鳞伤。日本鬼子本来想得到妻子的帮助，可没有想到妻子也跟儿子一条心。日本鬼子决定回中国，但所有证件都被妻子搜走，他哪里也去不了。非常绝望的日本鬼子就去酒吧麻醉自己，遇上妓女找上了门。想起妻子和儿子对自己的折磨和绝情，酒醉之后的日本鬼子立即投入到了妓女的温柔怀抱，没想到感染上了艾滋病。得知日本鬼子感染上了艾滋病，所有亲戚朋友都把他当成了瘟神一样躲避，妻子怕日本鬼子在家里把艾滋病传染给自己，她立即把日本鬼子穿过的衣服和用过的东西，也包括日本鬼子本人一起扔出了大门。在日本，日本鬼子虽然生活了几十年，创造了庞大的家业，现在他却像狗一样被人赶出了大门，走投无路的情况下，日本鬼子又悄悄回到了中国。这里是生他养他的地方，没有人知道他得了艾滋病，他只想静静地走完自己最后的日子。可没有想到的是，刚去公司就被向芳发现了。

其实日本鬼子并不知道，找不到他向芳都快急疯了，她唯一的希望就是守住日本鬼子的公司。跑了和尚跑不了庙，日本鬼子不可能为了躲她连自己的企业都不要了。向芳发现日本鬼子的时候，日本鬼子正在不停地咳嗽，而且咳得满脸通红，向芳并没有顾忌这些，她满脸怒气地冲上前抓住了日本鬼子的手，大骂："你躲得过初一躲得过十五吗？我告诉你，今天你要不把我俩的事情解决了，我让你吃不完兜着走。"向芳生怕日本鬼子再次消失，她一直紧紧拉住日本鬼子不放手。

"我会给你解决的，现在我身体有点不舒服，想去一下医院看看医生，你要有空儿就陪我去吧。"日本鬼子并没有像以前那样马上逃避，而是让向芳陪他一起去医院，这让向芳大喜过望，她想也没想就立即挽着日本鬼子的手去了医院。至于日本鬼子得的是什么病，向芳并不关心。因为她想要的只是日本鬼子的钱，别的东西她根本不会去过问，她心里一直在考虑怎么样实施自己的下一步计划。她没有想到再往下一步已经是火坑了，这一切日本鬼子不会告诉她，本来日本鬼子还没有想去报复她，是她自己找上了门。

对于日本鬼子感染上了艾滋病，周静心里说不出是什么滋味，因为日本鬼子已经告诉了她自己回国以后的各种遭遇。周静悄悄去了专业的医院做了彻底的检查，结果证明她没有感染上艾滋病毒，她一直紧绷着的心终于放了下来。从医生的口中周静也知道了即使家庭成员感染了艾滋病，自

己和他一起吃饭，共用杯子、碗、勺和筷子等也不会被传染。因为艾滋病主要是不安全的性行为和血液感染。艾滋病义务宣传员又耐心地劝导周静："艾滋病是我们的敌人，但艾滋病人是我们的朋友，艾滋病也是病，艾滋病人也是人，每一位中华儿女都应该来关爱艾滋病人，我们国家还对艾滋病人实行'四免一关怀'政策。"

看到日本鬼子痛苦的表情，想到他曾经对自己的关爱，周静决定好好地照顾日本鬼子，让他快快乐乐地生活下去。日本鬼子的家里抛弃了他，自己不想落井下石。可就在这个时候，周静又接到了乌云的电话："周静姐，你到底离开那个日本鬼子没有啊？"乌云在电话里说话的声音很大。

"乌云，李哥现在得了重病，我得好好地照顾他，现在不能离开他。你在哪里啊？苏警官的情况怎么样？我想过去看看他。"周静不敢对别人说起日本鬼子感染艾滋病的事情，但她心里也非常纠结，所以想找机会和乌云诉说内心的苦闷。

"周静姐，你怎么还那么贱啊？到了这个时候你还执迷不悟。你老公得的什么重病？我看是风流病。你知道吗？他又和你弟媳搅在了一起！"一向温柔文静的乌云立即在电话里发了火。因为刚下了班去看望苏一铭，她又无意中发现日本鬼子和向芳一起亲热的场面，所以她对一向没有主见的周静是又气又恨。其实乌云并不知道，不是日本鬼子要去和向芳搅和，而是向芳又找到了日本鬼子的公司，她要日本鬼子马上答应她的要求。日本鬼子推说身体不舒服，向芳认为日本鬼子又想躲避她，所以她就紧追着日本鬼子不放。日本鬼子只好带着向芳离开，向芳为了日本鬼子能尽快答应她的条件，便又对日本鬼子大施媚术。

"乌云，你在哪里看到他们的？快告诉我，我要去找他们。"得知日本鬼子又和向芳在一起，周静非常害怕。她决定亲自去找向芳，没想到乌云却立即把电话给挂了。

周静虽然心里非常讨厌向芳，但一想到她毕竟是自己侄儿的母亲，所以不愿意眼睁睁地看到她被毁。周静只想尽快找到向芳，把一切真实的情况告诉她。其实这一切周静真的是多想了，因为一切都晚了。日本鬼子离开中国以后，向芳没有了任何经济来源，为了钱她便去干一些坑蒙拐骗的勾当，出卖色情的事情也发生过几次，却不知道已经为自己埋下了祸根，只是她身体好，现在还没有发病而已，但病毒已经在她的身体里生了根。

其实不是乌云有意要挂电话，而是她遇到了更为重要的事情。给周静打电话的时候，她已经在疗养院了，苏一铭出院以后又被护理人员接回了疗养院。那时的苏一铭精神非常好，见到乌云去了以后，他给乌云又是倒水又是拿水果。如果不是事先知道苏一铭是病人的话，谁也不会把他和病人联系起来。护理人员已经说过了，再让苏一铭在疗养院休息一段时间，如果身体完全恢复了的话，他就可以回单位上班了。可没有想到就在这个时候，夏楠开车去疗养院找到了乌云，怕苏一铭受到什么刺激，夏楠只好把乌云悄悄拉到一边私语："徐家父亲快不行了，他希望见你最后一面。"夏楠一直打乌云的电话都占线，所以他就亲自开车来疗养院接乌云。一个生命即将到达终点的病人，他的要求大于一切，夏楠不愿意徐家父亲带着遗憾离去。

突如其来的噩耗立即让乌云傻了眼，她没有想到这一切来得这么突然。前段时间忙哥哥的事，哥哥走了以后，她除了上班之后又是忙着苏一铭的事，根本没有过多的精力去看望徐家父亲，本来是想着等苏一铭的病情好转了以后，再想顾及一下徐家父亲，可没有想到徐家父亲的生命已经走到了终点。乌云心里非常悔恨，她只想着马上去医院见徐家父亲最后一面，哪里还有心思去管周静以及日本鬼子和向芳之间乱七八糟的事情啊？可她没有想到，就因为此事，周静心里已经对她从此不再信任了。

乌云赶到徐家父亲身边时，徐浩、张红、徐浩奶奶已经哭成了泪人，徐家父亲已经再一次昏迷，两个医生正在对他做最后施救。乌云紧紧地抓住徐家父亲的手放声痛哭："徐伯，我是乌云，现在来看你了，你醒醒啊！"

"姑娘，我知道小浩喜欢你，但你和他只有兄妹相，不可能成为夫妻的，让他跟张红姑娘好吧！我对不起你了，你是一个好人，以后会有好报的。"一听到乌云的哭喊声，徐家父亲慢慢睁开了眼睛，然后拉住乌云的手吃力地说道。

"徐伯，我从来没有恨过你啊。张红喜欢徐浩哥，我也希望他俩在一起，你还有什么要吩咐的事情，我马上去给你办。"乌云说的是实话，她觉得徐家父亲说的也是实话，自己一直就是把徐浩当哥哥一样的敬重。现

在知道了以前徐家父母不喜欢自己的原因，她心里十分感动。

徐家父亲听了乌云的话以后，非常满意地点了点头，然后拉过了徐浩的手，从自己的衣服兜里掏出一个存折放在徐浩手里，说："我死了以后，你想办法把我的骨灰送回老家，我的根永远在草原。这存折上面有几万块钱，都是以前攒下的。五年前的春节我骑车回家撞死了一个人，我也不知道他们是哪个省的人，当时我怕吃官司就逃跑了。现在我可以去阴间向他赎罪了，你把这些钱想办法送到他们家人的手里，算是表……"徐家父亲的话还没有说完就咽下了最后一口气。

—第 69 章—

草原尴尬会晤

日本鬼子现在没有反感自己，反而还时常和自己在一起，向芳心里乐开了花。她觉得日本鬼子是真正喜欢上了她，决定再去周静面前炫耀，让周静受到刺激，气疯了她，却没有想到周静主动找上了门："向芳，我希望你离开你姐夫，他会害了你，你懂吗？"周静很是着急的样子。

"姐，你用不着来教训我，我跟周涛的关系你不是不知道，是他先背叛了我。现在我和姐夫好你也应该想得开。都是女人，难道只准你一个人有好运气，而我就该一辈子受苦受穷还被男人欺负吗？你现在拥有的一切，我马上也快有了。"向芳以为周静是来找她算账的，所以她决定和周静挑战。

"向芳，如果你真的是为自己好，也为了贝贝不会过早失去妈妈，我希望你以后真的不要和你姐夫在一起了，他现在有病你知不知道？"周静不敢告诉向芳日本鬼子感染了艾滋病，是怕她跟日本鬼子说了，日本鬼子责骂自己。毕竟这不是一件光彩的事情，尤其是像日本鬼子这种有头有脸的人。最重要的是日本鬼子拒绝去做专门的治疗，因为他对一切已经失去了信心，周静更不愿意他在这个时候去危害别人。

"你才有病！我告诉你，你死了我都不会死。别以为我不知道，现在看到姐夫对我好你就慌了神儿，管不住姐夫你就来诅咒我。我告诉你，你们全家的好日子马上结束了，到时你们一家人就等着去讨饭吧。"向芳狠狠地推了周静一下，然后转身离开。对于她来说，把真相告诉周静，觉得是一件非常开心非常痛快的事情。从上次日本鬼子当着周静的面拿银行卡

给她而周静只能站在一边敢怒不敢言的表情看，向芳就觉得日本鬼子已经厌倦了周静，所以她现在才敢对周静这么嚣张。

看着向芳远去的背影，周静才觉得自己所做的一切都枉然了。向芳已经走火入魔，谁的话她也听不进去。就在周静非常痛苦不安时，一个熟悉的电话让周静茅塞顿开。"周小姐，你现在有没有时间啊？如果有时间的话到我老家来，我陪你一起去看草原，这个季节是我们草原最美的时候。"乌日力格在电话里兴奋地邀请周静，在他的心目中，周静就是一个美丽而忧郁的女人，回家以后两人也经常通通电话，在网上聊天。周静知道乌日力格在辅导留守儿童学习，她便经常给那些留守儿童寄一些学习用品过去，乌日力格心里非常感激周静。黄清剽窃自己作品的事，当地有关部门已经出面帮助他维权，所以乌日力格心里非常高兴。这个时候，乌日力格想到了周静，希望她来自己的家乡散散心。

"我有时间，马上就去，不过我想把我老公带去散散心，他身体不好，会不会给你增添麻烦啊？"一听到乌日力格那样热情地邀请自己去看草原，周静非常激动。内蒙古草原是世界著名的大草原，广袤无垠，未受污染，被称之为"绿色净土"，也被人们誉之为"北国碧玉"，无论无垠绿地，还是碧水蓝天，无论骏马长嘶，还是雪漫河山，它都浑然天成，去那里旅游度假，就像是到"天上人间"，令人赏心悦目，流连忘返。想到日本鬼子有病，又怕向芳和他再纠缠下去会惹上更大的麻烦，所以周静决定带着日本鬼子离开江城，去草原旅游、散心。虽然她和日本鬼子至今没有合法的手续，但周静已经把日本鬼子当成了丈夫，在这个时候她必须尽到一个妻子的责任。以前周静在和乌日力格聊天的时候，从来没有提起过日本鬼子，当然乌日力格也从来没有问过周静的私生活，现在自己既然要把日本鬼子带着一起去草原，周静决定还是先把自己的真实情况告诉乌日力格。如果乌日力格拒绝的话，她立即打消去草原的念头。

"好啊，草原欢迎你，也欢迎你的丈夫！"听周静说要带老公一起草原，乌日力格没有半点惊讶，而是仍然热情地邀请她。周静非常高兴，她立即和日本鬼子准备好了一切，然后直奔乌日力格的家。谁也没有想到的是，周静带着日本鬼子到达乌日力格家的第二天，却意外地遇到了一直让她苦苦思念但又不敢去见面的男人夏楠，更没有想到乌云也在这个时候回到了家里。其实周静并不知道，夏楠和乌云已经在几天前就离开江城回到了内蒙古，只是他们一直没回乌云的家。

徐家父亲去世之后，遵照他生前的遗愿，徐浩把他的骨灰送回老家来安葬。张红、乌云、夏楠一起坐飞机送徐家父亲回来。把徐家父亲的丧事办完之后，张红和徐浩还留在家里处理善后的事情。乌云就想着回家来看看爸爸、妈妈和哥哥，徐家父亲的离去给了乌云沉重的打击，原来以为死亡离自己很遥远，现在她才觉得其实死亡就在自己身边。徐家父亲的离去就是一个很好的证明，一个鲜活的生命说离开就离开了，生命对于每个人来说其实非常脆弱。天灾人祸、各种疾病、意外事故随时都可以夺去每个人的生命。乌云非常想家里人，她怕家里人有个什么闪失，自己再也见不到他们了，所以她想立即回家看看。

乌云单独回家，夏楠肯定不放心，乌云前脚走夏楠后脚就跟来了。可乌云没有想到，周静和日本鬼子会出现在她的家里。应该说如果只有周静一个人的话，乌云是不会生气的，毕竟她现在对周静的印象也不错。可一看到日本鬼子，乌云哪里都不舒服。有了周静这么年轻漂亮的女人，日本鬼子还跟向芳那样的泼妇在一起鬼混。乌云更觉得周静现在就是一个不可救药的愚蠢女人，怎么会把日本鬼子这样的老色鬼带到自己家里来？乌云还想着怎样把日本鬼子赶走时，哥哥却说道："乌云，真的是很巧，周小姐说她从来没有看过草原，我就邀请她和她老公来看草原了，没想到你和夏叔叔也回来了。明天我们租车一起去草原上玩吧。"乌日力格已经看出了妹妹对日本鬼子有些不友好，所以他赶忙解释。

听了乌日力格的话，夏楠勉强和周静、日本鬼子打了打招呼。乌云什么话也没说，她直接走进了房间抱住母亲伤心地流出了泪水。有太多的苦乌云不敢当着哥哥的面说出来，哥哥已经受过太多的伤害，她不想再让他受到打击。现在哥哥竟把日本鬼子邀请到了家里，乌云觉得哥哥是拿着针在扎她的心。

"孩子，人家到了草原就是我们的客人，你不能这样对待人家啊，快出去招呼客人，要不然我生气了。"乌家母亲虽然没有文化，但她知道以诚待人，看到女儿对客人不礼貌，她心里非常难过。

看到伤心的母亲，孝顺的乌云只得硬着头皮去面对一切，却意外发现

已经没有周静和日本鬼子还有夏楠的身影。"哥，我干爹哪儿去了？"乌云不见了夏楠，心里非常惊慌。

"去追周小姐和她老公去了啊。妹妹，人家来了就是我们的客人，你怎么能这样对人家啊？我不知道你怎么会对周小姐有那么深的成见？现在她的老公身体不好，是我邀请他们来这里旅游的啊，你这样对人家，谁不生气啊？人家给我们家带了很多东西不说，还给我们这个村的老人和儿童也带了不少礼物来，前些日子周小姐还给我们村的留守儿童献过爱心。"乌日力格心里也非常疑惑，他觉得妹妹什么都好，可就是在周静的事情上非常计较，所以当初邀请周静来玩的时候，他并没有把这事告诉妹妹。但偏偏不巧的是这个时候妹妹却回来了，这让他也非常尴尬。

其实这一点乌日力格自己有点多心了，周静并没想走，反正她回到了江城成天也没事干。周静从来没有看过广阔无垠的大草原，一来到乌日力格的家，她就喜欢上了这里，正像有首歌里唱的那样：走遍了山山水水，美不过辽阔的草原，听遍了四海歌声，还是牧歌最动人……这里就是一个宁静和谐的世外桃源，可以让人忘记一切忧郁和不安，她当然也希望日本鬼子在这里玩得开心，那样对他的病情恢复也有好处。在这里，向芳找不到他们，这样也可以避免很多的麻烦，最重要的是她还见到了自己心中一直喜欢的男人。虽然周静也觉得自己和夏楠之间不可能有什么结果，但对于她来说，能见到夏楠，而且还能和他在同一个屋檐下吃住，就是一种幸福和快乐了。可周静却忘记了一件非常重要的事情，当得到了乌日力格的邀请来草原玩，她高兴得忘记了一切。日本鬼子没有问，她也没有告诉日本鬼子，邀请他们来看草原的人是乌云的哥哥。乌云不喜欢日本鬼子周静是知道的，但她却没有想到日本鬼子曾经还非礼过乌云。如果自己早点儿告诉了日本鬼子这一切，日本鬼子是肯定不会来的。自己对乌云的伤害有多深，他心里比谁都清楚，现在自己又得了这种人人说起就像躲避瘟神一样的艾滋病，不要说是自己伤害过的人，自己最亲的人都抛弃了自己，别人怎么还能接纳自己？所以不管乌日力格怎么挽留，日本鬼子却坚决离开了。看到乌日力格因挽留不住周静和日本鬼子非常生气的样子，夏楠为了让乌日力格不再伤心，他立即追出去劝阻日本鬼子。情绪激动的日本鬼子正对着周静、夏楠大发雷霆时，乌云却突然出现在了日本鬼子面前。

—第 70 章—

孕妇遭袭击

金菲菲第一时间知道试管婴儿成功的消息之后，她高兴得哭起来。本来她是想把这个好消息立即告诉丈夫的，可丈夫的手机一直占线，她打了几次都没有打进去，所以她立即打了乌云的手机："乌云，你干爹和你在一起吗？马上让他接电话，我有好消息要告诉他！"金菲菲的情绪非常激动。怀孕生孩子，这是她苦苦寻求了多年的愿望，现在突然实现了，她真的恨不得把这个消息告诉天下所有认识她的人。

"干爹有事出去了。干妈，到底是什么好消息？一会儿我告诉他行吗？"乌云根本不敢告诉金菲菲自己家里发生的一切。因为就在金菲菲给她打电话之前，乌云接到了周静发给她的短信，说日本鬼子得了绝症，自己就是想陪他来草原散散心，并没有什么恶意，希望乌云能原谅日本鬼子。突然知道日本鬼子得了绝症，面对又一条鲜活的生命即将结束，乌云的心一下子就沉重起来；又突然听到哥哥说，日本鬼子还和周静一起献爱心，乌云更为自己的不礼貌的行为感到一丝丝愧疚。

"乌云，你当姐姐了，医生说我怀上了宝宝。你赶快告诉你干爹，叫他去给老祖宗的坟上多烧几炷香，让老祖宗保佑我们的孩子平平安安出世。现在一定要多做好事，多积德……"金菲菲在电话里激动地说。

一听说金菲菲怀上了孩子，乌云高兴得蹦了起来。夏楠和金菲菲对她的爱和关心，乌云一直铭记在心里，虽然夏楠和金菲菲不是经常提生孩子的事情，但乌云已经感觉到他们渴望有个自己孩子的迫切心情，没有孩子一直是他们的遗憾。现在突然听金菲菲说怀孕了，乌云无法抑制住内心

的喜悦。金菲菲让她转告夏楠的话，更让乌云受到了深深的启发：要多做好事、多积德。乌云决定原谅日本鬼子，不管他再有错，但他现在已经是重病在身，而且还想着做一些有意义的事情，说明他已经为自己的行为忏悔了。如果自己再去与他计较过去的事情，那就有些太不近人情了。他是哥哥请来的客人，自己应该以诚相待，况且他又是一个绝症患者，应该多给他一些关怀和帮助，让他得到温暖，不能让他满怀希望地来到了自己老家，得到的是失望和绝望。就算是帮助金菲菲和夏楠未出生的孩子，乌云觉得自己也应该多做好事多积德，让金菲菲和夏楠的孩子顺顺利利地来到这个世界上。

乌云突然出现在日本鬼子面前，日本鬼子想得最多的就是乌云即使不报复他，也会当场破口大骂他，他这才觉得一切都是因果报应。如果自己当初不对乌云有邪念就不会为向芳所伤害，不为向芳所伤害当然也就不会有回到日本的一切遭遇，结果弄得自己是什么都毁了。以前他春风得意的时候，并没有去真正领会什么叫报应，当一切真实故事都发生在了他的身上以后，他才真正领会了什么叫报应。以前他认为自己有钱，在这个世界上什么东西都可以买到，现在他才知道钱就是一堆无用的废纸，连他最需要的健康和后悔药都买不到。本来是想着抛开一切杂念，来到美丽草原游玩一下，没想到又遇上了冤家对头。日本鬼子已经做好了最坏的打算，无论乌云对他做出什么样的惩罚，他都不会还击。因为他觉得还击已经没有任何意义，这样活着也是行尸走肉，早点结束生命是他最希望的。可他却死不了，周静一直守在他的身边。

"李先生，刚才实在是对不起，因为很久没有看到爸爸和妈妈了，所以就急着进去和他们说说悄悄话。既然你是我哥哥请来的客人，肯定也是我们家的客人，明天我们还有一天的时间，我马上打电话找个车陪着你们一起去看草原。后天我们有事要赶回江城去，你要不嫌弃我们家穷的话，就和周静姐随便在这里住，有我哥陪着你我也放心了。"本来乌云是想回来看一眼家里人就走的，单位的事情很多，她心里也时时牵挂着苏一铭的病，还有那个已经被苏一铭认出来了但不知姓名的歹徒，现在又突然得知金菲菲怀了孩子，她真的恨不得立即飞回江城去。可一想到哥哥曾经提出过的一起去看草原，也是为了安慰日本鬼子，她还是决定多留下来一天，陪着家里人和周静、日本鬼子一起去看草原。虽然这里是生养自己的故乡，但她却没有好好地去真正欣赏过草原。从小家境贫困，让他们想到的是怎么样填饱肚子；长大以后家里又遭遇了过多的不幸，她的心都为家里操碎了，哪还有什么心思去欣赏草原的美景？现在有了大家的帮助，所有的难关都度过了，乌云心里也感到十分安慰。很多外地人都来到自己的家乡看草原，她也决定放开心思一起去真正欣赏大草原的无限风光。

日本鬼子开始听乌云说陪他一起去看草原，他以为是自己的耳朵听错了。可当乌云打电话叫来了一辆面包车时，日本鬼子才觉得自己没有听错，以前从来没有想过的事情，现在却成了现实。也就在那天和乌云家人一起看了草原之后，一直想着早点结束自己生命的日本鬼子，突然有了一种求生的愿望。他希望自己要坚强地活下去，随后又做出了一个他以前从来没有想过的决定。

夏楠和乌云为了早日见到已经怀孕的金菲菲，他们白天陪了周静和日本鬼子在草原上游玩，晚上就立即打车去了机场，赶上了最后一班深夜飞往江城的班机。尽管飞机降落在江城机场已经是第二天凌晨了，但夏楠和乌云顾不得休息，两人立即打了一辆出租车回到了家里，两人都是归心似箭。乌家妈妈给金菲菲准备了很多土特产，希望给金菲菲补身体，争取早日把可爱的小宝宝生下来。这个孩子对于夏楠夫妇有多重要，乌家妈妈非常理解。人家对自己的女儿视如己出，乌家妈妈希望好人有好报。夏楠更是想着把乌家妈妈的一片心意和真诚的祝福，早点带给妻子和未出生的孩子。为了不让妻子担心，夏楠事先没有告诉妻子具体回家的时间，毕竟现在不确定的因素太多。火车经常晚点，飞机要实行交通管制，到时回不了家会让家里人担惊受怕。本来夏楠也是想回家给妻子一个惊喜，可没有想到的是，夏楠和乌云开门进屋家里发生的一幕，却让他们惊呆了。说得更准确一点应该是家里发生的一幕让乌云和夏楠感到气愤：金菲菲坐在沙发上不停地抹眼泪，苏梅面目凶恶地用双手抓住金菲菲的双肩不停地摇晃。夏楠还没有明白过来是怎么一回事时，乌云立即冲过去狠狠地推开了苏梅，然后大吼："苏阿姨，你疯啦？我干妈正怀着宝宝，你怎么能这样对她？"乌云非常生气，当时如果不是想着苏梅和金菲菲是好朋友，她肯定会和苏梅打起来。金菲菲不但是她的干妈，现在更是一个重点保护对象，

乌云绝不允许别人来伤害她。为了保护自己最亲近的人，乌云可以什么都不顾。但乌云没有想到的是，自己非常痛恨苏梅，金菲菲却立即护着了苏梅。

"没事，是我身体不舒服，就打电话让你苏阿姨来帮我看看。刚才她在给我做按摩，现在已经好多了。对了，你们吃饭了吗？我马上去你们弄点吃的。"金菲菲非常惊慌，她立即从沙发上站起来就往厨房走。

"我们已经吃过了，菲菲，你到底哪里不舒服？我马上送你去医院。"夏楠这个时候才突然回过来神儿，他立即上前抱住了金菲菲，然后对乌云说："赶快进屋给你干妈拿件厚一点的衣服出来，我们马上送她去医院。"

"我真的没事了，干什么那么大惊小怪的？我想在家休息睡觉，你们别折腾我了行不行？"刚才还惊慌失措的金菲菲突然有些不耐烦了，她立即推开夏楠直接往卧室走去。非常尴尬的苏梅只得匆匆告辞离开，夏楠立即吩咐乌云去送苏梅上街打车回家，而他自己立即跟着金菲菲进了卧室。

尽管金菲菲把事情说得轻描淡写，但乌云心里却非常不舒服，她无法忘记苏梅抓住金菲菲双肩摇晃的可怕情景。乌云觉得苏梅不是在帮助金菲菲解除痛苦，而是在无情地摧残金菲菲，以前那个和蔼可亲的苏阿姨立即在乌云心里大打折扣。可更让乌云生气的事情还在后面，虽然心里不满意苏梅，但乌云还是把她送到了街上，然后给她找了一辆出租车，又付了100块钱的车费。苏梅钻进出租车里，马上意味深长地对乌云说："小姑娘，你不要太天真了，对你最好的人往往是伤害你最深的人，有什么事情你可以随时来找我，我愿意无私为你提供帮助。"

"苏阿姨，我不是3岁小孩子，以后请你不要背着我干爹、干妈对我说这样的话，谁对谁错我心里清楚。"乌云心里对苏梅的不满终于发泄了出来，说完之后，她突然觉得还不够解气："苏阿姨，我希望今天看到的那一幕以后不要再发生了。"尽管乌云读书不多，以前也胆小怕事，但经过无数风风雨雨和见识之后，乌云已经变得越来越坚强，胆子也渐渐大了起来。

面对乌云的不客气回击，苏梅对着乌云仔细打量了之后，不停地冷笑，笑得乌云不寒而栗。

—第 71 章—
痛苦的抉择

　　警方带着邱丹费尽周折，终于找到了伤害苏一铭的歹徒的居住地。可没有想到的是在那间破旧的屋子里，歹徒已经死亡，而且身体已经开始腐烂。由于歹徒的居住地是在城郊结合处的一个废弃的旧房子，所以没有人能提供有关歹徒更有价值的线索，歹徒身上也没有任何证件。警方立即把歹徒的尸体进行解剖，才意外发现歹徒服用的食品里有"毒鼠强"。

　　得知歹徒已经死亡，苏家父母立即放声痛哭，别的他们不相信，只相信善有善报，恶有恶报。歹徒死了已经消除了他们的心头之恨，至于歹徒是怎么死的他们觉得并不重要，重要的是他死了就行。得到消息的苏家父母立即把好消息告诉了儿子，然后决定让儿子申请回老家的公安局工作。可苏家父母没有想到的是，儿子比他们还先知道歹徒死亡的消息，知道消息的儿子没有表现出半点的高兴，反而非常难过。

　　"你怎么这么没有出息啊？人家差点要了你命，现在死了是罪有应得，你怎么会为他伤心啊？应该马上去买一串大火炮来爆一下。"对于儿子的反常举动，苏家父母非常不理解。

　　"爸、妈，现在我的病已经好了，你们要是没有太多的事的话，我马送你们回家，别在这里折腾了好不好？"虽然苏一铭已经基本上恢复了记忆，领导也同意了他回单位上班，但每天根本不给他安排具体的工作，只是让他在办公室负责接接电话，然后做一些登记工作。有着高度责任心和敬业心的苏一铭心里非常郁闷，他渴望自己能尽快参与到破案中去，但领导婉言拒绝了他的请求。伤害自己的歹徒离奇死亡，苏一铭觉得案件更加复杂。他想的

是歹徒背后的歹徒，根本没有想过回老家，只想尽快破获这桩案中案，找到真正的凶手，让真相大白于天下，也避免更多的人再遭遇不幸。

"别折腾，我们是你的亲人啊。一铭，听我们的话好不好？这个地方太危险了，到了我们那里才安全。你要不好跟你们领导说，我们直接去找他们说。这事他们同意也得同意，不同意也得同意。你当警察保护别人的生命财产安全，可谁来保护你的生命安全啊？实在不行你就改行，别做这个危险的工作了。"苏家父母回忆起儿子被害的惨状就像是做噩梦，所以坚决不让儿子一个人留在江城工作。只要儿子回到老家工作，他们就会像母鸡保护自己小鸡一样，时时护着儿子。因为歹徒一直在江城，还骑车撞过夏楠，现在又离奇死亡，前些日子夏楠又曾经被绑架，林花的儿子被人偷走等等，苏家父母觉得江城不安定的因素太多了，儿子留在江城一天就会有一天的危险，做父母的无法放心。

"我是警察啊，破案抓歹徒是我的本职工作，我都怕危险了老百姓怎么办？爸、妈，你们既然爱我，那就先理解我好不好？你们不想回老家去也行，我就在这里租一套房子给你们住；要想回老家的话，我马上送你们回去。"苏一铭尽量控制着自己的情绪劝父母，他不想父母过多干涉他工作上的事情。但父母一点也听不进去，仍然和他纠缠不休。

乌云正在为苏梅古怪的言行感到郁闷时，却突然接到苏家妈妈的电话。本来苏家妈妈是不好意思打电话给乌云的，因为以前伤害乌云太多，后来又求过乌云很多次，他们心里也非常内疚，怕再打电话会引起她的反感。但面对固执的儿子，苏家妈妈只能把希望寄托在乌云身上。乌云是儿子的救命恩人，他也最听乌云的话，如果乌云劝他，他肯定是会听的。"乌云，我求求你帮帮我，帮帮我！"苏家妈妈在电话里忍不住哭了起来。

"阿姨，你别哭啊，出了什么事？你慢慢说。"一听到苏家妈妈的哭声，乌云立即就被吓住了，她最担心的是苏一铭又出了什么事。

"我劝一铭申请回老家工作，可他就是不听，还和我吵了起来。乌云，我们真的很担心他一个人留在这里，只想他跟我们一起回老家去，求求你帮我们劝劝他好吗？现在他就听你的话，耽误了你的工作我们会给你补偿的，你一定要答应我们。如果你不帮我们就没有人帮得了我们了。"苏家妈妈在电话里越说越激动，她已经把乌云当成了最后一根救命草。

既然苏家妈妈已经把话说到这个地步了,乌云觉得自己不去帮他们劝劝苏一铭就是一种罪过了。可怜天下父母心,此时此刻的乌云非常理解苏家父母的心,他们就苏一铭一个儿子,因为出现过那样的险境,他们希望儿子申请调回老家工作,也是理所当然的事情。乌云便立即给苏一铭打了电话,准备请他一起吃顿饭,然后再慢慢跟他谈。至于苏一铭回不回老家那是他自己的事情,自己既然答应了苏家妈妈的事,她觉得不能食言。苏一铭一听说乌云想请他吃饭,他马上就答应下来:"怎么会让你请我啊?你定地方我来请客,我们找个环境好一点的地方边吃边聊。说真的,我一直想请你吃饭就怕你拒绝,你赶快定下来在什么地方,我下了班就赶过来。"

"那好啊,一会儿我找好了地方马上给你打电话。"乌云没想到苏一铭会答应得那么干脆,所以她心里也非常高兴。乌云只希望尽快找个地方吃饭,然后把苏家妈妈交给她的任务完成。但计划往往没有变化快,乌云还没来得及选好地方,却意外接到了夏楠的电话,让乌云马上赶到他家里去。

夏楠找乌云也是让她去当说客的。本来妻子怀了孕是一件天大的喜事,可她最近却提出了一个不近人情的决定,那就是要乌云离开江城回老家去。她愿意给乌云买一套房子,然后再给乌云五10万启动资金,希望乌云自己做点小生意。金菲菲做出的决定看起来也有道理,但却来得太突然了,所以夏楠不能接受。况且乌云也没有说过想回老家去做生意,只说很喜欢在江城的这份工作,妻子这样武断安排乌云的一切,夏楠非常不理解。说心里话,夏楠虽然和乌云没有血缘关系,但他已经真正把乌云当成了自己的女儿来爱护,他不愿意乌云离开江城。可和妻子争论了无数次,但都没有效果。非常郁闷的夏楠只得给乌云打电话,希望她去找妻子谈谈。然而夏楠却没有想到,自己找乌云去说服妻子,妻子也正在想办法找乌云说服自己。

"乌云,我真的是为你好,回了老家你可以和爸爸、妈妈、哥哥在一起。你不会做生意,我可以让我朋友把她在你们那个县的产品代理权转给你,那个生意没有亏本的,你也不用担心货卖不出。有什么需要你随时打电话找我,这里也是你的家,随时欢迎你回来玩。我也不知道你干爹是怎么想的,他就是不同意我的决定,可我做这一切都是为了你好啊,你去说

说他吧。"乌云找到金菲菲还没有说出自己的来意，金菲菲却先向乌云说明了自己的观点。

"干妈，你们给我的帮助已经够多了，我怎么能再接受这些东西啊？我喜欢这里的工作，再打一年工我就把钱存够了，然后在老家把房子重新翻修一下就行了，我不在县城买房子也不喜欢做生意。"乌云虽然没有说出是夏楠让她来劝阻金菲菲的，但她也马上阐明了自己的观点。

"打工不是一辈子的事啊，你怎么这么没出息啊？就是想到你是我的干女儿才愿意这样帮你的，你要不同意那就算了，当我刚才说的话是放屁！"金菲菲非常生气，她说完之后突然抹起了眼泪。

一看到金菲菲伤心，乌云立即就被吓住了。金菲菲是一个怀着宝宝的孕妇，乌云不愿意让她为自己的事生气，但一时又找不出更好的理由来拒绝金菲菲，为了安慰金菲菲，乌云立即又说："干妈，你别生气，我知道你是为了我好，我过几天答复你好不好？"乌云说完之后，她就想立即离开金菲菲，虽然金菲菲也非常爱乌云，可乌云从心底里就有些畏惧她，生怕自己稍有不注意又把她得罪了。而在夏楠面前乌云却从来没有这种感觉，所以她想立即把金菲菲的话反馈给夏楠，然后和他一起想办法解决此事。但金菲菲没有提出让乌云走，乌云不好擅自离开。就在乌云非常尴尬时，金菲菲的手机突然响了起来，她立即打开手机看了一下电话号码，然后非常慌张地和乌云告辞便匆匆离开。

乌云准备去找夏楠，可没有想到苏一铭却给她发来了短信，问他餐厅订好没有。乌云这才想起自己答应过苏一铭，现在她只得先放弃去找夏楠，而是去找苏一铭。

"你愿意回老家去吗？"乌云刚把苏家父母的意思向苏一铭转达了，苏一铭马上就非常激动地问乌云。

"也许会回去，我干妈刚才还在劝我呢。"乌云根本没有理解苏一铭话里的意思，金菲菲现在让她回去，她心里非常无奈。

"那好，你给我一年的时间，等我把现在的案子破了就回去。"苏一铭认为乌云是在暗示他，因为他已经爱上了乌云，就以为乌云也爱上了他。歹徒离奇死亡，苏一铭觉得还是工作最重要，一定要把案子破了心里才踏实，却没有想到歹徒又盯上了他。

—第 72 章—
残酷的真相

向芳有了钱以后，立即租了一套好房间，然后买了一辆轿车。以前她是想着上班，现在手里有钱有车以后，她却再也不愿意上班了，觉得成天开着车到处兜风才是一件非常开心的事情，她现在最大的愿望是要日本鬼子给她买一套别墅，然后每个月给她几万块钱生活费。本来和日本鬼子定好的见面日子，却没想到日本鬼子突然失约。向芳有些生气地打日本鬼子的电话，意外地得知日本鬼子和周静去了草原旅游，这让向芳心里非常不舒服。在她认为自己代替周静的位置已经是十拿九稳的事情了，却没有想到周静还陪着日本鬼子一起去旅游。非常郁闷的向芳立即跑去酒吧喝酒，却遇到了以前与她有过一夜情的男人。开始的时候，向芳还没有把那个男人认出来，因为那个男人和以前相比已经判若两人了。现在那个男人是又黑又瘦，他一见到向芳马上就凑上前套近乎。向芳一看到那个男人的猥琐相，心里就非常厌恶。虽然向芳现在也希望自己有艳遇，但她还是喜欢那种要么是英俊潇洒，要么就是有钱的男人。所以当眼前的猥琐男向她靠近时，她狠狠地推开了猥琐男，然后不停地羞辱他："就你这个瘪三样还想泡美女？下辈子重新投胎吧。"

"你他妈的算什么东西？当时老子才给你 100 块钱，你不是照样跟我上床了吗？你现在已经是看不到明天的人了，还臭美什么？"猥琐男不紧不慢地嘲笑向芳。

"闭起你的乌鸦嘴，谁和你上床了啊？就你这样的男人我会看得上吗？也只有你才是看不到明天的人，我这样的好身体，别说明天，就是下

个世纪都看得到。"向芳一边冷笑一边得意地挖苦猥琐男。

"没有跟我上床？你记不记得花园街那个'好再来'招待所的115房间啊？当时你穿的是一条红内裤。告诉你吧，我早已经感染了那个病，都是那些小姐传染给我的，我恨透了女人，所以我要报复女人，你要是不相信就去检查啊。反正都是要死的人了，还顾忌什么？跟你一起真的很快乐，我们都是同类人，一起再快乐快乐吧。"猥琐男终于对向芳道出了真相。向芳立即仔细打量眼前的猥琐男，才意外发现他脖子上的一块黑痣。向芳终于想起了自己曾经和这个男人的一夜之欢，惊慌失措的她立即去了卫生防疫站做 HIV 检查。医生的话犹如当头给了向芳一棒，向芳还没有回过神儿时，却意外接到了日本鬼子的电话。向芳吓得立即挂断了电话，然后开着车就往街上冲，却把人给撞了。

苏家父母得知儿子一年以后申请回老家工作，他们心里非常高兴。因为放心不下家里，老两口就决定先回老家去，以后可以随时打电话催着儿子。他们也理解工作调动不是一天两天的事情，儿子能答应调回老家去，已经让他们看到了希望。但他们却没有想到自己刚离开江城，儿子又遇到了意外。

苏一铭下了班把父母送到了机场，亲眼看着父母平安办完手续往登机口走去，他才放心地离开了候机楼，然后坐上机场大巴车回到市区。下了车以后，苏一铭边走边给乌云发短信，告诉她父母已经回家的消息。因为回住处也没有事情做，苏一铭想约乌云出来吃饭，然后正式向她求爱。

苏一铭在出事之前根本没有想过自己要结婚，更没有想过自己会遇上一见钟情的女人。去年春节他是经不住父母的唠叨，回去应付相亲。可没有想到亲没有相成，自己却遭遇了劫难。当乌云把麻袋解开的时候，苏一铭无意中看到了乌云的面孔，但他很快又痛得晕死了过去。以后做了手术却完全失忆，当脑子恢复了一些记忆之后，他就想起了乌云。突然觉得乌云好像就是和他前世生活在一起相亲相爱的女人，但他却表达不出来自己的感情。现在完全恢复了记忆，他除了工作满脑子都是乌云的影子，很多时候他想努力忘记乌云，可他却做不到，这个时候他才真正觉得自己被爱情之箭射中了。上次乌云约他一起共进晚餐，乌云的言行更是让他鼓足了勇气，他决定向乌云正式求爱。当乌云给他回了短信，说现在还没有下班，等下了班再联系他，苏一铭更是激动得不得了，他不停地给乌云发短信。因为精力高度集中，以至于后面一直有人跟踪他他也没有发现。就在后面跟踪的男人刚掏出水果刀准备对苏一铭下毒手时，一辆飞奔的轿车立即冲了过来，苏一铭还没有明白过来，后面的男人已经倒在了地上。男人身上到处是血，紧要关头，苏一铭立即拨打了120急救电话，肇事司机立即吓瘫软在地上。这个司机不是别人，她就是向芳，因为醉酒驾车酿成了大祸。可苏一铭并没有想到，就是醉酒驾车的向芳让他又一次躲过了一劫。

伤者经过医院抢救很快就脱离了危险，苏一铭因为不知道内情就把伤者当成了自己的救命恩人。因为当时要不是他为苏一铭挡着，受伤的应该是苏一铭。下了班以后，苏一铭立即买了很多东西去医院看望伤者。出于自己职业的敏感性，苏一铭开始询问伤者一些其他的事情，做贼心虚的伤者看着苏一铭穿着警服，他就以为苏一铭把他的所有情况都掌握了，所以立即交代了自己所有的犯罪事实。苏一铭这才知道了伤者不是自己的恩人，而是一个正准备对自己下毒手的歹徒。

苏一铭是派出所非常有名的破案高手，就因为他，在外潜逃了几年的犯罪分子很快被抓获了。一些地痞流氓、黑社会成员、小偷小摸对他恨之入骨。因为他的出现让一些人断了财路，他们决定要报复苏一铭。春节前在老家遇害，就是黑社会头目派的人去跟踪他，然后对他下了毒手。当时去跟踪的有两个人，一个叫阿三，一个叫阿旺，阿三已经被毒死。因为打工怕吃苦，所以阿三就当了黑社会头目的马仔。刚刚被车撞倒的人叫阿旺，因为胆子小一直没有做成一件让老大满意的事情。以前他们找人去敲诈过夏楠夫妇，没想到夏楠报了警，苏一铭很快就把几个人抓了起来。黑社会头目知道只要苏一铭待在江城，他们就无法生存下去，所以决定除掉苏一铭。可没有想到苏一铭命不该绝，他意外地被乌云救起。阿三和阿旺回到江城就按老大的意思，迅速绑架了夏楠，然后向金菲菲要了300万赎金。本来以为以后可以放心大胆地"干事业"时，却意外地发现苏一铭还活着，警察和夏楠都找上了阿三的家，怕阿三被抓获出卖自己，老大就立即想办法毒死了阿三。可没有想到警察却根据邱丹画的图找到了阿三的尸体，还在报上刊登认尸启事。老大立即慌了神儿，他知道苏一铭是个破案高手，所以就派了阿旺跟踪苏一铭，然后找机会下手。可没有想到遭遇了酒后驾车的向芳，不但让苏一铭再次化险为夷，反而让自己自投罗网。

　　苏一铭因为阿旺的事情错过了和乌云一起吃饭的机会，他心里非常惋惜。他决定星期天约乌云一起出去逛公园，却意外地被乌云拒绝："苏警官，非常抱歉，今天公司临时让我加班，所以去不了，等下次有时间了，我再约你！"乌云在电话里说得非常委婉。其实她并没有加班，而是已经下了班在夏楠家，她和夏楠商量了很久，还是找不到理由推翻金菲菲的决定。金菲菲已经给她规定了最后的期限，希望她在一个月之内离开江城，所以乌云心情一直很苦闷。

　　苏一铭因为被乌云拒绝，心情也十分郁闷。正好同事下班没事约在一起聚会，便强行把不愿意去的苏一铭也拉了去。最主要的是苏一铭身体恢复了健康，他的被害案也成功告破，同事们就想为他庆贺一下，苏一铭不好再推托了。可苏一铭万万没有想到，却在饭店吃饭时却看到乌云和徐浩拥抱在了一起。开始的时候，苏一铭还以为是自己看错了人，或是产生了幻觉，他还没有回过来神儿时，却听见了徐浩向乌云表白："不管以后发生了什么事，我们都一起面对。现在我俩就是最亲近的人了，我爱你，也爱你的妈妈，应该是我们两个人的妈妈。"徐浩情绪激动地边说边比画。

　　听了徐浩的话，乌云不停地点头，然后抱住徐浩流下了眼泪。徐浩爱怜地拿出纸巾给乌云擦眼泪。

　　到了这个时候，苏一铭才发现这一切都是真的。自己就是一个单相思，乌云不爱自己，她爱的人是徐浩，朋友的聚会还没有结束，苏一铭便伤感地离开了饭店。因为怕再看到自己心爱的女人被另一个男人抱着，苏一铭觉得自己的精神会崩溃。其实苏一铭哪里知道，他误会了乌云和徐浩。安葬完父亲的丧事，徐浩决定把奶奶也一起带回江城来生活。奶奶年纪大了，一个人留在老家他不放心。决定走的前一天，奶奶突然提出要徐浩带着她去乌云的家里看看。当时徐浩也没有在意，觉得奶奶的想法很好，乌云帮助了自己那么多忙，现在自己和奶奶去看一下她的家人也是应该的。可没有想到去了乌云家，奶奶一眼就认出了乌家妈妈就是徐浩的亲生母亲。开始的时候，徐浩并不相信，乌云的妈妈怎么会是自己的亲生母亲，但奶奶却说自己不会认错人。至于徐浩母亲后来怎样到的乌家，奶奶并不知道。可惜的是乌云母亲却认不出奶奶，奶奶的情绪非常激动，她认为乌云的母亲有意在回避现实。徐浩只得把奶奶带回了江城，然后找乌云了解事情的真相。

—第 73 章—
试管婴之谜

为了证实事情的真实性，冷静之后的乌云立即和徐浩去医院做了 DNA 鉴定，证实了徐奶奶的话是真的。突如其来的现实让乌云又一次陷入了痛苦之中，虽然她已经把徐浩当成了自己的亲哥哥，但证实了徐浩真正是自己同母异父的亲哥哥时，乌云还是无法接受。当年在母亲的身上到底发生了什么事情？她不知道。母亲在乌云的心目中一直是一个胆小怕事而又温柔贤惠的女人，她绝对不可能做出抛夫弃子的事情来，但现实却又让乌云无法解释。现在只有父亲是唯一的知情者，可他因为受了伤什么也记不清楚。自己和徐浩是亲兄妹，很显然，乌日力格就应该不是自己的亲哥哥，因为他比徐浩还要大 1 岁，他又是谁生的呢？

其实徐浩心里并不比乌云心里好过，自从带了奶奶去乌云家以后，奶奶现在已经气得病倒了。她无法原谅乌云母亲的无情无义，嘴里虽然没有骂乌云的母亲，但徐浩知道她心里痛苦。一边是从小把自己带大的奶奶，一边是自己的亲生母亲，徐浩都爱她们。但奶奶却不愿意徐浩再去见母亲，奶奶认为，一个没有责任感连自己孩子都抛弃不管的女人，根本就不配当母亲。徐浩非常后悔，早知道自己的妈妈也是乌云的妈妈，父亲在世时，就应该把他带到乌云家去看看，也许所有的事情都会真相大白。可惜的是父亲去了另一个世界，所以徐浩决定再找乌云，商量如何解开母亲当年离家后的真相。这一切还要背着乌日力格，他是一个残疾人，不能让他知道了真相受到伤害。但徐浩和乌云却并没有想到，乌日力格早就知道现在的妈妈根本不是他的亲生母亲。乌日力格的亲生母亲是在他 2 岁多的时

候去世的，母亲被埋的地方乌日力格现在还知道。当时乌日力格天天哭着找妈妈，父亲就把他送到了姥姥家，然后跟着别人去了外地打工。在乌日力格3岁多的时候，父亲带回了一个女人让他叫妈妈。乌日力格非常害怕，他一直待在姥姥家不愿意离开，父亲说了很多好话才把他接走，后来乌日力格就和爸爸还有新妈妈经常去姥姥家看姥姥。姥姥就把乌日力格悄悄拉到一边，问他新妈妈对他好不好，乌日力格每次的回答都让姥姥非常开心。因为新妈妈的确对他比亲生儿子还要好，久而久之，乌日力格完全把新妈妈当成了亲妈妈，生下妹妹乌云之后，乌日力格就把妹妹当成了宝。因为新妈妈对他好，他要报答新妈妈。

乌日力格陪着周静和日本鬼子在草原上玩得非常开心，临走的时候，日本鬼子突然告诉了乌日力格一个重大决定。如果他还能活到明天春天的话，决定来草原投资办一个福利厂。先是解决当地的残疾人就业，然后再解决本地的剩余劳动力就业，让更多的乡村孩子不再当留守儿童，所赚的钱全部用来发展公益事业。

乌日力格当时没有在意，他觉得日本鬼子的话只是说说而已，根本不可能当真。可没有想到的是，日本鬼子回去以后，就立即给乌日力格那个村的老百姓运来了很多过冬的吃穿用品。乌日力格这才真正相信了日本鬼子承诺的事情，他正想着把这个好消息打电话告诉乌云时，却接到了乌云的电话。"哥，你现在好吗？我好想你！"乌云在电话里边说边抽泣起来。尽管徐浩已经嘱咐她，现在不要打电话给哥哥，可乌云还是抑制不住内心的激动，立即给哥哥打了电话。哥哥不是自己的亲哥哥，但他却为了救自己造成了终身残疾，乌云一想到他就想哭。乌云更不知道徐浩带着奶奶去自己家，哥哥有没有发现事情的真相。她心里非常担心，给哥哥打电话也是想试探一下虚实。

"我很好啊，乌云，你怎么啦？"一听到妹妹在电话里哭，乌日力格吓坏了，在他的印象中，妹妹是不会轻易哭泣的。

乌云不敢再和哥哥通电话了，因为听到哥哥亲切的声音，她就想放声哭。所以她只得匆匆挂断了电话，正准备给哥哥发短信时，却接到了夏楠的电话，说金菲菲出事了。乌云立即打车赶到医院时，却在医院遇到了苏一铭。原来，苏一铭和同事去咖啡厅，秘密调查一个犯罪嫌疑人时，却意外碰到金菲菲用手捂着肚子从一个包间走了出来。因为金菲菲曾经和乌云一起去看过苏一铭，所以金菲菲很快就把苏一铭认了出来。"苏警官，求你帮帮我，我要保住孩子，我要保住孩子！"金菲菲抓住了苏一铭的手，情绪激动地说。

苏一铭二话没说，让同事守在了咖啡厅，他立即扶着金菲菲上了的警车，迅速把她送到了医院。金菲菲立即被送进了急救室抢救，苏一铭便从金菲菲放在车上的小坤包里找出了电话。没想到夏楠正开车在外地出差，又急又气的他立即给乌云打电话，希望她立即去医院看望金菲菲。

乌云赶到医院的时候，金菲菲已经从急救室被推了出来。一见到乌云，金菲菲立即痛哭起来。"干妈，到底出了什么事？"看到金菲菲伤心痛哭，乌云心里非常难受，她更不知道苏一铭为什么会出现在医院。

"我的孩子保住了，我的孩子保住了。今天我自己不小心在咖啡厅里摔了一跤，现在什么事都没有了。"金菲菲又指了指苏一铭对乌云说，"关键时刻是苏警官帮助了我，我现在还不能出院，你去和苏警官吃顿饭吧，看把他累的。"金菲菲说完之后，立即从身上掏出了一大把钱递给乌云。对于她来说，孩子保护了就是她最大的喜事，所以她想感谢苏一铭。

苏一铭立即朝金菲菲摆了摆手，然后平静地说："大姐，你没事我就放心了，我是人民警察，保护人民的人身安全是我们应该做的事。吃饭就没有必要了，我还有很多事情要忙，让乌云在这里好好照顾你吧。"

乌云还没有回过来神儿，苏一铭已经转身离开了病房。乌云心里非常过意不去，她立即又给苏一铭打电话，希望约个时间再请他吃饭，却没有想到对方手机传来机主关机的信息，乌云心里非常沮丧。

"乌云，等你干爹回来了，我就和他商量，准备把这边的企业卖了，然后去你们老家那边投资办企业。江城这地方寸土寸金，投资成本太高了，去你们那里办企业成本低得多。到时也可以解决很多农牧区的剩余劳动力就业，更是为地方经济做贡献。到时你一定要进公司来好好地帮我们，你自己也可以经常和爸爸、妈妈、哥哥在一起了。"见乌云满脸的不高兴，金菲菲突然说出了自己的重大决定。

"真的？"一听金菲菲说要把江城的企业卖了，到自己的老家去办企业，乌云立即就高兴起来。乌云知道金菲菲的企业有很多工人，在老家办了企业以后，就有很多人可以在家门口打工。无数的孩子不再缺少父爱和母爱当留守儿童了，老家打工的人再也不用参加"春节运动会"了。可乌云还没有来得及把这个特大好事告诉家里人时，苏梅的一个电话却让她的心立即掉进了冰窟窿。

"乌云，我告诉你一个真相，你干妈是世界上最无耻最心狠的女人。"苏梅在电话里恶狠狠地骂道。

"苏阿姨，请你不要这样侮辱我干妈，我觉得你心里有鬼，明知道我干妈怀了小宝宝还那样折磨她，你才是一个没安好心的人。"对于上次在金菲菲家看到的一切，乌云始终不能忘记，所以心里对苏梅非常不满。

"我侮辱你干妈？她就是一个魔鬼你知不知道？告诉你，她肚子里怀的孩子根本就不是她的，而是你的孩子。"苏梅在电话里的声音很大，坐在病床上的金菲菲听得清清楚楚。

"乌云，你赶快把她的电话挂了，千万不要相信她的话，她才是一个真正的魔鬼！"金菲菲的脸色突然变得煞白，她对着乌云大吼了一声，然后晕倒在病床上。乌云并不知道，刚才苏梅的话已经击中了金菲菲的心，让她痛得昏死过去。自从金菲菲人工授精怀孕之后，苏梅对她的态度就完全大变，经常想着法子向金菲菲要钱。为了封住苏梅的口，金菲菲已经背着丈夫给了苏梅近百万元。可没有想到苏梅的胃口越来越大，她现在已经辞去了医院的工作，自己买了豪车，然后成天豪赌。苏一铭在咖啡厅遇着金菲菲求救，其实金菲菲是对苏一铭说了假话，她不是自己摔着的，而是苏梅又一次约她到咖啡厅包间谈判，目的还是要钱。因为要的数目太大，金菲菲觉得苏梅就是一个无底洞，所以拒绝了苏梅，情急之中的苏梅就和金菲菲发生了抓扯。怀着身孕的金菲菲根本不是苏梅的对手，她很快被苏梅推倒在地上。苏梅丢下一句话："如果不马上给钱就要让你的事情全部曝光。"然后扬长而去。生气之中的金菲菲立即关掉了手机，气急败坏的苏梅便立即打电话告诉了乌云真相。

—第74章—
处女妈妈

虽然苏梅的话乌云并不相信，但看到金菲菲对此事的反常举动，乌云立即陷入了莫名其妙的恐惧之中，她不敢把这一切告诉任何人。金菲菲经过抢救很快苏醒过来，这个时候夏楠也赶到了医院，乌云匆匆告辞离开。心里非常痛苦的乌云决定去找苏一铭聊天，没想到以前对她非常热情的苏一铭，却冷漠地拒绝了她。乌云再次陷入了深深的痛苦，她不知道苏一铭为什么对她如此态度，乌云决定亲自去苏一铭的宿舍找他，心中无数的困惑折磨得她苦不堪言，她只想知道真相。可乌云还没有走到苏一铭的宿舍，周静却给她打来了电话："乌云，你现在有没有时间？李哥说想见你一面。"

"那好吧，我马上过去。"开始的时候，乌云还想推托，可一听到周静的哀求声，乌云的心立即就软了下来。日本鬼子现在是绝症病人，肯定是有什么事情要求自己，所以她只得先放下去找苏一铭的念头，而去看日本鬼子。

"乌小姐，以前我做了很多对不起你的事情，现在我已经遭报应了。本来我的病情是不愿意告诉别人的，可我一直在受着良心的折磨，你的家人对我就像亲人一样，再这样欺骗他们，我觉得是一种罪过。你知道吗？我得的是艾滋病。"乌云走进日本鬼子家里，日本鬼子满脸愧疚地对乌云说。

"艾滋病？"乌云立即睁大了眼睛，虽然她也知道这种病是经性接触、血液、母婴传播，不会通过空气、饮食或公共场所的一般性日常接触传播，但日本鬼子突然说出了自己的病情，还是让乌云感到有些不能接受。

"乌云，你放心，这事真的不会传染给你家人的。我早就知道李哥感

染上了这种病，所以各方面都非常注意。"见乌云惊讶的表情，周静立即安慰她。

"你们找我来就是为了跟我说这些吗？"乌云还是无法理解日本鬼子和周静的意思，她觉得既然事情已经过去了，现在对她说这些话已经起不到什么作用了。

"乌小姐，我知道自己的日子不多了，但我还有一些事情没有完成，本来是说好明年春天去你们老家考察以后在那里建一个福利厂，现在看来可能来不及了。所以我想现在再去那里考察，你是土生土长的内蒙古人，熟悉那里的一切，很多人说本地话我都听不懂，你给我当当翻译吧。我现在虽然是日本国籍，可我是真正的中国人，我的根在中国。当我最绝望的时候，亲人抛弃了我，当我回到中国时没有人抛弃我，大家给了我很多温暖。所以我还是想做一些有益的事情来回报社会，死后也就埋在中国。"日本鬼子终于鼓起勇气说出了自己的打算。

"好，我马上陪你去！"听了日本鬼子的肺腑之言，乌云不假思索便同意了。日本鬼子虽然以前做了很多让人痛恨的事情，但他现在已经为自己的行为忏悔，还想着为社会做一些公益事业，这让乌云心里十分感动，她没有理由拒绝别人的诚意。

本来乌云、日本鬼子、周静三人是准备乘坐当天晚上的飞机离开江城的，遗憾的是当晚的飞机票只有两张了，三个人无法一同前往，所以只能改坐第二天的飞机。剩下的时间，乌云马上想到了徐浩，现在他是自己的亲哥哥，乌云希望徐浩把他父亲的照片拿一张给自己，然后带回去给妈妈看，看妈妈有没有反应。乌云想弄清楚当年事情的真相，不希望徐家奶奶那样误解自己的妈妈。可没有想到徐浩在外面出差，他让乌云去自己居住的房子找奶奶要照片。乌云虽然非常不愿意见徐家奶奶，但为了弄清楚事实的真相，她还是硬着头皮去找徐家奶奶，却意外听门卫说张红带着老人出去了。乌云立即打消了再去找徐家奶奶的决定，老人失去儿子非常悲伤，徐浩失去父亲更悲伤，张红从头到尾都一直在关心他们，况且徐家奶奶也非常喜欢张红，乌云不想再去打扰他们平静的生活。徐浩是自己的亲哥哥，张红是自己最要好的朋友，他俩走到一起，乌云认为是最理想的结合。

无事可做的乌云本来决定去找苏一铭，但发现还没有到下班时间。乌云立即打消了找苏一铭的念头，而是决定去看望金菲菲，自己要回老家了，无论如何也得跟她说一声，虽然想起苏梅的话心里就恐惧。但一想到金菲菲和夏楠从前对自己的好，乌云觉得非常内疚。况且她也认为苏梅的话不可信，自己从来没有和男人有那方面的事情，怎么会有孩子？金菲菲怀的孩子明明就是她和夏楠的，怎么可能是自己的？她脑子里想得最多的就是苏梅和金菲菲之间有了矛盾，苏梅为了达到报复金菲菲的目的，所以就故意胡说八道，挑起是非。可她没有想到去了医院之后，才意外地发现了一个惊天秘密。

金菲菲的病本来就不是什么大病，医生都说了再过两天就可以出院。夏楠因为公司的事情太多，所以就开车去了公司，准备下了班再来照顾妻子。夏楠离开病房的时候，本来是要打电话让乌云过来照看妻子的，可没有想到妻子立即拒绝了。夏楠知道妻子的脾气，她要是不愿意的事情别人替她擅自做主，她会生气的，所以就没有打电话给乌云。但没有想到的是，夏楠离开病房不久，苏梅就找上了门。苏梅是找了很久才找到这家医院的，本来她是想打电话把真相告诉了乌云，让乌云去找金菲菲闹。可没有想到乌云却把她的电话给删了，让她再也联系不到。苏梅现在已经走投无路，赌博成瘾的她输了钱以后就跑去借高利贷，别人天天追着她要钱，并扬言如果再不还钱就要砍掉她的手指，她只得把金菲菲当成了一棵摇钱树和救命草，可没有想到金菲菲就是不答应她的无理要求。

乌云走进病房的时间，苏梅正抓住金菲菲的头往墙上碰，乌云气不打一处来，她立即冲上去就把苏梅推到了一边，然后大声地吼了起来："苏阿姨，你真的是个魔鬼！我干妈正怀着宝宝，你为什么要一次次地伤害她啊？"

"她怀孩子？我看你真的是个二百五，人家把你卖了你还帮助她数钱。她这样的破鞋女人要能生出孩子，那这个世界上的男人都能生孩子了。我实话告诉你吧，她肚子里怀的孩子是你和夏楠的。"苏梅一见是乌云，她一边冷笑一边大声地骂了起来。

"你骗人！我什么事都没有做怎么可能有孩子啊？那明明就是我干爹和干妈的孩子，我知道你和我干妈不和，可你用不着这样来侮辱我和干妈

啊？"一听苏梅说金菲菲怀的孩子是自己和夏楠的，乌云一方面觉得那是天方夜谭的事情，另一方面更觉得是受了莫大侮辱。

"我要骗你就不是爹妈生的，你要不相信的话，可以等这个孩子生下来以后去做亲子鉴定啊，看孩子到底是你和夏楠的还是她和夏楠的。先前你做的子宫肌瘤手术都是假的，那是从你的身上取出卵子然后和夏楠的精子结合，做试管婴儿，试管婴儿成功了就移回你干妈肚子里去生长。小姑娘，以后多学点医学常识，别让人家骗了还不知道……"眼见乌云还执迷不悟，苏梅又气又恨，她立即把所有的秘密全部暴露了出来。既然金菲菲不愿意答应自己的要求，苏梅决定豁出去了。她嫉恨金菲菲，从上学起就恨。自己各方面都比金菲菲强，只因为自己是一个贫民家的孩子，所以后来的生活过得样样都不如意。而金菲菲却春风得意，可惜的是不会生孩子，这就让苏梅找到了软肋。她和金菲菲好也是表面的，目的是想取得金菲菲的信任。遗憾的是金菲菲并不知道这一切，她把自己所有的秘密都告诉了苏梅。既然金菲菲不愿意答应自己的要求，苏梅就希望乌云知道真相以后，找金菲菲拼命，最好是把她肚子里的孩子打掉，还让金菲菲所有的秘密都曝光，让她家破人亡，活得生不如死。可苏梅没有想到一切落空了，乌云听了她的话以后，并没有和金菲菲拼命，而是晕倒在地上，两个警察也迅速冲进了病房把苏梅带走。

乌云苏醒过来时，苏一铭正在病房里焦急不安地走来走去，一见到乌云醒来，苏一铭立即抓住了乌云的手，情绪激动地问："到底发生了什么事？你快告诉我！"

"我想回家，我想回家。苏警官，明天我要陪着周静姐和她老公去我们老家考察，你能陪我们一起去吗？我真的好怕好怕。"乌云突然扑在苏一铭的怀里放声痛哭起来，她怎么也不会想到与自己最亲的人，会背着自己做出那样的龌龊事。自己还是一个未婚姑娘，怎么会不知不觉中就有了孩子？而孩子的父亲竟是自己最尊敬的干爹！乌云现在除了警察，她谁也不敢再相信了。

"可以，再过两天就该我休假了，能不能推迟两天啊？"怀里拥抱着自己心爱的姑娘，苏一铭非常兴奋。上次看到乌云和徐浩亲昵地在一起，苏一铭一直想逃避这段感情。但他却做不到，每天晚上一闭上眼睛，脑子里出现的都是乌云的影子。正想着找个机会见一见乌云，却没有想到在病房里见到了她。当时苏一铭和同事正在医院外面调查一桩案子，突然接到了医院的报警，说病房里有人打架。苏一铭和同事立即赶到了病房，却发现乌云已经晕倒在地上。现在乌云已经平安，别说是让自己陪她回老家，就是让自己为她付出生命，苏一铭觉得自己也会去做的，因为自己的生命就是乌云给捡回来的。

—第 75 章—
最后的忏悔

　　日本鬼子在苏一铭和乌云的陪同下去了内蒙古考察，很快就和当地政府谈好了租赁当地政府的闲置厂房办社会福利厂的相关事宜。当地政府非常重视日本鬼子的社会福利厂建设，因为那是利国利民的好事，他们从各方面给予了企业优惠政策。日本鬼子非常高兴，他立即和周静先飞回了江城，准备资金和设备、技术的投入，争取春节以后招收工人上班。

　　苏一铭决定陪着乌云回家看看，最主要的是想去给乌云家人赔不是。自己身体没有恢复时，父母曾经多次上乌云家找事，现在真相大白了，自己必须向乌云家人赔罪。乌云是他心爱的女孩子，他不愿意乌云再受到伤害和委屈。在回去的路上，乌云已经把家里发生的一切告诉了苏一铭。其中就包括父亲几前年在外地打工，回家过春节时被人撞伤，肇事者逃之夭夭。父亲虽然保住了一条性命，现在却跟傻子一样活着。出于职业的敏感，苏一铭更加地想去乌云家，想立即见到乌云的爸爸，希望从他身上找到一丝线索立即破案。那是一个人民警察的责任和义务，更是对乌云的一种报答。但苏一铭却没有想到，当他和乌云到家没过半个小时，苏家父亲当年被撞一案就成功告破，凶手竟然是徐家父亲，也是乌云妈妈的前夫，这一切谁都不知道。徐家父亲不认识乌家父亲，当年徐家父亲逃逸就是怕承担责任。因为家里有年迈的老母和上学的儿子，沉重的生活压力已经让徐家父亲不堪重负。他无力再去承担别的责任，所以他只能逃跑，然后找了一个公用电话报警。但就是逃跑的那一瞬间，乌家父亲还是看清楚了徐家父亲的脸。后来又听打工的人说春运路上发生车祸死了人，徐家父亲就以为自己撞伤的人死了。去年春节，徐家父亲在县城无意中发现了乌家父亲，有些信迷信的他就以为是死者冤魂不散找上了门。

北方的冬天黑得特别早，乌云带着苏一铭进家门的时候已经是晚上，父亲和母亲正坐在炕上看电视。由于太激动乌云没有顾忌父亲在旁边，她立即掏出徐浩发到她手机上的照片让母亲看，希望她能从中回忆起当年发生的事。可没有想到母亲还没有回忆起当年发生的事，父亲却指着徐浩父亲的照片大吼大叫起来："快抓凶手！是他撞了我，是他撞了我！"一向吐字都不清楚的父亲，却突然说话非常清晰。乌云还没有明白过来是怎么一回事，苏一铭立即把乌家父亲扶到了一边，经过他的专业引导，终于弄清楚了事情的真相。乌家父亲被撞的地方，正是徐家父亲偷着去烧纸钱的地方。

无论乌云怎么开导，母亲还是想不起从前的事情，而父亲却慢慢记忆起了曾经发生过的事情：二十年前的春节，从外地打工回家过年的乌家父亲，在大雪纷飞的路上发现了一个人倒在路上，是个已经冻得奄奄一息的女人，乌家父亲便把这个女人背回了自己家。等这个女人身体好了之后，乌家父亲准备把她送回家，可这个女人对以前的事情都记不起了，而且反应也比较迟钝。后来，乌家父亲把儿子接回了家，这个女人就紧紧抱住孩子痛哭不止，本来家里就缺少女人的乌家父亲就把女人留了下来，这个女人就是乌云的妈妈。

听了父亲的回忆，乌云立即抱住母亲伤心痛哭。母亲二十年前在春运回家的路上，到底遇到了什么样的灾难，可能永远都是一个谜，只要母亲现在过得开心，乌云就觉得比什么都重要。她决定不再去追问母亲过去的事情，别说母亲现在记不起来，就算记起来也是一件痛心的事情。母亲已经为这个家吃尽了苦头，乌云只想母亲晚年过得幸福，不想去揭她的伤疤。但她必须把这件事情向徐家奶奶澄清，自己的妈妈不是那种无情无义的人。她不愿意别人侮辱妈妈，保护自己的亲人，是做儿女应该做的事情。可乌云还没有回到江城去找徐家奶奶，却先接到了徐浩的电话，说自己要结婚了，希望她回去参加婚礼。

其实结婚不是徐浩的意愿，而是徐家奶奶的意愿。自从知道了自己的亲生母亲就是乌云的妈妈，徐浩的心情就一直不好。精明的奶奶看在眼里

急在心里，她无法原谅当年儿媳妇抛夫弃子的事实，更怕孙子去认了亲妈以后丢下她不管，所以就决定让张红和徐浩尽快结婚，好稳住孙子的心。徐浩是个孝子，他不想让奶奶为自己伤心，也觉得张红这些日子以来为自己付出了很多，于情于理他决定报答张红，所以就同意了结婚。

儿子结婚本来是当父母最高兴的事情，乌云正想着要不要妈妈和自己一起去江城参加徐浩的婚礼时，却先后接到了几个人的电话：张红要她回去当自己的伴娘；夏楠说出差回来，给她和金菲菲都买了漂亮的衣服，让她马上回去拿；金菲菲哭着求她回去面谈，现在她要什么条件自己都答应。

乌云立即打消了带母亲去参加徐浩婚礼的念头。在离开江城时，乌云就决定以后不再去金菲菲家了，现在她才觉得逃避不是办法，很多事情必须去面对和解决。在离开家的前一天晚上，乌云本来是想找哥哥好好地谈谈，无论如何她都想把真相告诉哥哥。因为以后面对的是徐浩肯定要进入这个家里来认妈妈，她觉得再这样欺骗哥哥就是罪过了，现在应该让哥哥知道真相，自己以后也会比以前更加爱他，虽然自己和他没有血缘关系，但生死相依的兄妹情意已经完全超越了血缘关系。乌云已经做了最坏的打算，如果哥哥谈不到女朋友，她愿意以后让哥哥跟着自己过一辈子，再苦再累，她甘心情愿。可没有想到的是，她还没有开口和哥哥谈正事，哥哥却把她撇下，说是有话要和苏一铭交谈。

哥哥找苏一铭在乌云房间里密谈，闲得无聊的乌云便在哥哥的房间里乱翻，意外地在哥哥的笔记本里翻出了一张周静的写真照片，哥哥在笔记本里写满了对周静的爱慕和思念。乌云犹遭五雷轰顶，哥哥竟爱上了周静，这是乌云无法接受的。别说周静现在是日本鬼子的女人，就是周静没有男人，乌云也觉得哥哥和周静根本就不是一路人。他们这样的家庭、哥哥的身体现状和周静这种漂亮女人根本就扯不到一块儿。再说了周静还有一个多事的弟弟，那样的人家没有谁惹得起。

为了不让哥哥受到伤害，乌云决定改变哥哥荒唐的想法："哥，周静姐是有老公的人，你明白吗？"乌云不想伤哥哥的心，她说得很委婉。

"我跟她就是朋友关系，你别胡思乱想好不好？难道男生和女生之间就不能正常交往吗？"乌日力格非常生气妹妹窥视了他的个人隐私，而乌云更生气。如果不是苏一铭在场劝导，气头上的乌云肯定会和哥哥发展到动武的地步。她太爱哥哥了，不想让他受到伤害，但看到哥哥在一步步地往火坑跳，她想赴汤蹈火地去拯救哥哥。眼见哥哥一直执迷不悟，乌云只得憋着一肚子的气跟着苏一铭返回了江城。

徐浩举行婚礼，他最先给夏楠和金菲菲送去了请帖。夏楠曾经帮助过自己，徐浩无论如何也不会忘记自己的恩人。遗憾的是夏楠出差没有在家，而是打了电话让妻子代替自己去参加。徐浩非常感动，他决定请金菲菲代表夏楠当自己的证婚人，可没有想到的是金菲菲让人送来了一个大红包，自己却没有来参加婚礼。徐浩心里非常不安，觉得是自己什么地方得罪了夏楠夫妇，所以他们才找借口不来参加自己的婚礼。

其实徐浩完全想错了。夏楠是真的有事脱不开身，而金菲菲是不敢面对跟乌云有关系的人。这一切徐浩永远也不会知道，因为就算是亲哥哥，乌云也无法向他说出发生在自己身上那件匪夷所思的事情。徐浩更不会想到，如果夏楠夫妇能参加他和张红的婚礼的话，乌云肯定就会找借口离开。

自从知道了金菲菲肚子里的孩子是自己和夏楠的血脉之后，乌云已经不敢面对夏楠，一看到夏楠她就觉得自己的心要崩溃。好在夏楠夫妇没有出现，乌云才在苏一铭的陪同下，强作欢笑地参加完徐浩和张红的婚礼。她还没有来得及喘一口气，却接到了周静的电话，说日本鬼子突发疾病，医院已经下了病危通知书。乌云顾不得一切，她立即直奔医院。

"乌小姐，在你老家兴办的福利厂，一切手续都基本上办好了。我希望你加入到这个企业来做管理工作，你在企业干了这么多年有经验，人也可靠。我还会派一些技术骨干去那边指导工作的。我死后希望你们把我的骨灰带到草原上去安葬，那里是一片净土，让我肮脏的灵魂得到洗礼。"虽然日本鬼子的呼吸非常困难，但他见到乌云时还是十分高兴，立即开始交代自己的后事。周静站在一边早已经哭成了泪人，虽然和日本鬼子没有爱情，但一起生活了那么多年，亲情还是有的，特别是日本鬼子得了艾滋病以后，他对周静的态度比任何时候都好。现在他突然要离开这个世界，周静心里还是非常难过。

"李先生，你不要说这些不吉利的话，现在医学这么发达，没有治不好的病。你安心地养病，春节我们一起回我的老家去，社会福利厂办起来

了我们给你打工就是了。到时我还可以教你说蒙古语，这样你和别人交流起来就方便了。"看到日本鬼子痛苦的表情，乌云心里也非常难受，她立即握住了日本鬼子的手不停地安慰他。

就在这时，日本鬼子突然把脸转向了周静，然后说："你也不要难过，谢谢你陪了我这么多年，我不会亏待你的。现在住的这套房子我就留给你，另外我还给你存了一点钱。到时内蒙古那边的社会福利厂办起来，你也跟着乌小姐去学着做一些管理工作，人要自力才让人看得起。我看得出来，乌小姐的哥哥很喜欢你，你也对他有好感，他虽然身体残疾，但那是一个有思想、有能力的好男人，到……到……时好好和他成家过……"日本鬼子还没有说完就咽下了最后一口气。

—第 76 章—

回　家

　　金菲菲并不知道日本鬼子已经离开了人世，她只知道乌云已经从老家回到了江城，可一直打电话想约乌云见面，乌云都拒绝了。这让金菲菲在家感觉是度日如年，她立即打电话给张红，不知内情的张红立即把金菲菲带到了日本鬼子的公司。金菲菲很快找到了正在那里参加日本鬼子追悼会的乌云，她才发现多日不见，昔日天真烂漫的乌云，现在已经是满脸沧桑。

　　乌云对于金菲菲的到来感到非常吃惊，她立即把金菲菲拉到了一边，小声说："干妈，你怎么来啦？赶快回去吧，这里不是你能待的地方，等我忙完了再去看你好吗？"

　　"乌云，我不配做你的干妈，干下了伤天害理的事情我也天天在受着良心的折磨。我就是想要一个孩子，可老天爷就是不长眼，本来也有很多年轻女子自愿去医院卖卵子的，可我不敢要她们的卵子，觉得那些人不可靠。我是真心地喜欢你，你干爹也喜欢你，我希望以后生下的宝宝像你一样漂亮。所以经过苏梅的操作就背着你做下了龌龊事情，现在事情已经到了这个地步，我也没有办法，只要你不把这一切告诉你干爹，我愿意去把这个孩子打掉。"金菲菲突然跪在乌云面前，声泪俱下地忏悔。

　　"干妈，大人再有错可你肚子里的宝宝是没有错的，何况是一条小生命。你为什么要残忍地剥夺他的生命？这事我不会告诉任何人的，过去的一切就当什么也没有发生。你就好好地在家保胎，到时顺顺利利把宝宝生下来，我马上要回老家了，你多保重！"乌云立即扶起了金菲菲，虽然她心里非常气愤金菲菲的所作所为，但一看到金菲菲那可怜的样子，乌云的

心又软了。毕竟都是女人，乌云非常理解想当母亲的金菲菲，更不想让夏楠知道了真相以后遭受更大的打击。

苏一铭知道了乌云即将回老家工作，他也立即向组织提交了申请回老家工作的决定，领导考虑到苏一铭已经在江城工作多年，在抓捕犯罪分子的工作中多次立功，当然也成为很多罪犯攻击的对象，从他的安全考虑，立即同意了他调回老家工作的请求。

乌云和周静一直忙着处理日本鬼子的后事，一切处理完毕之后，决定带着日本鬼子的骨灰去草原上安葬时，却发现春运又开始了。两人买不到票正在焦急不安时，乌日力格却给乌云打来了电话，说他已经在网上为乌云和周静买到了两张第二天的硬卧火车票。苏一铭决定一起同行，却怎么也买不到票。苏一铭灵机一动买了一张站台票，决定混上车后再补票，哪怕就是站着他也要保护两个女人安全到达目的地。

乌云、周静、苏一铭三人快进火车站时，人们都赶来送行。"乌云，你们先走，春节我和张红先去见一下她的爸爸、妈妈，然后我们就回去看妈妈，还有哥哥和爸爸。他们喜欢什么东西你告诉我，到时我给他们带回去。"看着乌云即将离开江城，徐浩心里非常难过。

乌云还没有想到怎样安慰新婚的徐浩和张红，夏楠却急匆匆地赶来了。乌云离开江城，她没有告诉夏楠，是谁告诉夏楠的乌云不知道。夏楠情绪激动地抓住了乌云的手大吼："你告诉我这是为什么？以前你不是说不愿意离开江城吗？现在你干妈要生小弟弟了，你怎么突然要走啊？"对于乌云突然回到江城又突然离开江城，夏楠有太多的不理解。

乌云突然脸色大变，她立即狠狠地推开了夏楠的手，然后全身不停地发抖。见此情景，苏一铭立即冲上前紧紧抱住了乌云："你怎么啦？怎么啦？"

"我要回家，我要回家！"乌云突然泪流满面地哭了起来。苏一铭立即点了点头，然后扶着乌云和周静一起迅速往火车站进站口走去。

夏楠想去追乌云，金菲菲迅速拉住了他。夏楠的眼前突然浮现出了那年春节前，乌云跟着飞奔的火车奔跑，然后突然昏倒在地上的画面。夏楠立即伸手去抓乌云，没想到抓住的却是火车站进站口的栏杆。乌云的背影慢慢消失，汹涌的泪水立即从夏楠的眼里夺眶而出……